Castillos
en el aire

books4pocket

Christina Dodd

Castillos
en el aire

Traducción de Marta Torent López de Lamadrid

EDICIONES URANO

Argentina - Chile - Colombia - España
Estados Unidos - México - Perú - Uruguay - Venezuela

Título original: *Castles In The Air*
Editor original:Avon, An Imprint of HarperCollins*Publishers*, New York
Traducción: Marta Torent López de Lamadrid

Copyright © 1993 by Christina Dodd
All Rights Reserved
© de la traducción, 2011 *by* Marta Torent López de Lamadrid
© 2011 *by* Ediciones Urano, S.A.
Aribau, 142, pral. – 08036 Barcelona
www.titania.org
www.books4pocket.com

1ª edición en **books4pocket** mayo 2015

Impreso por Novoprint, S.A.
Energía 53
Sant Andreu de la Barca (Barcelona)

Fotocomposición: Moelmo, S.C.P.

ISBN: 978-84-15870-61-6
Depósito legal: B-8.157-2015

Código Bic: FRH
Código Bisac: FIC027050

Impreso en España – *Printed in Spain*

Para Arwen
mi pragmática hija,
que conoce el valor del dinero.
Que a menudo me recuerda, y con razón,
que nadie se fija en lo mucho que hacemos en casa
hasta que algo no está hecho.
Que sabe que su madre necesita mucho amor
y se lo da con absoluta generosidad.

Agradecimientos

Mi más sincero agradecimiento a mi editora, Carolyn Marino, por invertir tiempo y energía en enseñarme las técnicas de un escritor profesional.

Y a mi grupo de críticas: Pam Zollman, Anna Phegley, Paula Schmidt, Barbara Putt y Thomasina Robinson; gracias a todas por vuestro constante entusiasmo y apoyo a lo largo de tantas páginas y sesiones.

En mi propia experiencia, he aprendido por lo menos esto: que si uno avanza confiadamente en la dirección de sus sueños y procura vivir la vida que se ha imaginado, en algún momento lo sorprenderá un éxito inesperado...

Si habéis construido castillos en el aire, vuestra obra no tiene por qué perderse; está donde debe estar. Sólo falta poner debajo los cimientos.

HENRY DAVID THOREAU

Capítulo 1

Inglaterra, 1166

Ella tenía la dentadura completa.

Raymond suspiró aliviado. Estaba envuelta en demasiadas capas de ropa como para ver nada más, y se le resistía con todas las fuerzas de su menudo cuerpo, pero sus dientes brillaban débilmente tras unos labios amoratados por el frío y al entrechocar emitían un fuerte castañeteo. Eso significaba que era lo bastante joven para tener hijos, que su salud era razonablemente buena y que era capaz de calentarle la cama.

Intentó subirla a su caballo, pero ella se revolvió en sus brazos, cayó al camino del bosque y se alejó dificultosamente con una desesperación que él respetó. Que respetó, pero ignoró. Había demasiado en juego como para prestar atención a los temores de una mujer.

Ella caminaba torpemente sobre la nieve que cubría el suelo. Él la cogió envolviéndola con su capa y la sujetó con tanta fuerza que en vano agitó ella manos y pies. Le costó mucho subirla boca abajo junto a la silla del caballo y montó antes de que ella recuperase el aliento.

—Tranquila, lady Juliana, tranquila —la calmó él, dándole unas palmaditas en la espalda al tiempo que espoleaba al caballo.

Pese a su consuelo ella forcejeó con patadas y tratando de soltarse. Raymond no entendía su continua resistencia, porque lo tenía todo en contra; ni entendía el impulso que lo llevaba a él a intentar consolarla como si fuese un pájaro salvaje que pudiera atraer hacia su mano.

Tal vez despertó su compasión el hecho de que no gritara. Ella no había emitido sonido alguno desde que él apareció entre los árboles, únicamente le había hecho frente en silencio y con determinación.

Aunque quizá no pudiese decir nada. Abrigada como estaba, con la cabeza colgando junto al costado del caballo, él no podía ver su cara y empezó a preguntarse si respiraba con normalidad. Se inclinó para buscar a tientas su rostro y había sentido esa fuerte dentadura clavada en las yemas de sus dedos. Retiró la mano soltando un gruñido y un juramento, asustado por su agresividad, aunque a decir verdad nada sorprendido.

¿Acaso no la había comparado con una criatura salvaje? Era su propio descuido el responsable de su dolor. Se chupó la gota de sangre de la piel y luego metió la mano en la axila para calentarla.

Ella jadeaba agitadamente y se le heló el aliento, el sonido desgarró el aire quedo. Las ramas desnudas de puntas heladas arañaban del cielo la nieve, que espolvoreaba implacable los huecos entre las hojas secas cubriéndolos de una fina capa blanca. ¡Caramba, qué frío hacía! Cada vez sentía más frío.

—Pronto llegaremos —dijo él en voz alta y como su comentario provocó un nuevo forcejeo, sujetó a la mujer con firmeza.

Coronó la colina y una ráfaga de aire gélido le cortó la respiración. Aquí la amenazante ventisca ya no era una posibilidad; era una realidad, y el mundo se redujo a un estrecho paso blanco que se abría conforme avanzaban y se cerraba a sus espaldas. La cabaña de leñador no estaba lejos, pero a él le preocupaba la dama, ahora rígida sobre el caballo. Inclinó el cuerpo hacia delante para darle todo su calor corporal y concentró la mirada al frente.

Escondida en la colina, la cabaña había resultado ser un regalo caído del cielo que los abasteció de una reserva de leña para calentarse y una despensa con comida seca. Comida para los viajeros, supuso él, facilitada por lady Juliana de Lofts y que él utilizó para secuestrarla.

—Estamos a un paso, mi señora. —El aliento, helado, chocó contra la bufanda que le rodeaba la boca, pero le pareció razonable avisarla dado lo reacia que parecía al contacto físico. Él se deslizó de la montura y bajó a lady Juliana. Esta intentó mantenerse erguida, pero fuese por el frío o el miedo, él no lo sabía, le fallaron las piernas. Como un oso cargando un venado por los cuartos traseros, la arrastró y abrió la puerta.

—Ya hemos llegado —anunció sin necesidad—. Ataré al caballo cerca de la puerta. El fuego está justo ahí al fondo. Si queréis, sentaos en la paja hasta que yo os lleve...

Raymond atrancó la puerta y los enormes ojos de lady Juliana brillaron pese a la tenue luz; entonces salió disparada hacia el cuartito posterior de la cabaña. A través de los listones del corral él la vio caminar desesperada de un lado al otro de la diminuta habitación.

El fuego ardía en un hoyo en el centro de la cabaña de leñador. El humo salía por un pequeño agujero del techo de paja, derritiendo los copos de nieve que se colaban en el interior. Atraída por las llamas, ella extendió los brazos y miró a su alrededor, aturdida. Todas las grietas de las paredes habían sido tapadas con telas y la ventana estaba cubierta con una manta. En un rincón había un camastro repleto de pieles y en otro estaban los bártulos de él. Pero la única puerta que había la tenía él a sus espaldas, y lady Juliana no podía llegar hasta ella.

Con el fin de darle tiempo a Juliana para adaptarse al entorno, él se tomó el suyo dando de comer y cepillando al fuerte caballo capón que tan buen servicio le había dado, pero finalmente no pudo seguir posponiéndolo más.

—Esperaremos aquí calentitos a que amaine el temporal, mi señora.

Ella parpadeó para librarse de los copos de nieve que se le derretían en las pestañas y lo miró fijamente, y él se preguntó qué estaría viendo ella como para que se le curvara el labio en una mueca de asco tan expresiva. No era más que un hombre, si bien alto.

—Es preciso que os quitéis la ropa húmeda —le dijo.

Supuso que ella intentaría volver a salir corriendo, pero parecía hipnotizada, lo miraba con la atención que uno podría dedicarle a un oso hambriento. Dio un respingo cuando él le quitó la capa que le había dejado y luego la suya propia, repleta de nieve. Mientras le sacaba los guantes él mantuvo la mirada fija en su rostro, preguntándose qué se ocultaba tras esa capucha que la cubría y esa lánguida bufanda.

Con esta mujer pasaría el resto de su vida, y estaba impaciente. Desde que el rey Enrique se la entregara, Raymond se había preguntado qué aspecto tendría. Ahora la veía, pero ¿qué importaba esperar un poco más? Los temblores de lady Juliana apaciguaron su fugaz cobardía. Mientras le desabrochaba la capucha y le desliaba la bufanda, se dio cuenta de que no era solo joven y sana.

No era en absoluto una viuda mustia. No estaba lisiada ni era una pusilánime. Lady Juliana tenía la piel suave, era alta y atractiva. No era hermosa, aunque con lo bajas que habían sido sus expectativas, bien podría habérselo parecido. Escapaban de su cofia mechones de un intenso cobrizo que le caían en ondas por la frente. Tenía los labios demasiado gruesos para lo afilado que era su rostro, esculpido como estaba por unos pómulos altos y una mandíbula cuadrada, y unos ojos azules vivos y rasgados, pero que no parpadeaban. No quería que él la desvistiera ni le frotara las manos para que recuperaran la circulación. Lo que transmitía era un mensaje explícito: que la cabaña era una prisión y él el más vil carcelero.

Sin quererlo, se compadeció de ella. Raymond de Avraché conocía perfectamente la sensación de estar encarcelado.

—Tenéis la cara muy pálida —dijo. También se la afeaba una cicatriz curva y morada, pero eso no lo mencionó—. Estáis muerta de frío.

Ella se limitó a mirarlo fijamente, con la cautela de un glotón asustado.

—Vuestras pecas flotan como trocitos de canela en el vino más claro. —Alzó una mano para tocar esas fascinantes motas, pero ella apartó bruscamente la cabeza. Empujado por su silencio y su aversión, le preguntó—: ¿No queréis que os toque? —Volvió a alargar la mano—. Pues decídmelo.

Ella se tambaleó hacia atrás.

—¡No!

—¡Vaya! —Él se relajó—. Sabéis hablar. Me preguntaba si esperaríamos a que pasara la ventisca en silencio. ¿Queréis que atice la lumbre? —Llevó leña hasta el fuego, la amontonó y se arrodilló junto a esta—. La tormenta será severa, por si no lo sabíais. No, por supuesto que no lo sabéis; de lo contrario, no habríais salido con este tiempo. —Le lanzó una mirada y se alegró al ver que ella se acercaba lentamente. Cuando sus miradas se encontraron, ella dio un respingo sintiéndose casi culpable y él se volvió para avivar las llamas—. Seguro que una dama tan distinguida como vos podría mandar a alguien a la aldea para que se ocupara de vuestras gestiones. Sois lady Juliana de Lofts, ¿verdad? —Ella no respondió y él se giró y la miró—. ¿Verdad?

Ella seguía un tanto apartada del fuego, más cerca del montón de leña pero no lo bastante lejos como para que él no pudiera tocarla. Raymond alargó el brazo hacia ella.

—Sí —contestó Juliana.

Él entornó los ojos por el humo; escudriñó la tensa figura de lady Juliana y se preguntó qué estaría tramando. Sus manos se abrían y cerraban sin contener nada en ellas. Estaba preparada para la acción. La valiente chica parecía un escudero antes de su primera batalla, toda nervios y expectación. Lentamente, Raymond se volvió de nuevo hacia las llamas.

—Tampoco está tan mal —comentó, atento a cada uno de sus movimientos—. Al menos sabéis decir sí o no.

Raymond vio de refilón que un trozo de madera se movía y era levantado en el aire.

—Si un hombre tiene que quedarse atrapado con una mujer, ¿qué mejor que sea silenciosa? —Esperó con el vello de la nuca erizado. Oyó que ella tomaba aire casi imperceptiblemente. Se giró, vio que el leño descendía sobre su cabeza y saltó sobre Juliana. El leño le golpeó el hombro con tanta fuerza que Raymond dejó de sentir el brazo, luego ella soltó la madera. Se tambalearon y cayeron sobre el duro suelo. Ella se quedó sin aliento, pero él por poco perdió el sentido.

—En nombre de San Sebastián, ¿qué creéis que estáis haciendo? —Raymond no pudo evitar gritarle, aunque entendía su desesperación.

Su grito retumbó en los oídos de Juliana, que cerró los ojos y se agazapó para protegerse de la bofetada que vendría a continuación. Pero no pasó nada. Él yacía sobre ella, un peso inmóvil.

—¿Os habéis hecho daño? —le preguntó Raymond tras un suspiro.

Ella sacudió la cabeza y entreabrió los ojos. La bufanda que Raymond llevaba le dejaba únicamente los ojos y la boca al descubierto. Miraba a Juliana con atención, intentando ver más de lo que ella deseaba desvelar. Un gorro de lana cubría la cabeza de Raymond, el pelo moreno desgreñado sobresalía por debajo de aquel, pero ella sabía que no reconocía esos hombros. Era un desconocido, un hombre, una de esas criaturas a las que ella más temía. Le recorrió un escalofrío. La mirada de ese hombre se tornó más compasiva y eso, de algún modo, le devolvió cierto coraje a su acobardado espíritu. Ella no quería su compasión, que rechazó incluso al sacudirle otro escalofrío.

—Salid de encima mío.

A él se le frunció el rabillo de los ojos y ella supo que le estaba sonriendo.

—No sólo sabéis hablar, también dais órdenes.

—¿Y vos, sabéis obedecer? —le espetó ella.

Él se puso serio y cargó sus palabras con más elocuencia de la necesaria.

—¡Claro que sí! Soy un mono bien adiestrado, ¿no lo sabíais?

La mordacidad de Raymond confundió a Juliana. Él se puso de pie y sacudió el brazo, lo levantó y lo torció.

—Buen golpe, mi señora —dijo una vez satisfecho con el funcionamiento de este.

Ella levantó la vista y clavó los ojos en él, intentando apreciar sus rasgos y su estado de ánimo. Descendió la mirada hasta sus gastadas botas de cuero, la subió hacia la magnífica tela de su capa, ya vieja, y se quedó maravillada. Con la espalda contra la pared, se fue encogiendo hasta pegar los pies al cuerpo.

—¿Qué es un mono?

De nuevo esa expresión risueña en Raymond. Alargó la mano con determinación.

—Acercaos al fuego donde pueda veros y os lo explicaré —le dijo.

—No.

Sus labios apenas habían articulado la palabra cuando él se plantó a su lado de una zancada. Ella volvió a darse cuenta de lo alto que era, pero no podía moverse hacia ningún sitio. Empezaba a recuperar la sensibilidad en los pies y con esta el hormigueo propio de la descongelación. Sus dientes producían un repiqueteo que la ponía en evidencia, pero no era capaz de detenerlo.

—Os estáis haciendo daño a vos misma, es absurdo. Venid junto al fuego.

Los dientes le castañetearon aun más, pero Juliana se acercó bordeando la mano extendida, temerosa de que él la tocara si no le obedecía. Que era lo que él quería. A ella le molestaba que a Raymond se le diera tan bien manipularla, como un insidioso titiritero con su muñeca; pero le molestaba más que lo hiciera para protegerla, sin dejarle margen para las objeciones racionales.

—Soy la prometida de un hombre que os ajustará las cuentas por esto. —Farfulló las palabras sin pensarlas, pero se alegró al ver que él parecía sorprendido.

—¿Quién es vuestro prometido?

—Geoffroi Jean Louis Raymond, Conde de Avraché.

—¡Ah...! —Él se relajó y se arrodilló para desatar la lana helada que envolvía los tobillos de Juliana—. ¿Lleváis mucho tiempo comprometida?

—Sí, más de un año.

—Veo que vuestro pretendiente tiene sus reservas.

—¡No! Es que nos comprometimos por poderes en el mismísimo palacio del rey.

—¿Y todavía no os habéis casado?

Ella se removió incómoda.

—He estado enferma.

Él la escudriñó con la mirada.

—A mí no me parecéis enferma.

—Lo estuve y luego mis hijas también. —Él seguía pareciendo cortésmente escéptico—. Entonces llegó el invierno y no es recomendable cruzar el canal de la Mancha con semejantes vendavales. Luego vino el verano y no podía viajar antes de que la cosecha...

Comprendió lo inverosímiles que sonaban sus palabras cuando él se rió entre dientes.

—¡Vaya! Sois una novia reticente. Me figuro que en palacio habrán sentado de maravilla vuestros titubeos.

—¡No! —protestó ella espantada.

—Y que Enrique se habrá reído a carcajadas por vuestro insulto a lord Avraché.

—Eso sería absolutamente lamentable, porque no he pretendido ofender a nadie... —dijo ella con la esperanza de convencerlo a él y también a sí misma—. Él es un guerrero valeroso, un cruzado.

—Los cruzados no son necesariamente unos guerreros temibles, mi señora. Algunos son unos miedicas. —Se concentró en sus zapatos, levantándole los pies para sacárselos uno a uno.

Ella perdió el equilibrio y por poco se cayó con tal de no agarrarse a él. En el último momento su dignidad fue superior a su sensatez, y se asió de su hombro. Se interponían demasiadas capas de ropa entre sus dedos y la piel de él. Ni tan siquiera el calor del cuerpo de Raymond podía traspasar la humedad y el frío que aún lo envolvían. Pero esa fue la primera vez en más de tres años que Juliana tocaba voluntariamente a un hombre.

Era imposible que él lo supiera, pero la había forzado a ello al hacerle perder el equilibrio. Si levantase la vista... pero en ningún momento apartó la mirada de los dedos de los pies que estaba descalzando. Raymond tenía la humildad de un siervo, pensó ella con amargura. Como si ese hombre pudiera ser humilde. Cada gesto y cada táctica estaban estudiados, y eran ejecutados con premeditación y pleno conocimiento. Sí, él sabía cuánto temía ella que la tocara y le había forzado a tocarlo a él primero.

Tal vez Raymond quisiese demostrarle que era de carne y hueso, pero ella sabía lo peligrosos que eran los hombres de carne y hueso. ¡Vaya si lo sabía!

—Mi prometido no es ningún miedica —protestó acariciándose la cicatriz curva de la mejilla—. Los sarracenos lo capturaron y él se escapó. Les robó un barco mercante y navegó hasta Normandía.

Las manos de él eran cálidas; los pies de ella estaban fríos. Él tenía unas manos fuertes, pero le masajeaba cada músculo con la habilidad de un curandero y recuperó rápidamente la circulación.

—No deberíais creeros todo lo que oís, mi señora.

—Pero ¡es verdad! —El rechazo automático de Raymond debería haberla alarmado, pero su tono burlón eliminó la amenaza de sus palabras y, en vez de asustarse, Juliana se ofendió.

—¿En serio?

—Sí, en serio. —Ella se acercó un poco más a él, decidida a convencerlo—. El rey Enrique me envió una carta informándome de mi compromiso en la que me describía a mi prometido y su pasado.

—¿Y cómo describió a vuestro prometido? —se limitó a preguntar él, impasible.

Ella repitió con desdén las frases cargadas de lirismo de la carta.

—«Guapo como la noche, fuerte como el viento del norte.»

—No os lo creéis, ¿verdad?

De la punta de la nariz de lady Juliana caía nieve derretida, que ella se enjugó con la manga.

—No soy idiota. Aunque estuviese cojo y medio loco, Enrique lo envolvería en un halo poético. El rey desea anticiparse a mis objeciones hasta que se celebre el matrimonio.

—Entonces lo más probable es que el heroísmo de vuestro prometido sea también una exageración.

Ella se mordió el labio, sintió cómo se le agrietaba bajo los dientes y notó en la lengua el sabor salado de la sangre. La lógica la había delatado, pero insistió en la conjetura a la que se aferraba y que a la vez rechazaba por miedo.

—No lo creo. Cuando pueden, los galeses vienen a saquear las tierras que yo considero pertenecen al rey. El rey no confiaría la protección de esas tierras a un mequetrefe. Lord Avraché es un hombre temible.

Él le apretó con fuerza los dedos de los pies.

—No lo temáis. No es más que un hombre.

Fue entonces cuando Juliana cayó en la cuenta. El hombre arrodillado a sus pies hablaba francés, igual que ella e igual que todos los nobles de Inglaterra, pero su acento era distinto a cuantos había oído. Era un cortesano, pero ¿qué lo había traído hasta aquí?

—¿Lo conocéis?

Él se llevó una mano enguantada al pecho.

—¿Yo? El conde se mueve en los más distinguidos círculos, pero su linaje, su carácter y su reputación han sido difundidos por diversas fuentes dudosas.

—Claro —repuso ella pensativa—, me imagino que no todos los que están en palacio han hablado con el rey.

—No, por supuesto que no. Yo no estoy en posición de juzgar la verdadera naturaleza de Avraché. —Se rió entre dientes y sacudió la cabeza—. Naturalmente que no.

—Pero ¿sabéis si...?

—¿Qué? —la instó él.

—¿Si está emparentado con el rey?

—Eso dicen. —Sus anchos hombros se encogieron—. Pero ¿quién no lo está? Enrique está emparentado con casi toda la nobleza europea y si no lo está él, lo está Leonor. La reina, quiero decir. La reina Leonor.

—Deberíais ser más respetuoso con ella —le reprochó Juliana—. De modo que Avraché es primo del rey. ¿Es muy rico?

—¿El rey?

Los ojos de ese hombre impertinente brillaron con candidez por encima de su bufanda, pero ella no se confió.

—Avraché. ¿Se abalanzará sobre mis tierras como si se tratara de un buen queso?

Él descendió la mirada hacia sus pies desnudos.

—Tengo otras calzas que podéis poneros para no pasar frío. —Raymond alargó la mano hacia su morral y hurgó en el interior. Ella creía que no le contestaría a la pregunta, pero por fin confesó—: Avraché es el único descendiente de una acaudalada familia.

La rabia se apoderó de ella.

—Entonces los Lofts y los Bartonhale no significarán nada para él.

—En absoluto, mi señora. —Mantuvo la cabeza gacha y deslizó por sus pies las calzas secas pero andrajosas—. Sus padres no son nada generosos. Lo han mantenido a dos velas para controlarlo.

—Pero es el conde de Avraché.

—Al nacer le concedieron uno de los muchos títulos que ostenta su padre, pero a pesar de que se lo prometieron nunca le han dado las rentas que producen las tierras.

—¿Cuántos años tiene?

—Treinta y cinco.

A ella se le escapó un gruñido.

—Es mayorcito.

Él se rió, como si se hubiera sorprendido.

—Tengo entendido que se... conserva bien. Por lo menos no tendréis que preocuparos por vuestras tierras. Cuidará de ellas como si fueran suyas.

El sentido de la posesión de Juliana, hizo que estallara de rabia.

—Las tierras no son suyas, sino mías. Soy la única heredera de mi padre, que en paz descanse. Él me adoraba y de pequeña me insistía en que recorriera cada acre de Lofts y conociera a todo el mundo, porque de lo contrario, decía, me estafarían y perdería lo que me pertenecía por derecho. Ahora he heredado la finca de mi marido, que en paz descanse también, y lamentablemente me he dado cuenta de cuánta razón tenía mi padre. Hay hombres que serían capaces de robarme a escondidas o con artimañas.

—¿Sois la única heredera de las tierras de vuestro padre y vuestro marido?

Sus palabras sorprendieron a Juliana con la fuerza de la crecida primaveral de los ríos. ¿Cómo la había engatusado para que reconociera semejante fortuna? Seguramente él conocía la extensión de sus terrenos (los desaprensivos como él siempre sabían esas cosas), pero ella lo había confirmado en una revelación tan espontánea como inesperada. ¿Quién era este sinvergüenza? Juliana alargó la mano hacia su rostro; él reculó como si fuese a recibir una bofetada.

—La bufanda —le dijo ella malhumorada. Esta vez él permaneció inmóvil mientras Juliana le retiraba la prenda, que dejó caer como si le quemase en la mano.

Sus ojos verdes y esas pestañas negras increíblemente largas deberían haberla puesto sobre aviso. Era un hombre guapo. Más que guapo: seductor, enigmático, de conducta serena y sosegada, que anunciaba unas aguas profundas y ofrecía una recompensa por explorarlas. Su pelo de ébano le rozaba los hombros y era una tentación para el tacto femenino. Sin barba ni bigote, tenía un hoyuelo en su mentón ancho e imponente. La suave curva de sus mejillas llamó su atención y abrumó su alma. Le retiró el gorro y el pelo le cayó libremente. Negro como el ala de un cuervo, con una onda rebelde, resultó ser más largo de lo que a ella le hubiera gustado, pero no apartó los ojos del abundante y reluciente pelo ni del tosco pendiente de oro que brillaba en una oreja.

Ella cayó en la cuenta de que él permanecía postrado a sus pies esperando pacientemente a que le diese el visto bueno para levantarse. Saltaba a la vista que estaba acostumbrado a que las mujeres (multitud de ellas) lo mirasen. Saber que era una del montón la indignó aún más, como le indignó que el físico de Raymond la alterase tanto.

—Tenéis unas orejas enormes —dijo ella con desdén, con la grosería de su hija de diez años.

Sorprendido, él parpadeó. Una sonrisa ocupó su rostro lentamente, curvando su boca sensual como si no pudiese evitarlo. ¡Dios! Esa sonrisa aumentaba su belleza. Las comisuras de sus ojos se elevaron y fruncieron; no era tan joven como Juliana se había imaginado al principio. Unos hoyuelos le arrugaban las mejillas. Sus labios cortados pedían hidratación a gritos. Se sorprendió a sí misma cerrando con fuerza el puño sobre su cintura para apaciguar el nudo que tenía en el estómago. Jamás se había imaginado que algún día, en algún lugar, un hombre produciría esa reacción en ella.

¿Cómo podía ser? Si todos los hombres del planeta desfilaran hacia un precipicio y se tirasen por él como los lemmings se arrojan al mar, ella les iría dejando migas para atraerlos. Su padre la había acusado de ser demasiado sensible, demasiado susceptible ante los hombres que la trataban como una mercancía para vender, trocar o consumir a conveniencia o antojo de su señor. Así pues, ¿cómo era posible que encontrase atractivo a este hombre, a este villano que con tanta crueldad la había secuestrado?

Raymond se puso de pie y a ella le salieron las palabras atropelladamente.

—Mi prometido está aquí ahora mismo.

—¿Aquí? ¿Dónde? —preguntó él sin quitarle el ojo de encima.

—En mis tierras. —La cara de Raymond adoptó una sucesión de expresiones, ninguna de las cuales hubiera ella podido definir. Ruborizada por su propia mentira, se enjugó la cara y se sacó la cofia, que cayó al suelo duro y sucio. Pero como no le gustó la forma en que él la miraba, se apresuró a recuperarla.

Él se lo impidió con la mano y ella le dio una patada instintivamente.

—Mi señora, creía que eso ya lo habíamos superado.

Sobreponiéndose a su propio pánico, ella se contentó con fulminarlo con la mirada. Él le agarró la trenza con una mano, calculó cuánto pesaba y frunció los labios.

—Esperemos que vuestro prometido esté tan bien guarecido de la tormenta como nosotros.

¿Se había fijado ese hombre en lo corto que llevaba ella el pelo? ¿Se había dado cuenta de que sin la trenza tan sólo le llegaría a los hombros? ¿Y a qué lo atribuiría? ¿Qué conclusiones extraería? Él recorrió con la mirada su cuerpo, embutido como una salchicha en su vestido de invierno.

—¿Cuántas capas de ropa lleváis puestas?

—Eso es asunto mío, no es de vuestra incumbencia —le espetó ella abochornada porque él la había sorprendido mirándolo.

Al intentar golpearle con el leño el grito proferido por Raymond la había hecho encoger. Ahora deseaba que volviese a chillar, porque su rostro perdió toda expresividad, como el del hombre cuya fortuna es pronosticada interpretando unos huesecillos arrojados dentro de una zona previamente marcada. Sus ojos se petrificaron como carámbanos verdes, el volumen de su voz serena se redujo tanto que ella tuvo que aguzar el oído.

—Si la señora de Lofts muriera por congelación estando a mi cuidado, eso no tardaría en acabar siendo asunto mío. Que sus hombres me ahorcaran sería asunto mío. Que ataran mis extremidades a cuatro caballos distintos a los que fustigaran para que al avanzar yo me desmembrara...

Ella se cubrió el rostro, demasiado cansada y helada para hacer frente a las imágenes que él evocaba, y la indignación de Raymond desapareció.

—Veo que estamos de acuerdo. Es asunto mío lo que llevéis puesto, porque debéis permanecer con vida para que yo conserve esa bendita condición. ¿Queréis que os ayude a quitaros al menos la primera capa de ropa? —Él alzó las manos con las palmas hacia fuera—. Mis intenciones son de lo más puras.

Juliana tenía sus dudas, pero fueran sus intenciones puras o no, había que hacerlo. La humedad de la nieve ya le había traspasado el primer brial empapando el resto de prendas que llevaba. Cautelosamente, retrocedió y tiró de las cintas que anudaban el largo vestido de tela basta que se ponía en invierno para trajinar al aire libre.

—¿Vos no tenéis frío? —le espetó molesta porque él la estaba escudriñando.

—Naturalmente que sí. —Se sacó su capa y la tiró encima del resto de capas—. Pero cuando un hombre ha estado en el infierno revive con las olas de frío invernal.

Ella se quedó mirando fijamente sus dedos, enredados en las cintas.

—¿Habéis estado ahí?

—¿En el infierno? Desde luego. Y he vuelto.

Una cosa era sospechar que estaba en manos del diablo y otra muy distinta tener la confirmación. Los dientes de Juliana empezaron de nuevo a castañetear sin control y él la observó con los ojos entornados.

—¿Cuántos años tenéis, mi señora?

—Veintiocho.

Él chascó la lengua.

—Pues sois muy impresionable. Ya no sois ninguna niña.

—Lo sé. Disculpadme, pero es que tengo frío y estoy cansada.

—Y supongo que hambrienta. No tengo nada más que unas tortas de avena, pero...

—No tengo hambre. —Por instinto, lady Juliana ignoró los rugidos de su barriga, los cuáles, pese a sus temores, pedían comida a gritos. Entendía perfectamente lo que significaba compartir el pan con el enemigo.

—¿No tenéis hambre?

A ella le pareció que el asombro de Raymond era forzado y cometió la insensatez de preguntarse si este hombre le leía el pensamiento. No quería que el diablo le diera pasteles, por muy tentadores que estos fueran. Sabía sin ningún género de dudas que si se comía las tortas, jamás regresaría al mundo que conocía. Sus dedos seguían desatando las cintas y su cerebro seguía confuso.

—Eso he dicho —insistió.

—Sentaos a la mesa. —Él le tocó el brazo con suavidad. La condujo hasta el banco y la obligó a sentarse—. He dejado el vino calentando. —Le rozó la nariz con un dedo—. No iréis a decirme que también rechazaréis una copa.

Su negativa se le deshizo en los labios. Estaba obedeciendo todas las órdenes de Raymond. No porque dudara de sí misma, sino porque él desplegaba una seguridad natural que marchitaba cualquier oposición antes de que pudiese florecer. Muy bien, aceptaría el vino y se limitaría a sostener la copa, sin bebérsela, únicamente para complacerlo.

—¿Quién sois vos? ¿Por qué me habéis secuestrado? —preguntó malhumorada siquiera por esa concesión.

Raymond regresó junto al fuego y levantó la tapa de una olla. El aroma del vino tinto se elevó en el aire.

—¿Erais consciente de que no teníais ninguna posibilidad de llegar hasta vuestra casa? —dijo él mientras llenaba una copa con un cucharón.

Raymond parecía inexplicablemente preocupado, obstinadamente honesto, y ella escudriñó su rostro en busca de la verdad, consciente de que si la encontraba no la reconocería. Lady Juliana suspiró, soltó las cintas de su vestido y rodeó con las manos una copa de ponche. El calor penetró en sus dedos, agarrotados por el frío, y empezó una dolorosa recuperación.

—Bebed. —Él le empujó la copa hacia a la cara.

Ella cerró los ojos para saborear mejor el aroma y la tentación resultó ser mayor de lo que se había imaginado. Con el vapor del ponche ascendió un olor a hierbas autóctonas y a un sabor inigualable. Al abrirlos vio que él estaba delante de ella, su cara frente a la suya, su mirada persuasiva.

—Bebed —volvió a decirle y ella tragó embelesada el humeante brebaje.

Por bueno que estuviera el vino, por mucho que le hiciera entrar en calor, tenía que saber cuál sería su suerte.

—¿Por qué...?

—Bebéoslo todo.

Al ver la expresión de Raymond, ella apuró la copa y la dejó con brusquedad encima de la tabla de la mesa. Su forma de hablar le exasperaba. Hablaba despacio, como si eligiera cada palabra antes de pronunciarla; con aspereza, como si las palabras ascendieran susurrantes de sus profundidades, del lugar donde residían sus pensamientos, y ese lugar fuera más profundo que un remolino a merced del viento.

Aquel lugar la atraía y trataba de aplacarla, usando su cansancio contra ella misma. Ese lugar recóndito que había en él intentaba comunicarse con ella mediante la autoridad de su imponente cuerpo. «Confiad en mí —le susurraba—, yo os protegeré.» Mediante sus ojos, verdes como el mar durante una tormenta de rayos. «Confiad en mí —le susurraba— no os haré ningún daño.» *Él* era más cautivador que el vino o la comida. A Juliana le escocieron las lágrimas en los ojos y soltó un trémulo suspiro que hizo que se sintiera violenta. Habían pasado tres años y este desconocido se pensaba que ella confiaría en él.

—¿Vuestros hombres de armas son tan insubordinados como para no escoltaros? —inquirió Raymond antes de que ella pudiese intentar reformular su pregunta.

—¿Qué? ¿Adónde? —Juliana aflojó las cintas y sacó con dificultad los hombros de su sencillo brial marrón, dejando al descubierto otro vestido debajo.

Él agarró las mangas de áspera lana y tiró de estas para que ella pudiera sacar los brazos.

—Hasta la aldea. Veníais de ahí, ¿verdad?

—He ido a ver a mi antigua niñera. No parece que vaya a sobrevivir a este invierno y quería verme. —Indignada por tener que justificarse, Juliana se levantó, se bajó el brial hasta la cintura y le sorprendió notar las manos de Raymond sobre las suyas. Ella las retiró y levantó la mirada furibunda. No pudo ver en su rostro nada más que impaciencia y una ira considerable.

—¿Dónde estaban vuestros hombres de armas?

—El propio sir Joseph me acompañó. Es mi escudero principal; era amigo de mi padre.

—¿Dónde está en *estos momentos*? —Raymond articuló las palabras con precisión, quería una explicación más deprisa de lo que ella deseaba dársela.

Este hombre tan perspicaz pensaría, igual que pensaba sir Joseph y anteriormente su padre, que ella era boba por sentir tanto miedo. Pero tenía terror a los hombres; eran emociones que no podía controlar.

—Se ha negado a volver conmigo —dijo en tono desafiante—. Me dijo que la tormenta era demasiado intensa, que nos congelaríamos y no podríamos regresar al castillo.

Raymond parecía pensativo.

—¿Y habéis dudado de sus palabras?

—No.

—¿Tenéis motivos para regresar? ¿Un hijo enfermo, tal vez, o una madre moribunda?

—Mis hijas están bien. Mi madre está muerta.

Él le bajó el vestido; sus manos eran demasiado firmes sobre sus caderas como para que ella se sintiese cómoda, pero Raymond no lo prolongó ni ella osó quejarse.

—Y pese a su advertencia, ¿estabais decidida a ir a casa?

—Sí. —Juliana esperaba un estallido, la reprimenda despectiva de un hombre sensato como él, pero en vez de eso oyó su incredulidad.

—¿Y este sir Joseph se negó a acompañaros? ¿Os ha dejado marchar sabiendo que quizá moriríais de regreso a casa? ¿Sabiendo que podíais desviaros del sendero por la fuerza del viento y la nieve? ¿Sabiendo que podía perder a su señora?

—Bueno, entendedlo, es un hombre anciano. —Ella desató las cintas de su siguiente brial.

—Es un hombre que ha dejado de seros útil.

Raymond expresó el juicio como si tuviese derecho a ello. Mientras le rellenaba la copa a lady Juliana reparó en su inquietud.

—Descuidad que yo me ocuparé de ello —le dijo con seriedad.

—¿De qué os ocuparéis? —Él se limitó a entregarle la copa y ella, angustiada, por poco la volcó—. Por favor, no le digáis nada sobre esto a sir Joseph. Diría que he hablado mal de él y... —Ante la mirada de Raymond, ella dejó de hablar.

—Os ruego que continuéis.

—Sir Joseph puede ser muy desagradable —farfulló ella. Deseó, no por primera vez, que sir Joseph se pudriese en el infierno. Pero ese era un pensamiento perverso e ingrato. Se tocó una vez más la cicatriz de la mejilla y luego deslizó la mano por el pelo hasta detrás de la oreja. Allí otra cicatriz, larga y dentada, le fruncía la piel.

—Acabaos el vino y meteos en la cama.

—Será una broma. —Él levantó las mantas y las sostuvo a modo de silenciosa orden—. No pienso acostarme.

Raymond no le había dicho en ningún momento quién era ni por qué la había traído aquí. Su preocupación por el bienestar de Juliana ocultaba un objetivo mayor y olvidarlo sería una estupidez. Él parecía impaciente, pero por las venas de Juliana corría el coraje que proporcionaba el vino.

—No pienso tumbarme ni con vos ni en vuestra presencia. Secuestrar a una heredera es la clásica fórmula para conseguir una novia y hacerse con su fortuna, pero ya ha habido otros que han intentado obligarme a casarme con ellos y los he rechazado; al igual que os rechazo a vos, gusano apestoso.

De pronto él se cernió sobre ella, un hombre alto, corpulento y furioso, y ella alzó los brazos para cubrirse la cabeza. Pero no recibió golpe alguno.

—Sentaos —le dijo él en un tono que contradecía la ira de sus ojos.

Bajando los brazos lentamente porque sospechaba que era una trampa, ella lo observó con detenimiento. Raymond le seguía pareciendo alto y corpulento, pero la repugnancia había reemplazado a la ira. La cobardía que sentía le asqueaba y ella se desinfló. Entonces obedeció y se sentó en el jergón con olor a humedad.

Reinó un silencio absoluto mientras él le remetía las mantas de piel alrededor de los tobillos, le tapaba bien la cintura y colocaba una tela sobre el tronco pulido que hacía las veces de almohada.

Incluso a pesar de su profundo terror, lady Juliana ignoraba qué la impulsaba a seguir retándolo. Tal vez fuese el miedo que le tenía, tal vez fuese el miedo que tenía de sí misma, de las molestias que él fingía tomarse por ella, de esa extraña atracción que sentía hacia él. Tal vez la había llevado al límite de su resistencia.

—No pienso acostarme con vos —susurró Juliana clavando los ojos en su fría mirada—. Antes preferiría arrojarme a las llamas o vivir encadenada como un siervo.

La mirada helada de Raymond se convirtió en un fuego esmeralda. Le puso las manos en los hombros y la empujó.

—No volváis a decir nunca una cosa así. No la penséis ni la deseéis, jamás. Las cadenas de un siervo no son para vos, mi señora.

—No, pero quedarían bien alrededor del cuello del canalla que pretende mejorar su condición social con mi título.

Él la soltó como si su cuerpo le quemase.

—Si algún día tengo la suerte de conocer a Geoffroi Jean Louis Raymond, Conde de Avraché, le aconsejaré que os encadene al lecho conyugal hasta que aprendáis a hacer con la lengua algo mejor que hablar.

Capítulo 2

Geoffroi Jean Louis Raymond, Conde de Avraché, reflexionó con pesar en la debacle que había provocado con un simple secuestro.

Juliana era una heredera que tenía dos bonitos castillos con sus correspondientes y fértiles tierras solariegas. El rey Enrique le había concedido su mano, pero ella se había negado a casarse con él por las más insidiosas razones, convirtiendo a Raymond de Avraché en el hazmerreír de la corte.

Entonces, ¿por qué su ira se había aplacado ante el pánico de esta mujer rebelde? Había querido vengarse de lady Juliana por su renuencia a desposarse, pero al verla tan asustada, tan valiente, fue incapaz de infligirle el castigo merecido. Ella no era más que una mujer débil; aun cuando le hubiese asestado un fuerte golpe con un leño.

Pero después de empujarla y someterla, tomó conciencia de su fragilidad. Aunque su ropa le daba un aspecto regordete, debajo de esta había un cuerpo de huesos delicados. Se sorprendió a sí mismo esperando a que se quitara cada prenda con la expectativa de un bajá que sueña con su más reciente concubina. La última capa de ropa era tan fea como la primera, pero no podía ocultar del todo su estrecha cintura ni las curvas de senos y caderas. El rostro de lady Juliana carecía de la belleza puritana extendida en la corte, pero su dulce boca y sus ojos misteriosos le retaban a abrazarla, a acariciarla, a darle consuelo hasta que su resistencia se desvaneciera convirtiéndose en pasión.

Rebuscando en su morral, Raymond dio con el sello que llevaba el escudo de su familia y acarició con la yema del dedo índice la tosca imagen del oso en él grabada. De imponente mandíbula y con las zarpas levantadas, era una amenaza de muerte y desmembración para cualquier enemigo de su clan. Una simple mujer no tenía nada que hacer contra el poder del oso; entonces, ¿por qué no se la había beneficiado mientras dormía profundamente?

Furioso, tiró de nuevo el sello en el interior de la bolsa. Él no era como el legendario fundador de su clan: fiero, fuerte, que se crecía en las batallas. Más bien se parecía a una madre osa reprendiendo a un cachorro con un suave zarpazo de su gran pata.

Se bajó las calzas mojadas por las piernas y las puso a secar cerca de las llamas. ¡Ojalá tuviese otro par! Pero Juliana llevaba puestas las de recambio y él era demasiado bondadoso...

Así que otros hombres habían intentado coaccionarla para que se casara. ¿Y ella se había negado? ¿Qué clase de proposición habría rechazado? ¿Le habría dejado algún pretendiente esa cicatriz morada en la mejilla al darle una bofetada con la mano en la que llevaba el anillo?

Se arrodilló junto al fuego y lo atizó para que los calentara durante toda la noche. El rojo candente de las brasas era equiparable al fuego que notaba en el pecho.

A partir de ahora lady Juliana no iría a ningún sitio sin un guardia. A Raymond le hirvió la sangre al pensar en lo fácil que era que cualquier hombre la arrancara de sus tierras y la obligara a desposarse. Cualquier bribón podría haberla sometido a golpes, maltratándola y aprovechándose de ella. Raymond no la había maltratado, no la había pegado y ni siquiera se había aprovechado de ella.

¡Menudo caballero estaba hecho! Atrás quedaban los tiempos en que se abría paso por la vida a cuchilladas, con la espada y la maza como fieles compañeros. Hubo una época en que las justas, las peleas y matar le habían proporcionado honor y riquezas suficientes para mantenerse a sí mismo. Se había embolsado los botines de la guerra y jamás se había parado a pensar en el dolor y la ruina que dejaba a su paso. Le había comentado a Juliana que había estado en el infierno; así era, y había renacido de las cenizas.

Era verdad que había sido un caballero de las cruzadas, que lo habían apresado y había robado un barco para regresar a Normandía. Pero Juliana no estaba al tanto de los años que había pasado con los sarracenos.

¿O sí lo sabía? ¿Era esa la razón por la que se había negado a cumplir el mandato del rey de casarse con él? ¿Sabría toda la cristiandad de la frágil voluntad de Raymond de Avraché? ¿Estaría ella indignada por las historias que se contaban acerca de su cobardía? ¿Por eso lo había llamado canalla?

Se calentó las manos hasta que salió vapor de sus húmedas mangas y se quedó mirando a la dama durmiente; la miró fijamente hasta que le escocieron los ojos. Seguramente sería apasionada, ¿verdad? Sería generosa y bondadosa, y le daría la bienvenida a su hogar y su cuerpo. «Tómala», se animó a sí mismo. No era demasiado tarde. «Fecúndala. Métete en la cama con ella y penétrala antes de que se despierte del todo.»

Así la dama se casaría con él sin tener que recurrir a la fuerza ni las órdenes de Enrique.

Se inclinó sobre el fuego y tapó a lady Juliana con un manto de lana para que si los cobertores se movían ella siguiera abrigada. Entonces, atraído por su calor, introdujo una mano fría bajo las mantas y tocó la codiciada carne. La luz de la lumbre cubría su hermosa piel con un resplandor. La deseaba, y esta dulce dama...

Se puso a olisquear. Un olor a ropa quemada le escoció la nariz. ¿A lana? Echó un vistazo a sus calzas, pero seguían colgadas fuera del alcance de las llamas. ¿Qué era entonces? Le sacudió una inquietante sospecha y se levantó de un salto. Sus calzones estaban ardiendo y empezó a abofetearlos para aplacar el inminente (y oportuno) incendio.

Juliana se incorporó de golpe. En la habitación a oscuras ardía un fuego candente. La tempestad agonizaba en una muerte lenta que trajo un frío opresivo, ajeno al débil intento de las brasas por refrenarlo.

Sobre el banco que había al otro lado del círculo de piedras, el desconocido dormía. La cabeza descansaba encima de su brazo, se había acercado las rodillas al pecho y le cubría una única y deshilachada manta. Al otro lado de la cabaña el caballo también tenía una manta encima, y mejor que la de su dueño.

Incluso en su descanso el hombre parecía tenso, vigilante, sin una pizca de la laxitud del sueño, pero durante la noche no se había aprovechado de su debilidad. Mitigado el cansancio y refutadas sus más innobles suposiciones, se preguntó si lo habría juzgado mal. Tras un sueño reparador, y completamente despierta, descubrió una serie de cosas sobre él.

Hablaba como un distinguido caballero. ¿Un hombre así le haría frente a una ventisca para secuestrarla? Ciertamente, sus desgastadas botas de cuero y su capa en otros tiempos preciosa desvelaban una carestía que bien podría impulsar a un hombre a tomar medidas a la desesperada. También podrían ser un disfraz para engañar a los bandoleros que acechaban en los caminos con total libertad.

De modo que si no era un bribón, ¿por qué estaba aquí, en sus tierras, en su cabaña? ¿Era un caballero andante o un hombre libre en busca de trabajo? ¿El infortunio le había arrebatado todo y eso le violentaba demasiado como para hablar de ello? Si aplicaba con habilidad su intuición femenina (seguramente recordaría cómo tratar adecuadamente a un hombre), podría descubrir sus desventuras sin herir su orgullo.

Hoy podría tirarle de la lengua, preguntarle sobre su pasado y al mismo tiempo establecer una relación libre de prejuicios de género. Era posible hacerlo. Hasta hacía tres años había tenido amistades masculinas. Amigos a los que había abierto las puertas de su casa, con los que había bromeado y en los que había confiado. Ahora rechazaba ese contacto, pero en aras de su propia seguridad, podría volver a hacerlo. Volvería a hacerlo, ya que lo más importante era que él no la había violado.

Habían pasado la noche juntos y él no la había forzado con sus crueles manos, su boca sonriente y sus perversas intenciones. Ella sabía que de habérselo propuesto, él podría haber minado sus defensas. No estaba ante un caballero enclenque, enajenado por su sueño de ser rico, sino ante un hombre que sabía lo que quería. Parecía que midiera tres metros y medio de alto, y tenía motivos para creer que su fuerte musculatura recubría una fuerte osamenta. Su mero autodominio le absolvía de casi toda culpa y si ella no acababa por exculparlo del todo, esperaba al menos que sus sospechas resultasen baldías.

Animada por su resolución, Juliana se incorporó, retiró las pieles que la envolvían y él, como si quisiera poner su coraje a prueba, abrió los ojos. La examinó, igual que un guerrero presto para luchar, y una expresión de hambre voraz se apoderó de su rostro. Pese a su decisión de ser fuerte, ella volvió a encogerse de terror.

—¿Tenéis sed? —inquirió él.

Juliana asintió, maravillada. ¡Qué raro era! A diferencia de todos los hombres que había conocido hasta entonces, parecía controlar sus apetencias.

—Calentaré más vino. —Raymond se incorporó y se frotó los ojos.

Llevaba puestos unos guantes sin dedos. Así su destreza era mayor, pero los guantes no habían sido tejidos así. Él los había cortado y habían sufrido con el uso. Por ilógico que fuera, eso le permitió a ella desprenderse de su miedo.

—No quiero más vino —replicó Juliana con la boca pastosa—. Os ruego que me deis agua.

Él se puso de pie.

—Recogeré la nieve que se ha colado por la puerta.

—¿Es de día? —le preguntó mientras llenaba la olla.

Él separó las cenizas de las brasas todavía candentes, recolocó la leña y las astillas, y sopló hasta que la madera ardió.

—Es posible. La cabaña tiene tanta nieve alrededor que estamos... —Titubeó.

—¿Enterrados?

—Incomunicados —contestó él.

Ella señaló hacia el techo, donde el humo se arremolinaba antes de salir al exterior.

—No estamos del todo enterrados, pero percibo el calor de la protección de un banco de nieve.

—¿Calor? —Él sonrió, torciendo el gesto con ironía—. Me parece una exageración decir que hace calor.

Cuando Raymond se giró y le dio una taza de agua fresca, ella recordó que él no había disfrutado de las mantas que la habían mantenido abrigada la noche anterior. Su amabilidad le irritaba; no deseaba estar en deuda con él. Apuró la taza y luego, con la energía de una gallina clueca, le dijo:

—Tened. —Bajó las piernas de la cama, cogió la manta de lana y le envolvió los hombros con ella.

Raymond se arrebujó con la manta y, como estaba cerca de él, Juliana pudo ver el tono azulado de su piel.

—Sentaos aquí —le dijo—, prepararé algo caliente. ¿Qué podemos comer?

—Tengo una hogaza de pan que compré en la aldea.

—La tostaré.

—Y un poco de queso, un poco de avena, unas cuantas cebollas, un poco de cecina, unos guisantes secos, un poco de fruta seca, un poco de cerveza...

Juliana alzó una mano.

—Bastará con un poco de pan tostado. —Él levantó la vista y la miró con ojos grandes y espantados, y ella cedió—: Aunque tengo tanta hambre que podría comerme un ciervo. Quizá podría hacer también compota de fruta con un poco de avena.

—¿Eso es todo? —Él suspiró.

Raymond agachó los hombros imitando con exageración a un niño y esa pretensión discrepaba tanto de su imponente silueta que ella se echó a reír. Su propio gorgorito le sorprendió. ¿Cuánto tiempo hacía que no sonreía? Demasiado, por eso le resultó sumamente extraño y una especie de rendición. Se volvió hacia los bártulos que él tenía sobre la mesa y cogió sus morrales.

—¿La comida está aquí o...?

Él le quitó las bolsas de la mano antes de que ella pudiera abrirlas y la empujó contra la estantería de la pared.

—Ahí dentro están mis provisiones y las destinadas a aquellos demasiado exhaustos para seguir caminando.

—¿Estaremos indefinidamente incomunicados? Me refiero a si deberíamos racionar las provisiones.

—Me imagino que el viento amainará. Si para, trataré de forzar la puerta.

—¿En serio? —Ella juntó las manos en actitud de rezo—. Daría cualquier cosa por estar a salvo en mi casa.

—¿A salvo? ¿A salvo de qué?

De alguien como vos, quiso decir ella, pero no tuvo el valor. Apartó la mirada de Raymond y clavó los ojos en la hilera de tarros y bolsas perfectamente ordenados.

—Con una ventisca de proporciones gigantescas y un paladín como yo —dijo él, con sarcasmo, arrastrando las palabras—, estáis todo lo segura que podríais estar.

—Naturalmente, no he querido... —Juliana le robó una mirada. No cabía duda de que este hombre había afrontado la adversidad. Era guapo, sí, pero no estaba en la flor de la juventud. La barba incipiente crecía negra y gruesa en su mentón, y su piel bronceada evidenciaba un sol despiadado. La responsabilidad le había dejado unas arrugas diminutas alrededor de los ojos y al contemplar las llamas entreabrió la boca.

Se desenvolvería bien con este hombre, eso si se controlaba y dejaba de meter la pata. Manteniendo conversaciones impersonales y hablando de cosas de las que a los hombres les gusta hablar, indagaría sutilmente su pasado.

—¿Dónde estaba el cortejo del rey —le soltó— cuando emprendisteis camino hacia aquí? —«¡Vaya, qué sutileza!», se reprendió a sí misma.

Pero él contestó al instante.

—Enrique estaba recorriendo sus dominios por el continente a una velocidad propia de un joven, cosa que ya no es aunque nadie tenga el valor de decírselo. Sus criados se quejan, pero he llegado a la conclusión de que es su forma de mantener el reino controlado. Nadie sabe nunca dónde ni cuándo aparecerá.

—Habéis aprendido mucho de él —musitó Juliana mientras separaba los trozos de cáscara y los cuerpos extraños de la avena.

—No os he oído.

—Sólo preguntaba qué clase de fruta queréis. —Ella echó un vistazo al interior de los sacos de cuero que protegían la comida desecada de los roedores.

—Manzanas. Desde que he vuelto no me canso de tomar buenas manzanas inglesas.

—¿No cultivan manzanas al otro lado del canal?

—No tienen el mismo sabor que las nuestras.

La sonrisa de Raymond le llegó al alma y Juliana echó un generoso puñado de manzana en la compota hirviente. El aroma hizo que le rugiera el estómago y recordó sus temores de la noche anterior. Los descartó por irreales, generados únicamente por el hambre y la angustia.

—Tengo entendido que la reina Leonor ha regresado a Inglaterra —le dijo a Raymond.

—Así es —reconoció él.

—Y tengo entendido que el rey la hace sufrir.

—Esa clase de rumores se esparcen como la crecida primaveral de los ríos. —Raymond cogió el cucharón y removió el contenido de la olla. Ella creyó que él diría algo más, pero se limitó a apretar el mango hasta que se le pusieron los nudillos blancos—. Enrique es un estúpido.

—Criticáis con mucha ligereza a vuestros superiores —protestó Juliana sobresaltada.

—Enrique es mi rey y cuenta con mi lealtad, pero eso no significa que no tenga una opinión sobre su sensatez o falta de esta. —Mantuvo el gesto serio—. ¿Vos nunca le reprochasteis nada a vuestro padre? ¿O a vuestro esposo?

—Ni mi padre ni mi marido fueron reyes de Inglaterra y señores de media Francia —contestó ella con rotundidad. Cogió el pan y miró a su alrededor—. ¿Dónde está el cuchillo?

Él dejó su sitio junto al fuego y le quitó la hogaza de pan.

—*Yo usaré* el cuchillo.

Su forma de hablar le recordó a ella su intento de golpearle en la cabeza. Avergonzada, preparó unos cuencos mientras él cortaba un trozo de pan, lo pinchaba con un palo y lo colocaba sobre las llamas.

—Ni vuestro padre ni vuestro esposo tenían el potencial de construir lo que Enrique ha construido, ni el potencial de destruirlo. Tiene un férreo control de las tierras de su padre, su madre y su esposa, y podría perfectamente unir sus dominios en un solo reino. Pero ¿qué es lo que hace? Presumir de amante delante de su reina. De su magnífica reina, la reina que se divorció del rey de Francia por él.

—El amor... cambia. Crece o disminuye con el paso del tiempo y las circunstancias. —Ella era una experta en eso. Para evitar mirar a Raymond, removió el contenido de la olla con tanta fuerza que sería imposible que la avena se agarrara.

—¿Amor? No sé si entre ellos habrá habido nunca amor. Pero sí había cariño, al menos por parte de Leonor. Ella había estado casada con Luis, que era tan devoto que concedía favores maritales únicamente con cuentagotas. Y cuando vio a Enrique, joven y viril como un toro...

—¿Ella es mayor que Enrique?

—Sí, y eso hace que su deserción sea especialmente mortificante.

—Cualquier mujer lo entendería —admitió ella.

—Y cualquier *hombre* —le espetó él.

Las llamas iluminaban las hermosas facciones de Raymond y ella volvió a percibir, abrumada, su fuerza. Este hombre desplegaba su arrogancia sin problemas, sin esfuerzo ni ejercicio mental alguno. Ella sabía que quienquiera que fuese e hiciera lo que hiciera, era un señor. El prolongado examen de su persona atrajo su mirada, y él arqueó las cejas extrañado.

—Las gachas están listas —se apresuró a decir Juliana. Las sirvió con la cuchara en los cuencos, aceptó un trozo de pan crujiente y se acomodó en la cama. Poniendo a prueba los conocimientos de Raymond, dijo—: Pero el rey tiene fama de tener relaciones fuera del matrimonio. Nunca ha habido rumores de su fidelidad.

—¿De la fidelidad de *Enrique*? ¡Ja!

Ella paladeó el sabor de los cereales y la fruta con los ojos cerrados, y al abrirlos descubrió que él la miraba fijamente a la cara. Una media sonrisa decoraba su boca, aunque ella ignoraba si era debido a su propio placer o a la dudosa fidelidad de Enrique. Sus dudas de la noche anterior regresaron fugazmente. ¿Estaba ante el rey del infierno? Comiendo su comida, ¿se había condenado a sí misma a permanecer eternamente a su lado? Mientras lo observaba, él se retiró el pelo tras las orejas para que no le molestara, y ella vio de nuevo su pendiente.

Un tosco pendiente de oro martillado, tan grande que le agrandaba el lóbulo agujereado. Tenía que haberle dolido horrores y ella no lograba imaginarse qué le habría llevado a autorizar algo semejante.

—Tengo entendido que los nobles mantienen a sus esposas e hijas alejadas del rey —se lanzó a hablar Juliana cuando él levantó la vista para ver a qué se debía aquel repentino silencio.

—A menos que quieran que les sea concedido algún favor —confesó él—. Pero esta chica, Rosamund, es distinta. Enrique presume de ella y la tiene en las dependencias reales.

Mientras comía, lady Juliana consideró si era prudente contarle todos los rumores que el juglar había propagado. Pero Raymond sabía tanto y tenía una relación tan estrecha con los protagonistas de la historia que no pudo resistirse.

—Durante sus viajes otoñales Leonor descubrió que Rosamund vivía en Woodstock.

Él dejó la cuchara.

—¿En su adorada residencial real?

—Eso me han dicho.

—¿Cree Enrique que Leonor aceptará sumisamente su falta de respeto? Antes de ser reina de Francia o de Inglaterra, era Condesa de Poitou y Duquesa de Aquitania. Sus dominios son casi la mitad del imperio de Enrique.

Ella rebañó los últimos trozos de manzana de su cuenco.

—¿Qué clase de mujer es?

—Una mujer maravillosa. —La sonrisa de Raymond reflejaba sin ambages el cariño que sentía por ella—. No es una reina florero. Entiende la política entre Francia e Inglaterra, y entiende la política *interna* de Francia e Inglaterra. Sin su ayuda, Enrique jamás habría podido llegar tan lejos ni tan rápido. —Cogió el cuenco de Juliana y le sirvió otra ración de la mezcla de avena y manzana.

—Aunque seguro que pensáis que pertenece al sexo débil.

Él eludió su desafío.

—Sí, pero supera a la mayoría de los hombres. Le ha dado a Enrique siete criaturas... de las cuales hay tres varones sanos y robustos y tal vez tenga un cuarto en Navidad.

A Juliana se le anudó el pecho de compasión por la atribulada reina.

—¿Está encinta?

—Y Enrique la ha enviado a dar a luz a suelo inglés, o eso ha dicho.

—Tal vez el rey no se dé cuenta de lo mucho que llega a ofenderla dejándose ver con esta Rosamund.

—Sí que se da cuenta, no os quepa duda, pero en lugar de aplacar a la reina hace ostentación de su poder ante los súbditos de ella. Pasará las Navidades en Poitiers, en casa de Leonor, para presentar a su hijo Enrique a los señores poitevinos.

El segundo hijo, Ricardo, es el heredero de Poitou y Aquitania por designación de Leonor, pero el rey presentará a Enrique el Joven como futuro soberano. —Apartó el cuenco soltando un suspiro de saciedad o fastidio—. Nuestro señor feudal es un magnífico estratega.

La forma en que lo dijo hizo que ella lo mirara.

—¿Los poitevinos no reconocen a Enrique el Joven como señor?

—Los poitevinos son un pueblo veleidoso, con tendencia a sublevarse cada vez que Enrique desvía su atención hacia otra parte. Si la reina recurriese a ellos y les pidiera ayuda...

—Se rebelarían encantados —concluyó ella—. Y quizá se propagaría la rebelión. Me alegro de haber previsto una serie de mejoras en mi castillo.

Él centró su atención en ella.

—¿Mejoras?

¿Debería contárselo? ¿Le impresionaría que ella tuviese la precaución de fortalecer sus defensas o lo vería como una debilidad de la que aprovecharse?

—Quiero ampliar la contramuralla —contestó, observándolo con la misma atención con que él la observaba a ella.

Él se inclinó hacia delante, las manos sobre las rodillas, los ojos chispeantes de entusiasmo.

—¿Tenéis que reforzar vuestro baluarte?

—Sí. Me han hablado de los progresos realizados en el diseño de los castillos ocupados por los cruzados y he decidido sacar partido a esos diseños.

—Yo puedo ayudaros —le dijo él visiblemente satisfecho—. Domino bastante el tema.

¿De veras? Levantándose de un salto, él se fue hasta la puerta y cogió nieve con los brazos. La amontonó en el suelo de tierra compacta, cerca de la pared de la cabaña, formando un montículo con ella.

—Este es el afloramiento rocoso sobre el que se asienta vuestro castillo. —Con una ramilla dibujó una línea ondulante que rodeaba las tres caras del montículo—. Este es el río que os sirve de protección. La torre del homenaje está aquí, en el punto más elevado, y alberga el gran salón, los almacenes y, dado que está tan cerca del río, tal vez un pozo. —Hundió la ramilla en la cima del montículo y la rodeó con astillas a modo de cerca.

—La cocina también está en el sótano —dijo ella desafiándolo.

—¿En el sótano? —Raymond pareció sorprenderse tanto como todos los hombres a los que se lo había comentado—. ¿Para qué la queréis en el sótano?

—A los criados les resulta más fácil subir la cena por las escaleras. Es más fácil hervir agua teniendo el pozo cerca. Simplifica las cosas.

—¿Es más fácil que tener una cocina en el patio de armas? —Él se encogió de hombros—. Son cosas de mujeres y aunque nunca había oído semejante disparate, no soy quién para protestar.

Ella lo miró boquiabierta. Ninguno de los hombres que conocía (ni sir Joseph, ni Hugh, ni Felix, ni siquiera su padre antes de que sus sentimientos cambiaran), ninguno, habría menospreciado la ubicación de la cocina con semejante respeto hacia sus conocimientos.

—¿Habéis tenido problemas para encender el fuego ahí abajo? —inquirió él con aparente interés.

—No. —Ansiosa por contarle sus innovaciones a alguien que apreciase la creatividad, dijo Juliana—: Cavamos un hoyo en la tierra desnuda para hacer una hoguera, lejos de las columnas que sostienen el suelo del gran salón, y en lo alto pusimos un humero para desviar los humos.

—Entonces no habéis perforado vuestras defensas para instalar el humero.

—Exacto. —Ella se frotó la falda con las palmas de las manos y entonces compartió con él su mayor triunfo—. Y la comida llega a la mesa caliente.

—Siempre digo que no hay nada como una mujer para mejorar las condiciones de vida y un hombre para mejorar las defensas. —Raymond apuntó hacia su propio pecho con el pulgar—. Ahí es donde intervengo yo. Veamos... este es el muro que tenéis ahora. El patio de armas es esta zona al aire libre que rodea la torre del homenaje, donde quizá tengáis un jardín, las caballerizas...

Lady Juliana había dejado de escucharle, simplemente miraba atónita el montículo que él había hecho. Ese hombre conocía la distribución de su castillo, aunque no era un castillo atípico. A excepción de la cocina, que estaba en la torre del homenaje, su distribución era la típica de los primeros castillos de piedra construidos después de que Guillermo el Bastardo conquistara Inglaterra. Pero esto demostraba que él había estudiado detenidamente su casa, como haría un mampostero o un carpintero en busca de trabajo, o un guerrero decidido a conquistar.

Raymond dijo algo con impaciencia y a ella, que no dejaba de mirarlo, se le secó la boca. Este hombre no era un simple carpintero.

—¿Queréis construir otra contramuralla? —Él habló como si no le importara repetir la frase hasta la saciedad o por lo menos hasta que ella le respondiese.

—No. —Lady Juliana se aclaró la garganta. «Haz que siga hablando.» Él no podría enterarse de nada que ella no decidiera contarle, y si conseguía que siguiese hablando quizá descubriría sus intenciones—. Quiero reforzar la contramuralla actual... pero no porque no sea lo bastante sólida —se apresuró a añadir.

—¿Qué cambios haréis?

Juliana se dio cuenta con pesar de que tendría que explicárselo, minimizando las deficiencias a la vez que aparentando despreocupación y optimismo.

—En la coronación del muro hay poca protección para los arqueros. Quiero añadir merlones de piedra para que puedan esconderse y saeteras desde las que puedan disparar. Quiero añadir una torre y una garita... —Lo fulminó con la mirada—. ¡Dejad de sacudir la cabeza!

Al ver su irritación él sonrió.

—Necesitáis una contramuralla.

—¿De qué me serviría otro muro? —Juliana eligió las palabras con cuidado y dijo—: Ya tengo uno y no os imagináis lo macizo que es.

—Para ser eficaz, un castillo necesita anillos de defensa, uno dentro del otro y cada uno más sólido que el anterior.

—El muro está rodeado por un foso. —Agitando un dedo hacia el montículo que él había hecho, ordenó Juliana—: Cavad un foso en ese falso castillo que habéis levantado.

Él obedeció.

—Sin duda, construido cuando Guillermo I conquistó Inglaterra —dijo Raymond.

Molesta por sus aires de superioridad, ella asintió.

—¡Hace un siglo de aquello! Los nuevos diseños se trazan con numerosos anillos concéntricos para que el agresor tenga que salvar muchos muros, esquivar numerosos proyectiles y hacer frente a un sinfín de flechas. —En un ataque de entusiasmo, él borró el foso recién cavado con un rápido movimiento de la mano. Colocó unas astillas a lo largo de la cara de la colina que no daba al río y excavó junto a ella un nuevo foso—. ¿Lo veis? Vuestro emplazamiento resulta tremendamente ventajoso. Añadiendo un muro exterior que abarque el río de un lado al otro de la ribera, tendréis un castillo inexpugnable. Podríamos construir una torre aquí y otra aquí... —colocó unas largas ramas en las puntas de su muro exterior, de cara al río—, y los hombres de armas que apostarais verían kilómetros de terreno en cualquier dirección que miraran.

—Unas torres en el muro interno producirían los mismos resultados —replicó ella con remilgo.

—Pues levantaremos torres en los muros internos también —convino él—. Pero antes la contramuralla. Construiremos una garita, una fortaleza infranqueable. —Raymond se frotó las manos por el entusiasmo y buscó entre las ramillas hasta dar con la torre de garita adecuada.

Mientras él colocaba su astilla achaparrada en el centro de su muro exterior, ella se preguntó en qué momento había perdido el control de la construcción de su castillo, y por qué este trotamundos hablaba con tanto entusiasmo del refuerzo de sus fortificaciones como si el mismo fuese a supervisar la construcción.

—¿De qué sirve una garita?

—La puerta de acceso es el punto más vulnerable de vuestra defensa. Un agujero en el muro.

—Un agujero necesario.

—Naturalmente, un agujero necesario. No he dicho que lo cerréis, ¿verdad? —Él parecía nervioso con el titubeo de Juliana—. Con una garita debidamente construida, el enemigo debe pasar por un pequeño embudo y sobre su cabeza pueden arrojarse piedras y brea hirviendo, y el rastrillo puede atraparlo. Una garita debidamente construida puede ser la clave para derrotar al enemigo.

Los reparos de Juliana cesaron. ¿Por qué hacía de abogado del diablo? Había mantenido esta discusión con sir Joseph, solo que él defendía los métodos tradicionales y ella abogaba por los nuevos. Ante sir Joseph había cedido, pero el hombre que tenía delante hablaba con conocimiento de causa de cosas que ella ansiaba saber. Únicamente un maestro de obras sabría más que él.

Le dio unas cuantas vueltas a aquella idea, que siguió presente en su cabeza. Únicamente un maestro de obras sabría más. Un experto. Un maestro para los demás, un maestro de muchos oficios. Este hombre le había parecido un maestro con la autoridad y el control propios de un maestro. Le había dado tanto miedo, no había pensado con claridad, aunque... Lo escudriñó, a él y su creación. ¿Cómo podía ser? ¿Sería eso posible?

—Conocéis a fondo el tema de los castillos —dijo Juliana eligiendo cuidadosamente las palabras.

Él alzó las manos con los dedos separados, y toda la mugre y las astillas y los copos de nieve derretidos quedaron a la vista.

—Si no me hubiese especializado en diseño y construcción de castillos, hoy en día no sería libre.

Un hombre libre. No era vasallo de ningún señor, era un hombre libre. Para ganarse el privilegio de la libertad, había tenido que prestar unos servicios tan valiosos a ojos de su señor que este lo había liberado.

—¡Sois el maestro de obras que mandé buscar! —le reprochó Juliana, animada por la corazonada convertida en certeza.

Capítulo 3

En algunos tramos la nieve le llegaba a Raymond hasta la cintura, pero se abrió paso con dificultad, desembarazando el camino a su nueva señora. Le había hecho creer a lady Juliana que era un maestro de obras; a duras penas daba crédito.

Un maestro de obras encargado del diseño y la albañilería, la carpintería y el herraje. De todos esos oficios el único que conocía era el del diseño, ya que para llevar a cabo con éxito un asedio un caballero debe calcular las defensas de un castillo. Se animó, aunque a decir verdad ¿qué grado de dificultad podía entrañar la construcción de una contramuralla?

—Maestro Raymond —dijo quejumbrosa Juliana a sus espaldas—, espero que entendáis lo mucho que me habéis decepcionado.

Él se detuvo y tomó unas cuantas bocanadas de aire helado.

—Mi señora, avanzo tan deprisa como puedo.

—No hablo de nuestro avance —le espetó ella—. Os mandé buscar la pasada primavera en cuanto el rey Enrique me concedió permiso para ampliar el almenaje, en el que asimismo incluyó la recomendación real de contratar a su magnífico maestro de obras y la promesa de enviármelo antes de que declinara el verano. Falta poco más de un mes para Navidad, ¿dónde os habíais metido?

Él echó un vistazo al bosque primario circundante: árboles abovedados por distintos tonos blancos y azules, colinas cubiertas de nieve. Levantó la vista hacia el cielo, todavía preñado de nubes. Miró a Juliana, a sus espaldas, que llevaba su caballo con mirada feroz.

—Mi señora, no creo que este sea el momento ni el lugar...

—Maestro Raymond, yo decidiré el momento y el lugar —le interrumpió ella—. Seguramente os habréis pasado el verano repanchingado en la corte de Enrique, aceptando los tributos que os habrán rendido sus nobles por haber construido su castillo de la Dordogne.

A él le irritó que ella repitiera su nombre y su cargo recién adjudicado. Era la forma que Juliana tenía de recordarle su nivel social, de decirle que no alardeara de lo acontecido la noche anterior y esta mañana.

—Mi señora, vuestra imaginación... —objetó Raymond ocultando las manos bajo las axilas.

—No necesito imaginarme nada. Venís a mi encuentro cuando el invierno es severo, esperando vivir a mis expensas hasta la primavera. —Juliana avanzó hacia él—. Pensadlo bien, maestro Raymond. Dejaré que os quedéis en el castillo: si os dejase marchar sólo los ángeles saben cuándo regresaríais, pero os asignaré una serie de tareas.

—Cualquier tarea que me adjudiquéis será un honor, pero como maestro de obras —el cargo le dejó un sabor extraño en la lengua, así que lo repitió—, como maestro de obras debo realizar otras tareas para preparar la construcción de cara a la primavera. Por eso he venido cuando he venido.

—¿Qué tareas son esas, maestro Raymond? —pidió saber ella.

—Cavar y... —Juliana quería que él olvidara su pánico del día anterior, pero su obstinación rozaba la grosería. Él no estaba acostumbrado a semejante trato, que sintió como una molestia incluso mientras buscaba inspiración—. Y hacer herramientas —concluyó triunfal.

—El suelo está congelado.

Su tono de voz le dio dentera a Raymond.

—Haré piquetas.

—Mmm... —Ella le dio un empujoncito—. Caminad. Hace frío.

Él hizo lo que le mandaban, pero no pudo evitar decir:

—Yo ya os he aconsejado que no intentáramos llegar hoy al castillo de Lofts.

Ella lo ignoró. Lo ignoró con la misma solemnidad con la que había hecho todo desde que había descubierto su «identidad». Pero su arrogancia era forzada, ya que hablaba más deprisa y parecía más indignada de lo que cabría esperar por su recelo.

—¿Por qué no me habéis dicho quién sois?

Él agachó la cabeza con esperada sumisión.

—Como bien decís, he llegado tarde. Esperaba mitigar vuestro enfado antes de revelar mi identidad.

—Mientras tomabais nota del diseño de mi castillo —adivinó ella—. ¿Todos los maestros de obras son tan arrogantes como vos?

—¿Nunca habéis tenido ninguno trabajando a vuestras órdenes? —Raymond maldijo la esperanza que tiñó su tono de voz y resbaló en un trozo de hielo oculto bajo la nieve amontonada.

Juliana lo agarró antes de que cayera, y parecía satisfecha, tal vez por su propio atrevimiento o por la torpeza de Raymond. Sacudiéndole los copos de nieve de su capa mientras él se enjugaba la cara, ella respondió con una gentileza hasta entonces inexistente en su conversación.

—No. Mi padre nunca corrió ese riesgo, ya que durante el reinado de Esteban nadie se atrevía a bajar la guardia más que para hacer los arreglos necesarios. Cuando Enrique subió al trono, aguardamos esperanzados. Y cuando el rey arrojó a los mercenarios flamencos al océano y metió en cintura a aquellos barones canallas, nuestras esperanzas se vieron cumplidas.

—Es más fácil mantener el orden con la amenaza de una justicia real —dijo él.

Ella convino de buena gana.

—De no ser por eso, me habrían destrozado cuando mi padre falleció hace dos inviernos.

—Sin la mano firme de un señor, los hombres actúan a su antojo sin quebrantar por ello ley alguna. —Ella se estremeció y él preguntó—: ¿Quiénes son vuestros enemigos?

—¿Mis enemigos? —Su gélida sonrisa contrastaba con su atractivo rostro—. No tengo enemigos, sólo hombres a los que en su día consideré amigos míos.

—Entiendo. —Lo entendía casi todo. Ante la oportunidad de enriquecerse, los amigos se volvían codiciosos y los de lady Juliana habían resultado ser volubles—. ¿Y vuestro marido?

—Millard era un joven enfermizo, y pupilo de mi padre. Murió hace diez años durante el parto de mi hija pequeña.

Ni el pesar, ni el recuerdo amoroso ni una ternura marchita ensombrecieron su rostro. Esa unión, supuso Raymond, había sido política, dispuesta por su padre para aumentar la riqueza familiar. Era una parte insignificante de la vida de Juliana y no la razón de que guardara las distancias.

—Fue la época en que la reina dio a luz a Ricardo, al que designó heredero especial de Poitou y Aquitania. Mi primogénita tiene once años; nació el mismo mes en que Enrique ascendió al trono. —Su boca sonrió, pero la tristeza oscureció su mirada—. Mi padre decía que mi fertilidad profetizaba los acontecimientos de la nación. —Ruborizándose como si hubiese hablado demasiado, le preguntó—: ¿Qué hacéis ahí parado? Si no os movéis, no llegaremos a casa antes de que anochezca.

—Como mandéis, mi señora. —Mientras reanudaba su agotadora actividad, Raymond se preguntó si valía la pena llevar a cabo su plan medio improvisado, si Juliana descubriría sus malas artes y qué haría en tal caso.

Un molesto copo de nieve interrumpió su meditación y miró hacia el cielo. En el aire quedo flotaban copos de nieve.

—¡Por las flechas de San Sebastián! —exclamó—. La que se nos viene encima.

—¿Tenemos que volver? —inquirió ella.

—Es que no deberíamos haber salido —contestó él con fiereza.

—Las críticas no solucionarán nuestro dilema —dijo lady Juliana aparentemente azorada.

—Pero me hacen sentir mejor. —Raymond ya se sentía mejor, puesto que alguien había tenido que decidir abandonar la cabaña. Juliana había asumido la responsabilidad sin pestañear, y si él no estaba de acuerdo con su decisión... en fin, hubo una época en que él también tomaba decisiones tremendamente estúpidas.

—Pensé que lo mejor era intentar llegar al castillo de Lofts durante la primera tregua que nos diera la tormenta. A las ardillas este año les ha crecido mucho el pelaje y hay montones de orugas, de modo que sé que el invierno será duro. Podríamos habernos quedado atrapados durante la luna nueva.

Él parpadeó, ahora arreciaba el viento y la nieve caía con fuerza.

—Tenemos el viento de espaldas. La tormenta nos llevará hasta el castillo.

Sus conjeturas resultaron ser absurdas. Para cuando cruzaron el puente levadizo, el viento rugía y la nieve les cegaba. Raymond rodeaba con el brazo a Juliana por los hombros, guiándola, y su caballo capón avanzaba lenta y pesadamente dándoles algún que otro cabezazo de reproche. El patio de armas estaba desierto. No había nadie patrullando los adarves. La torre del homenaje no tenía puerta en su parte inferior, una defensa primitiva y muy eficaz, pero eso significaba que lady Juliana tendría que esperar hasta que le echaran una escalera para acceder a su propia casa.

Raymond chilló y dio patadas contra la puerta de las caballerizas durante un buen rato hasta que apareció a toda prisa el mozo de cuadra. El muchacho se quedó atónito y se apartó de las dos figuras congeladas que no parecían siquiera muñecos de nieve.

—Ocúpate del caballo —le espetó Raymond—. Yo me ocuparé de la dama.

Ante la voz anónima de autoridad el chico reaccionó y al cabo de un momento el caballo estaba siendo cepillado y alimentado. Mientras Raymond desenrollaba la bufanda helada del rostro de Juliana, apareció otro hombre de entre las sombras.

—¿Mi señora? —Alzó la voz—. ¿Mi señora Juliana? ¡Por las agujas de San Wilfrido! ¿Qué hacíais a la intemperie con una tormenta como esta?

—Volver a casa —habló ella con voz ronca.

—¡Oh, mi señora! Teníamos la esperanza de que os hubierais refugiado en algún sitio, pero temíamos que hicierais esto. —Chascó la lengua y echó un vistazo a Raymond con más curiosidad y menos respeto del necesario—. En fin... bendito sea vuestro regreso. Iré ahora mismo a decírselo a todos.

Se alejó corriendo, pero corriendo se acercaron otros dos mozos de cuadra, y sus gritos de júbilo alegraron el corazón de Raymond. Por lo visto sentían simpatía por su señora, ¿verdad? Observó cómo cubrían a Juliana con sus propios mantos y la escuchó a ella, casi congelada, darles las gracias en inglés. De modo que se había tomado la molestia de aprender el idioma de sus criados.

También ellos lo miraban con tanta curiosidad que se preguntó qué clase de recibimiento daban a sus invitados cuando no iban acompañados de la dueña del castillo. Raymond se habría quedado con gusto en los establos, pero el heno no permitía hacer fuego y el calor de los animales era lo único que mantenía el lugar por encima de los cero grados.

—Tenemos que ir junto a un fuego, mi señora —le advirtió.

—¿Os parece que vuestro corcel estará bien acomodado? —Apenas esperó a escuchar su respuesta—. Entonces vayámonos.

Juliana salió por la puerta con decisión y mientras Raymond la seguía, descubrió por qué. Por la escalera que colgaba de la puerta abierta de lo alto de la torre del homenaje bajaban con dificultad dos siluetas. Gritando como locas, volaron hacia Juliana, que corrió hacia ellas con los brazos extendidos.

Eran sus hijas. Las tres chocaron con fuerza y cayeron sobre la nieve cuajada, enredadas, besándose. Raymond, que se había detenido a una distancia prudencial, no podía ver sus rostros, pero en sus gestos había una desesperación implícita. Como los rayos de una estrella, el amor brilló alrededor del pequeño grupo.

Se quedó mirando fijamente, asombrado, los ojos le escocían, los pies le dolían por el frío. Había oído historias de amor entre madres e hijos, pero las había desechado por sentimentales o únicamente le habían parecido posibles entre campesinos. Mientras Juliana y sus hijas se levantaban y empezaban a andar hacia la escalera, las tres cogidas del brazo, él tomó una decisión. Decidió que algún día formaría parte de ese círculo mágico; algún día Juliana y sus hijas correrían a recibirlo cuando volviese a casa.

Primero subieron las niñas, luego Juliana se remangó las faldas y trepó por la escalera. Raymond subió a continuación para protegerla de un resbalón, se dijo para sí. En realidad, quería analizar este vínculo entre madre e hijas y comprobar si el afecto que codiciaba tenía rivales.

—¿Mi señora? —gritó un joven hombre de armas apostado en la entrada—. ¡Mi señora, cómo me alegro de veros! Pero ¿cómo habéis llegado hasta aquí con este tiempo? —Su exultación se desvaneció cuando su mirada se encontró con la de Raymond. La misma curiosidad que había despertado en los mozos de cuadra pareció intensificarse en este joven, con el estímulo añadido de la hostilidad.

Juliana y sus hijas accedieron al oscuro pasillo y Raymond apartó de un codazo al soldado para seguirlas. Pero este cerró la fila, pisándole a Raymond los talones en su ascenso por una corta escalera. Entonces reparó con aprobación en los estrechos recovecos que daban toda la ventaja al defensor, pero no se entretuvo. Ante él se abrió una puerta de golpe y la luz salió por ella a raudales.

La curiosidad y un empellón por la espalda lo empujaron al interior del gran salón, y entornó los ojos por el humo que producía el fuego crepitante. Tras el aislamiento de las últimas semanas, la habitación le parecía rebosante de gente. Los chillidos de las criadas se mezclaron con los gritos más graves de los hombres mientras todos se arremolinaban emocionados alrededor de su señora.

A través de los huecos que dejaba la muchedumbre, Raymond pudo ver dos figuras con capa pegadas a Juliana, una de la estatura de un niño, la otra casi tan alta como su madre. Eso le dio que pensar, ya que aunque ella le había dicho que su primogénita tenía once años, no había caído en que estaría hecha una mujercita. Juliana rodeaba a cada una con un brazo y no las soltó mientras las criadas revoloteaban a su alrededor. Le quitaron la capa, el sombrero y los guantes sin que ella dejase de abrazar a sus hijas.

—¿Estáis bien las dos? ¿Habéis pasado frío? —Juliana se dirigió a su hija pequeña con una sonrisa—. ¿Llevas zapatos, Ella?

Ella asomó su pie calzado con un puchero.

—Buena chica —la alabó Juliana.

—¿Y tú, Margery? ¿Has...?

—Mamá, me he hecho daño —interrumpió Ella.

—¿Dónde te has hecho daño? —preguntó Juliana, aunque no parecía verdaderamente preocupada.

—Me he hecho daño en el dedo. —Ella le mostró el dedo herido. Entonces Raymond reparó en que la niña no había contestado a la pregunta, pero aun así Juliana se inclinó igualmente para besárselo.

—Intentó atizar el fuego cuando no había nadie vigilando y se quemó con la varilla —dijo Margery.

Ella soltó un gruñido; Margery se lo devolvió.

—Niñas. —Juliana las reprendió al instante y alargó la mano para acariciar la mejilla de Margery—. ¿Estás bien?

Margery sonrió y asintió con la cabeza, pero Raymond pudo ver que le temblaba la barbilla. Margery se estaba acercando a una etapa delicada de su vida. Pronto dejaría de ser una niña; la forma de su cuerpo auguraba una incipiente belleza.

Juliana le entregó su capa a Margery y los guantes a Ella.

—Id a guardarlos, por favor. —Margery se aferró a su madre un instante más y Juliana le dio unas palmaditas en el hombro y le prometió—: Luego hablamos.

—Mamá, ¿quién es ese hombre?

La voz de Ella pudo oírse en toda la sala y un montón de ojos se clavaron en Raymond.

—Nadie importante —contestó Juliana con rotundidad—. Chicas, por favor, obedeced.

¿Nadie importante? Ser rechazado de esa manera en el salón desde el que algún día gobernaría... Su propia oleada de ira le cogió por sorpresa. Raymond *era* importante. Era primo del rey, heredero de enormes extensiones de terreno normando y heredero de un antiguo título. Nunca más daría saltos de alegría ante un plato caliente, ni huiría del látigo ni trabajaría como un campesino. Y si la tal lady Juliana creía que podía despreciarlo con semejante facilidad, ya podía ir cambiando de idea.

Raymond se dio cuenta de que lo miraba furibundo, ya que aunque estaba a la sombra, parte de su hostilidad había salido proyectada hasta el otro lado de la sala. Ella perdió el color que había vuelto a sus mejillas; guió a las niñas hacia la enorme cama del rincón y lo miró de frente con el mentón tembloroso. Raymond casi se echó a reír por su arrojo, tan irrelevante en una habitación repleta de sus hombres, y se preguntó por qué su temor parecía genuino. Él dio un paso hacia delante decidido a revelar su verdadero nombre y sus verdaderas intenciones pese a la reacción que ella pudiese tener, cuando el joven hombre de armas se interpuso entre él y su señora.

—¿A qué habéis venido? —lo interpeló el soldado, descansando una mano en la vaina que enfundaba su cuchillo.

Unos hombros fornidos y diversas cicatrices indicaban que el joven estaba curtido en mil batallas, y el tono áspero de su pregunta hizo que Raymond recuperara la sensatez en cuestión de segundos. En voz baja y controlada, dijo:

—Soy el maestro de obras enviado por el rey Enrique para levantar una contramuralla en la propiedad de Su Majestad.

El joven entornó los ojos.

—Yo soy Layamon, jefe de armas en ausencia de sir Joseph. ¿Qué es ese aro de oro que lleváis en la oreja?

Acostumbrado al asombro que producía su tosco adorno, Raymond lo acarició y sonrió sin humor.

—Es el residuo de un suplicio que pasé. Lo llevo para no olvidar el dolor.

—Supongo que las modas son diferentes en vuestro lugar de origen. —Layamon alargó la mano, pero no por cortesía. Lo hizo con la palma hacia arriba, solicitando una credencial—. Imagino que tendréis algún documento que acredite la instrucción de Su Majestad, ¿verdad?

¡Maldición! Este Layamon no era tan confiado como lady Juliana, a la que en ningún momento se le había ocurrido pedirle pruebas. Raymond metió la mano en su monedero y extrajo una carta. Layamon la cogió cuidadosamente y la orientó hacia el fuego. El sello de Enrique estaba lacrado con cera roja y, al reconocerlo, a Layamon se le iluminó la cara.

—Ciertamente, es del rey —declaró, y desdobló el documento.

Raymond dijo:

—Como podréis ver en las primeras líneas, nuestro señor feudal tiene muy buen concepto de mis aptitudes. —De sus aptitudes para seducir a lady Juliana, pero no repitió las frases que Enrique había escrito; antes bien, observó los ojos del joven mientras se desplazaban caprichosamente por la página y se relajó al descubrir que, tal como se esperaba, Layamon no sabía leer. Pero Juliana sí sabía o eso afirmaba. ¿Querría ella leer detenidamente el documento? ¿O preferiría no violentar a su hombre de armas demostrándole que dudaba de su buen juicio? Juliana tomó un sorbo de ponche mientras miraba pensativa a Layamon, al que Raymond llamó la atención—. Creo que vuestra señora desea hablaros.

Con evidente sentido de culpabilidad, Layamon levantó bruscamente la cabeza.

—Sí —farfulló—. Probablemente querrá hablarme del puente levadizo. —Raymond cogió la carta del rey de la mano laxa de Layamon y volvió a introducirla en su monedero.

—Layamon, con respecto al puente levadizo... ¿Cómo se os ha ocurrido dejarlo bajado? —dijo ella.

—Mi señora —contestó el joven con gran seriedad—, he pensado que deberíamos dejarlo abierto a la espera de vuestro regreso.

—Querréis decir a la espera de la llegada de todos los ejércitos de Inglaterra y Gales.

—No, mi señora. —Layamon le contradijo, pero le hizo una reverencia—. No con este tiempo. No hay ejército que marche con este tiempo.

—Pero ¡si ni siquiera hay hombres patrullando en los adarves! —Juliana anduvo en círculos, la boca tensa. Lanzó una mirada hacia sus hijas y bajó el tono de voz—. ¿Qué creéis que habría pasado si vuelvo y me encuentro con que han secuestrado a mis hijas?

—Me habríais ahorcado —contestó Layamon—. Pero he mantenido hombres en los adarves hasta que ha aparecido el primero con unos cuantos dedos de los pies helados. Sé que vos no hubierais querido desperdiciar así a vuestros soldados. Me habéis dicho muchas veces que si yo cuido de los hombres, sir Joseph y vos cuidaréis de las defensas.

Su respuesta directa y honesta pareció fundir la indignación de Juliana, que bajó los ojos hacia sus pies doloridos.

Raymond sabía que Layamon estaba en lo cierto. Ningún ejército podría marchar con este tiempo. Aun cuando llegara un enemigo, solo o en un pequeño grupo, difícilmente haría otra cosa que buscar el calor del fuego. ¿Lo encontraría lógico su señora? Y de ser así, ¿lo admitiría?

—Habéis hecho bien —dijo Juliana demostrando su valía—. Pero levantemos el puente levadizo, ¿os parece?

—Ahora mismo tengo hombres fuera retirando la nieve. Recogerán las cadenas y lo levantarán. —La reverencia de Layamon fue ansiosa y breve—. Iré a echar un vistazo.

Ella habló antes de que él se fuera.

—Además de transmitir a mis hombres mi agradecimiento, ordenad a la cocinera que esta noche prepare una loncha extra de beicon para cada uno. Y tened esto... —Cogió de la mesa principal un cuerno con filigrana plateada—. Es para vos, como agradecimiento por vuestro buen criterio.

El cuerno era demasiado delicado para un hombre de armas, fuera cual fuese su estatus, pero antes de que Raymond pudiese protestar, el propio Layamon dijo:

—No, mi señora, es demasiado para mí.

Intentó devolvérselo, pero ella lo rechazó.

—Ya es vuestro. Que encontréis la dicha en cada cerveza que bebáis en él.

El joven siguió ofreciéndole el cuerno, pero ella se dirigió a sus hijas, de pie en el umbral de la puerta, y Layamon acarició el objeto con la mirada. Recordó que debía devolverlo y habría seguido intentándolo, pero ella lo rechazó con la mano.

—El puente levadizo —le recordó con brusquedad.

Enredándose con sus propios pies, Layamon desapareció por el hueco de la escalera. La voz de tiple de Ella rompió el silencio:

—Era el cuerno del abuelo.

—Sí. —La propia voz de Juliana se alzó y llenó la sala—. Es un regalo adecuado para el hombre que pronto se hará cargo de mi guarnición.

Casi al unísono, la concurrencia del gran salón ahogó un grito.

—¿Y sir Joseph? —inquirió Margery.

—Sir Joseph se ha ganado un descanso. Las obligaciones de un jefe de armas son demasiado abrumadoras para un anciano. Ya es hora de que otro hombre ocupe su puesto. —Juliana hizo su declaración con serenidad, pero su mirada se desvió hacia Raymond casi como si buscase su aprobación. Antes de que él pudiera dársela, ella recordó la hospitalidad con que había que tratar a los invitados—. Este hombre es el maestro Raymond, nuestro maestro de obras, que al fin ha llegado. Dadle bebida, ropa seca y hacedle un sitio junto al fuego. Mañana elegirá a sus hombres entre mis siervos y los pondrá a trabajar.

Los criados lo miraron con la curiosidad y el recelo de las gentes poco acostumbradas a los forasteros. Él sostuvo sus miradas, la suya firme, fija y transparente. Ellos se relajaron y él se retiró la capucha y el sombrero, lo que arrancó un grito a todas las mujeres que tenían ojos para ver y tres criadas pechugonas empezaron a caminar nerviosas hacia él. Raymond no pudo evitar mirar en dirección a Juliana para ver cómo le sentaba que él atrajese tanta atención, pero su mirada casi afligida le sobresaltó.

—Fayette, ayudadle también a desnudarse —ordenó Juliana.

La doncella personal de Juliana se alejó de su señora aparentemente extrañada por sus instrucciones, pero esta gesticuló con la mano y la joven hizo una reverencia en señal de obediencia. La sonrisa pícara de Fayette mientras avanzaba hacia él lo decía todo; sabía cómo dar placer a un hombre. Juliana le había dado a Raymond a elegir entre esas cuatro mujeres, o las cuatro a la vez, pero él no las quería. Quería a Juliana y recurriría a cualquier táctica para conseguirla. Ahuyentó a las mujeres con la mano.

—Ya me apaño yo solo, pero si pudierais preparar comida caliente para vuestra señora y para mí, os lo agradecería de corazón.

—Seguro que está gordo —oyó murmurar a alguien en voz no muy baja, y Raymond se quitó la capa con una sonrisa.

Fayette lo repasó de arriba abajo con sincera aprobación y cogió las prendas de las que él se había desembarazado.

—¿Estáis seguro? —inquirió arrimándose a él.

—Completamente. —Su mirada se extendió hasta Juliana, ahora tranquilamente arrellanada en la silla principal junto al fuego central, con una hija encima de cada rodilla.

Fayette debió de verlo, porque se abrazó a su cintura y le dijo a Raymond:

—No, en esa dirección no tendréis suerte. Ella no confía en los hombres y después de todos estos años... Mejor quedaos conmigo, os daré mucho placer.

—Gracias por el consejo —repuso él en un tono que daba a entender lo contrario, y ella retrocedió con exagerada indignación.

Raymond se acercó al fuego y se calentó las manos. A través del resplandor candente de las llamas titilantes, contempló a la pequeña familia y dijo:

—Mi señora, debo enviar a alguien a buscar a mi cuadrilla. Con vuestro permiso, lo haré de inmediato.

Raymond acababa de rasgar la burbuja maternal de Juliana. ¿Había estado ella interesada en su reacción ante tal despliegue de belleza femenina? ¿Había esperado que él eligiese una pareja de entre sus doncellas o que no eligiese ninguna?

—¿Una cuadrilla? —repuso ella sin que su ceño fruncido desvelase nada—. ¿Forasteros? ¿Aquí en mi castillo?

—Naturalmente —contestó él tranquilizador—. Mi maestro albañil, mi herrero...

—Yo tengo un albañil —ofreció ella—. Y un herrero.

—Y agradecido estoy por ello. Mis propios maestros necesitarán de su habilidad. Pero para emprender un proyecto de esta envergadura se necesitan hombres con la formación necesaria.

—¿Cuántos hombres?

Él se acarició el pendiente de oro en fingida actitud pensativa.

—Diez.

Raymond intuyó que ella protestaría ante cualquier posible intrusión en su casa y no se equivocó.

—¿Diez hombres? ¿Para un solo muro? Eso es una fuerza invasora.

—Si mis hombres os incomodan —le ofreció él con astucia—, tal vez podría arreglármelas con uno solo.

El alivio de lady Juliana fue palpable.

—Uno... sí, podéis traer uno.

Raymond disimuló su triunfo al añadir:

—Y dos mujeres.

—Dos mujeres —repitió ella lentamente—. ¿Para qué necesitáis dos mujeres?

—¿Para qué necesita un hombre a una mujer? —Raymond se quedó mirando el fuego, proyectando su deseo con silenciosa fuerza. «Que se crea que las mujeres son para mí», rogó. «Que se crea que me mantendrán activo por la noche, que triunfarán donde sus criadas han fracasado.»

El debate interno de Juliana fue largo y desagradable, y no hubo duda de que las palabras de la doncella eran ciertas. Ella no confiaba en los hombres.

—Como deseéis —dijo por fin—. Haced venir a vuestra gente. ¿Cuándo podréis empezar?

—Dentro de tres semanas —le aseguró él procurando borrar la sonrisa triunfal de su cara.

—¿Quieres construir un muro? —El primer caballero y compañero de Raymond caminaba de un lado al otro del patio de armas de lady Juliana. El sol asomó por encima de la contramuralla iluminando su inmutable expresión—. No tenemos ni idea de cómo se construye.

Años de privaciones compartidas le habían enseñado a Raymond a entender a Keir incluso cuando se mostraba más enigmático, porque era evidente que su amigo estaba pensando que él era un cabeza hueca. Con la maña de un diestro cortesano, Raymond inquirió:

—¿Qué problema hay? Construirlo no puede ser más difícil que asaltarlo.

Keir no cayó en la trampa. A veces Raymond se preguntaba si su amigo sabía lo que era la ironía.

—No sabes nada del oficio, de ninguno de ellos.

Se detuvieron en el puente levadizo y Raymond sonrió con culpabilidad.

—Había pensado en construir un muro a media altura de la colina. —Señaló con el dedo—. ¿Lo ves? Ya tengo a los hombres de lady Juliana dándole al pico y la pala para excavar los cimientos.

Keir habló en un tono apagado.

—Eres el hombre menos habilidoso que he conocido nunca.

—La nieve se ha derretido, pero la tierra sigue medio helada y lo que no está helado es barro. La labor está siendo ardua.

—Pero ¡si ni siquiera entiendes el funcionamiento de un molino de agua!

—El albañil local ha pedido más arenisca a la cantera de la zona. El encargado ha intentado hacernos esperar hasta la primavera, pero le he convencido...

—Yo era herrero —confesó Keir.

A Raymond se le cayó su máscara impasible.

—Algo que no he olvidado. Tampoco olvido que aprendiste el oficio en unas condiciones muy duras... bajo la amenaza de un látigo sarraceno. Tenía la esperanza de que me ayudaras en esta farsa, pero si no puedes volver a afrontar la humillación de semejante trabajo, no te presionaré.

—Sé que no lo harías. —Keir metió el pulgar por dentro del cinturón y se miró la mano. Sólo le quedaban el pulgar y el índice, el resto de dedos se los habían amputado tiempo atrás. Proyectando una intensa satisfacción, dijo—: Por eso haré lo que quieras. Además, la forja no deja de ser algo digno.

Raymond esperó resignado el insulto, y Keir no lo decepcionó.

—De hecho, es más digno que limpiar establos.

—Un detalle que disfrutas recordando —lo acusó Raymond.

Keir se arregló el mustio bigote gris que contrastaba con su pelo castaño oscuro.

—En absoluto. No tengo que recordarlo, porque creo que nunca lo he olvidado.

Raymond se preguntó, no por primera vez, si todos los nativos de aquella isla llamada Irlanda eran tan displicentes como para ser casi indescifrables. Creía que no; prefería pensar que la circunspección de su amigo era una excepción.

—Los infieles no soportaban las aptitudes de los caballeros cristianos y, al fin y al cabo, no éramos más que esclavos. —Con sincera buena voluntad, Raymond le dio unas palmadas a Keir en la espalda. Mientras este recuperaba el aliento, él añadió—: Lo que demuestra que hasta los infieles bailan al son de los planes divinos. Si mi maestro no nos hubiese obligado a aprender distintos oficios, como la forja, la carpintería y la albañilería, jamás habríamos escapado. Ahora volveremos a usarlos para que yo consiga una novia.

Saltaba a la vista que Keir no acababa de entender semejante subterfugio.

—Aun así —dijo Keir—, me gustaría recordarte que aunque domino la técnica de la forja, esas aptitudes no sirven para construir un castillo. No puedo ocultar tu ignorancia bajo el manto de mis conocimientos, puesto que no poseo tales conocimientos. ¿Por qué no le dices simplemente quién eres y le exiges que se case contigo?

—Porque se negaría y detesto la idea de tener que atormentar a mi futura novia.

—Entonces no es por el suplicio pasado con los sarracenos.

La perspicacia de Keir hizo que Raymond recordara con quién estaba hablando y levantó sus grandes manos en un gesto, dirigido únicamente a él, que revelaba su intenso bochorno.

—Un verdadero caballero no dejaría que algo tan insignificante como los sentimientos de una mujer dictaran el rumbo de su destino.

—Un verdadero caballero no dejaría que las opiniones ajenas alterasen el rumbo de su compasión. —En un gesto característico suyo, Keir juntó las manos a la espalda—. Aun así me pregunto por qué querría ella evitar esta unión. El rey Enrique te ha recompensado con dos magníficos castillos, pero también la recompensa a ella con un marido que no le pegará ni le robará, y tengo entendido que algunas mujeres te consideran atractivo —miró detenidamente a su amigo sin sonreír—, aunque no entiendo muy bien por qué. Así que no sé qué le pasa a esa mujer.

—Eso pretendo averiguar.

—Tengo otra pregunta que hacerte —dijo Keir.

—No tengo nada que ocultar. —Raymond extendió los brazos con las palmas bien abiertas para someterse al interrogatorio.

—¿Por qué un maestro de obras? Si pretendías ocultar tu identidad, se me ocurren mil disfraces más adecuados a tus habilidades y estatus.

Raymond levantó un pie y lo plantó encima de unos bloques de arenisca amontonados que le llegaban a la altura de la rodilla. Apoyando el codo en el muslo, observó a los hombres que correteaban más abajo por el barro y el hielo. En lo más recóndito de su alma había hecho planes. Le concedería a Juliana el respeto, el romanticismo y la adoración que cantaban los trovadores, y ella se enamoraría del hombre al que llamaba maestro Raymond. En primavera compartiría cama todas las noches con la señora de Lofts. Conocería cada curva de su esbelto cuerpo, besaría cada lugar secreto. Tal vez le pondría un niño en la barriga y una dama tan dulce como Juliana perdonaría sin problemas al padre de su bebé.

Pero no le hablaría a Keir de dichos planes, pues este no entendía de romances ni de sutilezas, ni de los métodos que un hombre podía emplear para cortejar a una mujer asustadiza. En lugar de eso dijo:

—Hacer una contramuralla nueva es más que una simple mejora en el castillo de lady Juliana. Es seguridad. Es tranquilidad. Es todo aquello que algún día no lejano yo seré para ella, y quiero que me asocie para siempre con esas garantías.

—Ya veo. —Los dos amigos intercambiaron una mirada comprensiva, y Keir preguntó—: ¿Por qué crees que ese hombre está subiendo la colina tan deprisa?

Raymond siguió la mirada de Keir hacia el calvo y anciano rufián que se había detenido en la zanja a vilipendiar a los trabajadores.

—No lo sé, pero es muy osado. —El forastero siguió su ascenso hacia la puerta principal y cuando llegó al puente levadizo, él salió a su encuentro—. ¿Puedo ayudaros, señor?

Alzando unos encendidos ojos azules, el desconocido gruñó y para abrirse camino agitó su bastón con tal brusquedad que el aire silbó a la altura de las rodillas de Raymond. Él retrocedió de un salto y observó con incredulidad cómo Keir se apartaba también.

—¿Lo has dejado marchar? —le preguntó sin dar crédito.

—No es obligación de un herrero impedir la entrada de visitantes al castillo —respondió Keir impasible.

Tampoco era obligación del maestro de obras, recordó Raymond al tiempo que observaba cómo el anciano entraba cojeando en los establos.

—Nadie lo ha detenido. Es evidente que vive aquí —dijo Keir—. Todos los castillos tienen algún personaje excéntrico.

—Sí, es verdad. —Raymond se volvió a su amigo—. ¿Sabías que iba a pedirte ayuda para construir una contramuralla?

—Me saltó la alarma cuando al llegar oí que se dirigían a ti como maestro de obras —reconoció Keir—. No tiene importancia. Ya sabes que vivo para servirte.

Agradecido por su lealtad pero abochornado por el exceso de esta, Raymond protestó.

—Me tienes en demasiada estima.

—Te debo más que la vida. Sin embargo, no puedo evitar preguntarme de qué manera tu plan fomentará tu conquista. Que sea una mujer no justifica que tengas que deshonrarla de esta forma.

Raymond hundió la punta del zapato en la tierra.

—No pretendo deshonrarla. —Y así era. ¡Si ella no lo hubiese cautivado! ¡Si su dulzura no hubiera aumentado a cada momento que pasaba! Raymond habría recibido su amabilidad con el mismo entusiasmo que un gato hambriento recibía la leche—. Habla con tanto desdén de lord Avraché, de sus allegados y de su posible enlace...

—¿Te ha hablado de ti? —preguntó Keir muy sorprendido.

—Sí, y yo soy un hombre práctico. Ocultando mi identidad he estado haciendo lo posible por aplacar su ira. —Se retiró el pelo de la cara—. Además, yo confío en las mujeres.

Un extremo del largo bigote de Keir se levantó en una especie de sonrisa.

—¡Ah..., mujeres!

Perversamente pletórico, Raymond se rió entre dientes.

—Sí, mujeres.

Capítulo 4

—Mi señora, ¿estáis enferma?

Al notar una mano en su hombro Juliana se despertó de golpe.

—¿Qué? ¿Ocurre algo?

—Estabais gimiendo mientras soñabais. ¿Estáis enferma?

Esculpido por la luz matutina, el rostro de una vieja flotó ante los ojos somnolientos de Juliana.

—No, estoy bien.

Se presionó el pecho con la mano. ¿Estaba bien? El corazón le latía con tanta fuerza que sentía sus latidos. Jadeaba como si hubiera estado corriendo.

—Habréis tenido una pesadilla.

Juliana excluyó de su memoria a la vieja, el gran salón y el intenso ajetreo matutino, y recordó el sueño. No había sido una pesadilla, en absoluto. Apretó los dientes rabiosa. Había sido un sueño dulce como la miel, ardiente como la brea candente. Una ensoñación diablesca, con un hombre de cabellos negros y ojos esmeralda como protagonista.

Todos los sueños lujuriosos que había tenido hasta entonces también habían estado caracterizados por el sufrimiento y el abuso. Y nunca, jamás había sido ella la lujuriosa. ¿Qué embrujo le había perturbado la mente?

Se presionó la cicatriz de la mejilla para refrescar su memoria. A ningún hombre le importaban los sentimientos femeninos. No había hombre que deseara a una mujer y no intentara forzarla. No había hombre que... salvo Raymond. Era amable y respetuoso, y la deseaba. Se lo decía ese brillo en su mirada y las atenciones inconscientes con que todo hombre agasaja a una mujer a la que desea. ¿Por qué era él diferente?

La realidad volvió y se le anudó a Juliana en la garganta, porque era impensable que un hombre con el rostro y el cuerpo de Raymond tuviera que forzar jamás a ninguna mujer. Abochornada por sus sensaciones, Juliana preguntó con brusquedad:

—¿Quién eres?

—Me llamo Valeska. —La criada estaba de pie sujetando con la mano las cortinas del dosel de la cama principal. Su voz era pastosa y gutural, y Juliana no podía apartar la vista de sus hipnotizadores ojos marrones.

—No te conozco.

Era una acusación, pero la voz de aquella vieja fea era balsámica.

—El maestro me ha pedido que venga.

—¿El maestro?

—Raymond.

—¿Eres una de las mujeres que ha mandado buscar? —Juliana colgó los pies por el borde de la cama dispuesta a ir a hablar con él.

—¿Vais a levantaros ya, mi señora? —Esta voz era distinta de la primera. El acento cadencioso y la voz grave y dulce eran como una melodía, y Juliana parpadeó varias veces ahuyentando el sueño.

—¿Quién eres? —quiso saber.

De piel blanca y cabellos rubios, esta vieja habría sido alta de no ser porque tenía la espalda doblada.

—Soy Dagna.

—¿También vienes de parte del... maestro de obras?

Una arruga frunció la frente de Dagna.

—He venido con Raymond. —Ladeó la cabeza y repasó a Juliana de arriba abajo—. Es bonita, pero tímida —dijo para sus adentros.

Valeska tiró de la manga del camisón de Juliana con sus dedos amarillentos.

—Espero que esto no sea más que su camisa de dormir, porque es espantosa y está vieja.

En un ataque de indignación Juliana comprendió que aquellas descaradas estaban hablando de ella entre sí. Hablaban de ella como si fuese una niña, o invisible.

—¿Qué me dices de ese chal? —le preguntó Dagna.

—¿El del barco? —Valeska se succionó el labio, que quedó en el hueco que tenía entre los dientes y miró a Juliana—. Perfecto.

Mientras la mujer se alejaba como una flecha, Juliana preguntó:

—¿Dónde está Fayette?

—¿Fayette?

Juliana agachó la cabeza como una novilla a punto de atacar.

—Mi doncella.

—¡Ah..., Fayette! —Dagna quitó importancia al asunto encogiéndose de hombros—. Le hemos dicho que esta mañana os atenderíamos nosotras.

Valeska regresó con una velocidad que contradecía la edad que aparentaba. Le tiró a Dagna uno de los extremos del chal de seda de suntuoso estampado, y como dos acróbatas entrenadas para trabajar en equipo envolvieron con él a Juliana antes de que ella pudiese protestar.

—Sois unas insolentes —gritó Juliana mientras se retiraba la tela de los hombros.

—¿No os gusta el chal? Es mío. —Valeska recogió el chal con una sonrisa que enseñaba sus tres dientes y acarició el estampado con sus amarillentos dedos—. Dagna y yo vivimos para serviros.

—A lo mejor prefiere ponerse un cinturón. —Arrodillándose delante de un maltrecho baúl que había sido dispuesto junto a la cama de Juliana, Dagna miró de soslayo por encima de su hombro encorvado—. Hemos hecho este juramento por Raymond.

—¿Un juramento? —Asustada ante tan indeseada fidelidad, Juliana cabeceó—: Nada de juramentos. No habléis...

—¿Del juramento? —Dagna sonrió a Juliana. Tenía muchos dientes, pero marrones como el marfil envejecido—. El juramento es auténtico, pero no hablaremos de él si os aflige.

—¿Qué relación tenéis con él? ¿Alguna de vosotras es su madre? —Incluso mientras formulaba la pregunta, ya sabía que era absurda.

Las mujeres se rieron a placer.

—¿Su madre?

—Nos halagáis, mi señora. No, no somos parientes de Raymond.

Aquellas eran mujeres de la calle, unas trotamundos procedentes de algún país extranjero que por alguna razón incomprensible habían desembocado en su casa. Le recordaban a los trovadores y músicos que viajaban de castillo en castillo, pero eran más que eso; mucho más. Raymond le había dado una imagen errónea de ellas y Juliana estaba enfadada.

—Entonces, ¿por qué habláis de él con tanta familiaridad? ¿Para qué le servís?

Los ojos castaños de Valeska se abrieron desmesuradamente.

—Viajamos con él, le remendamos la ropa y le levantamos el ánimo.

—¿Le cantáis? —inquirió Juliana.

—Eso es, mi señora —respondió Dagna con aprobación—. Le canto. ¿Os gustaría que os cantara?

—No.

—Más tarde pues —aseguró Dagna, tomándose el rechazo con serenidad.

Esta entrega que manifestaban hacia Raymond tenía a Juliana asombrada, y que la hiciesen extensible a su persona... como si ella fuese una extensión de él...

Valeska intentó atar el cinturón de un rojo intenso alrededor de la cintura de Juliana, pero esta le dio un manotazo en las manos y luego chilló cuando se hizo un corte diminuto debido a las largas uñas de Valeska.

—¡Ay! —Miró con reprobación a la fornida vieja y dijo—: Mira lo que me has hecho.

Valeska acabó de atar el cinturón antes de coger a Juliana de la mano.

—Mi señora, si forcejeáis os haréis daño. ¿Os gustaría que os leyera la mano?

—Un truco propio de los embaucadores —dijo Juliana—. No tengo ningunas ganas de que me lean la mano.

Tensando la piel de su palma, Valeska canturreó:

—¡Qué piel tan bonita! Delicada, fina y pálida.

Dagna, la vieja encorvada, se acercó a Juliana por el otro lado. Extendió su mano junto a la de Juliana y se quedó maravillada.

—Pero ¡qué hermosa es lady Juliana! El sol ha arrugado y tostado mi piel con estas feas manchas, y en ella veréis tantos senderos como en un bosque —dijo resiguiendo las marcadas venas—. No soy tan delicada como vos, mi señora.

Alzó sus enormes ojos azules hacia los de Juliana. Incómoda por ese exceso de confianza, ella apartó la mirada posándola directamente en los ojos marrones de Valeska.

—Es verdad, mi señora. Los hombres piensan que las mujeres somos frágiles, pero nosotras sabemos que no. Las mujeres deberíamos estar llenas de energía y preparadas para capear los temporales que nos presenta la vida.

—Las mujeres deberían salir de las llamas de la adversidad más fuertes y más sabias —intervino Dagna.

—Deberían devolver los golpes a sus enemigos y cuidar de sus amigos.

Juliana fulminó con la mirada a los dos esperpentos pegados a ella.

—¿Os referís a que debería golpearos?

—¡Ooooh...! —Las dos mujeres se apartaron.

Valeska suspiró.

—¡Oh, mi señora! Tendréis que decidir si somos vuestras amigas o enemigas, ¿verdad?

Juliana las empujó a un lado.

—Iré a preguntarle a Raymond.

—¡Sí, buena idea! —Dagna le guiñó un ojo; un brusco tirón del párpado arrugado—. Es una idea realmente buena.

Juliana volcó su exasperación en un grito ahogado y miró furibunda a su alrededor buscando a Raymond. No estaba en el vestíbulo lleno de humo, y eso le extrañó. Desde que el maestro Raymond había aparecido en su casa, todos los días habían sido largos y estresantes, llenos de necesarias reuniones privadas con él para hablar de su maldito muro.

Del muro de la señora del castillo, de su muro, se corrigió a sí misma, y deseó encontrar el modo de corregirle a él. Raymond actuaba como si el muro fuera suyo o quizá de ambos, pero ella no sabía cómo llevarle la contraria sin intimar más con él.

Cogió su capa y salió al patio a buscarle. Esta primera semana de diciembre había traído consigo una breve vuelta al otoño. Días cálidos, agradable recordatorio del verano ya finalizado, seguidos de noches frescas que presagiaban el frío invernal. La nieve se había derretido por completo, a excepción de unos pequeños montículos ocultos en los rincones a la sombra, y el fango cubría la hierba. Juliana, con muecas de disgusto, procuró evitar los charcos más profundos.

Raymond estaba con un desconocido en el puente levadizo (el puente abierto) y caminó con ímpetu hacia ellos. Su gente le hizo reverencias a su paso, pero ella les devolvió el saludo con parquedad. ¿Qué le pediría a Raymond cuando hablara con él? ¿Que obligara a aquellas dos viejas a dejar de tratarla con amabilidad? ¿Que las echara dejándolas a merced del inminente invierno? La caridad condenaría esta misión al fracaso. Su propia estupidez le hizo tropezar y mientras se sacudía el barro de la falda oyó una voz familiar que se mofaba de ella:

—¡Vaya! ¡Qué escena tan bucólica! Una dama mugrienta en la pocilga a la que pertenece.

En un fugaz momento de debilidad, Juliana cerró los ojos. Sir Joseph había vuelto. Había intentado actuar como si le diera igual cuándo viniera o lo que dijera, pero se había engañado a sí misma. Estos últimos años sir Joseph no había sido su principal quebradero de cabeza, pero sí el más constante. Haciendo acopio de todo su valor, lo miró a los ojos.

Su presencia auguraba problemas; nada más que problemas. Sir Joseph tenía a Layamon agarrado por la oreja y el joven estaba dando saltos de dolor.

—Soltad a Layamon —ordenó ella en voz lo bastante alta como para que el guerrero medio sordo lo oyera.

—¿Que lo suelte? ¿Que lo suelte? ¿Que suelte a este ladrón, a este miserable ladrón? ¡Bah! —Sir Joseph escupió en el suelo cerca del pie de Juliana—. Lady Juliana, no estáis capacitada para mandar, os lo he dicho muchas veces, y aquí tenéis la prueba. ¿Sabéis qué ha robado este ladrón?

—La copa de mi padre. Y no la ha robado.

—Ha robado la copa de plata de vuestro padre —rebuznó sir Joseph. Cuando las palabras de Juliana traspasaron su rimbombante armadura, soltó la oreja de Layamon y rodeó la suya propia para oír mejor—. ¿Cómo decís?

—Que no ha robado la copa de mi padre, se la he dado yo.

Además de ella, más de uno se había encogido de miedo ante la furia de sir Joseph, y a Juliana la habían enseñado desde pequeña a tratarlo con respeto. Había sido el más íntimo amigo de su padre, su mayor confidente, y sir Joseph había dado por sentado (había exigido) que ella lo mantuviera como primer caballero.

Entregándole la copa a Layamon lo que Juliana daba a entender era otra cosa. Era como si le hubiese dicho a sir Joseph, sin palabras, que había sido reemplazado. Le había hecho un valioso regalo, que él codiciaba, a un simple hombre de armas. No podía haber insulto mayor.

Sir Joseph sintió una palpitación que empezó en los pies y se intensificó conforme fue subiéndole hasta la cabeza. Se le atragantaron palabras que fue incapaz de articular. Se puso colorado, se le hincharon las venas de las mejillas, se le encendió la cara. Por silenciosa, su ira era más intensa. Sus ojos inyectados la miraban iracundos. Levantó el bastón.

A ella se le tensaron todos los músculos. Se abrazó el tronco y hundió los dedos en la musculatura de la parte superior de sus brazos. Los ojos le hacían chiribitas por la falta de aire. ¡Oh, Dios! Iba a pegarle.

Ojos amoratados, dientes que saltarían, la sensación de impotencia a merced de un hombre. Inconsciencia. Una inconsciencia que no comportaba alivio, sólo un sufrimiento infinito y el deseo de morir.

De pronto apareció algo en su campo de visión periférica. Desconfiada como un conejo dio un respingo y miró en esa dirección esperando una agresión también desde ese flanco. Pero era Raymond. Este y el desconocido, que le pisaba los talones. Se detuvieron cuando ella los vio. Raymond buscó su mirada, esperando instrucciones. Con su mera postura, los hombros rectos y los brazos en jarras, ya proclamaba su apoyo. Estaba clara y decididamente de su parte.

Curiosamente, con la misma nitidez como si lo hubiese dicho ese día, Juliana recordó entonces la afirmación de Raymond: «Sir Joseph es un hombre que ha dejado de seros útil». Alentada por esas palabras, le había pasado el testigo a Layamon. Inspiró para coger energía. No lo lamentaba; sir Joseph no conseguiría que se compadeciera de él y por nada del mundo se disculparía ni se retractaría.

Sir Joseph había amenazado muchas veces con pegarle y, aunque nunca llegó a hacerlo, ella siempre se había acobardado pese a que luego se lo reprochaba a sí misma.

—Pegadme si queréis —dijo en esta ocasión—, pero que sepáis que esta será la última vez que me amenacéis. —Juliana miró con decisión directamente a los ojos iracundos de sir Joseph.

El anciano titubeó. Esta no era la respuesta prevista ni deseada, y la incredulidad y la cólera hicieron que se revolviera por dentro. El bastón osciló; se moría de ganas de golpear a Juliana. Pero la sensatez se impuso y ella vio cómo bajaba los ojos. Clavó el bastón en la tierra húmeda como si esta fuera el pecho de la señora del castillo y gruñó:

—¿Qué estáis haciendo con mis fortificaciones?

Ella no se desmoronó pese al alivio que sentía, pero tuvo ganas de hacerlo. Por primera vez desde la muerte de su padre, el miserable de sir Joseph había claudicado; se había rendido.

Apuntó a Layamon con el bastón.

—¡Adelante, seguid! A ver si esos borrachos holgazanes a los que llamáis soldados aumentan la seguridad del castillo.

Layamon se apartó del bastón de un salto.

—¿Mi señora? —preguntó a Juliana—. ¿Cuáles son *vuestras* instrucciones?

Layamon pagaría más tarde por ello. ¡Oh, sí, claro que pagaría por ello! La mirada torva de sir Joseph era garantía de castigo. Pero ella agradeció su valor.

—Podéis iros, Layamon —le dijo tras una sombría pausa—. Cuando acabéis de evaluar los daños de las goteras de la armería, ocupaos de las patrullas del adarve, tal como ha sugerido sir Joseph. Yo acompañaré a sir Joseph a ver las mejoras de mi castillo.

Obedeciendo con presteza, Layamon desapareció.

Sir Joseph lo siguió con la mirada, con un temblor en el cuerpo que en cualquier otro hombre sería indicio de vejez.

—¿Es así como agradecéis mi amabilidad? ¿Desechándome como a un caballo viejo? Os enseñé a comportaros de niña; os dije cómo educar a vuestras hijas, os animé a manteneros firme cuando el rey quería que os casarais con ese tal conde de Avraché.

—Seguidme... —Juliana le hizo un gesto invitándole a seguirla, pero sir Joseph pisó un charco de barro con tanta fuerza que le salpicó el canesú; a continuación se alejó hacia la puerta con paso firme. Ella suspiró. Había ganado una importante batalla, entonces, ¿por qué tenía la sensación de que la guerra no había hecho más que empezar?

—Un enemigo derrotado es un mal compañero de viaje —dijo Raymond cerca de su oído.

Aún nerviosa por el encuentro, ella dio un respingo, pero él no pareció darse cuenta.

—¿Qué me sugerís que haga con él? —soltó Juliana, aunque sus pensamientos iban en la misma dirección que los de Raymond.

—Enviadlo a vuestro otro castillo. —Agarrándola del brazo, Raymond la condujo por el patio fangoso como si fuese frágil como el cristal.

—Él considerará que es un exilio.

—Y lo es, pero es mejor un disgusto pasajero que tener a un cizañero merodeando por ahí.

Cuando estaba a la altura de la puerta, sir Joseph gritó:

—¿Qué hacéis perdiendo el tiempo con ese joven truhán? Sois incapaz de dejar de coquetear con los hombres, ¿verdad?

Raymond le dio un apretón a Juliana en el brazo y luego avanzó hasta plantarse delante de sir Joseph.

—Soy el maestro Raymond, el maestro de obras enviado por mi señor, el rey Enrique, con la orden de reforzar este castillo. Cuando informe al rey me aseguraré de mencionarle vuestro nombre. —Su amplia sonrisa mostró una dentadura blanca y sir Joseph estiró el cuello para mirarlo.

El anciano lo examinó con detenimiento, los ojos entornados en actitud contemplativa.

—Habría jurado que sois un señor —dijo despacio, como si estuviese pensando en voz alta.

La sonrisa de Raymond se intensificó, se ensanchó y se tornó un poco más perversa.

—Soy un señor. El señor de los maestros de obras.

—¡Bah! —Sir Joseph se libró de sus temores—. Seguro que sois un hijo bastardo y os habéis dedicado a darle coba al rey Enrique para comprarle el cargo.

—Seguro —convino Raymond.

—Pero ser un hijo bastardo no es ninguna humillación —dijo Juliana.

Sir Joseph volvió a ponerse colorado.

—Bueno, pues este estúpido bastardo no consigue que los siervos trabajen.

Juliana señaló hacia los trabajadores cubiertos de barro, que estaban apiñados en torno al fuego bebiendo sendas jarras de cerveza suministrada de su bodega.

—Tienen que comer.

Sir Joseph resopló.

—Vos siempre tan blanda. Si fuera por mí... ese jovencito, el idiota de Layamon, jamás ocuparía mi puesto.

—Nadie podrá jamás ocupar vuestro puesto —empezó a decir ella para apaciguarlo. Pero entonces le recorrió un inesperado torbellino de resentimiento—. De igual modo que nadie sustituirá jamás a mi padre.

—¿*Vuestro* padre? Nunca os quiso como hija, ni siquiera en su lecho de muerte. —Sir Joseph le dio un fuerte codazo—. ¿No recordáis qué mano sostenía cuando murió? Me pregunto qué pensaría si pudiera ver lo que está pasando hoy.

—Quizá pensaría que sostuvo la mano equivocada —repuso ella, furiosa y harta de tanto insulto.

—Le advertí sobre vos desde el día en que nacisteis. Le dije que os aplicase mano dura, pero fue indulgente. Era muy indulgente, pero yo no dejé de recordarle cuál era su deber. —Sir Joseph se rió, fue una risilla repugnante—. Sois la deshonra de vuestra familia y un desdoro para vuestro padre. No sois más que una puta.

No hubo sonido alguno que perturbara el silencio del patio de armas. Todos habían oído las acusaciones de sir Joseph, expresadas con la potencia de voz del que está medio sordo y con todo el veneno de un escorpión. No era la primera vez que Juliana las oía, de hecho las había oído por partes. Pero sir

Joseph nunca había reconocido su influencia en el rotundo, persistente y tajante rechazo de su padre hacia ella. Nunca antes la había llamado puta. Y nunca, jamás, le había hablado de esa forma en presencia de su gente, sus amigos... y el maestro Raymond.

Fue incapaz de mirar hacia ellos; por el contrario, extendió la vista hacia sus tierras. Esas tierras que se extendían ante ella en una mezcolanza de bosques, llanuras y aldea. Esas tierras ricas y fértiles, llenas de vida con su ganado, sus siervos, sus villanos. Juliana era el pastor de esas tierras y su pueblo, al que cuidaba, alentaba y protegía. Era de esas tierras de donde sacaba las fuerzas.

Y con esa fuerza hizo frente a la gente que la miraba atónita, escudriñándola desde la zanja y desde el otro lado del patio de armas. Hizo frente a la expresión triunfal que volvía más aguileños los rasgos de sir Joseph, y al maestro Raymond.

Imposible saber qué estaría pensando este al verla: el mentón levantado con dignidad, el pelo cobrizo rodeando delicadamente sus pálidas mejillas, la boca temblorosa, los ojos azules empañados por una ira largamente contenida. Él deseó dar un paso hacia delante, defenderla, pero la prudencia le frenó. Esta batalla era de Juliana. No la beneficiaría interviniendo, ni le daría el aplomo que con tanta desesperación ella necesitaba. Dejaría que lo resolviera a su antojo.

—Sir Joseph —dijo Juliana con voz clara y serena—, os arrogáis demasiado poder. Marchaos al castillo de Bartonhale y quedaos allí hasta que muráis.

La cara de satisfacción de sir Joseph se desvaneció gradualmente. La miró con fijeza a ella y luego a la gente que había alrededor. Todos los rostros tenían la misma expresión de hostilidad y rechazo. Raymond pensó que hubiera bastado con que un solo hombre se agachara a coger una piedra para que los demás hicieran lo propio, y sir Joseph habría corrido la misma suerte que corrían las putas. Un castigo apropiado para alguien tan cruel.

—Podéis iros ya. —Juliana le dio permiso para retirarse y le dio la espalda.

El bastón tembló en la mano de sir Joseph al tiempo que contemplaba el griñón que envolvía la cabeza de Juliana, y Raymond miró a Keir asintiendo la cabeza. Este avanzó y agarró amenazante el brazo del anciano desalmado.

—La señora del castillo ya no os necesita —le dijo en voz baja.

Sir Joseph trató de soltarse y viendo que no podía, exclamó:

—¡Lady Juliana! Lady Juliana, soy un pobre viejo. He vivido aquí casi toda mi vida. ¡Compadeceos de este anciano y dejad que me quede!

Ella no dio muestra alguna de haberle oído.

Keir empezó a empujarlo, pero sir Joseph gritó:

—¡Lady Juliana! Dadme tiempo al menos para coger mis cosas. Para despedirme del que ha sido mi hogar durante todos estos años. Os lo suplico...

Raymond giró bruscamente la cabeza hacia Keir, quien casi había levantado a sir Joseph del suelo, pero era demasiado tarde. Juliana no era inmune a la compasión femenina.

—Podéis quedaros hasta el día de Reyes —manifestó sin mirar a sir Joseph—. Al día siguiente os iréis, esté como esté vuestra salud y haga el tiempo que haga. No habrá excusas que valgan.

Keir le lanzó a Raymond una mirada de disculpa, pero este únicamente se encogió de hombros. No podía criticar la sensatez de Juliana al desterrar a su adversario ni podía reprocharle que fuera bondadosa con su decrépito comendador.

Raymond comprendió con aires de suficiencia que había logrado uno de los objetivos de su farsa: identificar el motivo por el que Juliana había evitado el matrimonio. Tal vez había amado al hombre inapropiado. Pero el inquebrantable desdén del anciano, por desmedido que hubiera sido, había puesto de manifiesto que aquello no había sido más que un amorío absurdo.

Juliana se quedó en el puente levadizo, inmóvil y erguida, ajena a las conclusiones de Raymond y aparentemente ajena a las miradas de su gente. Raymond pensó que se vendría abajo por el peso de la humillación, y sin un ápice de compasión (su experiencia con las mujeres le había demostrado que eso le arrancaría lágrimas) le dijo:

—Mi señora, esperaba que vinierais a examinar la evolución de las mejoras. ¿Os gustaría bajar?

Ella tembló (tal como él se había imaginado estaba al borde de las lágrimas), pero se controló y la admiró aún más.

—Sí, me gustaría. Gracias, maestro Raymond.

Colocándose a su lado, le ofreció:

—Si me agarráis del brazo, mi señora, os ayudaré. Está muy resbaladizo.

Ella se quedó mirando fijamente el brazo extendido como si este estuviese acoplado a una abominable criatura, pero tras su encuentro con sir Joseph, Raymond no la culpaba de desconfiar de las buenas intenciones masculinas. Cogiéndolo por el codo, Juliana lo siguió hacia la zanja abierta en la que los hombres cimentarían su contramuralla.

Fuera cual fuera el escándalo que mancillase el pasado de Juliana y amargara sus noches, le correspondería a él lidiar con aquello como mejor le pareciese. Le ofrecería su compasión, su apoyo, su amabilidad y su pasión. Supo sin vanidad que podría apartarla de su inútil nostalgia y curarla de su miedo; en ningún momento lo había dudado.

Lanzándole una mirada de orgullo, Raymond se preguntó si ella se daba cuenta de la tremenda seguridad en sí misma que ese día había demostrado. Se sentía como un padre ante un hijo precoz o un hombre con su amante.

La idea le asustó. ¿En qué momento se había convertido lady Juliana en algo más que un mero desafío? ¿En qué momento el respeto y el cariño habían influido en el concepto que tenía de ella?

Eso era peligroso. La lealtad de Juliana merecía ser fomentada, pero si la chispa del amor prendía el anhelo en él, ¿acaso no anhelaría la confesión de sus propios secretos? ¿Acaso no querría desnudar su alma? Y cuando ella viera las cosas que él ocultaba, ¿soportaría su inevitable rechazo?

Ese contraproducente encariñamiento explicaba las punzadas de celos que sentía cuando se imaginaba a Juliana con otro hombre. No la amaba, no podía juzgarla y, al fin y al cabo, ¿qué delito podía haber cometido que fuera más grave que el suyo? Un pellizco en el brazo interrumpió su ensimismamiento.

—Dejad de fruncir el ceño que estáis asustando a los siervos —ordenó ella—. ¿Cuándo estará el muro acabado?

¿Cuándo estaría el muro acabado? No tenía ni idea, pero dijo:

97

—Eso depende del tiempo que haga. —Juliana lo aceptó, y él continuó—: Incluso tal como está ahora, este simple foso ancho ya disuadiría al invasor.

Ella asintió.

—Trabajaremos a menos que tengamos otra tormenta como la... —La voz de Raymond se apagó, pero ella entendió de qué tormenta hablaba. El rubor le afluyó de golpe a la cara y él, satisfecho, alzó la voz—: Trabajaremos hasta que hayamos acabado, ¿verdad que sí, chicos?

Un aldeano, totalmente cubierto de barro, se levantó y le hizo una fangosa reverencia.

—En esta época del año estamos parados, mi señora, y sabéis que nunca hay mucho trabajo para mi padre y para mí; no para lo que hacemos. No nos importa trabajar hasta que vuestra trinchera esté cavada.

—¿Tosti? ¿Eres Tosti? —inquirió ella.

—Sí, señora. —Él sonrió, sus dientes contrastaron enormemente con su rostro.

—¿A qué se dedican su padre y él? —preguntó Raymond.

—Son rastreadores —contestó Juliana—. Los mejores que tengo. Pueden localizar y hacer salir a cualquier animal, y cuando... Y cuando alguien se pierde, lo encuentran.

Tosti alzó los brazos con los puños cerrados por encima de la cabeza.

—Sí, ¿por qué no? ¡Somos los mejores, nuestra señora es la mujer más valiente de Inglaterra!

—¿Valiente? —farfulló ella con perplejidad—. Pero ¡qué...!

Los hombres movieron la cabeza hacia el puente levadizo donde había tenido lugar su enfrentamiento con sir Joseph, y le mostraron su apoyo con guiños de ojos y sonrisas. Juliana volvió a ruborizarse, esta vez complacida.

Raymond dedicó una sonrisa a sus trabajadores y decidió repartir raciones extra de carne y cerveza.

—¿Me permitís que elogie vuestro cinturón escarlata, mi señora? —le preguntó Raymond mientras ayudaba a Juliana a subir de nuevo hacia la puerta del castillo—. Es muy llamativo y alegra el vestido que lleváis, y me recuerda que ya tenemos las Navidades encima.

Por el rostro de Juliana desfiló un abanico de expresiones. El espanto, el disgusto y el recuerdo repentino se combinaron dando lugar a tan curiosa mezcla que él se preguntó si algún día llegaría a entenderla. Con una grosería y una brusquedad insólitas, Juliana chascó los dedos delante de su nariz.

—Por eso he salido a hablar con vos. Por esas dos... mujeres que habéis puesto a mi disposición.

—¿Valeska y Dagna? —De modo que esas viejas adorables ya estaban obrando milagros. Raymond debería haber intuido que en el cinturón estaba su mano—. ¿No os caen bien?

—¿Caerme bien? ¿Caerme bien? —Juliana saboreó las palabras y era evidente que le parecían agrias—. ¿Cómo no me van a caer bien dos viejas brujas que insisten en tratarme como a una reina, y que se ofrecen a cantarme y me dan regalos, los hayan conseguido o no limpiamente?

—¡Estupendo! ¡Estupendo! Esperaba que os cayeran bien. —Raymond se apresuró a hacerle una reverencia y se retiró sin perder a Juliana de vista, pero tratando de alejarse lo suficiente para no oírle—. Ya estamos en el puente levadizo, mi señora, ¿podréis volver sola?

—Esas mujeres hablan de una forma curiosa y se mueven como si fueran jóvenes. ¿No podríais darles algo que hacer en las caballerizas? —Mientras él se metía en la herrería, se apoyaba contra la pared y se echaba a reír, oyó que ella gritaba—: ¡No enseñarán más que impertinencias a mis hijas!

Capítulo 5

Niños. Raymond los temía más que a cualquier hombre o animal. ¿Qué sabía él sobre niños? Él no había tenido infancia. ¿Cómo iba a entenderse con ellos? No sabía jugar ni lo que les gustaba hacer. Sabía cómo conquistar a una mujer, pero ¿a un niño?

Había hecho torpes intentos para hablar con las hijas de Juliana. Tras devanarse los sesos para dar con temas que pudieran ser de su interés, Raymond las había abordado para hablar de costura. Margery le sugirió que se fuese a dar la tabarra a las criadas, porque ella no tenía tiempo para asuntos tan triviales, y se largó. Su hermana menor le dijo que no cosía nunca, jamás de los jamases; que eso era cosa de tontainas, y se largó.

En otra ocasión les habló de muñecas. ¿Muñecas? Margery le dijo que era demasiado mayor para jugar con muñecas y se largó. Ella le dijo que no jugaba nunca con muñecas, jamás de los jamases; que eran cosa de tontainas, y se largó.

Al final pensó que daba igual; después de todo, ¿qué sabía él de costura y muñecas? Sin embargo, quería entrar en ese maravilloso círculo que rodeaba a Juliana y sus hijas, y era lo bastante listo para darse cuenta de que no podría hacerlo mediante el chantaje, por la fuerza ni de forma disimulada.

Removiéndose en el banco, Raymond presionó la espalda contra la fría pared de piedra del gran salón y se dedicó a observar a las hijas de Juliana. Cada una a su medida ayudaba a recoger la comida o entorpecía la tarea. Margery afrontaba con seriedad sus responsabilidades como heredera y primogénita, dando instrucciones y ayudando a las criadas cuando era menester. Tenía el colorido de Juliana e imitaba sus ademanes, pero su rostro alargado no se parecía al de ninguno de los habitantes del castillo; seguramente se parecería a su padre.

La menor, Ella, miraba al mundo con ojos alegres y su risa resonaba ahogando el resto de sonidos del castillo. Los cabellos rubios y sueltos le enmarcaban la cara y no paraba de hacer preguntas. Nada era ajeno a su curiosidad y su fecunda imaginación encontraba infinidad de ocasiones para hacer diabluras.

Si lo conocieran, les caería bien, pero se negaban a hacerlo. Aquellas niñas lo trataban con el mismo recelo con que trataban a sir Joseph, como si pudiese volverse fiero. Lo trataban del mismo modo que Juliana trataba a los hombres, ¿cómo iba a luchar contra un modelo tan influyente como su madre?

Tenía que haber una forma de demostrar que era de fiar, pero ¿cuál? A las mujeres les hacía regalos y falsas promesas, y elogiaba su belleza. Eso seguramente funcionaría con los niños ¿no? No se le ocurría ninguna estrategia más. Captó la mirada de Ella y Raymond la obsequió con su sonrisa más cautivadora.

La niña se agazapó detrás del banco en que estaba sentada Valeska, hilando el magnífico hilo con el que Juliana prefería bordar. Valeska, eterna defensora de Raymond, le habló a la niña agachada a su lado. Entonces esta lo fulminó con la mirada. Valeska habló con más rotundidad y la criatura meneó la cabeza hasta que el pelo se le enmarañó en una nube dorada. Valeska accionó la rueca; Ella le sacó la lengua a Raymond.

Superado por la frustración, no dudó en devolverle el gesto. A Ella se le iluminaron los ojos. Tiró con los dedos de las comisuras de sus labios y puso los ojos en blanco como una loca, lo que impresionó a Raymond, que acababa de averiguar cómo ganarse su respeto.

Acto seguido, él se retiró el pelo hacia atrás y movió las orejas. Ella se quedó boquiabierta. Dio un paso hacia donde estaba como si él la estuviese llamando con señas. La niña se apartó el pelo de la cara y se concentró tanto que frunció el ceño. Entornó los ojos, puso morritos de pez, desplazó la mandíbula hacia delante... Puede que estuviese haciéndole muecas, pero a Raymond se le daba mejor. De pequeño había visto a otros intentando imitarlo, pero por mucho que lo desearan o lo practicaran nadie lo había logrado.

Entonces sonrió a Ella con malicia y dijo articulando los labios sin hablar: «¡Ja, ja!». La niña caminó resueltamente hacia Raymond.

—Enseñadme cómo se hace —le pidió.

Él se levantó y se desperezó.

—Tengo cosas que hacer, de lo contrario lady Juliana pedirá mi cabeza. Tengo que hablar con Keir de la construcción del muro. —Se alejó despacio, pero notó que le tiraban del jubón y se detuvo.

—¿Puedo venir?

Raymond observó a la niña, que aún movía la cara en un desesperado intento por imitarlo. Salvo durante un breve periodo de su juventud, nunca había apreciado el valor de su singular talento, pero ahora le estaba agradecido al santo que fuera que hubiese bendecido su cuna. Mientras que las muñecas y la costura no fascinaban a Ella, era evidente que el movimiento de orejas sí.

—No lo sé. No sois más que una niña.

Con los brazos en jarras, ella le corrigió:

—No soy una niña cualquiera, soy Ella de Lofts.

De lo cual se enorgullecía. Con el instinto de un guerrero que asalta una brecha, Raymond suspiró.

—Hay mucho barro ahí fuera y está refrescando. Es preferible que os quedéis dentro, que no os manchéis y que tejáis con vuestra madre. —Le costó lo indecible no reírse ante su expresión de horror.

—No os molestaré —insistió Ella.

Raymond ladeó la cabeza y la examinó.

—Tal vez os convendría aprender algo acerca de las defensas de un castillo, Ella de Lofts. —Para comprobar la influencia que ejercía sobre ella, Raymond eructó.

Acto seguido la niña empezó a tragar aire.

—Ya lo sé todo —se jactó ella.

El eructo que soltó con su respuesta lo sorprendió por su intensidad. Él miró con culpabilidad hacia Juliana, que le devolvió la mirada indignada. Optando por una retirada estratégica, Raymond se echó la capa sobre los hombros y avanzó hacia la puerta.

—Si lo sabéis todo, no tenéis motivo alguno para venir conmigo.

—No lo sé absolutamente todo —admitió la niña. La fingida renuencia de Raymond tiraba de ella como si llevase una cadena atada.

—Entonces... podéis venir.

Al darle permiso para ir con él las prisas de Ella se disiparon y su expresión desveló las dudas que a toda niña pequeña se le plantean a la hora de irse con un desconocido. Pero se animó, se giró y gritó:

—¡Margery, vamos!

Margery se detuvo con los brazos cargados de manteles. Raymond se dio cuenta de que esta había estado observando la cómica escena no con poca curiosidad, ya que no preguntó adónde iban ni con quién.

—Estoy ocupada —dijo cambiando el peso del cuerpo de un pie al otro.

—Los criados pueden hacer eso —replicó Ella—, ¿verdad, mamá?

La niña no estaba preguntando si los criados podían hacer el trabajo; lo que preguntaba era si podía fiarse de Raymond, quien esperó ansioso a la respuesta de Juliana. Esta inclinó la cabeza sobre el ovillo de hilo color crema que estaba enrollando.

—¿Está la puerta principal abierta, maestro Raymond?

Él metió el pulgar por dentro del cinturón de cuero para herramientas que llevaba.

—Sí.

—¿Hay hombres de armas patrullando los muros?

Desde el lugar que ocupaba junto al fuego, sir Joseph dijo rabioso:

—Eso será si ese mequetrefe no los ha hecho entrar a todos para que no cojan frío.

—Los hombres de armas están patrullando los muros —declaró Raymond.

Juliana lanzó una mirada a sir Joseph y dijo:

—No iría mal que os diera el aire antes de que otra tormenta nos obligue a permanecer guarecidos. Ve tú también, Margery.

—Estaré pendiente de ellas —prometió Raymond. Ella lo miró con recelo y Margery se detuvo a media zancada, de modo que él añadió—: Si se caen en la zanja, las rescataremos.

Juliana levantó la cabeza y le sonrió. El hechizo, su pura belleza, sacudió a Raymond de arriba abajo, abrasándole como un rayo. Se quedó petrificado, con la mirada fija. Aun así, pese al martilleo de su corazón, oyó que ella decía:

—A veces pienso, maestro Raymond, que os movéis como un guerrero. ¿Os formasteis para ser caballero y luego perdisteis el favor feudal?

¿Estaba Juliana enterada? ¿Lo estaba provocando? Raymond sacudió la cabeza para que se le despejara. No, Juliana no. A otras mujeres les parecería divertida semejante tortura, pero no a ella.

—Mmm... —No se le ocurría nada que decir, pero ella lo interpretó como una confirmación, como si él hubiese dicho que sí.

—Es una pena que un hombre no pueda seguir los dictados del corazón. —Satisfecha con el tamaño del ovillo, Juliana metió el hilo en su cesta de costura. Otra sonrisa llegó hasta Raymond; otro rayo le dio alcance y casi pudo oler sus buenas intenciones chamuscándose—. Pero confío en que mantendréis a mis hijas a salvo, tanto del exceso de barro como de cualquier secuestrador suelto que pudiera haber.

Él se tambaleó bajo el poder del amistoso júbilo de Juliana, puesto que hasta entonces ella no lo había tratado amistosamente. Se tambaleó bajo el peso de su propia lujuria.

—¿Os fiáis de mí? —repitió él, bobo como un perro faldero saciado de comida.

—Nunca me habéis mentido. ¡Ojalá todos los hombres tuviesen vuestro código de honor!

Volviéndose a inclinar sobre sus ovillos, el perfil de Juliana que no tenía cicatriz resplandeció a la luz de las antorchas. Estaba concentrada, con el mentón salido hacia delante y la lengua asomada entre los labios. A Raymond le sacudió una mezcla de asombro, consternación y pura admiración masculina. ¿Juliana confiaba en él? ¿Porque nunca le había mentido?

Únicamente con respecto a su identidad, la identidad de su cuadrilla, su misión en el castillo...

Aquello le sacudió como si le hubieran golpeado en el pecho. Esta mujer era suya, su soberano le había concedido su mano, y debido a su propia y errónea empatía con la difícil situación por la que ella pasaba, él había sembrado de piedras y espinas el camino hacia su unión. La quería y la tendría, pero únicamente cuando ella descubriera que él le había estado mintiendo.

Abrumado por la angustia, Raymond abandonó la torre del homenaje, cruzó el patio y entró en la herrería. Las dos niñas lo miraban con ojos inquisidores. Iluminado por el fuego y protegido con un mandil de cuero, Keir calentaba el hierro hasta que estaba candente y luego lo llevaba al yunque donde lo golpeaba para darle forma. Concentrado en la pala que iba tomando forma debajo de su martillo, dijo:

—¡Bienvenidas, señoras mías! Con vuestra presencia honráis mi humilde lugar de trabajo.

Había algo en Keir (su compacta constitución, la serenidad que emanaba de él) que inspiraba confianza, y las dos niñas no eran más inmunes que los gatos que habían hecho de la herrería su hogar. Las chicas se relajaron y Raymond se congratuló por ello hasta que Keir preguntó:

—¿Qué deseas, Raymond?

—*Maestro* Raymond —corrigió Margery.

Cualquier otro hombre habría sonreído, pero Keir se quedó cavilando sobre la reprimenda.

—El *maestro* Raymond y yo —dijo tras el debido análisis— hemos creado una relación totalmente diferente a la que hay entre señor y siervo o maestro artesano y aprendiz. Si bien el respeto que siento por él es auténtico, es tanto más profundo por cuanto es implícito.

—Margery —dijo Ella con impaciencia—, ni que el maestro Raymond fuese un conde o un barón.

Raymond se anticipó a cualquier cosa que Keir pudiese decir con un tajante:

—¡Desde luego que no! Keir, lady Margery y lady Ella esperaban que nos enseñaras las excavaciones y los cimientos preliminares.

Keir sujetó las pinzas con destreza pese a que le faltaban dedos.

—Es el maestro de obras quien debería introducir a estas señoritas en los secretos de la construcción. Yo no tengo las aptitudes comunicativas... necesarias.

—Ven —dijo Raymond sonriendo con decidida cortesía.

Keir señaló hacia las piezas forjadas y el hierro informe esparcido por la habitación.

—Estoy demasiado ocupado.

—Insisto.

—Lamento mucho llevarte la contraria, pero no.

—¿Lo ves, Ella? —dijo entonces Margery en tono triunfal—. Si el maestro Keir no emplea la fórmula de tratamiento adecuada, hay disensión y falta de respeto.

Raymond y Keir miraron embelesados hacia los dos rostros jóvenes e ingenuos que los observaban, y luego se miraron el uno al otro. Keir dejó las pinzas y se limpió las manos en el mandil.

—Vamos, Raymond.

Ramyond se detuvo en las caballerizas para hablarle breve y categóricamente a Layamon acerca de la seguridad de las niñas y la necesidad de mantener una férrea vigilancia por si detectaban la presencia de cualquier bandido suelto o mercenario rebelde. Se unió a la pequeña expedición cuando esta cruzaba el puente levadizo y se disponía a descender la cuesta embarrada. Toda la vegetación silvestre había resultado dañada por el incesante paso de los trabajadores. La zanja, poco profunda, empezaba donde el risco se unía con el río y seguía la elevación de aquel bordeando de nuevo la falda de la colina hasta la parte baja del otro lado. Dibujaba un arco que abría la tierra para formar el baluarte perfecto, y Raymond rebosó satisfacción al imaginarse el imponente muro que crearía para ahuyentar a los guerreros que pretendiesen arrebatarle sus tierras.

Sí, sus tierras. Esas tierras que se extendían en una mezcolanza de bosques, llanuras y aldea. Esas tierras ricas y fértiles, llenas de vida con su ganado, sus siervos, sus villanos. Él sería el guardián de estas tierras, las protegería de los salteadores y saqueadores a quienes no les importaban las gentes sencillas que allí vivían.

Juliana se lo cuestionaría, naturalmente. Diría que esta propiedad era suya, pero una mujer no podía amar la tierra como un hombre, de ninguna manera. La tierra no simbolizaba únicamente el estatus, el dinero o la posición. Era un lugar de pertenencia, un lugar al que regresar, un hogar. Esas tierras fértiles que le había concedido su primo Enrique, venían con una esposa e hijas, una familia ya hecha. Raymond miró con satisfacción hacia las niñas. Era de esa tierra de donde sacaría las fuerzas.

Ardía una hoguera que calentaba sin descanso el aire que la rodeaba, pero no daba calor allí donde era más necesario. De la zanja salía una melodía navideña sajona, salpicada de abundantes juramentos contra el barro y el frío. Tosti apareció en lo alto, arrastrando un cubo lleno con el que agrandaría los montones de estiércol fangoso que ribeteaban el foso en su lado más alto. Cuando reparó en la expedición el blanco de sus ojos muy abiertos por la sorpresa contrastó con su cara ennegrecida, y avisó a sus compañeros:

—¡Eh, buscadores de barro! Han venido el señor y las dos señoritas de la torre del homenaje.

Los trabajadores, como marionetas movidas por hilos, se pusieron a dar saltos arriba y abajo asomando sus cabezas.

—No se comportan así cuando nosotros llegamos —comentó Keir—. Tal vez lady Margery y lady Ella deberían venir de visita más a menudo.

Raymond asintió y se dirigió a las chicas:

—¿No se asegura vuestra madre de que saludéis...? —Interrumpió la frase. Margery había rodeado a Ella con el brazo y observaba a los hombres con expresión de horror. Ella se arrimó a su hermana y su mirada recelosa examinó con cautela a cada uno de los trabajadores cubiertos de barro.

—¿Por qué esos hombres nos miran fijamente? —inquirió Ella.

—Esta zona está desprotegida —declaró Margery.

Hubo un intercambio de miradas entre Keir y Raymond. Con toda la serenidad de la que pudo hacer acopio, Raymond explicó:

—Os miran fijamente, señoras mías, porque sois las futuras señoras del castillo. —Mientras las niñas digerían aquello, Raymond declaró—: Esta zona *está* bien protegida. Tenemos a los hombres de armas patrullando las murallas, pero la primera línea de defensa es el invierno, lo cual es aún más importante. En invierno los ejércitos no marchan porque no pueden obtener alimento de la tierra.

—Las mujeres no sólo deben desconfiar de los ejércitos. —Los enormes ojos de Margery miraban con seriedad—. Incluso un hombre a quien una mujer considera su amigo puede volverse contra ella para conseguir el control de su riqueza. —Repasó a Raymond desde las botas hasta el gorro de punto como si pudiera calarlo evaluando su aspecto.

—Eso es cierto, pero no se puede juzgar a un enemigo sólo por las apariencias; hay que emitir juicios con sensatez.

—¿Con la sensatez de quién? —preguntó Margery sagaz.

Raymond se agachó hasta que sus ojos quedaron a la altura de los de la niña.

—Con la sensatez de vuestros mayores, para empezar. —Antes de que ella pudiera objetar nada, Raymond añadió—: Pero más importante aún que eso es vuestra propia sensatez. Observad a la gente que os rodea, a toda la gente, no sólo a los hombres, y sacad vuestras conclusiones con la cabeza, no con el corazón. Aunque siempre podemos equivocarnos. —Raymond se enderezó—. Puedo ayudaros a estar preparadas para un ataque. ¿Sabríais qué hacer si un hombre desarmado intentara llevaros por la fuerza?

Ella cabeceó.

—¿Qué hace vuestra madre cuando se asusta?

—Se queda petrificada como un conejo bajo la sombra de un halcón —dijo Margery en voz baja.

Raymond se sobresaltó. ¡Qué equivocada estaba Margery acerca del carácter de su madre! ¿Por qué creería tal cosa?

—Estáis equivocada —le dijo él—. Vuestra madre es la mujer más valiente que he conocido.

—¿*Mi* madre? —preguntó Ella, visiblemente estupefacta.

Eligiendo cuidadosamente las palabras, Raymond dijo:

—Antes de saber quién era yo, intentó golpearme con un leño. —Se frotó la cabeza al recordarlo con pesar—. Por poco lo consiguió.

Margery estaba impresionada.

—¿Mi madre hizo eso?

—Sí, así es. ¿Y vos? ¿Seréis menos valientes que vuestra madre?

Las chicas menearon la cabeza al unísono.

—No, claro que no. —Raymond se giró de espaldas a Keir—. Supongamos que soy una mujer y Keir me coge con fuerza.

—Me cuesta imaginarme que eres una mujer —comentó Keir con ironía.

—Inténtalo. —Raymond oyó que Ella ahogaba una risilla y continuó—: Estoy sola e indefensa, pero quizás estén cerca mis hombres de armas o un hombre honorable, o incluso otra amiga. El agresor se me acerca y me rodea con los brazos. —Raymond soltó un gruñido cuando Keir lo sujetó por detrás dándole un tirón tan fuerte que se quedó sin aliento—. Bien, ¿qué tengo que hacer?

—¿Chillar? —preguntó Ella con timidez.

—¡Sí! —Raymond intentó volver con las niñas, pero Keir no lo soltaba. Le hincó el codo y le dio un pisotón, se soltó y miró iracundo a su compañero. Les dijo a las niñas—: Todas las mujeres saben gritar. A ver cómo gritáis.

Ella soltó un grito ensordecedor.

—¡Bien! —exclamó Raymond. Señaló hacia los hombres de armas que abarrotaban el adarve, sus flechas cargadas y las armas preparadas—. Vuestros salvadores han llegado.

Mientras Raymond saludaba a los hombres con la mano para tranquilizar a las chicas, Ella se puso a saltar a la pata coja para demostrar su alegría.

—Vuestro turno, Margery —insistió él.

Margery miró con solemnidad hacia el despliegue de soldados, luego soltó un chillido.

—Más fuerte —dijo Keir.

Margery se humedeció los labios y volvió a intentarlo, aunque con similar falta de éxito.

—Como cuando cogí tu cerdito y lo destripé —informó Ella.

Margery relajó los brazos a lo largo del cuerpo, cerró los

ojos y lo intentó. El grito careció de la rabia y el miedo que lo hacían convincente, pero Raymond lo dio por bueno.

—Muy bien. Vuestro siguiente intento será aún mejor.

La niña abrió los ojos y miró a sus profesores. Con las mejillas sonrojadas y el brillo en la mirada, se parecía menos a una adolescente majestuosa y más a una niña alborotada.

—Enseñadme más.

—¿Más? —Raymond se rascó la barbilla, preguntándose cuántas cosas más debería enseñarles y si su madre lo aprobaría.

—Enseñadnos cómo habéis conseguido hace un momento que Keir os soltara. —Ella señaló el lugar donde habían hecho la demostración.

—Sí, enséñanos eso —dijo Keir con impresionante serenidad.

El tono de su voz expresaba su intención de vencer a Raymond, pero este se limitó a sonreír.

—Naturalmente. Será un honor enseñaros cómo hay que derrotar a un agresor tan desvergonzado como Keir. —Echando la cadera hacia delante en una lamentable imitación de la postura femenina y elevando el tono de voz, dijo—: Aquí me tenéis, ¡soy una dama adorable que va sola por el bosque!

Mientras Keir lo acechaba, incluso a Margery se le escapó la risa.

—Cuando un monstruoso truhán me sorprende por la espalda... —continuó Raymond.

Keir se abalanzó sobre su espalda, pero Raymond no se inmutó.

—Chillo. —Su dulce alarido fue sofocado por la mano de Keir, quien la retiró al instante y empezó a agitarla en el aire.

Raymond recuperó su voz habitual para decir—: ¿Lo veis, chicas? Si un truhán intenta bloquear vuestra primera línea de defensa, el grito, le dais un mordisco y luego volvéis a chillar, más fuerte. —Gritó con toda su ira masculina, alargó los brazos y tiró del pelo de Keir. El rugido de Keir se sumó al de Raymond, y el primero rodó por encima de la cabeza de su amigo y aterrizó de pie.

Los dos hombres permanecieron unos instantes agachados, cara a cara, los dedos separados y las manos extendidas. Les brillaban los dientes, un gruñido les torcía el gesto. Ya no parecían herrero y maestro de obras. Parecían dos guerreros preparados para sumarse a una batalla que acabaría en sangre y muerte.

Con un hilo de voz, Ella rompió el silencio generado por la violencia de ambos hombres.

—¿Keir y vos estáis enfadados?

Los hombres se recuperaron lentamente. La ferocidad volvió a esconderse en sus cuerpos, dejando de ser visible, pero no por ello olvidada.

—No. —Raymond se pasó la mano por la frente como si quisiera enjugarse el sudor, pero tenía la cara fría y pálida—. Keir y yo somos amigos. Luchamos por diversión, pero a veces olvidamos...

—Dónde estamos y quién es nuestro oponente —concluyó Keir.

Raymond y Keir sonrieron a las niñas, pero Raymond notó sus labios rígidos. La expresión de las chicas delataba su repentino escepticismo, y ninguno de los hombres que observaban desde la zanja o desde la muralla pareció menos suspicaz. El brusco cambio de táctica de Raymond puso al descubierto sus años como estratega.

—¿Lo veis? Hasta los amigos pueden hacerse daño unos a otros. Keir y yo tenemos la misma fuerza, pero cuando un hombre ataca a una mujer, esa mujer está en desventaja, pesa menos y tiene menos fuerza. Para equilibrar la balanza debe atacar al hombre en sus puntos más vulnerables. Así que si alguna vez estáis en peligro —concluyó Raymond—, gritad y a continuación golpead repetidamente a vuestro agresor.

—¿Y si una no sabe con seguridad si corre peligro? —preguntó Margery.

—Velad por vuestra seguridad y protegeos. Luego podéis disculparos, aunque muchos hombres se negarán a reconocer que una niña les ha hecho daño. —La sonrisa de circunstancias de Raymond decía mucho del ego masculino; luego saludó hacia los hombres de armas—. ¡Seguid leyendo el futuro en esos huesecillos! —gritó—. ¡No estamos en peligro!

Los hombres sonrieron, le devolvieron el saludo y se apartaron de las almenas.

—¿Os gustaría ver las excavaciones? —preguntó Keir.

La posibilidad de revolcarse en el barro espoleó los ánimos apagados de Ella, quien se levantó la falda y trepó hacia la cima del montículo. Margery la siguió con seriedad, como correspondía a su edad y majestuosidad. Raymond y Keir las ayudaron cada vez que resbalaban y patinaban. Desde lo alto del montículo contemplaron la zanja, cuya profundidad igualaba como mínimo la altura de un hombre.

—¡Eh, mi señor! ¿Qué os parece? —Tosti abarcó con un gesto la extensión de la zanja.

—Magnífico trabajo —dijo Raymond con aprobación—. ¿Cuánto crees que falta para llegar al lecho de roca?

—Soy mejor rastreador que excavador, eso seguro. Pero yo creo... —Tosti picó en el suelo con la pala—. Yo creo que la roca queda mucho más abajo. ¿No os parece suficientemente honda la zanja?

—¿Ese muro está asentado sobre el lecho de roca? —preguntó Raymond señalando hacia el muro existente.

—No lo sé, mi señor. Se construyó hace años.

—¿Por qué llamas «mi señor» al maestro Raymond? —preguntó Margery con curiosidad—. No es un señor.

Tosti puso los ojos en blanco.

—¡Oh, no, claro que no! No es más que un humilde maestro de obras. No es hijo de ningún hombre distinguido ni está acostumbrado a vivir en la opulencia y el poder. —Su sarcasmo reverberó y los hombres que estaban trabajando en la zanja se rieron disimuladamente.

—Ya basta, Tosti —exigió Raymond, pero ahora Margery miró hacia él, analizándolo y evaluándolo, y lo vio con más claridad de la que su madre lo había visto hasta ahora.

Ella se puso a dar saltos mientras salmodiaba:

—Es un señor, es un conde, es un barón.

Demasiado cerca de la verdad como para no inquietarse, pensó Raymond, que se removió nervioso. Esto requería una actuación drástica. Para distraer a Ella la levantó cogiéndola por la cintura y la balanceó sobre el foso.

—Cuidado con lo que decís... —La niña chilló y él la miró, y como se estaba riendo volvió a columpiarla—; de lo contrario, os tiraré al...

Se apoderó de él un fuerte dolor en la ingle. A la altura de su cintura, Margery estaba retirando el puño dispuesta a golpearlo de nuevo, pero como Ella le pesaba mucho, Raymond perdió el equilibrio, cayó sentado con Ella firmemente sujeta en sus brazos y resbaló por la empinada pendiente hasta la fangosa zanja. Oyó un grito ahogado tras él y acto seguido Keir y Margery aparecieron a su lado.

—¿Por qué habéis hecho eso? —le gritó Raymond a Margery, muerto de dolor.

—La estabais amenazando —farfulló Margery—. Y habéis dicho que en caso de duda atacara...

Estupefacto, Raymond miró fijamente a la chica, tan joven, tan valiente y mugrienta.

—Era una broma.

—Pero Ella ha chillado —dijo Margery defendiéndose—. Y habéis dicho...

—Margery tiene razón. —La voz temblorosa de Keir delataba su risa—. Según tus instrucciones, dadas las circunstancias ha reaccionado de forma adecuada. No sabes cómo celebro que hayas sido tú su conejillo de indias. ¡Pobre del hombre al que intente hacer daño de verdad!

Contagiado por la sonrisa del rostro de Keir y el desconsuelo de las niñas, Raymond se rió entre dientes. Las chicas esbozaron una sonrisa, después soltaron una risilla y finalmente el inmundo grupo estalló en risas. Llenos de barro hasta las cejas, rodaron por el estiércol, se dieron palmadas en la espalda unos a otros y como camaradas se dejaron llevar por unas carcajadas absolutamente inapropiadas a su condición o posición.

Los excavadores los miraban boquiabiertos, y cuando Tosti dijo: «¿Mi señor?», con un gesto de la mano, Raymond le pidió que lo dejara tranquilo.

—Mi señor —insistió Tosti.

—No nos hemos vuelto locos —lo calmó Raymond—. Es sólo que...

—¡Mirad, mi señor!

La perentoriedad de su tono disipó la alegría de Raymond. Siguió con la mirada el dedo de Tosti, que señalaba el margen de la zanja. Puntas de espada y filos relucientes. Armaduras y escudos de divisa desconocida. Por encima de su cabeza había una larga hilera de guerreros cuyas espadas apuntaban hacia abajo. Hacia abajo en dirección a él y a Keir, y en dirección a las niñas de las que era responsable.

Capítulo 6

—Vuestras hijas siguen ahí fuera con ese bellaco simplón, ¿verdad? ¿Con el maestro de obras?

Sir Joseph sonrió satisfecho mientras Juliana se asomaba al exterior por enésima vez en esa tarde interminable. Se preguntaba si Raymond traería por fin a sus hijas, pero no le daría al anciano el placer de especular en voz alta, porque había depositado toda su confianza en el maestro de obras.

Bueno, casi toda. Raymond mantendría a salvo a sus hijas, incluso fuera de la protección de esos macizos muros. Aunque no era un caballero escogido por el rey, Juliana sabía que lo haría. Era alto, fuerte y honorable. Se había percatado de ello tras su estancia en la cabaña; después de todo, ¿qué otro hombre la habría dejado en paz pudiendo aprovecharse de ella y sobre todo sabiendo que ella habría acabado entregándose a su implacable hechizo con los brazos abiertos?

¡Si sir Joseph estuviese en el exilio en lugar de estar sentado junto al fuego con esa repugnante sonrisa en la cara! Mientras las criadas montaban las mesas de caballete y las cubrían con manteles blancos, él se dedicó a aguijonearlas con su bastón. Era la clase de diversión cruel que a sir a Joseph le levantaba el ánimo. Al mismo tiempo aguijoneó a Juliana con una mordacidad tan afilada como una espada y una crueldad tan destructiva como una maza.

—Naturalmente, ¿por qué os iba a importar que os robasen a vuestras niñas y las violaran? Tenéis el sentimiento maternal de una serpiente escurridiza.

Antes de que Juliana pudiera defenderse, dijo Valeska:

—Alimaña despreciable y piojosa. —Su tono era tan suave como una cerveza Mabel, pero sir Joseph se arrebujó en su capa por superstición—. Dejad que mi señora borde y escuche la canción de Dagna tranquilamente. Es una balada romántica sobre un caballero y su verdadero amor.

—¿A eso lo llamáis música? —Sir Joseph echó un escupitajo al fuego—. He oído música mejor echando cachorros vivos al fuego.

Dagna paró de cantar, pero amplió la sonrisa y en ningún momento dejó de rasguear la mandolina. Su alegre melodía cambió, se volvió opresiva, de sonidos foráneos, y cantó unas cuantas palabras en una lengua repleta de tonos guturales y notas chirriantes.

—Brujas —susurró sir Joseph estremecido.

Mientras Juliana, sentada frente a su telar, trabajaba con desgana en la manta que estaba tejiendo, se preguntó si las viejas serían brujas de verdad. Habían obrado milagros que no entendía. Su propio carácter se había ido templando fruto de duras experiencias, y aunque no consentía que nadie la abrumara con sus atenciones, los mimos de esas mujeres no parecían tener ese efecto; antes bien, le daban vigor y fuerza, como una infusión de hierbas primaverales tras un largo invierno.

—Cuando el sol se ponga vuestras hijas cogerán frío. —Valeska le echó una mirada diabólica a sir Joseph, que se escondió de nuevo en el ancho cuello de su capa—. Si no fuerais una cobarde saldríais a buscarlas.

Tocando el cinturón rojo que llevaba alrededor de la cintura, Juliana miró por la saetera. Anochecía y hacía mucho más frío, y sus hijas... Sus hijas también habían empezado a confiar en Raymond; de lo contrario, ¿por qué se habían ido con él? El roce de estas semanas había disipado su miedo.

¡Si Raymond las trajera de vuelta! No iría a ver por qué no venían. No exteriorizaría sus nervios con tanta obviedad, porque a medida que la etapa de dominio de sir Joseph se desvanecía, un sir Joseph cada vez más rencoroso empleaba con ella un lenguaje propio de alguien que conocía sus puntos débiles y se regodeaba con su sufrimiento.

Juliana tuvo ganas de ridiculizarlo, de ponerlo en videncia, de obligarlo a darse cuenta de que no era la tonta asustadiza que él conocía. Ya no creía que él fuese a pegarla, y ya no se preguntaba cuál sería la siguiente atrocidad que cometería en su casa. Pero *sí* le daban terror los secretos que pudiera contar. Temía que le hablase a Raymond de Hugh y Felix, y de su padre, y de aquellos acontecimientos que mucho tiempo atrás la habían destrozado. Aunque no sabía por qué le preocupaba lo que Raymond pudiera pensar.

Margery echó un vistazo a las relucientes espadas y soltó el grito que Raymond le había pedido antes. Fuerte, prolongado y estridente, contenía en sí todo el terror de una jovencita cuya peor pesadilla acaba de hacerse realidad. Se lanzó sobre Ella, arrastró a su hermana contra su pecho y las dos se abrazaron; eran dos niñas asustadas y cubiertas de barro.

—¡Siempre hay trabajo sucio que hacer en las encrucijadas! —Un caballero alto y fornido los retenía con la punta de su espada.

—Huelo a juego sucio —repitió un inquieto hombrecillo rubicundo ataviado con armadura.

Raymond y Keir se colocaron delante de las dos niñas a modo de escudo mientras Raymond interpelaba:

—Explicad a qué se debe vuestra presencia.

—Sois intrépido para ser un mugriento campesino —dijo el hombrecillo, blandiendo la espada cerca de la nariz de Raymond.

—No es un campesino mugriento, Felix —comentó el otro caballero—. Escucha cómo habla. Ninguno de mis siervos ha viajado tanto como para hablar francés con semejante acento.

La espada que apuntaba hacia la nuez de Raymond fue retirada. Felix trató de rascarse la cabeza, pero el almófar que llevaba no le permitía introducir bien los dedos. Para cuando se hubo retirado la gruesa cota de malla lo suficiente para llegar al cuero cabelludo, todos los hombres lo estaban mirando boquiabiertos. Al darse cuenta, sonrió, dejando ver un hueco entre sus dos dientes frontales.

—Tengo un montón de piojos. Espero que Juliana tenga esas hierbas para matarlos.

La inquietud de Raymond desapareció.

—¿Juliana? —preguntó con cautela.

Notó en la espalda el codazo de una niña y una cabecita se asomó por su cadera.

El largo brazo del caballero alto (a juicio de Raymond, el que llevaba la voz cantante) volvió a apuntarlo.

—Lady Juliana de Lofts. La madre de esas niñas que habéis secuestrado.

La palabra rechinó en la mente de Raymond y resonó como un gong.

—¿Secuestrado? —No pudo contener la risa y mientras acariciaba la cabeza de Ella, los ojos del caballero alto se entornaron—. Yo no he secuestrado a las hijas de lady Juliana.

Keir le propinó un codazo en las costillas a modo de advertencia y dijo:

—Parece que ha habido un error.

—Sí. —El caballero alto se inclinó hacia delante y colocó la punta de su espada en el pecho de Raymond—. Un error que vos habéis cometido.

—Cuidado, tío Hugh —dijo Ella alto y claro—. El barro está muy resbaladizo.

—¿Mi señora?

Juliana abrió los ojos que había cerrado con fuerza y se presionó la frente con una mano. Valeska le pasó su cuerno, lleno hasta el borde de espumosa cerveza.

—Bebed esto. Amainará vuestros miedos.

—No tengo miedo —le espetó Juliana sin pensarlo, y luego hizo una mueca de disgusto al darse cuenta de lo que había exteriorizado. Golpeó el paño tejido con el batán—. Pero me preguntaba cuánto tiempo hace que el maestro Raymond es maestro de obras.

—¡Menuda pregunta, mi señora! —Valeska sacó brillo al telar de Juliana con un trapo.

—Sí, es una buena pregunta que merece respuesta. —Juliana quiso decir, aunque no lo hizo, que en ocasiones Raymond olvidaba los nombres de las herramientas y cómo se utilizaban. Pese a que sir Joseph era duro de oído, temía expresar sus dudas delante de él. Así que dijo en cambio—: El maestro Raymond tiene un aire involuntario de autoridad... ¿Desde cuándo es maestro de obras?

Valeska entornó los ojos, mirándola con reproche.

—Señora, mi memoria no es lo que era.

Juliana no se lo creyó, y llamó a un muchacho que estaba sirviendo una jarra de cerveza con cierta dificultad.

—Tu padre es Cuthbert, mi carpintero, ¿verdad?

El joven sonrió.

—Sí, mi señora, es el mejor de la aldea y de la región.

—¿Qué piensa él del maestro Raymond?

Al chico se le esfumó la sonrisa. Su rostro despierto se tornó pálido.

—¿Mi señora?

—Te he preguntado qué opina tu padre de las dotes de construcción del maestro Raymond.

El joven se rascó la cabeza.

—¿Mi padre? Bueno, dice que el maestro Raymond es un buen... En fin, que el maestro Raymond nunca... —Sacó el aire de forma audible y acto seguido dio un respingo cuando derramó cerveza de la jarra y se mojó los zapatos.

Dagna terminó su canción con un punteo discordante.

—Pero ¡mira qué has hecho! Ve a limpiarlo antes de servir la cena. —Mientras el muchacho desaparecía en la oscuridad del hueco de la escalera, Dagna le mostró a Juliana con una sonrisa su dentadura de color ámbar y le dijo tranquilizadora—: Es un buen chico, pero le falta un poco de práctica.

Y, a decir verdad, pensó Juliana malhumorada, ¿qué más le daba lo competente que fuera Raymond? El juego de luces y sombras en su rostro le recordaban un cuadro, y tuvo ganas de pintarlo; los movimientos de su cuerpo le recordaban una melodía, y sintió deseos de bailar con él; la firmeza de sus músculos le recordaba un caballo, y quiso montarlo... Ahogó un grito. Tenía que contenerse, era una viuda, una madre, una noble cuya mano el rey le había concedido a un hombre influyente. No tenía ningún derecho a desear a un simple maestro de obras, pero Raymond les había demostrado a todos que era un hombre de fiar.

Un hombre.

De fiar.

Esas dos frases no guardaban para ella relación alguna entre sí, y nada podría hacerle cambiar de opinión. Sólo que Raymond le hacía recordar una época en que los hombres no le inspiraban temor. Su hermoso rostro la obsesionaba, contrariaba sus gestos, hacía que aflorara la mujer coqueta que creía tristemente muerta. Pero habría mujeres que tan sólo admirarían su belleza; mujeres que soñarían con la seda líquida de su pelo moreno entre sus manos, que harían el ridículo para conseguir una sonrisa suya y ahogarían una risita al ver los hoyuelos que se le formaban al sonreír. Habría mujeres que se dejarían seducir por ese cuerpo esbelto, esas piernas largas y esos muslos largos.

Pero ella no era tan estúpida. Era la compasión que él mostraba lo que la atraía. El modo en que conquistaba a sus hijas, deseoso de que lo incluyeran en sus juegos. El modo en que se dirigía a las criadas, rechazando con rotundidad su calenturienta astucia, pero tratándolas con tal gratitud que lo adoraban igualmente. La amabilidad que desplegaba con esas dos extrañas mujeres, a las que cuidaba y daba de comer, dejando que cuidaran de él cuando le había demostrado a Juliana que podía valerse por sí mismo. Él y su ridículo amigo, Keir, le hacían sonreír, le permitirían organizar unas Navidades verdaderamente alegres y no la farsa de los años anteriores.

—Los estoy oyendo, mi señora, ya llegan —le dijo Valeska al oído.

Juliana miró a la vieja con desconcierto y se medio levantó cuando el aire que se coló por una puerta abierta trajo el sonido de unos gritos. Se sentó apresuradamente y agarró el batán. Adoptó una postura de serenidad y pasó una hebra por la urdimbre de lana.

Tal como esperaba Ella fue la primera en entrar corriendo y dando gritos:

—¡Mamá, mamá!

Tras ella entró Margery, no menos ruidosa. Juliana apenas las reconoció. Olvidó su forzada serenidad, lo olvidó todo, y se puso de pie.

—¿Qué os ha pasado? —gritó en voz tan alta como la de Ella.

—Nos hemos caído en el barro —corearon ambas entre risitas, aunque acabaron desternillándose de risa.

—Os habéis caído en el... —La mirada de Juliana se posó en Raymond y Keir, igualmente sucios y que revoloteaban cerca de las niñas como dos perros sabuesos con el rabo entre las piernas. Se irguió completamente y ordenó—: Haced el favor de explicarme esto.

A Raymond le encantó la vitalidad que le daba a Juliana su enfado y le dedicó una amplia y exagerada reverencia.

—Vuestra primogénita me ha dado tal golpe que he ido a parar al barro y antes de que me diese cuenta ha empezado una pelea de lo más deliciosa. Keir y yo... —Keir le hizo a Juliana una reverencia idéntica a la de su amigo— hemos sido hábilmente derrotados por vuestras guerreras en miniatura.

Margery y Ella adoptaron la actitud de un gran guerrero, sonriendo con arrogante complacencia.

—¿Mis hijas os han derrotado? ¿Cómo es eso posible?

—Con una fiereza hereditaria y una belicosidad innata mezcladas con la desconfianza femenina. —Raymond hizo una mueca de disgusto al recordar el dolor.

—De verdad que lo he hecho, mamá. —Margery cerró el puño y dio golpes en el aire.

—Tendrías que haberla visto, mamá —alardeó Ella, saltando con pequeños movimientos espasmódicos—. Ha derrotado a lord Raymond antes de que él supiera que había empezado una pelea.

—La mejor manera de derrotar a lord... —Juliana entornó los ojos concentrada en cambiarle el título, y se acercó hacia el mugriento grupo—, al maestro Raymond es, sin duda, antes de que empiece la pelea.

Serio como si nunca hubiera participado en la fangosa pelea de la zanja, Keir advirtió:

—No descartéis las aptitudes guerreras de vuestras hijas.

Ansioso por apartar la atención de Juliana de la acertadísima suposición de sus hijas, Raymond dijo:

—De no ser por el oportuno rescate de Felix, el conde de Moncestus, y Hugh, el barón de Holley, ahora aún estaríamos arrodillados ante estas formidables guerreras, suplicando clemencia. —Con el floreo de quien ofrece un regalo, Raymond se hizo a un lado para dejar ver a los visitantes ataviados con armadura que estaban también en el gran salón parapetados detrás de él. Se imaginó que oiría exclamaciones de satisfacción, pero Juliana se quedó petrificada y acto seguido reunió desesperadamente a sus hijas tras ella.

Raymond reconoció con horror aquella reacción. Esta Juliana era la misma a la que había reducido el día en que se conocieron. La mujer que había peleado por su libertad con toda fiereza.

Los caballeros ignoraron a Raymond con el desdén propio de los señores hacia los campesinos, y cuando él miró de nuevo hacia Juliana, esta se había sobrepuesto a su pánico con un esfuerzo que no pudo más que admirar.

—Bienvenidos, vecinos. Nos habéis sorprendido... y complacido con vuestra presencia, señores. —Era evidente que estaba incómoda y quería salir corriendo—. Sois viejos amigos y mis hijas tienen frío. Espero que os sintáis como en vuestra casa mientras...

—¿Cómo se os ocurre dejar a vuestras hijas en manos de unas niñeras tan incompetentes? —Hugh fulminó con la mirada a Raymond y luego a Keir, que contuvo a su amigo sujetándolo con fuerza del brazo.

—¡No son niñeras! —chilló Ella.

—¡Son guerreros! —dijo Margery retorciéndose mientras Juliana apretaba con más fuerza los hombros de sus hijas.

A Raymond le dejó estupefacto la osada defensa de las niñas.

—¡Maldita sea! —susurró, cediendo a la presión de Keir.

—Hablan como vuestro padre. Gritan cuando deberían aprender a comportarse y dedicarse a tejer. —Hugh señaló al falso maestro de obras y al herrero—. ¡Estos guerreros carecen de inteligencia para mantener a vuestras queridas hijas dentro de estos muros!

—Y han permitido que salgan fuera sin protección —se quejó Felix.

Sir Joseph se rió entre dientes con profunda maldad.

—¿Acaso no os he advertido de vuestra negligencia, *lady* Juliana?

Raymond y Keir intercambiaron unas miradas cargadas de significado, pero antes de que Raymond pudiera hablar Layamon dio un paso hacia delante.

—No ha sido para tanto, mi señora —dijo dando vueltas al sombrero en la mano—. Antes de llevarse a las niñas a ver las obras, el maestro Raymond me ha dado instrucciones muy precisas sobre cuál era mi obligación y yo he vigilado obedientemente desde el muro. Cuando he visto que aparecía una tropa armada con espadas y demás, he llamado a mis hombres y hemos rodeado a los señores después de que estos rodearan la zanja en la que el maestro Raymond y vuestras pequeñas estaban mmm... trabajando. —Abochornado, Layamon se movió arrastrando los pies y miró fijamente a los indignados vecinos—. Naturalmente, he reconocido a estos nobles señores, pero el maestro Raymond me había dado instrucciones.

—Gracias, Layamon. —Juliana lo saludó con la cabeza. Dedicándole a Hugh una sonrisa forzada, le dijo—: No soy tan irresponsable como pensáis.

La indignación de Hugh languideció al ver el rostro pálido de Juliana, y le hizo una reverencia.

—Os pido mil perdones, mi señora. Había pensado que... —Lanzó una mirada fugaz hacia el lugar donde estaba sentado sir Joseph—. Nada digno de atención.

—Esta es vuestra casa —repitió Juliana—. Ahora debo ocuparme de mis hijas.

Ahora las niñas temblaban sin control. Con una palmada de manos, las doncellas de Juliana aparecieron volando y arrastraron la enorme bañera de madera que había descansado todo el invierno en el rincón sin ser utilizada. El agua tibia, que habían calentado por orden previa de Valeska, llegó en cubos subidos desde el sótano. Dagna colocó el enorme biombo delante de la cama principal para separarla del gran salón, como hacía todas las noches cuando Juliana se acostaba. Cuando las dos mujeres desaparecieron de su vista, fue como si los hombres se hubieran liberado de un hechizo.

Con un fruncimiento del ceño que lo decía todo, Hugh se acercó al fuego. De pequeña estatura, moreno y rollizo, Felix lo siguió. Combinaba su hábito de levantar la mirada bajo sus pobladas cejas con el de asentir con la cabeza con extraordinaria frecuencia, y Raymond no tenía ninguna duda de quién era el que tomaba las decisiones en aquella extraña pareja.

—¡Vos! —Hugh señaló a Raymond—. Vos me serviréis. Quitadme la armadura. —Alargó sus manos cubiertas por los guanteletes, desafiando a Raymond con la instrucción dada.

De joven, Raymond se había entrenado como escudero, al igual que hacían todos los caballeros. Recordaba bien cómo había que quitar una armadura y la ofensa que Hugh le había dirigido cayó en saco roto, porque él se mostró encantado ante la ocasión de estar cara a cara con el barón.

—Está sucio —protestó Felix mientras Raymond se acercaba al caballero.

—Es un comentario de muy mal gusto, pero te quedas corto. —Hugh curvó los labios cuando Raymond entró en el haz de luz y el calor que proyectaba el fuego—. Apestáis, amigo.

—Es barro limpio —repuso Raymond, que se acercó a un palmo de distancia de Hugh—. A diferencia de la caca de caballo que tanto fascina a los caballeros.

Keir gruñó y Hugh alzó un puño para pegar al hombre al que había exigido que le hiciera de escudero. Raymond analizó a Hugh con la mirada fija, y este se detuvo con el puño cerrado y listo para atacar.

—¿Quién sois? —susurró.

Raymond ansiaba decírselo, pero se moría por conocer todos los secretos de Juliana, y Hugh era un necio; podía manipularlo. A esas alturas, la novia que Raymond había ido a reclamar era más que una conquista; era un misterio por resolver.

—Soy el maestro de obras del rey —le contó a Hugh.

Este bajó el puño, pero saltaba a la vista que su animadversión ardía con intensidad. A Raymond le extrañó una animosidad tan pueril en un hombre de su madurez. Hugh vio en Raymond un rival y su hostilidad creció.

—¡Traedle agua tibia! —exclamó Hugh. Como nadie se movía, chilló—: ¡Agua tibia!

Valeska empezó a revolotear por la estancia, cloqueando como una gallina cuyo dueño estuviese afilando el hacha.

—Agua tibia —gritó—. Traedle agua tibia a Raymond.

Los labios de Hugh se curvaron en una sonrisa al ver que a Valeska le pasaba un cubo el último joven de una larga fila de criados boquiabiertos que trabajaban en cadena desde la cocina del piso de abajo.

—¿Es vuestra madre? —inquirió con desdén.

—Dios no me dio esa bendición. —Raymond introdujo las manos en el agua y se estremeció cuando el calor se le metió en las grietas y arañazos de su piel. Después de frotarse la suciedad aceptó con una sonrisa el trapo que Valeska le ofreció—. Mi madre es fea.

Valeska se ruborizó al oír el cumplido e ignoró la risilla de Felix. Acto seguido le sacó a Raymond el barro seco de las mejillas y la barba con sus nudillos amarillentos.

—Abajo os están calentando más agua. Tal vez deseéis afeitaros.

—¿Por qué? —inquirió Raymond.

Valeska le dirigió una mirada al caballero que los miraba iracundo y bajó el tono de voz.

—Hugh es un hombre atractivo.

Raymond también miró en su dirección.

—Me afeitaré.

—Dejadme ver vuestras manos —exigió Hugh. Raymond accedió, poniendo los dedos tan cerca de la nariz de Hugh que este tuvo que apartarlos para ver bien—. Me servirán. Las uñas están sucias, pero ¿qué puedo esperar de un maestro de obras?

Raymond le quitó los guanteletes y los guantes a Hugh, y se quedó mirando fijamente sus uñas. Hugh retiró las manos de golpe y soltó un gruñido.

—Quitadme la cota de malla.

El almófar de la cabeza se deslizó con facilidad, dejando al descubierto sus entradas. Hugh lucía unas brillantes cicatrices rojas y blancas de algún combate de espadas anterior, que le conferían un aspecto fiero y que denotaban unas aptitudes guerreras que a Raymond le inspiraron respeto.

—Siento mucho haberos desafiado allí fuera —dijo Hugh en un tono de falsa disculpa—. Pero hace tiempo que me siento responsable de lady Juliana y su familia.

—¿Responsable?

—Veréis, crecimos juntos y me preocupa su cobardía.

—Yo crecí contigo —intervino Felix con voz de pito—. También era mi amiga.

Raymond apenas lo oyó y al parecer Hugh tampoco, tan concentrados como estaban el uno en el otro. Sujetando las cintas que ataban el cuello de la cota de malla, Raymond le preguntó:

—¿Cobardía? ¿La habéis llamado cobarde?

—¿De qué otra manera puedo llamar a una mujer que se niega a ir a ver sus otras propiedades?

—Cobarde desde luego no —objetó Raymond, recordando la valentía con que Juliana se había enfrentado a él cuando la sacó de la violenta ventisca.

Hugh se rió con repugnantes aires de superioridad.

—Es una cobarde, creedme. Depende de sir Joseph para el cuidado del castillo de Bartonhale, para comprobar el estado de las cuentas y asegurarse de que su administrador no la estafa. Yo le he dicho que no es prudente que confíe en un criado, ni siquiera en uno tan veterano y valorado, pero ella sigue recluida aquí en Lofts.

—Vaya, que no os escucha —concluyó Raymond con cordialidad.

—Antes lo hacía.

A Raymond se le rompieron las tiras en la mano. Hugh se limitó a sonreír ante semejante destrucción de su propiedad.

—A mí también me escucha —dijo Felix.

—¡Claro! Si sois amigos suyos desde hace tantos años —Raymond tiró las cintas—, seguramente conocisteis a su marido.

Con un movimiento de su musculoso brazo, Hugh quitó importancia a ese tema.

—¿Millard? Era un joven al que eligieron únicamente por su fortuna y demasiado enfermizo para vivir mucho tiempo. Únicamente le dio hijas. No era lo bastante hombre para satisfacer la naturaleza apasionada de Juliana.

Ese era el hombre, decidió Raymond. El que había propiciado que Juliana se dejase humillar por sir Joseph. El que no había pensado en su reputación. ¿Habría sido su amante? Si lo fue, ya había terminado, porque Juliana era suya. Ahora era él quien debía protegerla y cuidarla, y ese guerrero de lustrosa bóveda lamentaría el día en que le hizo daño.

—Con el paso de los años —dijo Hugh cada vez más confiado— el cariño que nos tenemos ha ido aumentando y cambiando.

Raymond tuvo deseos de arrancarle la cota y de paso arrancarle la cabeza, pero el respeto que los guerreros sentían hacia las armaduras, hacia cualquier armadura, hizo que mantuviera el pulso firme al enrollar la cota hacia arriba.

—El cariño es como un reloj de arena —repuso molesto por su propio autocontrol—. A medida que el cerebro se vacía se va llenando el corazón.

—¡Qué inteligente sois para ser un mero maestro de obras! —Hugh contempló a Raymond, que estaba inspeccionando la cota en busca de rotos o de zonas desgastadas—. Cualquiera creería que tenéis experiencia en el manejo de las cotas, porque vuestra preocupación es palpable.

Raymond le pasó la cota a Keir.

—Límpiala y engrásala.

—¿A cuenta de qué iba un maestro de obras a saber cuidar una cota? —Hugh analizó a Raymond. El avezado guerrero evaluó cada músculo y tendón de su cuerpo; quizás Hugh descubriera lo que él quería mantener oculto.

Raymond miró en dirección a Valeska, y esta lo entendió. Llamó a Fayette y le ordenó:

—Ayuda a este señor a quitarse las protecciones y sácale a este otro la armadura. —Fulminó a Raymond y a Keir con la mirada, sin ningún respeto—. Bajad los dos, donde os puedan lavar debidamente. Estáis dejando trozos de barro a cada paso que dais.

Raymond arrastró los pies por las ramas de junco y murmuró:

—¿Seguro que hemos sido nosotros?

—No perdáis tiempo —respondió ella con dulzura—. Las doncellas ya están vaciando el agua de la bañera en los retretes, así que lady Juliana ha acabado de lavar a sus hijas. Serviremos la cena prescindiendo de los dos zoquetes que van dejando barro por mi suelo.

Cuando Raymond se puso en marcha, Valeska intentó darle una irrespetuosa patada en el trasero, pero no necesitaba que lo aguijonearan más.

Antes de que las hijas de Juliana reaparecieran ya aseadas para cenar leche y pan, y desear las buenas noches a los visitantes, un Raymond limpio, húmedo y afeitado apareció en medio del gran salón. El humo de las antorchas se unió al humo del fuego, lo que le dio un olor a resina al aroma de la leña. La mesa principal estaba vestida con un mantel blanco y cucharas, y un plato de madera por cada dos comensales. De las profundidades de la torre del homenaje unos pajes subieron resoplando ollas de estofado. En las jarras de las mesas bajas la cerveza fue generosamente servida y en la mesa principal dejaron una gran jarra llena de vino.

Frente al sitio central, el lugar de honor, había un gran salero de plata y, con la naturalidad propia de un anfitrión hospitalario, Raymond dijo:

—Lord Felix, vos sois el señor de más alto rango aquí presente, por lo que, como es lógico, os sentaréis delante del salero.

—Naturalmente —convino Felix, aceptándolo como un deber.

Raymond cogió el taburete que había delante del telar de Juliana.

—Tan distinguido señor debería sentarse en un lugar más elevado incluso que los que estén en la mesa principal. —Empujó con la rodilla los bancos alineados frente a los platos de madera—. Deberíais sentaros aquí, a mayor altura que el resto.

Felix meneaba la cabeza sin cesar, momentáneamente encantado. Luego ató cabos y farfulló:

—Pero yo debería sentarme al lado de lady Juliana y compartir plato con ella.

Raymond miró con fingido asombro hacia el conde de los tics nerviosos.

—¿Os gustaría cederle vuestro sitio a lady Juliana? ¿Estáis sugiriendo que se siente sola en el taburete y coma de su propio plato? —Colocó el taburete delante del salero con un golpe sordo—. Mi señor, vuestro respeto la honra a ella y a vos vuestra cortesía. —Con una mano en el corazón, Raymond hizo una reverencia—. Confesadlo, cuando no visitáis vuestras propiedades vivís en la corte de Enrique.

Felix sonrió encantado, pero Hugh le espetó:

—Muchas ínfulas os traéis, maestro de obras.

El título sonó a insulto, pero mientras se aseaba, Raymond había recuperado el control de su animadversión. Descubriría la verdad acerca de Juliana y de esos hombres que tanto la asustaban, y la protegería como debería hacer un marido.

—He tenido el honor de servir a lady Juliana durante este mes —dijo Raymond con su sutil encanto intacto— y sé bien que tiene en mucha estima a sus vecinos. —El elogio le salió rodado—. Le complacerá que tengáis tan buen concepto de ella.

Un ruido a sus espaldas (¿o fue la propia conciencia?) le hizo girarse. Juliana lo había oído todo y su agradecimiento fue todavía más conmovedor por cuanto fue silencioso. Su pelo cobrizo había ido soltándose de la trenza que lo sujetaba y le cayó sobre los hombros como una llama líquida, gota a gota. Sus manos alargadas estaban extendidas, abiertas en señal de entrega. Sus ojos brillaban como amatistas y su sonrisa era superior a cualquier temor. Haciéndole una reverencia, Raymond le señaló el taburete.

—Lord Felix ha suplicado que le hagáis el honor de dejar que se siente a vuestros pies.

—¿A sus pies? —saltó Felix con verdadera repugnancia en su voz—. ¿A sus pies? ¿A los pies de una mujer?

Con un visible destello de desdén, Juliana se abrió paso hasta la mesa y se sentó en el taburete que Raymond le retiró.

—Eso es llevar los modales al extremo de la finura, Felix. No espero que ningún conde del reino se siente a mis pies ni cerca de ellos.

Felix arremetió contra ella de forma tan inesperada que a Raymond lo cogió desprevenido. Su mano abierta estuvo a punto de golpear a Juliana, pero ella se apartó bruscamente y, rabioso como un crío, él gritó:

—No me habéis perdonado, ¿verdad? ¡No fue nada! No pasó nada, pero no me habéis perdonado.

A excepción del feliz gorjeo de sir Joseph, el gran salón permaneció en silencio. Todos los siervos, pajes y criadas esperaron a oír la respuesta de su señora.

Raymond observó cómo la mente de Juliana viajaba a otra parte, trasladándose a algún momento del pasado y reviviendo alguna experiencia dolorosa. No pudo soportar ese alejamiento y le puso la palma de la mano en la espalda. Ella se estremeció, levantó la cabeza y miró hacia él. Sus respectivas miradas verde y azul se enredaron, los interrogantes y el consuelo fluyeron entre ellos, aunque Raymond no sabía quién interrogaba o consolaba a quién. Su mano vibró con el suspiro que sintió más que oyó, y la energía de la columna vertebral de Juliana era tan intensa que él se preguntó cuál sería su reacción cuando le tocase la espalda desnuda.

Aquello le sobresaltó (¿desde cuándo se preguntaba cosas semejantes?) y el asombro se le reflejó en la cara. Juliana se volvió hacia Felix mientras se acariciaba con los dedos la cicatriz que le afeaba la mejilla.

—Tal vez el perdón no esté en mis manos, pero he olvidado. Contentaos con eso.

Un suspiro colectivo recorrió la sala. Felix sonrió y movió la cabeza arriba y abajo en un movimiento constante y repetitivo como las ondas de un estanque. Todos los presentes, testigos obligados, se precipitaron hacia las mesas.

La agresión sonora, olfativa y visual le pareció a Raymond espantosamente banal. Hugh apartó de la espalda de Juliana la atrevida mano de Raymond, quien no se opuso. Keir se fue hasta el extremo de la mesa, le llamó para que hiciera lo propio, y él asintió procurando aparentar normalidad.

Aunque no dejaba de pensar en *Felix*. ¿Era Felix el hombre que había traicionado a Juliana? Raymond miró de nuevo hacia el rubicundo petulante y por no estar atento se raspó las espinillas contra el banco cuando intentaba sentarse. Se masajeó el doloroso moretón y sin apartar los ojos de Juliana se preguntó asombrado si Felix habría sido su amante.

No. Su incredulidad era excesiva, y el propio Felix lo había negado. Había dicho que no había pasado nada. No había sido su amante. Juliana no había tenido ningún amante. El episodio que mancillaba su pasado y la convertía en una paria ante sí misma era más que un simple romance. Se trataba de algo oscuro y aterrador, y ahora él se avergonzaba de haber restado importancia a su pecado tan alegremente. Porque había sido un pecado, ¿o un crimen?

Terminada la cena y enfundados los cuchillos de nuevo, Hugh dijo desafiante:

—Lady Juliana, explicadnos por qué vuestro maestro de obras está cavando tan inmenso agujero en la tierra.

—*Estamos* —contestó ella con rotundidad— excavando los cimientos para hacer una contramuralla de doce pies de ancho.

—Ocho —le corrigió Raymond.

Ella lo miró con arrogancia y llamó a Fayette para que trajera el cesto para los pobres.

—Doce.

Raymond no se molestó en disimular su sonrisa.

—Depende del pie que usemos para medir.

Maravillado por el pelo lacio y brillante de Raymond, Felix dijo:

—¡Qué insolente llega a ser!

Juliana echó el pan mojado con la salsa en el cesto.

—Pero es el maestro de obras del rey y confío en su criterio.

—¿*Confiáis* en él? —El asombro de Hugh fue más obvio porque era sincero—. ¿Confiáis en un hombre? ¿Un hombre al que conocéis desde hace poco y que se dedica a cavar agujeros fangosos por unos cuantos peniques al día?

Juliana aceptó la toalla húmeda que le ofreció Fayette y se limpió las manos grasientas. Cada uno de sus dedos debió de requerir una atención especial, porque mantuvo la mirada clavada en ellos.

—Sí —contestó.

El dedo tembloroso de Hugh señaló a Raymond.

—Así que *él* os ha devuelto la confianza... ¿Ya os lo habéis metido en la cama? Porque os recuerdo, lady Juliana, que tras vuestro último escándalo sería facilísimo arruinar vuestra reputación y quitaros tal vez la custodia de vuestras hijas y vuestras tierras.

Ella se agarró al borde de la mesa con las manos.

—Vuestras sospechas manchan la pureza de vuestro espíritu.

—¡El maestro de obras es un farsante!

—¡No lo es!

Raymond estaba abochornado. ¿Qué haría su señora cuando recordara esa enérgica defensa? ¿Cómo se sobrepondría a la humillación? Porque se sentiría humillada. Ninguna mujer tan orgullosa como para desdeñar las zalamerías de un conde podía librarse de la humillación.

—Disfraza la verdad —acusó Hugh.

Juliana cruzó los brazos delante del pecho.

—¿Qué verdad?

—No lo sé, pero no es un simple maestro de obras.

Junto a Raymond, Keir silbó en voz muy baja y luego dijo:

—Lord Hugh es muy perspicaz.

—Yo creía que era un ingenuo.

—Ingenuo, pero no estúpido —repuso Keir—, y decidido a proteger a lady Juliana de la mejor manera que sepa.

Raymond lo ignoró. Faltaban meses para que desenmascarase su identidad. Sería en primavera, por lo menos, y para entonces... ¡Ah...! Para entonces, ¿qué? ¿Cuáles eran sus planes? Sin decirle en ningún momento a Juliana quién era, la había impresionado. Sin que ella conociera su reputación como guerrero, le había confiado a sus queridas hijas. Sin comprobar realmente sus credenciales, Juliana le había confiado la construcción de sus defensas. Sin saber la relación que él tenía con el rey, sin saber cuál era la fortuna de su familia, le había caído simpático. Sin conocer su reputación como amante, ¿se metería Juliana en su cama?

—A mí tampoco me cae bien —declaró Felix.

Juliana se giró y preguntó con sarcasmo:

—¿Por qué no, mi señor?

Felix se ruborizó ante las miradas de fascinación del conjunto de todos los presentes en la sala.

—Es un..., mmm..., insolente. Y es... es más de lo que aparenta.

—Y ese señor es un mono de imitación —musitó Keir.

Raymond asintió con la cabeza, pero le complació la tierna defensa de Juliana.

—¡Miradlo! —Hugh se levantó de un salto—. Miradlo. Parece un perturbado mental que se muere por tener ocasión de levantaros la falda. Y si no pensáis eso, es que sois una estúpida.

Juliana miró. Miró y, por la ternura de su mirada, a Raymond le pareció que todos sus planes estaban cerca de cumplirse.

—¡En nombre de San Sebastián! —exclamó Hugh—. Deberíais veros. Parecéis tan chiflada como él, y con menos motivo. ¿Creéis que os ve como a la mujer ideal? No, lo que ve en vos son tierras, seguridad y un cuerpo apetitoso.

Ella siguió mirando a Raymond, medio sonriente, relajada, y se oyó una acusación procedente del lugar donde estaba sentado sir Joseph, encorvado y malicioso.

—Lady Juliana jamás pasaría la prueba de la aguja de San Wilfrido.

Raymond y Keir intercambiaron una mirada de desconcierto.

—¿Qué es la aguja de San Wilfrido? —inquirió Keir.

Juliana levantó el mentón.

—Sólo una mujer casta puede pasar por el estrecho pasaje llamado aguja de San Wilfrido, en la Catedral de Ripon.

—Y habéis demostrado que no sois una mujer casta —dijo con desdén sir Joseph.

—¡Os estáis comportando como una zorra! —gritó Hugh fuera de sí.

La repetición de la palabra que sir Joseph había elegido para etiquetar a Juliana rompió la dulce magia del momento.

Ni la mueca de disculpa de Hugh, ni el grito ahogado de una Juliana indignada pudieron detener a Raymond, que se levantó del banco y caminó hacia Hugh con paso airado.

—Os haré tragar esas palabras hasta que os atragantéis con ellas.

Con la mano en su puñal, Hugh dio un paso hacia delante.

—Sólo un caballero podría ganarme en una pelea —dijo—. ¿Sois un caballero?

—¿Acaso dudáis que pueda pelear contra vos?

—Lo que dudo es que seáis un maestro de obras. Me pregunto dónde habéis aprendido a tener este coraje, dónde habéis desarrollado esos músculos y aprendido a moveros como... —Hugh enarcó una ceja— un caballero.

Juliana parecía preocupada. Keir blasfemó en voz muy baja. Raymond rechinó los dientes.

—Es posible que lady Juliana regale su confianza con demasiada ligereza —dijo Hugh con un gruñido.

—Yo ni regalo ni dejo de regalar nada que os incumba —replicó ella—. Si queréis pelear, hacedlo con alguien que...

Layamon interrumpió desde el umbral de la puerta.

—¿Mi señora? —Tenía agarrado a un hombre empapado y estremecido de frío que llevaba una capa de viaje. Ante la mirada de Raymond, Layamon empujó al tipo hacia delante. Dijo en inglés—: No entiendo una palabra de lo que dice este bellaco, pero no para de repetir vuestro nombre y de mostrarme esta carta. —Dejó el papel en la mano extendida de Juliana—. Lleva el sello del rey.

Juliana examinó el sello y estudió al viajero al que tan bruscamente había tratado su hombre de armas.

—¿En qué idioma habláis? —preguntó en francés normando, y fue premiada con un balbuceo en un francés poitevino rápido y de marcado acento.

—Mi señora. —El viajero cayó de rodillas—. Mi señora. —Le besó las manos—. Ese patán me ha tratado mal. —Se retiró la capucha y sus mofletes temblaron con indignación gala—. Dice que no me entiende, pero ha demostrado que es capaz de hablaros en una lengua civilizada. —Con un gran pañuelo blanco se enjugó la frente húmeda y se secó el bigote—. Es sólo una de las penalidades que implica viajar por tan bárbaro país. Si el rey no me hubiese insistido, no se me habría ocurrido venir. —Se secó las mejillas—. Por lo menos no hasta la primavera. —Con dificultades porque estaba arrodillado, hizo una semirreverencia—. Pero, naturalmente, el rey Enrique fue de lo más insistente y cuando me habló de vuestra belleza y vuestro encanto, no exageró.

Intentó volver a besar las manos de Juliana y ella aprovechó esa oportunidad para hablar.

—No lo entiendo. ¿Por qué os ha mandado venir el rey? Él gesticuló sorprendido.

—Vos solicitasteis mi presencia.

A Raymond se le cayó el alma a los pies.

—Yo no le he pedido al rey que me envíe a nadie. A nadie excepto... —Desvió rápidamente la mirada hacia Raymond y luego miró de nuevo al hombre corpulento que tenía a sus pies. Juliana se inclinó, lo miró fijamente a los ojos y le preguntó—: ¿Quién sois?

—¿Yo? —El poitevino, nervioso, se llevó una mano al pecho—. ¿Yo? Soy Papiol. —Levantó con afectación un dedo en el aire—. ¡Soy el mejor maestro de obras de todo el reino!

Capítulo 7

Juliana clavó los ojos en el rostro mofletudo y expresivo del desconocido que decía ser maestro de obras del rey. Lo vio gesticular, vio sus labios moviéndose. Sabía que estaba hablando, pero no podía oírle. Tan sólo podía oír a sir Joseph, que se reía con perverso regocijo. En algún lugar de su interior, sintió un dolor punzante como el de un diente desatendido. En algún lugar de su interior, se le acumularon las lágrimas por esa pobre y tonta mujer que había confiado en un hombre para ser traicionada de nuevo. Pero no sintió el dolor ni vertió las lágrimas, porque lo único que experimentó fue rabia. Podía saborearla, sentir que agitaba sus venas, oler el fuego y el azufre que producía. Le sacudió una furia absoluta. Formó las palabras cuidadosamente, como un bebedor que abusa de un vino peleón.

—¿Quién decís que sois?

El hombre arrodillado frente a ella paró de gesticular, dejó de hablar y la miró como si se hubiese vuelto loca.

—Soy Papiol, el maestro de obras del rey.

Él habló con la parsimonia de quien le habla a un idiota, pero ella no se ofendió.

—¿Qué rey? —preguntó Juliana.

—¿Mi señora? —Papiol se enjugó nervioso la nuca con el pañuelo meticulosamente doblado.

—¿Sois el maestro de obras de qué rey?

Los ojos castaños y saltones del hombre se abrieron desmesuradamente.

—Pues de nuestro soberano señor el rey Enrique. —Todavía de rodillas, Papiol reculó unos centímetros—. Que su linaje prospere.

—Si vos sois el maestro de obras del rey, ¿quién es ese entonces? —Juliana señaló a Raymond.

—Mi señora, no conozco a ninguno de los cortesanos que os rodean. —Papiol palideció ante la fulminante mirada de Juliana.

—Decidme sólo si habéis visto alguna vez el rostro de este embustero y farsante que mira de soslayo.

Moviéndose como si ella fuese una bestia feroz cuyo ataque fuese a producirse en breve, Papiol se giró y miró. Con la cabeza ladeada para intentar no quitarle el ojo de encima a Juliana, dijo:

—No, mi señora, nunca he visto a este hombre.

La respiración de Juliana ardió, su piel crepitaba por el calor de su indignación. Quiso mirar hacia Raymond, acusar a ese traidor, pero descubrió que su cuerpo obedecía lentamente las órdenes de su cerebro, ya que la ira le había consumido las energías. Como las vigas de una casa en llamas, las rodillas le crujieron. Levantó la mano para señalar con el dedo y le sorprendió que sus uñas no se hubiesen convertido en garras.

—Matadlo —ordenó.

Sir Joseph dejó de reírse. El murmullo de la sala cesó. Papiol se desmayó.

—¡Dios mío, Juliana! —la reprendió Hugh.

—Matadlo —repitió ella.

Hugh volvió a intentarlo.

—Juliana, no podéis matar...

Ella se volvió contra él con un gruñido.

—Observad. —Cogió su cuchillo de la mesa. Era corto y afilado, usado adecuadamente serviría para destripar a un hombre. Caminó airada hacia Raymond, y él tuvo la sensatez de retroceder. Retrocedió hasta topar con la pared del fondo, hasta que los dos estuvieron bien lejos de la mesa. Cuando ella iba a apuñalarlo, él la agarró por la muñeca.

—Permitidme que me presente, mi señora —le dijo Raymond en voz baja.

—No quiero que os presentéis. —Ella forcejeó hasta que le soltó el brazo y se abalanzó sobre él—. Lo único que quiero es enterrar vuestro cuerpo anónimo en una tumba fuera del cementerio.

Raymond volvió a sujetarle la muñeca y de nuevo habló de tal modo que sólo ella pudiera oírle.

—Soy Geoffroi Jean Louis Raymond, Conde de Avraché.

A Juliana se le congeló el aliento, que se le anudó en la garganta, oprimiéndola como si fuera hielo.

—No os he oído.

—Soy Geoffori Jean Louis Raymond...

Juliana le dio un fuerte golpe en el pecho con el canto de la mano que le quedaba libre.

—Eso es imposible.

Le alegró que Raymond tuviera que coger aire antes de poder responder.

—Mi señora, es la verdad, lo juro.

La mirada de Raymond, de sincero pesar e infinita bondad, cercenó su ira, que se convirtió en humillación, quizás, o vergüenza.

Por primera vez Juliana tomó conciencia de la gente que los estaba observando. Algunos solamente llevaban unas horas observando; otros días y semanas. Todos habían visto demasiado y ella tendría que hacerles frente. No quería irse sigilosamente; todavía no, aunque la humillación empezaba a rondarle y no tardaría mucho en clavarse en su ser. Lo sabía. Podía notarlo.

—Dulce Juliana, no pongáis esa cara. —La voz de bajo de Raymond retumbó con preocupación—. En ningún momento he pretendido haceros daño.

Ella soltó con brusquedad la mano que él le agarraba con fuerza. El cuchillo repiqueteó al caer al suelo.

—¡No digáis eso! —Juliana fue consciente de su propio alarido. Controlándose, bajó el tono de voz y dijo—: Los hombres nunca quieren hacer daño a las mujeres, pero es un arte que dominan.

—¿Qué puedo hacer para convenceros...?

—¿De que sois quien decís ser? —Juliana se abalanzó cual gato sobre un ratón—. Quiero ver la carta.

—¿La carta?

Puede que él estuviese fingiendo su desconcierto, pero ella lo dudaba mucho. No era tan buen actor como se creía.

—La carta que le enseñasteis a Layamon. La que está sellada por el rey.

—¡Vaya! —Su espanto sólo sirvió para que ella se reafirmara en su decisión—. Pero ¡si esa carta no es para vos!

—Nunca he creído que lo fuera, pero quiero verla ahora.

Él hurgó entre las herramientas de su cinturón mientras farfullaba excusas, pero había llevado la carta del rey encima en todo momento (ante cualquier problema, el sello del rey le protegería) y acabó por rendirse.

Juliana ignoraba si había cedido ante su indignación o por su propia culpabilidad. Una vez que hubiera leído la carta, ya todo le daría igual. Enrique bromeaba en ella sobre su temperamento, «arisco», y su aspecto físico, «horrible». Sus consejos para el novio huraño iban desde el grosero «hacedle dar vueltas hasta que no se tenga en pie» hasta el absurdo «seducidla». Era una misiva escrita por un rey que nunca había tenido que medir sus palabras. Juliana se volvió de espaldas a Raymond. Si pudiera, habría mutilado el pergamino, pero las palabras se grabaron a fuego en su corazón y no pudo olvidarlas. Lo peor era, en definitiva, que demostraban que Raymond era quien decía ser.

La pared en la que Juliana estaba apoyada era de piedra fría y deseó tener el corazón tan duro y frío como esa piedra. Pero no lo tenía. Supuraba sangre, estaba dolorido por la traición.

—Juliana. —Hugh se acercó titubeante, y ella hizo acopio de fuerzas para mirarlo a la cara—. Juliana, ¿qué queréis que haga?

Hugh sería la avanzadilla de otros espectadores más fornidos y detestables, y como un crío al que su padre regaña pero que busca consuelo en ese mismo padre, Juliana volvió la vista hacia Raymond.

—Juliana —dijo Hugh con más insistencia—, lo mataré si así lo deseáis, pero antes deberíamos averiguar quién es.

Le fallaron las rodillas. Hugh estaba frente a ella, Raymond a sus espaldas, y entonces se cayó hacia atrás como una ramera de los bajos fondos. Las manos de Raymond la sujetaron. Le masajeó el codo, le frotó los rígidos músculos de la espalda. Le dio calor para que sus escalofríos fueran menguando, le ofreció la fuerza para permanecer erguida... y ella lo odió por aquello. Fingiendo menosprecio hacia Raymond, se mofaba de sus propios sentimientos, pero sugirió:

—¿Y si lo torturamos o golpeamos hasta que confiese sus pecados?

—Yo ya intuía que era un caballero y no el maestro de obras que decía ser. Es demasiado arrogante. Tiene el cuerpo de un guerrero. Seguramente sea un espía enviado por alguien que quiere vuestras tierras o vuestro dinero —afirmó Hugh.

—Juliana —dijo Felix con voz lastimera—, ¿habéis vuelto a coquetear con algún hombre?

Las asquerosas carcajadas de sir Joseph crisparon los nervios de Juliana, que se dio cuenta de que no le fallaban sólo las rodillas. Su ilusión por recuperarse, y sus tímidas y modestas fantasías se habían hecho añicos. Sorprendido por las conclusiones de Hugh, Raymond la repasó de pies a cabeza y la humillación que ella antes había podido contener se le prendió entonces al cuello. Juliana sabía lo que él estaba pensando. Sabía lo que veía: a una mujer pálida y desgarbada vestida con un brial marrón informe que presumía de cinturón rojo. Un cinturón que suplicaba atención, que soñaba con tener estilo.

¡Lamentable!

No era de extrañar que Raymond no le hubiera revelado su identidad. No quería una mujer mancillada por otro hombre. No quería una viuda con dos hijas. Raymond ni siquiera debía entender cómo Hugh podía creer que un hombre la desearía. Raymond de Avraché era un cortesano y (Juliana le robó una mirada y soltó un gemido)... aun así era bello como un atardecer.

—Juliana, por favor. Mi señora.

Y también era amable, observó, pues su angustia parecía estar rompiéndole el corazón.

—Haré todo lo que esté en mi mano para deshacer este entuerto. Os lo ruego. —Su aliento le rozó la mejilla, y entonces una espada se interpuso entre ambos.

—Sacadle las manos de encima, cretino. —La punta presionaba contra la garganta de Raymond y Hugh sonreía con cara de pocos amigos.

Juliana debería estarle agradecida a Hugh, pero este no hacía más que remover el oscuro fondo de ese pozo negro. Rodeó la mano que esgrimía la espada con la suya y la apartó.

—No seáis tonto, Hugh. No es un maestro de obras, ni tan siquiera un espía. Es Raymond, el conde de Avraché, que ha venido a reclamar a su novia.

A sir Joseph se le cortó la risa como con cuchillo, y la ira moteó el rostro de Hugh. Su espada y su mano temblaron bajo la de Juliana, y gritó:

—¿Raymond de Avraché?

Si en la sala había alguien que no había oído su nombre, ahora ya lo sabía. Hugh se giró hacia ella como una bestia enfurecida.

—Yo lo mataré por vos.

Alarmada por los ojos inyectados en sangre que con tanta fiereza la miraban, Juliana dijo:

—No, no lo haréis.

—Sí, matadlo.

Juliana no reconoció la grave voz masculina, entrecortada y cargada de odio, que habló desde el otro extremo de la sala. Barrió con la mirada a los presentes, pero era tal el abanico de emociones visibles en la diversidad de rostros que no supo quién podía haber instigado semejante afrenta. Felix estaba de pie junto a las sobras de su comida, movía los ojos frenéticamente, subía y bajaba la cabeza, intentando actuar como si entendiera la situación. Sir Joseph estaba sentado y se agarraba a la mesa, el asombro le blanqueaba el rostro rubicundo. Blandiendo la espada, Layamon estaba entre la gente y la puerta. Frente a él, Keir esperaba con el cuerpo tenso listo para entrar en acción. ¿Quién había exigido la muerte de Raymond?

Valeska y Dagna se estaban precipitando hacia el sótano y al fondo sus criados se abrazaban unos a otros, sonreían y suspiraban con alivio.

¿Con alivio?, se preguntó Juliana. ¿Por qué con alivio? Pero no tuvo tiempo para averiguarlo, porque Hugh empezó a gesticular profusamente y ella apretó sus dedos con más fuerza.

—¿Quién se enteraría? —insistió Hugh—. Le diremos al rey que nunca llegó o que murió de disentería, o que la melancolía hizo que se ahorcara.

—¿Quién se enteraría? —repitió ella, aunque en su voz sonó diferente. Raymond retrocedió, quedando fuera de su campo visual, y ella no pudo verlo alejarse. Sólo podía seguir mirando con preocupación a Hugh y preguntarse cómo esa noche había acabado en drama—. ¿Quién se enteraría? Sólo todos los aquí presentes. Si un secreto a tres no es ningún secreto, imaginaos lo que es compartirlo con treinta personas.

—Pero ¡estabais decidida a matarlo! —acusó Hugh.

—No seáis estúpido. —Juliana se frotó la frente. Le dolía el cuerpo como si la hubieran golpeado—. Sería incapaz de matarlo.

—Este cuchillo... —Él le dio un suave puntapié.

Raymond y Keir, Valeska y Dagna parlamentaron en un aparte y Juliana se preguntó cuál sería la estrategia de Raymond. Porque un hombre que podía urdir con tanta astucia una infiltración en casa de su prometida, sin duda habría planificado cada movimiento.

—Yo no soy un caballero, Hugh —dijo ella—. No soy un hombre. Para mí la vida tiene un valor, no pego a mis criados para oír cómo gritan ni pongo a servir a una criatura por diversión. No lo habría matado.

Ofendido, Hugh se acercó a ella.

—Porque es vuestro amante.

—No seáis idiota. Si fuese mi amante, lo sabría todo el mundo. —Juliana señaló—. El biombo que separa mi cama del gran salón no permite que placer alguno pase desapercibido ni cometer ningún pecado sin que sea visto.

La espada de Hugh colgaba de su mano, símbolo de abatimiento y de derrota.

—No habrá pecado que cometer cuando tengáis que casaros con él.

—¿Casarme con él?

—Supongo que cuando se ha presentado —le dijo Hugh bajando el tono de voz— habréis caído en la cuenta de que os tenéis que casar con él.

Pues por extraño que pareciera Juliana no había caído en ello. Con la mano en el cuello y notando el bombeo de la sangre bajo sus dedos, entendió la fragilidad de sus necesidades, sus deseos y sus miedos.

—¿No os sentís atrapada? —la aguijoneó Hugh.

—¿Atrapada? —Ella exploró sus emociones mientras hablaba—. Debería, pero no. Tal vez mañana, cuando la inmensidad de mi error haya anidado en mi mente. Esta noche sólo me siento humillada.

—Pensad en ello —la instó Hugh.

—¿Por qué os deleitáis en esto? —inquirió ella—. Creía que erais mi amigo.

—No es vuestro amigo lo que desearía ser. —Hugh la asió por el hombro y lo apretó hasta que ella hizo una mueca de dolor.

La hoja de una espada se deslizó entre ellos y, al unísono, la siguieron con la mirada hasta su dueño. Allí estaba Raymond en la postura despreocupada propia de los guerreros.

—Soltadla —le advirtió.

Hugh retiró despacio la mano del hombro de Juliana y mientras ella se frotaba la magulladura que él le había dejado, le preguntó a Raymond:

—¿De dónde habéis sacado esa espada?

Sin desviar en ningún momento la vista de Hugh, instándolo a apartarse de Juliana, Raymond contestó:

—Del rey.

—No, lo que quería decir... —Raymond sabía a qué se refería, pero el maestro de obras se había esfumado y en su lugar había aparecido un arrogante caballero— es en qué sitio del castillo la habíais guardado.

—Valeska es la encargada de mi armadura. Dagna se encarga de la de Keir. —Raymond le dirigió una fugaz mirada a Valeska, buscando su complicidad—. Son nuestras escuderas.

Juliana no estaba de humor, y esa noche aún menos.

—No tenía constancia de que hubiera espadas en mi castillo.

—De saberlo —dijo Raymond—, os habríais imaginado mi treta.

Su confesión la abrumó, y dijo con amargura:

—Por lo que perpetrasteis vuestro engaño sin que esta pobre ingenua sospechara nada.

Valeska se acercó con sigilo.

—¡Oh, sí que sospechasteis, mi señora! ¿Recordáis cuando me preguntasteis sobre él? Fui más astuta que vos, pero vuestras sospechas teníais.

—Sí, señora. —Dagna apareció justo por detrás del hombro de Valeska—. Pero no hace falta que os martiricéis; había muchas fuerzas actuando a la vez para que no os dierais cuenta.

Las dos viejas lucieron una amplia sonrisa mientras trataban a empellones de ser las primeras en recibir la ira de Juliana, pero ella tenía la mente muy clara.

—¿Debería pues culparos de mi propia estupidez por confiar en este mentiroso? ¿Debería culparos de su indigna deslealtad?

Ellas recularon entre siseos de consternación y Valeska dijo con voz ronca:

—No, mi señora, no es así como pasó en absoluto. Él se ha hecho cargo de dos viejas que ya nadie quiere. ¡Miradlo!

—Es verdad, mi señora. —Dagna incidió en la misma historia pero con voz más dulce—. Venimos de una tierra lejana y no tenemos modo de volver a casa, pero él nos da de comer y nos trata como si fuéramos de su familia. Y vos... vos sois una buena persona que merece un hombre que le caliente la cama, le dé hijos y la defienda. Podríais recorrer el mundo entero y no encontraríais un hombre tan maravilloso como Raymond. Miradlo.

Juliana no quería mirar hacia el lugar donde se encontraba. Evitaba mirarlo. Incluso ahora que sabía que todo había sido un engaño se sentía atraída por él.

—Juliana. —Él la cogió de la mano y entrelazó sus dedos con los suyos—. Perdonadme.

Juliana miró hacia Hugh, pero su fugaz frenesí se había aplacado. Con la mirada clavada en sus dedos entrelazados con los de Raymond, el rostro de Hugh reflejaba una soledad teñida de una resignación que sólo podía ser fruto de la costumbre.

—Mirad a Raymond —dijo Valeska.

Ella miró a Felix, pero su habitual fragilidad se había visto alterada por los nuevos acontecimientos y por un nuevo hombre.

—Mirad a Raymond —insistió Dagna.

Juliana miró a sir Joseph, pálido a excepción de dos círculos rojos que encendían sus afilados pómulos. Por primera vez en años su maldad estaba dirigida contra otra persona; contra Raymond. Pero dicha maldad estaba teñida de un cordial respeto y Juliana no temió por Raymond, porque era invencible.

—Mirad a Raymond —canturrearon las viejas.

Fue mirarlo una sola vez y quedarse atrapada en su hechizo. Él permanecía en tensión a su lado, pura belleza masculina y maligno encanto. Como la serpiente adornada con piedras preciosas del Edén, Raymond la fue seduciendo hasta que ella olvidó el dolor y la humillación que él había infligido a la mujer que le pertenecía. Juliana olvidó las razones por las que una mujer evitaba tener un amante. Olvidó que los hombres eran más exigentes que los niños, que eran más irracionales. Únicamente recordó la promesa de placeres; él hacía que surgiera en ella el deseo de su búsqueda. Como si fuera el extremo final de una madeja de hilo, Raymond la tentaba con la realización de dichos placeres y Juliana quería ir tras ellos.

—¡Oh, mi señora! —susurró Valeska, temblando sobrecogida por la pasión contenida que rasgaba el aire—. Tendréis unas criaturas maravillosas que nosotras acunaremos.

—¡De eso nada! —exclamó Juliana.

—Pero mi señora...

Un gesto de Raymond detuvo a Valeska. Luego este se volvió a Hugh.

—Tal vez deberíamos conocernos mejor. Seremos vecinos.

Hugh asintió.

—Pero no os ofendáis si antes os *pido* ver alguna prueba de vuestra identidad.

—No es necesario, Hugh —repuso ella en tono burlón—. Os haré un resumen. Lord Raymond se coló en mis tierras, dispuesto a secuestrarme, vio que podía introducirse en mi casa con malas artes y aprovechó la oportunidad. No es así, ¿lord Raymond?

—¡Calma, Juliana! —dijo Hugh mientras Raymond extraía un pequeño objeto del monedero de su cinturón y se lo pasaba. Hugh lo examinó y, satisfecho, se lo puso a Juliana en la mano—. El sello familiar de vuestro prometido; es antiguo y de abolengo. Miradlo con atención antes de desafiarlo.

Ella lo cogió entre dos de sus dedos y clavó los ojos en el oso rugiente con tanto grafismo allí representado.

—Lo he visto con anterioridad. Todos los mensajes que este conde de Avraché me ha enviado requiriendo mi asistencia a nuestro enlace llevaban este sello.

—¿No os asusta? —preguntó Hugh.

—¿Acaso debería? —Fue una admirable bravuconada, teniendo en cuenta que ya estaba asustada antes siquiera de echar un vistazo al sello.

—¿Nunca habéis oído hablar de los guerreros salvajes que ha habido en la familia de lord Avraché, que van vestidos con pieles de oso y acaban perdiendo el juicio?

—¡Ya basta! —Raymond le quitó a Juliana el sello y lo introdujo en su monedero—. Esas historias no son más que leyendas que contaban mis antepasados para infundir miedo a sus enemigos. Estrechemos ahora lazos de amistad, lord Holley. —Cogiendo a Juliana de la mano, entrelazó sus dedos con los de ella y se dirigieron al fuego.

Juliana intentó resistirse, pero él no le soltó la mano y tiró de ella hasta que se quejó.

—Iré a comprobar si han recogido la cocina.

—¡Oh, no, mi señora! —La cara de Dagna se pobló de arrugas al sonreír—. Nosotras lo haremos, ¿verdad, Valeska?

A lo que Valeska dijo:

—Con la ayuda de vuestra competente doncella, Fayette, lo haremos en un periquete.

Raymond tiró de nuevo de la mano de Juliana. Ella la retorció, intentando soltarse hasta que él le advirtió:

—Os rodearé con el brazo por la cintura y os haré venir.

Ella cedió al instante, siguiéndolo, pensó, como una oveja obediente a instancias del carnero dominantes. Sólo que Raymond no parecía un carnero ni ella era una oveja que balara.

—Ha sido breve vuestra penitencia —le espetó Juliana.

—Pero sincera. —La hizo sentar en el banco junto al fuego, pero se desesperó al ver que se le estaban abrasando los pies. Juliana aseguró que prefería asarse la columna vertebral y se puso de espaldas al fuego. Casi al instante se dio cuenta Raymond de su error, porque la luz ya no incidía en sus facciones.

Él estaba de cara al fuego. Sentado a su lado. Como miraban en distintas direcciones, él podía desviar la vista hacia ella cada vez que así lo deseara, y lo deseaba con frecuencia. Pero le hablaba a Hugh como si él fuera el anfitrión y Hugh el invitado.

—¿A qué se debe vuestra visita al castillo de Lofts justo ahora, cuando falta tan poco para las Navidades y con los temporales invernales que arrecian?

Cuando Hugh contestó con la cortesía propia de un señor, Juliana supo que su causa estaba perdida.

—Me llegaron rumores de que estaban excavando en los alrededores del castillo y no me entraba en la cabeza semejante locura.

—Semejante locura —repitió Felix.

—Con este tiempo, ¿quién se habrá dedicado a ir hablando de mi... —Raymond parecía serio— construcción?

—Fue un mensaje de... —empezó a decir Felix, pero Hugh le interrumpió.

—Fue un mensaje de un trovador itinerante, nada más. —Hugh se inclinó hacia delante y le dio unas palmaditas a Juliana en el hombro—. Y tenía ganas de hacerle una visita a mi querida amiga por Navidad. Su cerveza especiada es la mejor de toda Inglaterra.

—La mejor de Inglaterra —repitió Felix.

Juliana le dedicó a Hugh una débil sonrisa y se enfrentó con todos los recuerdos y las angustias del pasado que le abrumaban. Le tembló la boca y apretó la mandíbula para calmar el temblor. Pero Raymond debió de darse cuenta, porque deslizó con disimulo un brazo por su abdomen y la estrechó contra sí.

No le dijo nada a Juliana (de lo contrario, su serenidad se habría hecho añicos), pero sus caderas entraron en contacto y eso a él pareció reconfortarle. A ella no, naturalmente; no le reconfortaba el roce de ningún hombre. Lo que de verdad quería era salir corriendo. El peso del brazo de Raymond hizo que Juliana tomara conciencia de cada inspiración y se concentró tanto en respirar con un ritmo lento y regular que olvidó lo enfadada que estaba. No logró mostrar interés alguno en las historias pretéritas y las batallas antiguas que estaban contando los hombres, pero las risas de los criados le impresionaron. Llamó a su doncella y le preguntó:

—¿Por qué los criados cantan con tanta efusividad?

—¿No os habéis dado cuenta, mi señora? —Fayette sonrió de pura alegría—. Sir Joseph ha salido a hurtadillas.

Juliana vio que así era.

—No es la primera vez que se ausenta del gran salón y nunca había oído tanto alborozo.

—Ya, mi señora, pero no volverá. Sir Joseph no podrá volver a haceros daño.

—¿A hacerme daño? —farfulló Juliana, estupefacta por su respuesta.

—¿Acaso creéis que no nos dábamos cuenta cuando os decía esas cosas horribles y os regañaba una y otra vez? —Fayette metió el dedo pulgar por su cinturón de cuerda y echó el labio inferior hacia delante—. Nos daba mucha rabia, pero ¿qué podíamos hacer? Era vuestro primer caballero. —Filantropías al margen, añadió—: Además, tampoco podrá seguir haciéndonos daño a nosotros.

—¿A vos?

—Siempre estaba pegando y golpeando a los criados a escondidas. —Fayette se masajeó las posaderas al recordar el dolor.

Juliana se sonrojó. Estaba al tanto de los ataques de ira de sir Joseph, y había intentado obligarle a controlarlos, pero hasta la fecha nadie se había quejado.

—No lo sabía... Tenía la esperanza de que no fuera tan animal...

—¡Bah! De nada hubiera servido quejarse, mi señora. Sabíamos que nada podíais hacerle a ese viejo malnacido.

Juliana miró con indignación a la sonriente doncella.

—Lo he desterrado.

—Sí, lo habéis hecho, pero no sabíamos si tendríais la fuerza necesaria para obligarle a marcharse. —Aparentemente ajena a la indignación de Juliana, Fayette sonrió a Raymond—. Pero ahora... lord Raymond *hará* que se marche. Sir Joseph no tendrá nada que hacer contra el infalible lord Raymond.

A Juliana le acometió un sentimiento de culpabilidad. Había sido tan débil, había estado tan centrada en sus propios problemas, que ni siquiera había sido capaz de controlar a su primer caballero. Otra buena razón para casarse con Raymond. Otra prueba de su propia ineficacia.

Miró a Raymond de soslayo y lo sorprendió observándola. Sus levantiscas emociones se impusieron en el acto, y de nuevo tuvo que concentrarse. No quería que los sollozos interrumpieran la cadencia de su respiración.

De repente le pusieron una copa debajo de la nariz, y una voz le dijo:

—Mi señora, os he traído vuestro vino favorito, bien filtrado.

Sorprendida, Juliana aceptó la copa de una sonriente Valeska. Se había concentrado con tanta atención en cada inspiración y exhalación que no había reparado en nada más.

—Y yo un chal para vuestros pies. —Dagna lo extendió sobre el regazo de Juliana, tapando el brazo de Raymond y dándole, se temió ella, permiso tácito para acariciarla como haría un marido. Estaban prometidos por poderes y de cara a los criados, las viejas y los hombres, la ceremonia nupcial era una formalidad. Se celebraría en los escalones de la capilla y proporcionaría un marco legítimo a los hijos que tuvieran en común. Aunque cuándo esos hijos serían concebidos, era algo que no le concernía a nadie más que a ella.

A las dos viejas que revoloteaban a su alrededor y se anticipaban a todas sus necesidades como si llevara ya en su seno el bebé que deseaban, les susurró:

—Marchaos.

Ellas se retiraron sin ofenderse, aún sonrientes.

—Sólo pretenden que estéis a gusto, aunque tal vez pongan excesivo celo en ello. No os enfadéis —le susurró Raymond al oído.

—Yo no hago pagar mi malhumor a los criados —soltó Juliana con tensión.

—Nunca he pensado lo contrario.

—Y sir Joseph tuvo un ejemplo mejor. Creció al lado de mi padre y una de las primeras normas que él me enseñó fue no abusar de mis criados, de mis siervos ni de mis villanos. —Cogió aire y deseó poder dejar de hablar. Reprimió el bostezo que pugnaba por salir a la superficie desde sus profundidades. Las emociones, el miedo y la rabia de esa tarde le habían dejado exhausta e incapaz de seguir batallando. Quería dormir, pero Raymond seguía pegado a ella. Cuando hablaba, su aliento le calentaba la mejilla. Vio sus preciosos ojos brillando a la luz del fuego. Absorbió el calor que emanaba de su cuerpo. ¿Consideraba Raymond, al igual que el resto del castillo, que el compromiso por poderes era válido a día de hoy? ¿Pretendería meterse en su cama?

La idea le produjo un extraño rubor en las mejillas. El brazo de Raymond por lo visto le calentaba la piel del abdomen, que le picaba por el peso del mismo. Juliana apretó un muslo contra otro para aliviar la sensación de presión, pero eso no hizo más que empeorarlo y perdió el control de su respiración... una doble desventaja.

Con desdén, etiquetó esto de pueril, inmaduro y carente de sentido. Cualquier mujer que alcanzase la madura edad de veintiocho años debería saber que era una insensatez dejar que semejantes sensaciones controlaran sus emociones.

Sorbió el ponche mientras reflexionaba sobre cómo deshacerse de Raymond. ¿Debería irse sin dar explicaciones? ¿Debería pedir que la disculparan por ir a supervisar el funcionamiento de una casa ya eficiente o decir que necesitaba ir al lavabo? ¿Debería manifestar su inquietud por sus hijas exhaustas e ir a echar un vistazo al jergón en el que dormían para no volver?

No lo sabía. Temía haberse convertido en la famosa zorra que sir Joseph la acusaba de ser. Cuando Juliana miraba a Hugh y a Felix se sentía como si estuviera en un barco mecido por los embates de una violenta tormenta. Cuando miraba a Raymond las olas se calmaban, el viento olía a fresco y únicamente existían ellos dos, a solas en el océano.

Fueran cuales fueran los sentimientos de Raymond ante la condena de casarse con ella, desempeñaba bien el papel de enamorado fiel. Semejante cortesía, que no era necesaria, la irritaba aún más. Debería odiarlo, pero le resultaba imposible. Se sorprendió a sí misma deseando haberlo conocido antes, cuando sabía reírse. Nunca había sido una belleza, pero hubo un tiempo en que los hombres rivalizaban por una sonrisa suya. En su mente se veía a sí misma con un brial azul celeste y una camisa amarilla asomando por debajo. Los hombres la rodeaban, pero ninguno la asustaba. No eran importantes, porque ella no sólo era la señora de Lofts, sino la esposa de un gran caballero y madre de unas hijas valientes. Sus hijas le decían que debían su coraje al ejemplo materno. Su esposo...

La cabeza le cayó hacia delante y parpadeó varias veces. Una mano ancha y callosa apareció en su campo de visión. La mano de Raymond. Sin pensarlo, Juliana le dio la suya y dejó que la ayudara a ponerse de pie.

—Lord Hugh, lord Felix —dijo Raymond mientras ella se balanceaba—, sin duda nuestra relación prosperará, pero esta noche lady Juliana está cabeceando. A los criados se les caen los párpados y vuestro viaje os habrá hecho ansiar un jergón. Es hora de acostarse —rodeó a Juliana por los hombros—; buenas noches de parte de los dos.

Capítulo 8

Raymond ni siquiera la había besado.

Cuando los rayos de sol incidieron en sus párpados, Juliana gimió. No podía ser de día. Todavía no. No con el calvario que le esperaba hoy.

Debería haber temido las carcajadas, las risotadas dirigidas contra ella por ingenua. Se acurrucó formando una bola pequeña y se cubrió la oreja con la almohada.

Sí que temía las carcajadas y la alegría con que el personal del castillo prepararía la casa para el enlace de su señora. Pero temía aún más hacer frente a lord Raymond. La noche anterior había sido muy amable, deshaciéndose en disculpas y actuando con impecable caballerosidad. La había ayudado a subir, totalmente vestida, a la cama. Se había sentado encima de las mantas y se puso a contarle cómo había empezado la desastrosa farsa; le dijo que había mentido únicamente para mitigar sus miedos, que se había quedado atrapado en su disfraz y que su intención había sido en todo momento desvelar su identidad.

Fue un tanto impreciso acerca de *cuándo* pretendía hacerlo y la invitó a dar su opinión. Era lo que ella quería, desesperadamente, pero cada vez que miraba a Raymond le sacudía una sensación de vértigo. Llevaba demasiado tiempo recluida en esa torre de piedra y espinas, y Raymond le había hecho asomarse al alféizar y acabaría cayéndose.

Cada vez que veía su afeitada barbilla con el recién descubierto hoyuelo, cada vez que él se le acercaba y ella respiraba el olor a limpio que despedía, cada vez que oía la firmeza de su voz, sentía que se mareaba y que el suelo se movía.

Pero no había intentado besarla. Ni siquiera había intentado meterse con ella bajo las mantas. Juliana se alegraba de posponer un poco ese suplicio. No le importaba ser una cobarde ni estar tan mancillada como para temer como temía el lecho conyugal.

—¿Por qué os queréis casar con ella?

La voz de bajo de Hugh retumbó en el gran salón y ella cerró los ojos y se acurrucó en el colchón de plumas para no oírlo. Para desconectar de ese horrible día. Pero no dejó de oír su voz.

—Un hombre como vos... —continuó.

Raymond no dudó en interrumpirle.

—¿A qué os referís con lo de «un hombre como vos»?

Daba la impresión de que los caballeros estaban justo al lado de la cama y ella se arrebujó con las gruesas mantas de pelo.

—Un hombre como vos —dijo Hugh con frialdad— que ha vivido en la corte y ha recorrido todo el continente, y que goza del apoyo del rey. ¿Por qué iba a querer un hombre así venir a un rincón provinciano de Inglaterra para casarse con una mujer como Juliana?

—¿Una mujer como Juliana? —inquirió Raymond.

—Tenéis ojos. —Juliana casi podía imaginarse a Hugh encogiendo los hombros—. Es bastante guapa, pero no ha llevado una vida ejemplar y, en comparación con aquello a lo que vos estáis acostumbrado, no posee muchas tierras. Es asustadiza y desconfiada, y no escucha a los hombres como debería. Supongo que su padre la consintió demasiado. Que la repudiara fue un mazazo para ella, y se volvió tenaz y decidida; aunque, naturalmente, es una pusilánime.

Ella clavó los ojos en la pared. La luz del sol se coló por la saetera y eso le indicó que había dormido demasiado. La misa matutina había concluido, el desayuno estaba ya recogido, la jornada de trabajo había comenzado y seguía sin querer afrontar las consecuencias de los acontecimientos de la noche anterior.

Raymond habló con educación.

—¿Cómo es posible que sea pusilánime y tenaz al mismo tiempo?

—Así es Juliana. —La voz de Hugh se suavizó por el cariño que sentía por ella—. No se puede bajar la guardia con esa mujer. —Se aclaró la garganta y habló con voz más grave—. Pero no entiendo por qué queréis casaros con ella.

—Porque así lo ha ordenado el rey. —La respuesta de Raymond seguramente no satisfizo a Hugh, pero entonces preguntó en otro tono—: ¿Qué te parece, Cuthbert? ¿Podremos construirlo aquí?

Sin prestar atención al escalofrío que le recorrió la piel, Juliana asomó una oreja por debajo de las mantas. ¿Construir qué y dónde? ¿Qué fechoría tramaba ahora ese falso maestro de obras y por qué había hecho venir a su carpintero desde la aldea hasta la torre del homenaje?

—Sí, mi señor. —Cuthbert parecía seguro, confiado, satisfecho y cercano—. Será un buen complemento que redundará en la comodidad de mi señora, y naturalmente la vuestra cuando estéis casados.

Exasperado, Hugh suspiró con fuerza.

—Raymond, ¿podríais prestarme atención?

—Eso hago. —Raymond habló en voz baja y apagada.

Visiblemente molesto, Hugh dijo:

—Lady Juliana es frágil, no está habituada a la llaneza de los hombres. Hay quienes insinúan que podríais no entender su delicadeza y darle un mal trato.

—¿Quién ha insinuado tal cosa?

Juliana oyó perfectamente a Raymond, pero levantó la almohada para escuchar la respuesta.

—Da igual. —Hugh parecía disgustado, como si hubiera dicho algo desacertado logrando un resultado erróneo—. Lo importante sois vos y vuestro estatus.

Raymond ignoró aquella afirmación con la arrogancia del que ha nacido para ser un líder.

—Anoche parecíais bastante conforme con nuestro enlace. ¿Qué os ha hecho cambiar de idea tan repentinamente?

Juliana oyó que unos pies se arrastraban y recordó el modo en que Hugh movía los suyos cuando se sentía acorralado. Negó la tácita acusación de Raymond.

—¡Nadie! ¡Nadie me ha hecho cambiar de idea!

—Os he preguntado qué os ha hecho cambiar de idea —le recordó Raymond—, no quién.

—Nada me ha hecho cambiar. —Hugh hablaba demasiado deprisa—. Sólo quiero comportarme como es debido con Juliana. ¿No os gusta hacer lo correcto con las mujeres de las que os sentís responsable?

Raymond, en marcado contraste con Hugh, arrastró las palabras como si sus pensamientos le obstaculizaran el habla.

—Eso hago.

—Pues yo con Juliana siento una responsabilidad fraternal.

—¿O paternal? —preguntó Raymond.

Hugh se explayó:

—Podríais perfectamente convencer a nuestro noble soberano de que os concediera una nueva novia, y sería beneficioso para vos que vuestra esposa estuviera acostumbrada a la vida de la corte.

—La queréis para vos —lo acusó Raymond.

—Quiero lo mejor para Juliana —repuso Hugh con la tensión de cualquier hombre cuyo secreto se hace público.

Raymond bajó el tono de voz, que se tornó penetrante y amenazador.

—Escuchadme, lord Hugh. Lady Juliana es mía. Es mi mujer, mi heredera, mi novia. Ninguna amenaza pasará inadvertida. Enrique me la ha dado a mí, y me pertenece.

Juliana se quedó sin saber qué habría contestado Hugh. Tan desvergonzada declaración delante de toda la sala le enfureció y retiró las mantas dispuesta a levantarse de un salto. Raymond estaba junto a la cama, tan alto y fornido y guapo como se temía. Ahora él se dirigió a ella, no a Hugh.

—Pasamos una noche los dos solos, incomunicados por la nieve en una cabaña y allí decidí que era mía.

Era mentira, una calumnia de lo más atroz, que la despojaba de su virtud y la degradaba, de nuevo, al estatus de las mujeres descarriadas. Ella se puso de puntillas hasta que quedaron cara a cara... y empezó a tambalearse. Sus miradas se encontraron y Raymond sonrió sin afecto.

—¿Os hemos despertado, lady Juliana?

—Pero... —Juliana echó un vistazo a su alrededor, en algún rincón de su mente registró que Hugh estaba de pie a su lado, el biombo había sido retirado y en la tarima, junto a su cama, estaba el maestro carpintero arrodillado. Quiso arremeter contra Raymond por su desvergonzada afirmación, pedirle explicaciones, pero se arredró. Si insistía en que restituyera su buen nombre, ¿le contaría Hugh la verdad sobre ella? ¿Dejaría Felix su sitio junto al fuego y se acercaría con su bobalicona sonrisa de labios rojos pavoneándose como un pavo real? ¿Y sir Joseph...?

Un rápido vistazo al gran salón le desconcertó. Sir Joseph seguía sin aparecer, pero semejante bendición no podía continuar. Había estado en el castillo desde que ella tenía uso de razón, burlándose, acusando, de modo que en lugar de contestar a la pregunta o la afirmación de Raymond, preguntó:

—¿Cuthbert, qué haces?

Cuthbert se levantó con dificultad, inclinó la cabeza y sonrió.

—Mi señora, vuestro nuevo señor no hace sino preocuparse por vuestra comodidad y la de vuestra gente. Me honra poder felicitaros por vuestro enlace. Es un honor.

—Gracias, Cuthbert. —Confusa, se estremeció cuando le recorrió un escalofrío.

—Tenéis frío —le dijo Raymond con amabilidad—. Dejad que os haga entrar en calor.

Cogió una de las pieles y se dispuso a envolver a Juliana con esta, pero ella se la quitó de las manos y se cubrió los hombros encogidos.

—Ya me tapo yo. —En un tono forzado pero agradable, preguntó—: Cuthbert, ¿tienes suficiente trabajo para pasar el frío invierno?

Cuthbert se rió a carcajadas.

—¡Bromeáis, mi señora! Este invierno mi familia tendrá el extra que necesita para vivir con verdadera holgura. —Levantó un brazo para darle una palmadita en el trasero, pero se dio cuenta de su error y se puso tremendamente colorado. Le hizo una reverencia y recuperó la compostura.

Ella midió a grosso modo las marcas en las que el hombre estaba trabajando. En el suelo de roble, unos desconcertantes rasguños delimitaban una amplia zona que rodeaba la cama principal. Fuera lo que fuera lo que estaba pasando, no le hacía ninguna gracia. Y era consciente de ello, pero al levantar la vista hacia Raymond, alto, más alto incluso sobre la tarima, optó por ser diplomática.

—Mi señor, ¿qué plan tenéis?

Él se sentó a su lado; lo que no mejoró la situación. Su peso hundió el colchón y ella tuvo que hacer fuerza para evitar caer encima de él. Ahora lo tenía lo bastante cerca como para inspirar su esencia de fuegos humeantes y madera aserrada.

—La torre del homenaje de Lofts —dijo Raymond— necesita urgentemente unas comodidades básicas para el deleite de una dama.

¿Su torre necesitaba comodidades? Juliana la recorrió con la mirada. Las saeteras alargadas y estrechas dejaban entrar la luz pero mantenían gran parte del frío fuera. El fuego ardía permanentemente en una chimenea de baldosines central y el humo salía por unas lumbreras del tejado. Unas alfombras de junco cubrían el suelo y las mesas desmontables de caballete se podían retirar fácilmente para crear un espacio de trabajo. ¿Qué más podía pedir una dama?

—Tengo entendido que algunos castillos tienen la chimenea cerca de la pared —dijo Juliana con pesimismo.

—Yo lo he visto —convino Raymond.

Ella habló con desdén.

—A mí me parece una idea estúpida. ¿Cómo se calienta entonces la gente?

Raymond no actuó en absoluto con la superioridad masculina de quien ha visto el mundo y todas sus maravillas.

—Algunas torres tienen más de una chimenea. Una pegada a aquella pared, por ejemplo —señaló a la pared más lejana—, y la otra a esta.

—¡Eso sería un desastre! —se mofó Juliana—. ¿Cómo llegaría entonces el fuego hasta el techo sin serpentear demasiado?

—Construyendo una campana encima de la chimenea para recoger el humo. —Raymond se tomó en serio su inquietud.

—Yo lo he hecho —añadió Hugh, quien dio un respingo cuando Juliana lo fulminó con la mirada—. Funciona bien y parece que calienta las paredes. Mi torre es mucho más caliente que esta vieja mole de piedra.

El desdén de su tono de voz molestó a Juliana, que se volvió de espaldas a él y se dirigió a Raymond.

—Tengo entendido que hay algunas damas que se empeñan en sentarse en círculo junto a grandes ventanales que dejen entrar el sol.

—Sí, lo he visto —reconoció Raymond.

—Eso conserva la vista de las costureras —declaró Hugh.

—¿Ahora retozáis bajo las mantas con vuestras costureras? —le espetó Juliana, amparada por Raymond.

Él replicó:

—Sois una insolente y lord Raymond se va a disgustar. Además, ¿qué os importa con quién retoce o deje de retozar?

Juliana se sonrojó, humillada ante tan justificada reprimenda y preocupada de que la mera alusión a los pasatiempos de cama diera ideas a Raymond.

—De modo que conserva la vista de las costureras. Sería una buena idea, pero ¿y en caso de asedio? Mi maestro de obras... —Juliana cerró la boca. Que se la llevara el diablo, porque por nada del mundo le citaría a Raymond sus propias palabras.

Raymond no hizo referencia alguna a su error inconsciente.

—Os dije que cualquier abertura va en detrimento de la defensa, pero cuando se añaden ventanas más grandes normalmente se disponen encima del gran salón, en un piso más alto destinado al dormitorio.

—¿Al dormitorio?

—Sería un lugar apartado de vuestra familia y los criados, con espacio más que suficiente para vuestros arcones y nuestra cama —explicó Raymond—. Un lugar con ventanas que permitirían que el sol iluminara vuestro telar.

Juliana estaba horrorizada.

—¿Y tendría que dormir en una habitación separada del personal del castillo? Pero...

—Cuando llegue la primavera le encargaremos al maestro de obras que construya una estructura de piedra para un dormitorio adecuado, pero de momento Cuthbert levantará paredes para hacer una habitación provisional. —Raymond se acercó a ella—. Aumentará vuestra comodidad.

—¿Aumentará mi comodidad? ¿Estáis loco? —Juliana se agarró de los cobertores para evitar deslizarse hacia él—. Ningún miembro de mi familia se ha separado nunca tanto de su gente. Fomentará la sedición y la deslealtad.

—Esas palabras son de vuestro padre —dijo Hugh.

Ella se volvió contra él con los puños cerrados.

—¿Y qué hay de malo en eso? Mi padre tenía razón.

Hugh separó las piernas, se puso en jarras y la retó:

—¿En todo?

Ella sintió deseos de gritar que sí, pero no se atrevió. Recordaba demasiado bien la frialdad con que su padre le volvió la espalda tras el calvario que sufrió. En aquel momento lo había necesitado desesperadamente, pero le había fallado y Juliana no podía evitar preguntarse si además la había traicionado. Ni siquiera la confesión de sir Joseph aliviaba el dolor de la traición de su querido padre. Bajó los ojos, arañó las pieles con las uñas y deseó que fueran los ojos de Hugh.

—Marchaos, Hugh —le ordenó—. Marchaos ya.

Con arrogancia y ofendido, Hugh se acercó hasta el fuego pisoteando el suelo con toda su corpulencia.

—No lo ha dicho con mala intención —dijo Raymond.

—Lo sé, pero me ha hecho sufrir mucho.

—¿Fue él quien os hizo daño? —sondeó Raymond.

—¿Hacerme daño? —Juliana se rió con desgana. ¿Estaba ocultando un secreto que Raymond ya había descubierto?—. Hugh nunca me haría daño; deliberadamente no. En cualquier caso, lo he perdonado.

Raymond se le acercó un poco más y ella, debido a una confabulación entre las plumas y la gravedad, cayó contra él.

—¿Queréis que lo mate por vos?

Alarmada por el ofrecimiento, Juliana exclamó:

—¡No!

—Lo haría. Mataría a cualquier hombre que os hiciera daño. ¿Habéis oído lo que le he dicho a Hugh?

Raymond parecía sincero, pero todos los hombres eran unos embaucadores.

—Yo..., mmm..., ¿cuándo?

—Cuando estábamos al lado de la cama.

Ella descendió la mirada hacia sus dedos, que buscaban desesperadamente un punto de anclaje entre las mantas. La mano de Raymond cubrió la suya y le rodeó los dedos hundidos en las hebras. Le acarició la palma de la mano, deteniéndose en cada callosidad con pequeños círculos que le hacían cosquillas.

—Valeska y Dagna me han enseñado a leer la mano. ¿Queréis que os lea la vuestra?

—No. —Pero se quedó mirando fascinada cómo él reseguía la larga línea que dibujaba una curva junto a su pulgar.

—Ellas dirían que vuestra línea de la vida revela lo mucho que trabajáis. —Su media sonrisa hizo que le apareciera un hoyuelo en la mejilla—. Aunque a decir verdad verían las huellas de ese trabajo. Tenéis ampollas en las yemas de los dedos, ¿qué las ha producido?

—Son de tejer —contestó ella, hipnotizada por el lento baile de los dedos de Raymond en su palma.

—De tejer —repitió él—. Que consiste en entrelazar lentamente los hilos para formar una tela. Como vos y yo, que nos convertiremos en uno solo mediante la bendición del matrimonio. Le dije a Hugh que erais mía. Mi mujer, mi heredera, mi novia.

Juliana desvió la atención de sus caricias irresistibles y se centró de nuevo en la conversación. ¿Qué pretendía Raymond con ese íntimo *tête-à-tête*? Era preciso estar alerta, atenta, vigilante. Bastaba recordar que había desoído a su querido padre, ganado en astucia a los hombres con los que había negociado y que podía vencer a ese falso maestro de obras, pues ¿qué arma tenía él que no tuvieran los demás?

—Me imagino que es mi papel de heredera el que os interesa —dijo con acritud.

Raymond se llevó a los labios su mano, besó todas las yemas de sus dedos, calentándolas con su aliento, y el disgusto de Juliana se esfumó. Las acarició con la lengua, aliviándolas, y a ella le turbó el repentino despertar de una molesta desazón. Era un anhelo que no había sentido en muchos años. Un anhelo peligroso, en cualquier caso un anhelo nunca satisfecho, pero le hizo darse cuenta de que el pretendido maestro de obras llevaba un arma que ningún otro hombre podía blandir.

—Al principio, antes de conoceros, era la única parte de vos que me llamaba la atención —dijo él. La sutil tortura de lengua y boca cesó—. Pero cuando me golpeasteis con ese grueso leño recuperé el juicio.

Juliana decidió no bajar la guardia. El maestro de obras estaba intentando seducirla.

—Únicamente os di en el hombro —repuso ella.

—Sí, y el aire que agitó el leño al descender me silbó al oído mi destino.

No debería hacer preguntas. Sabía que no debía, pero la expresión de Raymond, mezcla de picardía y firmeza, le picó la curiosidad.

—¿Vuestro destino?

—La gente del desierto cree en el destino. Creen que las cosas ocurren porque tienen que ocurrir y que un hombre debería perseguir su destino con afán.

La curiosidad de Juliana despertó, distrayéndola del eficaz atractivo de Raymond. Había olvidado su huida de los sarracenos. Una historia cantada por un trovador y por la que Raymond de Avraché fue aclamado como héroe legendario. Ella ponía en duda la existencia de los héroes. Sabía por experiencia que los hombres iban por ahí pavoneándose con una vanidad que no se correspondía con sus hazañas. Pero de todos los hombres que había conocido, sólo se creía los relatos de valentía y coraje relacionados con Raymond.

—¿Qué más aprendisteis en la cruzada?

Él vaciló tan brevemente que nadie más debió de notarlo. Ella sí lo notó y se preguntó qué significaría, pero Raymond reprimió su curiosidad con un alegre comentario:

—Que es mi destino perseguiros con afán.

Ella trató de cerrar la mano, pero él no la dejó. Mientras reseguía una de las líneas que cruzaba horizontalmente su palma, le dijo:

—Valeska diría que sois apasionada, porque vuestra línea del corazón es larga y está muy acentuada. Yo seré el hombre que reciba esa pasión y mentiría si os dijera que no lo espero ansioso.

—Pasión. —Juliana hizo una pasable imitación de los resoplidos de sir Joseph—. No soy nada apasionada. Creo que debería verme un médico.

Él se rió y echó la cabeza hacia atrás, fueron carcajadas sonoras que paralizaron la actividad del gran salón. Juliana lo mandó callar indignada.

—Es verdad. El placer lo es todo para un hombre y en mi caso estoy pagando el precio por ello.

Eso detuvo las carcajadas de Raymond, que inspiró bruscamente como si lo hubieran golpeado. Se acarició la mejilla; ella oyó el áspero sonido de la barba incipiente contra la piel, y quiso acariciarla también. Quería decirle que no temiera, que se casaría con él y lo cuidaría, pero al momento se dio cuenta de lo absurdo de su sentimiento.

Como si no hubiera recibido impacto alguno, Raymond sonrió exhibiendo su perfecta dentadura blanca y de nuevo apareció el guapo seductor de mujeres rebosante de confianza.

—Es verdad —reconoció—. Digamos que si yo soy el noble equivalente de una prostituta, garantizaré la continuidad de vuestra clientela.

El color encendió las mejillas de Juliana, aunque ella no supo si era por su inapropiado sentimiento de lástima o por la escandalosa comparación de Raymond. Aquel hombre la despistaba y la desconcertaba. ¡Ojalá no lo hubiera conocido! ¡Ojalá se creyera sus propias excusas!

—¿Cuántos años tenía vuestro marido cuando os casasteis?

Juliana contestó distraídamente mientras se frotaba la frente con los dedos.

—Mi esposo tenía quince veranos. —En su opinión, su forma de tratar a Raymond en la cabaña nevada y su comportamiento le habían valido el respeto de este. Había algo en ella que lo había convencido de que dejara su complot para forzar el matrimonio y adoptar una identidad falsa. Él no había ganado nada con ello, aunque parecía gustarle fabricarse herramientas y encargarse de la interminable excavación.

Raymond señaló una línea diminuta de la palma de su mano.

—¿Lo veis? Este es vuestro primer matrimonio. ¿Murió vuestro esposo?

Ella contestó distraída.

—En el invierno de sus dieciocho años. —Antes incluso de conocer la verdadera identidad de Raymond, su silencioso apoyo le había dado fuerzas para echar a sir Joseph. Ese hombre le había devuelto algo que añoraba desde hacía tres años. Sus agallas, diría su padre, pero era más que eso. Había empezado la curación.

Pasando la mano sobre la suya, Raymond reflexionó sobre lo que desvelaba su palma.

—Aquí está la marca de vuestro sufrimiento. Ninguna mujer disfruta con un chico joven. Los jóvenes son rápidos y egoístas. ¿Cuántos años hace de aquello?

Ella echó el cuerpo hacia atrás, retándolo:

—Adivinadlo.

—Unos diez —dijo Raymond examinando la palma y el dorso de su mano.

—Os lo dije yo —repuso ella al recordar que ya se lo había mencionado. Creía que él la estaba observando con atención, pero cuando lo miró, Raymond tenía los ojos clavados en la palma de su mano.

—Seguro que vuestro padre hubiese querido que os casarais de nuevo.

A Juliana le falló su recién descubierta confianza en sí misma.

—No.

—Hugh se habría casado con vos.

—No.

—Felix...

—¡No! —Ella retiró la mano con tanta fuerza que se golpeó el mentón. Descortés, supuso, pero simbólico—. Yo no quiero casarme. Hasta el fallecimiento de mi padre al rey no le había importado mi condición de viuda. ¡Ojalá no se hubiese enterado nunca de la muerte de mi padre!

Habría seguido hablando, pero él la observaba con tanto interés que se quedó sin habla. Se preguntó cuándo se cansaría ese hombre de sus rabietas y la pegaría. ¿O sus castigos eran más sutiles? ¿La estaría castigando ahora, incluso, con ese interminable interrogatorio? ¿Sabía él la verdad?

Raymond le rodeó la barbilla con la mano.

—No vinisteis a palacio —le susurró como un encantador de serpientes—, ni siquiera cuando os lo ordené; ni cuando el rey os lo ordenó. ¿Qué pretendíais conseguir posponiendo nuestro enlace?

—Podría haber pasado cualquier cosa —replicó Juliana aturdida e irreflexivamente—. Una enfermedad podría haberos matado o podríais haber muerto en una batalla o un torneo... —Lo que antes de conocerlo le había parecido tan lógico, ahora sonaba frío y cruel.

Él le apretó un poco más la barbilla.

—Y si eso hubiese ocurrido, ¿creéis que, teniendo las magníficas tierras que tenéis, el rey habría consentido que no os volvierais a casar?

—Mis tierras no son ninguna maravilla —insistió ella. No le gustó el modo en que Raymond entornó los ojos y no le gustaba el modo en que la sujetaba, pero sabía que no le haría daño—. Son insignificantes.

—Son importantes, como bien sabréis. Cualquier tierra cercana a la frontera con los galeses es importante para contener las oleadas de bárbaros.

—A algunas mujeres se les permite permanecer solteras —repuso ella.

Él sonrió sin alegría.

—Si se lo piden al rey a cambio de dinero, y si él considera que esas tierras no corren peligro de ser invadidos. ¿Tenéis oro para ofrecerle al rey?

Soliviantada, ella lo miró con fijeza.

—Si yo me hubiese muerto, incluso si me muriese ahora, ¿creéis que el rey no os prometería con otro hombre? —Se acercó a ella y Juliana intentó recular, pero Raymond le puso una rodilla encima de las piernas para inmovilizarla—. Rezad por mí —le aconsejó—. Rezad por mi buena salud. Puede que vuestro próximo marido no se muestre tan sutil en su afán por meterse en vuestra cama ni tan generoso cuando oiga lo que se rumorea de vuestro pasado.

Raymond se levantó, decidido a intimidarla con su tamaño, su nobleza y su feroz masculinidad.

—¿Creíais que os recibiría con los brazos abiertos? —susurró ella.

Él no hizo ningún esfuerzo por bajar el tono de voz:

—Albergaba la esperanza de que fuerais sensata, pero si no es así, cuento con armas que apenas intuís o sabéis cómo usar. En lo que concierne a la guerra, mi señora, soy un veterano guerrero y vos no sois más que una flor frágil y maleable, fácil de pisotear.

—Me habéis engañado.

—*Vos* sois la que me habéis engañado. Por vuestras pobres excusas me convertí en el hazmerreír de la corte de Enrique.

—Es que no lo entendéis —gritó ella, frustrada—. ¿De qué manera puede defenderse una mujer del hombre al que acepta como esposo? Estaba protegiéndome a mí misma y a mis hijas.

—¿A vuestras hijas?

—Si el nuevo marido así lo decide, lo tiene muy fácil para deshacerse de la descendencia de un matrimonio anterior. Las hijas pueden ser enviadas a un convento o incluso morir repentinamente.

—¡Yo no les haría eso a vuestras hijas! —exclamó él.

—¡Ni yo sabía cómo érais! —repuso ella furiosa—. Os he dejado al cuidado de mis hijas y habéis cumplido con esa misión de forma admirable, pero eso no borra vuestro engaño. Si yo me hubiera aprovechado de vos de un modo similar, vuestra venganza habría sido terrible.

Raymond parecía pensativo.

—Tal vez.

Animada, Juliana añadió:

—Antes no tenía motivo alguno para desconfiar de vos, pero ahora sí lo tengo.

—¿Me estáis diciendo que me confiáis a vuestras hijas pero que vos no confiáis en mí?

¿Qué era lo que encontraba tan gracioso?

—Sí —afirmó Juliana con actitud desafiante.

Raymond se movió hasta que sus cuerpos casi se tocaron.

—¿Qué clase de madre dejaría a sus hijas en manos de un hombre en quien ella misma no confía?

Ella se inclinó hacia atrás alargando el cuello.

—No es eso.

—Creo que os engañáis. Creo que me lo habéis entregado todo y únicamente estáis esperando a que yo manifieste mi deseo para ofrecérmelo.

Seguro que la alegría de Raymond era una especie de ardid, pensó ella resentida, una ilusión proyectada por ese charlatán para enternecerla.

—Al rey le corresponde dar mi mano, pero es a mí a quien corresponde dar mi confianza a quien quiera —dijo Juliana ansiosa por defenderse—. Conformaos con lo que os ha dado vuestro soberano y no os preocupéis de lo que yo os ofrezco.

A modo de respuesta él inclinó la cabeza sobre la palma de su mano. Se la acarició con los dedos hasta que ella sintió cosquillas, luego la masajeó por el centro una y otra vez, una y otra vez, hasta que Juliana preguntó:

—¿Qué hacéis?

—Estaba observando vuestra línea del destino.

—No hay ninguna línea del destino. Os lo estáis inventando.

—En absoluto. No todo el mundo tiene una, pero vos sí. Fijaos en la línea que recorre verticalmente el centro de la mano.

Ella miró con atención por encima de su dedo.

—Sí.

—Esa es vuestra línea del destino.

—¿Y qué indica?

—Sólo aparece una cosa. —Él alzó la cabeza y la miró fijamente a los ojos—. Raymond y más Raymond, durante toda vuestra vida.

Capítulo 9

Raymond se dedicó a pisotear los charcos helados del patio de armas, rompiendo su delgada capa de hielo con las botas y emocionándose cada vez que una superficie absolutamente lisa se resquebrajaba con un crujido.

Así que Juliana se había negado a casarse con un señor desconocido llamado Raymond, porque tenía la esperanza de que muriese. Le había mostrado a Juliana lo disgustado que estaba durante toda la mañana, durante toda la comida e incluso hasta que ella le había conminado a salir fuera a pelearse con un guerrero más respetable que ella.

Como si hubiera tal guerrero. Juliana lo tenía cogido por los huevos; tanto le dolían que acabó gruñendo de dolor y preguntándose cómo era posible que ella deseara la muerte del hombre que el rey, en su regia sabiduría, le había entregado. Aunque si hubiera sido un monstruo con escamas el que trajera aquel barco mercante desde Argel hasta Normandía, Enrique también se lo habría entregado a Juliana. El rey era ante todo un estadista y un diplomático, los sentimientos eran secundarios. Y Raymond conocía a hombres que se deshacían de mujeres jovencísimas sin más remordimientos que si se deshicieran de un gato.

Y, sin embargo, pensar que Juliana había deseado inconscientemente su muerte le dolía y le producía indignación. ¡Y su actitud mientras Cuthbert tomaba medidas para el dormitorio! Como si ella fuera la única que tenía derecho a tomar decisiones en aquel castillo. Había supuesto que a ella le encantaría la idea de disponer de un lugar donde poder guardar los baúles, hablar con sus hijas... y tener la oportunidad de consumar su matrimonio en la intimidad; pero en lugar de eso le había repetido una frase de su padre.

Raymond había oído pocas cosas dignas de encomio sobre su padre. De hecho, empezaba a sospechar que él era el culpable de gran parte de la desconfianza que le inspiraban los hombres.

Le propinó una patada a un trozo de barro helado que no cedió, entonces blasfemó y su expresión fue lo bastante ceñuda para garantizar que nadie se le acercara en medio de aquel castillo rebosante de actividad. Layamon anduvo hacia él, pero dio un brusco giro. Sir Joseph estaba en la puerta de las caballerizas hablando con Felix, pero al verlo aparecer se escondió dentro. Tras mirarlo espantado, Felix salió disparado hacia la torre del homenaje. Keir nunca se inmutaba por nada así que Raymond lo fulminó dos veces con la mirada.

Keir actuó como si aquello no fuera con él; es más, hasta le hizo señas.

—Hace un día gris —lo saludó—. Creo que nevará antes del anochecer.

Raymond soltó un gruñido.

Keir levantó un pico de cabeza nueva y brillante, y mango pulido por un trabajador paciente.

—Lleva estos picos a los hombres de allí abajo. La helada ha sido dura y los necesitarán.

—¿No hay ningún siervo que pueda hacer ese encargo? —preguntó Raymond con fastidio.

—Pero ¡si vas a ver la excavación! —señaló Keir mientras amontonaba los picos en los brazos de Raymond.

—¿Ah, sí?

Keir echó un vistazo al patio de armas.

—¿Ibas a algún otro sitio?

—Podría haberlo hecho —dijo Raymond con suficiencia—. Podría ir a ver a los hombres de armas o las caballerizas.

—El *auténtico* maestro de armas ha bajado a ver la destrucción. —Ante la fulminante mirada de Raymond, Keir rectificó—: La construcción.

—Llevaré los picos —dijo entonces con los brazos ya cargados.

Con la misma naturalidad que si estuviese hablando del tiempo, Keir preguntó:

—Lady Juliana te tiene cogido por las pelotas, ¿no? —Observó la frustración que torcía la expresión de Raymond—. Ya veo que sí. En mi opinión, esperas demasiado de esa arrogante dama.

—Me trae sin cuidado lo que opines acerca de este tema —gruñó Raymond.

Pero Keir no dio señal alguna de haberlo oído.

—Lady Juliana no querrá acostarse con un hombre que se burla de ella, pero puedo darte algunas ideas...

—No lo hagas —contestó Raymond.

—Aunque la hayas humillado, sigue habiendo indicios de que confía en ti. Y esa es una gran concesión viniendo de una mujer que aparentemente desconfía tanto de los hombres. Ya en Túnez me fijé en que proyectas un aura de seguridad que en este caso debería jugar en tu favor. —Raymond refunfuñó, pero Keir continuó—: Si la cortejas con suavidad, como a una doncella, y la tratas con respeto, su desconfianza disminuirá.

Raymond se inclinó hacia delante hasta que su nariz y la de Keir casi se tocaron.

—No necesito consejos para entenderme con una simple mujer.

—Ve con cuidado, por favor —aconsejó Keir—. Puede que los picos se muevan y si uno se te cae en el pie verás las estrellas.

—Ya voy con cuidado, lo único que digo es...

Uno de los picos cayó del montón y Keir lo cogió al vuelo.

—Sólo espero que puedas entenderte con tu «simple mujer» con más éxito —le dijo seriamente.

Raymond cogió una bocanada de aire para contestarle, pero estaba tan frío que se le encogieron los pulmones y tosió. Cuando volvió a ver con claridad, Keir se había escondido en la herrería cerrándole la puerta en las narices.

Maldito fuera. Maldita fuera su cara inexpresiva y de sabelotodo. Maldito fuera por tener siempre razón. Raymond bebía los vientos por Juliana. No quería cortejarla como a una doncella, quería tratarla como a una mujer. Había soñado con una mujer apasionada, una mujer desprendida y cariñosa que lo amara incondicionalmente.

Juliana había hecho realidad casi todos los sueños de Raymond y su generosidad incrementaba aún más la impaciencia de este. Le había dado mucho, pero él, como un joven codicioso, lo quería todo. Quería saborearla, acariciarla, que ella lo envolviera en ese cuerpo que llevaba demasiado tiempo perturbándole el sueño.

Pero al tratar de asegurarle que a su vez él se entregaría a ella, su propia e insignificante presunción hizo que se sintiera avergonzado. Tal vez Juliana se beneficiaría de su presencia porque él asumiría la responsabilidad de las defensas, expulsaría a sir Joseph y protegería a sus hijas. Sin embargo, siempre acababa riéndose de sí mismo. ¿De verdad era lo bastante hombre, de verdad era lo bastante hábil para curar los miedos de Juliana? Y cuando estuviesen casados, ¿sería capaz de ocultarle las monstruosas tinieblas de su propia alma?

El montón de picos se movió y Raymond se tambaleó por el cambio de peso, pero no perdió el equilibrio. Nunca perdía el control, salvo con esa viuda de dulce rostro.

Sí, maldito fuera Keir por su perspicacia. Y maldito fuera por haberle cargado con el doble de picos que le habría dado a cualquier otro hombre. Maldito fuese Keir y maldito fuera el maestro de obras *auténtico*.

—¿Lord Raymond? ¡Lord Raymond!

Raymond reaccionó a la llamada con un respingo.

—¿Qué? —soltó. De pronto estaba en el puente levadizo, con los brazos cargados y mirando iracundo hacia la zanja helada y los trabajadores apiñados alrededor del fuego. El maestro de obras del rey (el *auténtico* maestro de obras, pensó Raymond con rencor) estaba dando órdenes y soltando imprecaciones en francés. No fue de extrañar que los hombres, la totalidad de los cuales hablaba en inglés, miraran boquiabiertos a... ¿cómo se llamaba? ¡Ah, sí! A Papiol.

—¡Lord Raymond! —Tosti lo llamó gesticulando frenéticamente—. ¿Qué está diciendo este tipo tan raro? No entendemos una sola palabra.

Las obras no avanzaban, de modo que Raymond descendió la cuesta hasta llegar al fuego.

—Dejad que lleve yo eso —dijo Tosti, salvando el orgullo de Raymond—. Nuestro nuevo señor no debería cargar esas cosas.

—¿Cómo sabes que soy vuestro nuevo señor? —preguntó Raymond en inglés mientras los hombres le quitaban los picos de los brazos.

—Bueno, estaba claro que no erais maestro de obras. —Tosti asintió.

Raymond señaló a Papiol.

—Él es el maestro de obras del rey.

—Pues que la Virgen nos ampare —dijo un Tosti devoto—. ¿Por eso gritaba?

Raymond acercó sonriente la mano a las herramientas de su cinturón... pero no lo llevaba puesto. Únicamente llevaba su puñal con piedras preciosas incrustadas, regalo de Enrique. En el interior del gran salón, en presencia del resto de caballeros, se había sentido idiota por tener que abrocharse un cinturón de herramientas. Ahí fuera, con los siervos haciéndole preguntas a gritos, se sentía idiota por llevar un puñal ceremonial. Estaba claro que para arreglar las cosas se necesitaba un buen maestro de obras falso.

—Mi señor. —En un exceso de pasión, Papiol se mesó su grasiento pelo castaño—. Estos hombres son unos imbéciles. Todos los ingleses lo son. Por mucho que chille, hacen como si no me entendieran.

—No pasa nada —lo tranquilizó Raymond en francés—. Yo hablaré con ellos.

—Y mirad lo que han hecho. —Papiol señaló la zanja con un dedo tembloroso—. Han cavado un inmenso agujero en pleno invierno. ¿De qué sirve este agujero ahora? Cualquier idiota sabe que los castillos se construyen en verano. En verano, os lo digo yo.

La sonrisa de Raymond y su sensación de superioridad desaparecieron.

—Parecen haber hecho un buen trabajo preparando los cimientos.

—¿Preparando los cimientos? —Papiol chillaba de nuevo—. ¿Qué cimientos? ¡Si no hay más que barro!

—Pero los cimientos...

—Deben cavarse en verano. —Papiol recordó a quién le estaba hablando y explicó con vehemente cortesía—: Mi señor, en verano cavamos hasta el lecho de roca, levantamos parte del muro, llega el invierno, esperamos, llega el verano y hacemos el resto del muro.

—¿Dos años para un muro? —preguntó Raymond con incredulidad.

Papiol alzó las manos con dramatismo.

—Así es como funciona.

—Pues habría que cambiar de sistema. Finalizaremos ahora la excavación y cuando termine el verano el muro ya estará construido.

De nuevo, Papiol olvidó con quién hablaba.

—Pero ¡no podemos cavar! La tierra está congelada.

Raymond no le hizo caso.

—El muro estará levantado en primavera. ¡Tosti! —El joven le prestó inmediata atención.

—El maestro de obras dice que quiere que uséis esos picos para hacer el hoyo más profundo —ordenó Raymond en inglés.

Los hombres miraron a Papiol con suspicacia.

—¿El *auténtico* maestro de obras? —inquirió Tosti.

Raymond ignoró el recelo del joven.

—Por cada día que vengáis a trabajar os daremos una buena comida. Y en Navidades celebraremos un banquete al que también podrán asistir vuestras familias.

—¿Todos los días? —preguntó Tosti con gran curiosidad.

—Todos los días —contestó Raymond—. Cavaremos ahora la parte superior de los cimientos y en verano acabaremos la inferior, y la garita.

—¡Vaya! Este año tendremos un día de Reyes muy alegre —gritó Tosti, y los hombres aplaudieron con entusiasmo. Se cargaron las hachas al hombro y saltaron a la zanja. Sólo Tosti permaneció arriba con la mirada clavada en el río—. Esas nubes amenazan con nevar. ¿Nos daréis de comer aunque no podamos trabajar?

Raymond visualizó a los hombres caminando penosamente bajo la ventisca para llenar el estómago.

—Si hay demasiada nieve, quedaos en casa. Los elfos no vendrán a hacer el trabajo en vuestra ausencia.

Tosti se rió entre dientes y descendió a la zanja para unirse a sus amigos.

—No, supongo que no. Nunca hemos tenido esa suerte.

Raymond rodeó con el brazo al auténtico maestro de obras y lo condujo hacia el castillo.

—Los hombres quieren seguir cavando —le dijo en tono confidencial.

—¡Idiotas! —vituperó Papiol—. Soy el maestro de obras del rey. He aprendido mi oficio trabajando duro, estudiando durante años, dedicándome a cada oficio durante años. Esto es imposible, os lo digo yo.

—¿Se ha intentado alguna vez? —preguntó Raymond.

—¡Jamás!

—Entonces no sabemos si es imposible, ¿verdad? —Raymond se volvió con alegría para saludar a Layamon—. ¿Qué ocurre?

La actitud de Layamon hizo que se pusiera serio.

—Mi señor, unos jinetes se acercan al castillo.

—¿Jinetes? —Ahora estaba sorprendido—. ¿Más invitados?

—No lo sé, mi señor. ¿Queréis que haga levantar el puente?

—Dejad que eche un vistazo —dijo él, caminando a zancadas hacia la escalera que subía a la contramuralla. El grupo de jinetes estaba muy lejos, galopando hacia el castillo para llegar antes de que estallase la tormenta, y cuando Raymond se asomó por las almenas dijo—: No paramos de recibir visitas.

Layamon estuvo de acuerdo.

—Sí, mi señor, nunca había visto nada igual. Ayer vinieron lord Felix y lord Hugh, por la noche el maestro de obras y ahora llega más gente.

—¿Hugh no tiene por costumbre venir en Navidad?

—No es habitual, mi señor, aunque habrá estado aquí un par de veces. Tampoco es costumbre de lord Felix viajar en invierno. —Layamon hizo una mueca de desprecio—. No sea que se despeine.

El silencioso escepticismo de Layamon aumentó la inquietud de Raymond, quien recordó el extraño comportamiento de Hugh aquella misma mañana. ¿A qué venía que intentara convencerle de que no se casase con Juliana? Precisamente la noche anterior a Raymond le había parecido que Hugh, si no feliz, estaba conforme con el enlace. ¿Qué mosca le había picado?

—¿Cómo creéis —preguntó Raymond— que los rumores acerca de mi decisión de construir un muro han podido levantar las sospechas de Hugh y Felix?

Layamon tiró del lóbulo de su oreja.

—Roza el milagro, mi señor. Por estas regiones, en verano las noticias son propagadas de castillo en castillo por los hombres libres que transportan sus mercancías de mercado en mercado y los trovadores que vagan de un sitio a otro, componiendo canciones y cantándolas a cambio de pan. Pero en invierno... —Meneó la cabeza—. Sobre todo este invierno...

—¿Este invierno?

—Ha empezado muy pronto con una ventisca tremenda... ¿lo recordáis, mi señor? Aun así, lord Hugh podría haber venido, pero que haya venido también lord Felix... ¿Empezaron el viaje juntos o se encontraron por el camino?

—Sois un hombre suspicaz —dijo Raymond, mirando a Layamon a los ojos.

Layamon asintió.

—Sí, mi señor, eso dicen.

Entonces puso la mano en el hombro de Layamon.

—Sois un magnífico primer caballero. Mi señora ha elegido sabiamente.

—Gracias, mi señor. ¿Creéis que debería sospechar de este grupo que se acerca?

Era un grupo de jinetes pudientes, observó Raymond a medida que se acercaban. La refrescante brisa hacía ondear sus estandartes y las mujeres, que cabalgaban en el centro, se habían cubierto con las capuchas para protegerse de la repentina ráfaga de nieve.

—No es ningún destacamento enemigo. No reconozco... —Las nubes estaban cada vez más bajas; Raymond aguzó la vista y frunció el ceño—. No puede ser... ¡Oh, no! —Se llevó la mano a la cabeza—. Está claro que hoy mis santos me han abandonado.

—¿Levanto el puente, mi señor?

Al alzar la cabeza Raymond vio que Layamon estaba nervioso.

—No tendremos esa suerte —contestó Raymond—. Son mis padres.

—La lana de color crema es de una calidad excelente, mi señora. La mejor que he visto jamás. —Valeska pasó la mano sobre las madejas de hilo amontonadas en el cesto—. La tela quedará preciosa.

—Sí. —La mano de Juliana se movía veloz y con el pie derecho apretaba el pedal del telar—. Preciosa.

—Debéis de tener el brazo cansado, mi señora. Dejad que siga yo un rato —se ofreció Valeska.

Juliana sacudió la cabeza con una sonrisa.

—¿Qué haréis con ella? —preguntó Dagna curiosa.

—No lo sé. —La lanzadera iba pasando de la mano izquierda de Juliana a la derecha y viceversa, por encima y por debajo de la urdimbre. La trama cruzaba el telar con rapidez y la lanzadera tensaba cada pasada anterior sin demora—. Es un color demasiado claro para usarlo a diario. Debería haberlo tintado.

Valeska le guiñó un ojo a Dagna.

—¿Y por qué no lo hicisteis?

—No lo sé. —Juliana golpeó el tejido con el batán frenéticamente, haciendo el suficiente ruido como para amortiguar el sonido de las divertidas especulaciones de las viejas. Naturalmente, era consciente, todo el mundo lo era, de que le horrorizaba el estado del guardarropa de Raymond. El primo del rey debería vestir algo más que una andrajosa capa, una camisa barata y unas calzas gastadas. Ella le proporcionaba siempre un ajuar de ropa a cada hombre, mujer y niño que habitaba en sus tierras. ¿Por qué no iba a darle uno a Raymond?

Miró de soslayo hacia los rostros sonrientes de las viejas. Aunque no había motivos para ello, todos se empeñaban en darle una importancia que no tenía. Tocó la exquisita tela sin que nadie la viera. Era maravillosa, y era extraño que se tomara tan en serio el tema de la calidad, pero una sobrevesta sin mangas de color crema resaltaría la belleza morena de Raymond. Se la imaginó puesta encima de una túnica verde de mangas largas y cuello alto.

Quedaría de maravilla.

Que el invierno pasado hubiera tejido una tela precisamente verde y la hubiese reservado para alguna prenda especial era pura coincidencia. Justo ahora Fayette estaba cortando esa tela mientras sonreía con disimulo. Juliana se aisló de los sonidos del gran salón golpeando fuerte con el batán y aporreando el pedal. Pasaba la lanzadera de un lado al otro y volvía a golpear con el batán.

El resultado fue un tejido prieto, se dijo con altivez.

Una mano le tocó la nuca. Juliana soltó una interjección de fastidio, alzó la vista y dio un respingo al ver el rostro rubicundo que la miraba con atención.

—¿Juliana? —Felix movía la cabeza de arriba abajo, llenando su campo de visión mientras la tocaba.

Se le erizó la piel cuando los dedos de él reptaron por su clavícula como si se tratara de un insecto desconocido y repulsivo, y le dio un manotazo.

—¡Apartad!

Felix olía demasiado, estaba demasiado grasiento y demasiado cerca. Su peor pesadilla volvía para acabar con ella. Pero la tocó otra mano, otra mano amiga.

—¿Qué queréis de mi señora, señor de chicha y nabo? —soltó Valeska.

La falta de respeto de la vieja hizo reaccionar a Juliana y cuando Felix reculó para darle una bofetada a la mujer, ella lo agarró de la muñeca.

—Pegáis con demasiada ligereza, Felix —le dijo.

Asombrado, este farfulló algo y ella lo asió con más fuerza, pero entonces se dio cuenta de su gran osadía, empezaron a temblarle los dedos y los dejó caer sobre su regazo. Juntó las manos y presionó las palmas. Apretarlas con fuerza le consolaba, le daba coraje.

—Es una irreverente —comentó Felix.

—Es mi doncella personal. —No era una respuesta, ni la verdad.

Él movió las cejas y frunció la nariz.

—Es una bruja.

—¿Quién os ha dicho eso? —exigió saber Juliana.

Felix se encogió de hombros y apartó la vista de ella.

—¿Por qué tiene que habérmelo dicho alguien? ¿Por qué me tratáis siempre como un mentecato? Pienso por mí mismo. Todo el mundo me trata siempre como si fuera un mentecato. Sé que es una bruja. —Agitó las manos y dijo—: Es... es fea.

—Vos también —replicó Valeska.

Felix alargó el brazo de nuevo, pero algo lo detuvo. Valeska sonrió mostrando sus tres dientes y supo que había ganado. Juliana no confiaba en que la vieja fuera capaz de mantener la boca cerrada y, además, Dagna se había colocado a su otro lado. Lady Juliana le dio un empujón a Valeska.

—Vete a ayudar a Fayette a coser.

—¿Acaso no es capaz de cortar vuestra preciosa tela? —bromeó Valeska.

—Sí lo es —contestó Juliana—, pero tú conoces las medidas de Raymond.

Valeska acarició la tela color crema del telar.

—¿Quién cortará esta?

—Yo lo haré. —Juliana le dio otro empujón—. Vete.

Valeska se alejó riéndose, en su mejor imitación de una bruja, y Felix hizo la señal de la cruz para repeler el mal de ojo.

—Es una auténtica bruja —dijo sobrecogido. Le preguntó a Juliana—. ¿Verdad?

La hostilidad de Dagna resonó con voz melodiosa al tiempo que presionaba con fuerza la espalda de Juliana.

—Eso creen algunos en este castillo.

—Sí. —Felix rodeó a Juliana para poder ver a Valeska—. Sí.

Felix se manoseó la capa y se alisó el pelo bien peinado mientras Juliana lo observaba pensando en la inutilidad de ello. Se envolvía con los mejores materiales, siempre cortados en los estilos más actuales. Se acicalaba a conciencia y comprobaba constantemente su aspecto mirándose al bruñido espejo de metal que llevaba colgado de una correa alrededor de la cintura. Sin embargo, no era más que un fanfarrón, un hombre al que era preciso vigilar de cerca por si hacía daño involuntariamente.

Por el contrario, Raymond se cubría con las prendas más raídas y le traía sin cuidado llevar el pelo bien cortado. Se afeitaba raras veces y sin embargo... sin embargo, a ella le intrigaba qué sensación le produciría en la piel esa sombra oscura de la barbilla. Sobre los hombros le colgaban con desenfado unos mechones demasiado largos, que brillaban como la seda exótica. Y en cuanto a su ropa... en fin (Juliana alargó la vista hacia Valeska y Fayette, que estaban al otro lado de la sala); su ropa no tardaría en ser digna de un príncipe.

—He estado pensando en vuestro matrimonio.

Juliana devolvió de golpe la atención a Felix.

—¿Qué?

—Que he estado pensando en vuestro matrimonio —repitió él.

—¿*Vos* habéis estado pensando? —repuso ella—. Asombroso.

—Sí. —Felix asintió con la cabeza—. Sabía que querríais oír mis reflexiones.

—Me encantaría oír cualquier reflexión que venga de *vos*. —Juliana volvió a hacer hincapié en su asombro; de nuevo Felix hizo caso omiso.

—Este lord Raymond es un tanto extraño. —Se inclinó hacia ella para hablarle en voz baja, y su olor le dejó aturdida—. Corren rumores sobre él.

—¿Rumores? —Juliana se echó hacia atrás tanto como pudo sin caerse del banco—. Me dan igual los rumores.

Ajeno al desaliento, Felix le dijo alegremente:

—Fue capturado por los sarracenos.

—Sí, durante una cruzada para liberar Jerusalén de los infieles. ¿Nunca os ha atraído la idea de luchar por la cruz?

—No. —Felix se lamió la palma de la mano y se peinó las cejas—. No.

—Para no arrugaros.

—Exacto. —Él asintió.

Juliana sopló hacia arriba para refrescarse la cara. ¿Cómo iba a burlarse de un hombre que carecía de humildad, que no concebía el fracaso?

Centrado en su tema, Felix parloteó:

—Dicen que lord Raymond pasó años esclavizado.

Juliana agarró el batán con fuerza para calmar los nervios. No le gustaban los cotilleos. La verdad es que no quería oírlos, pero estaba ansiosa por saber cosas de Raymond, ansiosa por conocer cualquier fragmento de su pasado, de modo que dijo:

—¿Años?

—Por lo menos uno. Y dicen que limpiaba las caballerizas. —El cotilla de Felix se deleitaba en las habladurías. Se rió soltando pequeños resoplidos y cuando logró contenerse reveló la parte más escabrosa de la historia—. Dicen que se resistió con tal fiereza que los sarracenos le soldaron un collar de hierro alrededor del cuello.

Juliana olvidó sus miedos, sus temores, todas las partes de su cuerpo. Se concentró, en cambio, en Felix y sus patrañas, porque algo le había removido por dentro. Evidentemente, no era verdad. No podía ser cierto que hubiesen encadenado a un caballero tan digno y fuerte como Raymond.

Miró en dirección a Dagna, pero esta observaba impasible a Felix. Ella no interrumpiría su discurso, pero tampoco lo confirmaría.

Con malicia y mezquindad, dijo Felix:

—Se volvió loco. Vuestro lord Raymond se volvió loco. Dicen que todavía pierde los estribos cuando le llevan la contraria. Vos sabéis que me obligasteis a pegaros. Os pegué únicamente porque me obligasteis a ello. ¿Qué hará vuestro Raymond cuando lo rechacéis? Perderá los estribos. Echará espuma por la boca como un perro en pleno verano y no tendréis adónde huir. —Felix le agarró de la parte superior del brazo apretando demasiado con los dedos—. Está loco, os lo aseguro.

Con la mano en el corazón, que le latía con fuerza, Juliana lo miró petrificada.

—¿Por qué me decís esto?

Él suspiró.

—Porque quiero que volvamos a ser amigos. Os estoy advirtiendo porque soy vuestro amigo. Lo pasado, pasado está.

—¿Creéis que basta con eso? ¿Que unas simples palabras curarán mi herida?

—No —le aseguró él, siempre deseoso de mostrar su magnanimidad—. Quiero daros más que un simple aviso. Quiero ofreceros un refugio.

Felix echó el cuerpo hacia atrás con las manos apoyadas en la barriga. Era la imagen del burgués pagado de sí mismo y Juliana se preguntó si era él quien se había vuelto loco.

—Sí, Juliana, os ofrezco un refugio. Os salvaré y me casaré con vos. —La recorrió con su mirada petulante—. Me preferiréis a mí antes que a un demente ¿no?

—No —respondió ella en voz baja pero tajante.

Sin inmutarse, Felix siguió recorriéndola con la mirada.

—Seguro que preferís a un hombre que lo único que quiere de vos son un par de herederos. —Extendió los brazos—. ¡Miradme! Pasaré gran parte del tiempo en la cama con mi propio bomboncito, Anne. ¿Os acordáis de Anne?

Ella asintió aturdida.

—Lo único que tendréis que hacer es supervisar la cocina y la limpieza, ocuparos de la colada y de... mmm... —señaló el telar—, de tejer.

—¡Qué tentador! —susurró ella.

—Pensaba que os alegraríais.

Felix acomodó su infecto cuerpo junto al de ella. Sus caderas se rozaban, él le pasó el brazo por la cintura y ella se dio cuenta de que ya no la intimidaba. Jamás volvería a encogerse ante sus altisonantes amenazas ni se acobardaría cuando intentara pegarle. Felix era un don nadie. Ese ridículo hombrecillo era un don nadie. Le acababa de ofrecer que se casara con él y en lugar de huir despavorida, un melancólico alborozo burbujeó en su interior.

—Podríamos vivir en mi castillo —le dijo entonces.

—¿Creéis que este loco, como lo llamáis, nos dejaría cruzar la campiña sin atacarnos? —replicó Juliana con una mueca de asco.

La inquietud mudó el rostro de Felix.

—Tendríamos que matarlo.

—¿Al primo del rey? —Su estupidez dejó huella en Juliana, desencadenando ira en ella y alguna que otra emoción. No pudo ponerle nombre, pero cerró los puños con fuerza—. Colgarían a alguien por eso. ¿A quién creéis que sería?

—Desde luego a mí no —contestó Felix malhumorado.

¡Qué estúpido era! Juliana no pudo evitarlo y se rió.

—Estáis intentando ser muy racional —dijo él, que no le veía la gracia—. Eso es propio de los hombres.

—No, Felix —le corrigió ella—. Ambición no me falta.

Dagna se rió entre dientes, pero el rostro de Felix permaneció impasible.

—Os conviene alguien como yo —anunció—. No alguien como Raymond que os mire ensimismado y os desee día y noche. Dicen que es un animal de apetito feroz. Dicen...

El desasosiego se instaló en Juliana. Ese burro que se consideraba un hombre era menos inteligente que su telar; ¿cómo era posible que le estuviera argumentando tan convincentes motivos para que pusiera fin a su compromiso? Había hecho diana en sus miedos y deseos.

—¿Quién os ha contado estas cosas? —gritó Juliana.

Felix miró a su alrededor como si acecharan asesinos detrás de cada columna de roble.

—Una... persona de fiar, nada más. Siempre ha sido mi amigo. Y también vuestro. —Felix la miró bizqueando—. Quiere lo mejor para vos.

Hugh, pensó ella. Hugh le había dicho todo aquello a Felix. Su decepción tiñó de mordacidad su tono de voz.

—¿Os creéis todo lo que oís?

Juliana lo sacó de sus casillas de nuevo, y Felix reaccionó con exasperación.

—Este cinismo vuestro no es nada atractivo. Ningún caballero os querrá.

—Cada vez que doy una opinión que se aleja de las propias de una ramera o un felpudo —Juliana propinó una patada a las ramas de junco del suelo—, me decís que soy poco femenina. ¿Para qué querría yo a un hombre tan dogmático?

Él se quedó con la boca abierta, respirando por esta ruidosamente.

—Actuáis casi como un hombre.

—Vos también, Felix. Vos también.

Ella vio cómo la ironía de su comentario se abría paso en el cerebro de Felix. Cuando llegó a destino y él al fin entendió lo que le había dicho, los ojos se le salieron de las órbitas. Veloz como una serpiente, hizo ademán de pegarle una bofetada, pero ella le agarró la mano y él gritó:

—¡Zorra! ¡Despreciable hija de Satanás!

La gente giró la cabeza y cesó todo parloteo. El miedo, la rabia y su sentido de la justicia atenazaron a Juliana y mientras se debatía entre las emociones y la sensatez, Felix le dio un manotazo.

—¡Os ofrezco que os caséis conmigo! —le gritó, y a ella le llegó el eco de un tiempo lejano—. ¡Os ahorraría la deshonra! ¿Y me rechazáis? *Me* rechazáis. Ya os enseñaré yo con qué clase de hombre estáis jugando; ya os lo enseñaré.

Felix intentó rodearla con los brazos, acercar la cabeza de Juliana hacia su hombro. Quería castigarla sellando sus labios en esos ahogos que él llamaba besos. Dagna se abalanzó sobre ellos, pero entonces Juliana estalló:

—¡No! —chilló. Forcejeó con él hasta que le soltó el brazo, empujó a Dagna y le gritó—: ¡Es mío!

—Es un castillo pequeño y pintoresco. —Isabel, la condesa de Locheais, se quitó los guantes de montar mientras recorría la torre del homenaje con su distinguida mirada esmeralda—. Bastante pintoresco.

Geoffroi, el conde de Locheais, enderezó la espalda y se puso en jarras.

—Desde luego no es a lo que estamos acostumbrados, ¿verdad, Raymond?

Con un brusco movimiento de cabeza Raymond ordenó a los mozos que se ocuparan de los caballos.

—En este lugar no hay nada que se parezca a lo que yo estoy acostumbrado, padre —respondió procurando no revelar sentimiento alguno, nada que sus padres pudieran usar en su contra.

—Ya lo creo que no. Entre las nubes que lo rodean y la nieve que cae tiene un aspecto de lo más lúgubre. Dudo que los lobos se molestaran en atacarlo. —El rostro de Geoffroi había sido esculpido con todo el esmero del Creador y conservado con todo el esmero del hombre. Entonces se apagó con noble desdén—. Creía que Enrique y tú seguíais siendo íntimos. No me creo que te haya metido en un barco para proteger un castillo de poca monta como este.

Raymond le corrigió.

—Me ha enviado a heredar este castillo.

—Sí, cuando nos ha dicho dónde estabas, hemos venido de inmediato. —Apoyando un alargado dedo recto en la mejilla, la madre de Raymond preguntó con elegante zozobra—. Dime, *mon petit*, ¿te has peleado con el rey? Porque no es preciso que te recuerde que eso no es bueno para la familia.

—No, madre, no es preciso que me lo recuerdes. —Raymond sonrió sin alegría—. Enrique y yo no nos hemos peleado, al menos no demasiado. Me ha concedido mi mayor deseo: propiedades y rentas propias.

Sus padres intercambiaron elocuentes miradas y, como siempre, parecían haber planificado un ataque contra cualquier eventualidad. En esa ocasión fue su madre la emisaria elegida.

—Pero ¿a qué precio? Sabes que te habríamos dado las rentas de Avraché cuando estuvieras preparado para asumir esa responsabilidad.

—¿Y cuándo habría sido eso, madre?

Juntando sus manos suaves y pálidas, ella protestó:

—Pero este... ¡este matrimonio! Con una cualquiera, con una mujer que nunca ha sido presentada al rey.

Raymond se fijó en que esta vez ella había evitado responder a su pregunta; la próxima vez seguramente mentiría.

—No es una cualquiera, madre —le corrigió—. Es Juliana. —Por alguna razón su nombre le alegraba el alma, actuaba a modo de talismán contra el veneno de sus padres.

—¿Juliana? —Geoffroi arqueó una ceja con insolencia—. ¿Es atractiva?

Raymond inspiró una bocanada de aire helado. Nunca sacaba nada enfadándose con sus padres. Eran fríos y manipuladores, y cuando él perdía los estribos, perdía el torneo. Pero oír que menospreciaban a Juliana de esa manera...

—Dudo que conozcas a mujeres como Juliana. —Le devolvió a su padre una sonrisa igual de insolente y desvió la mirada hacia su madre—. Es una dama honrada.

De nuevo sus padres se hablaron con la mirada. Geoffroi le dio unas palmadas a Raymond en la espalda. Isabel lo envolvió en un abrazo fragante.

—*Mon petit* —musitó—. ¿Crees que es el sueño de toda madre?

—Tanto como tú la pesadilla de toda nuera —contestó Raymond mientras se desenredaba de los brazos que lo asían como tentáculos.

Isabel, sorprendida, para variar, farfulló algo, pero Raymond no se quedó a saborear su victoria. Sentía que era importante estar al lado de Juliana y protegerla de esos monstruos manipuladores que decían ser sus padres.

—¡Hijo, espera!

Raymond se detuvo de espaldas a sus padres.

—¿Padre?

—Tenemos un regalito para ti.

Seguramente se parecería más a un soborno. Girando sobre sus talones, Raymond musitó:

—¿Ah, sí?

Sin apenas inmutarse, Geoffroi le puso en la mano a Raymond un pesado monedero.

—Cómprate un conjunto de ropa bonito. No te habrás estado presentando así ante el rey, ¿verdad?

Raymond extendió los brazos y echó un vistazo a su aspecto, luego miró a sus padres con picardía.

—¿No es bueno para la familia? —bromeó.

Geoffroi no captó la burla.

—Puede que al rey no le guste. En cualquier caso, el monedero está lleno de oro. —Se quedó mirando unos instantes el monedero de cuero—. Cómprate lo que necesites.

Raymond calculó el peso del monedero.

—Oro —repitió. El oro, pensó, borraría de su recuerdo las injusticias del pasado y lo acercaría más a sus planes—. Lo guardaré y le compraré a Juliana un regalo de boda. —Consternados, sus padres mascullaron algo, pero él hizo caso omiso y señaló la escalera de madera que conducía al segundo piso, donde se encontraba el gran salón.

—¡Qué cosa tan rudimentaria! —se mofó Geoffroi—. ¡Qué rudimentaria!

Ignorando tanto el comentario de su padre como la mueca de disgusto de su madre, Raymond sujetó la escalera para que sus padres subieran. Una vez encaramados a la plataforma sin barandilla y mientras contemplaban el paisaje, él subió también.

—Como le hagáis daño a Juliana —les advirtió asiéndolos con fuerza de los brazos— tendréis que sacudiros del trasero el polvo del suelo.

Raymond notó que los músculos pectorales de Geoffroi se tensaban bajo su mano.

—Bueno, chico...

—De chico, nada. —Raymond observó el rostro de su padre, tan parecido al suyo—. No soy tan cruel, tan desleal ni tan marrullero como tú. —Geoffroi intentó interrumpirle, pero Raymond levantó el mentón y su padre se contuvo—. Pero podría serlo; al fin y al cabo, he tenido los mejores maestros.

—¡Oh, Raymond! —Isabel parecía indeciblemente triste, pero se contuvo ante el ligero cabeceo de Geoffroi.

Él habló con aspereza y sinceridad cuando dijo:

—Nuestro hijo tiene razón, *ma cherie*. Hemos sido unos padres horribles, y si esta mujer es la que él quiere por esposa, en fin, si este es su deseo, deberíamos ayudarlo en todo lo que podamos.

Con lo que su padre quiso decir, supuso Raymond, que tendrían que llevar a cabo con sigilo sus sucios planes. Pero le daba igual. Había envuelto a Juliana en una burbuja de devoción y durante las escasas ocasiones en que tuviera que apartarse de su lado, sus queridas brujas mantendrían a sus padres a raya. Raymond abrió la puerta con una sonrisa forzada y los condujo por el oscuro pasillo.

—Juliana es una mujer ingenua. Siempre habla en voz baja y su sonrisa es dulce y tierna.

Un grito interrumpió la enumeración de Raymond, que se detuvo a escuchar.

—¿Qué ha sido eso? —inquirió Isabel.

—Seguramente habrá sido una de mis nuevas hijas, jugando con su perrito. —Siguió avanzando mientras saboreaba esa sensación—. ¿Sabías que ahora eres abuela, madre?

A sus espaldas oyó que la mujer ahogaba un grito. Había herido su vanidad, sin duda una herida grave. Suave como un pudín de crema recién hecho, Raymond continuó su discurso:

—Juliana es amable y cariñosa. Dondequiera que va los pájaros trinan. —Otro grito resonó en las piedras, esta vez más cercano—. Las flores florecen. —Aceleró el paso—. El sol brilla. —Ese último grito parecía de enfado. Raymond echó a correr e irrumpió en el gran salón.

Al otro lado de la sala Juliana forcejeaba con un Felix rubicundo. Raymond se abalanzó hacia ella, pero fue demasiado tarde. Con un impresionante movimiento del brazo, Juliana le dio un manotazo a Felix en la nariz. Le partió el tabique y la sangre salió a chorros. Felix chilló y se dobló por el dolor.

Raymond se quedó boquiabierto como un pasmarote, atónito mientras su novia gritaba:

—¡No se os ocurra volver a tocarme o no os reconocerá ni vuestro perro!

Por detrás de Raymond se oyeron las divertidas voces de sus padres.

—¿Amable y cariñosa? —susurró Isabel.

—¿Dulce y tierna? —Geoffroi se rió entre dientes—. Es muy propio de ti describir a tu valquiria como a una santa, hijo.

Juliana oyó las voces. No entendía nada, tampoco le importó. Únicamente podía mirar a Felix, que soltaba juramentos mientras la sangre de la nariz resbalaba por sus dedos. Juliana levantó las manos y se las quedó mirando. Le temblaban. Contusionada por el impacto del golpe, una de ellas le palpitaba con fuerza.

Felix se enderezó y los ojos enrojecidos se le salían de las órbitas como si no pudiera asimilar que ella misma hubiera sido el instrumento de su derrota.

Juliana estuvo a punto de decir que lo sentía, pero habría mentido. Sentía que a Felix le doliera la nariz, pero no se arrepentía de lo que había hecho. Ya era hora de que alguien lo hiciera. De que ella lo hiciera.

Un rugido penetró en sus oídos. Recibió un empujón y se dio cuenta de que Felix se había abalanzado sobre ella. Dagna se echó encima de él. Valeska se unió a la pelea. Apareció Hugh. Sujetaron a Felix, lo sometieron y se le sentaron encima. Las mujeres chillaban palabras que Juliana no entendía. La voz de bajo de Hugh retumbó:

—Déjame ver eso. —Forcejearon con Felix y Juliana prorrumpió en histéricas carcajadas.

A Felix le daba miedo que le tocaran la nariz; su memez hizo que a Juliana le entraran ganas de volver a reírse. Tuvo ganas de llorar por su propia cobardía y de reírse de su propia valentía. Estaba mareada, pero al mismo tiempo se apoderó de ella una sensación de asombro. Había derrotado a Felix.

Quiso saborear su victoria, pero tenía el estómago revuelto. Cerró los ojos y contuvo el aliento. Alguien la sujetó. Abrió los ojos... era Raymond. Raymond, que la miraba fijamente, con ojos inquisidores. Raymond... ¡oh, Dios! No quería vomitar encima de Raymond. Lo empujó a un lado y se dirigió al exterior. Otro hombre se interponía en su camino; se desvió para esquivarlo, pero su rostro le devolvió momentáneamente la cordura.

Era el rostro de Raymond. La cara de Raymond en un hombre anciano. La cara de Raymond con unos ojos marrones y fríos. Aquello fue insoportable. Soltó un gemido y salió corriendo del gran salón.

Capítulo 10

—No podéis echar a Felix. Con la nariz rota no puede cabalgar.

Raymond ignoró el tirón que le dio Juliana en el brazo.

—Ni que se sentara sobre la nariz.

Hundiendo los talones en las ramas de junco que cubrían el suelo, Juliana aminoró su paso airado.

—Felix es inofensivo.

Raymond se volvió enfurecido hacia su prometida.

—Entonces, ¿por qué le habéis pegado?

—¡Oh...! —Arrastró los pies mientras miraba hacia las vigas del techo del gran salón—. Únicamente para demostrar que podía hacerlo, supongo.

—¿Para demostrárselo a quién?

Juliana pensó en ello.

—A mí misma.

Hubo algo en ella (su intenso resplandor, su asombro) que ablandó a Raymond, y acto seguido su ira aumentó.

—Entonces dejadme demostrar que yo también puedo pegarle.

—No es necesario. Le he dado en su punto más débil.

—¿La nariz?

Ella sonrió.

—Su vanidad.

Raymond se echó a reír; no pudo evitarlo.

—¡Cómo disfruto con vuestra audacia!

Geoffroi se mostró de acuerdo.

—Sin duda es audaz. Y pensar que habías dicho que era dulce y tierna. Había olvidado tu peculiar sentido del humor.

—No, querido —dijo Isabel—. No tiene sentido del humor. Habla completamente en serio.

Raymond se puso tenso. Desde su llegada esa misma tarde, sus padres habían estado escuchando todo con absoluto descaro, incitándolos y aguijoneándolos a Juliana y a él como guerreros que rodean un castillo antes de sitiarlo.

Juliana se había mostrado de lo más gentil. Él no. Su prometida le hizo sentarse en un banco junto al fuego.

—Dejad que os haga traer un poco de vino, mi señor. Os relajará.

—No quiero relajarme. Lo que quiero es enseñarle a ese blandengue de tics nerviosos lo que pasa cuando se porta mal con mi mujer.

Alzó la voz y ella le masajeó los hombros.

—Ya se lo he enseñado yo.

—¿Por qué lo habéis hecho? —preguntó Raymond—. ¿Os ha desaconsejado acaso que os caséis conmigo?

El sobresalto de Juliana le sirvió a Raymond de respuesta. Se levantó de un salto y empezó a andar hacia el abatido Felix, pero Juliana lo detuvo antes de que llegara a su camastro.

—¿No os ha gustado mi reacción? No hace mucho habría convenido con él en que no debo casarme con vos.

Raymond la miró, todo desastrado y suplicante, y una vez más su furia cedió ante la astucia de Juliana.

—Sí, no hace mucho habríais estado de acuerdo con él. ¿Habéis cambiado de idea entonces y os casaréis con la persona elegida por el rey?

—¿Acaso fingía esta chica no querer estimular tu apetito? —preguntó Isabel.

—Me ha costado horrores convencer a Juliana de que se case conmigo —refunfuñó Raymond—. Y ahora que ha conocido a mi familia será doblemente reacia.

Isabel ahogó una risita.

—¡Qué ingenuo eres, hijo! —Y le ordenó a su doncella—: Instalad mi bastidor para bordar aquí, cerca del fuego. En esta torre hay corrientes de aire. Deberías poner tapices, Juliana. Son decorativos, y muy útiles además. Veo que vais a construir un dormitorio. Eso está a la última moda. En los mejores castillos de Europa los hay.

Juliana soltó el brazo de Raymond.

—Eso tengo entendido.

Raymond miró hacia Hugh y puso los ojos en blanco, y Hugh hundió la nariz en su copa para contener la risa. De Keir, el muy cobarde, no había ni rastro.

—Juliana es como una rosa silvestre —dijo Raymond—, de espléndida textura y aroma.

Isabel se puso a olisquear.

—Las espinas son gruesas.

—No soy un chiquillo patoso —repuso Raymond—. Sé cómo arrancar la rosa. —Sus padres intercambiaron miradas por encima de su cabeza, y él lanzó al aire el monedero lleno de oro. Sabía que a su padre le molestaría ver su dinero tratado con tanta indiferencia, pero Raymond se deleitó con la sensación única que producía estar en posesión de unas monedas.

El gran salón, con su chimenea central y las antorchas empapadas de brea, siempre había resultado acogedor. Era una extensión de Juliana, anticuado y no demasiado cómodo, pero que le pertenecía a Raymond. Esa noche, entre sus padres, con sus jergones y sus mantas de piel, los biombos y los criados, la habitación estaba abarrotada. El humo le irritaba los ojos, la luz titilaba fatídicamente y el gran salón le recordó el mundo de las tinieblas. ¿Cómo no iba a recordárselo con la visita de ese demonio paterno y su mujer?

Colocaron delante de Isabel el pesado artilugio de madera que daba soporte a su bordado. Su doncella enhebró una aguja a su señora y se la dio, e Isabel se puso a bordar la delicada tela.

—¿Y tu bordado, Juliana? —preguntó.

Juliana levantó la vista.

—Nunca bordo.

—¿Ah, no...? —Isabel carraspeó—. Ya veo.

Juliana respondió a la velada acusación de holgazanería de Isabel.

—Prefiero tejer. Me gusta ver cómo una tela toma forma bajo mis manos y pensar en la prenda que haré con ella.

Isabel sonrió con fría educación.

—¡Qué pintoresco! También cose.

—Tejer es menos complicado. —Juliana abrazó a Ella y a Margery, que la estaban esperando para que les diera un beso de buenas noches—. Las niñas y los adultos, que también son como niños —miró intencionadamente hacia Hugh y Raymond— requieren tanta atención que me va mejor tejer.

—¿Mi hijo te parece un niño? —Geoffroi se hurgó la dentadura con el mondadientes de oro que su criado le había ofrecido tras la cena—. Es una opinión ofensiva viniendo de una mujer, pero aun así debo coincidir. Raymond actúa sin pensar, no hay más que ver su desastrosa incursión en las Cruzadas.

Raymond flexionó las manos sobre el regazo y las monedas tintinearon.

—Padre.

Geoffroi se dio una palmada en la frente.

—¿Juliana no lo sabe? Pues tranquilo, hijo, que no se lo diré.

—No puede haber nada deshonroso en la defensa de la cruz para recuperar Tierra Santa de los infieles. —Juliana acarició a sus hijas y dijo—: Dad las buenas noches a nuestros invitados.

Geoffroi prescindió de las niñas, que le hicieron una reverencia, y contestó con una voz que a buen seguro despertaría curiosidad.

—Hay muchas cosas que no sabes.

Juliana rehusó morder el tentador anzuelo que le ofrecían.

—Hasta la esclavitud más vil dignifica si se soporta en nombre de nuestro Señor.

A Raymond le divirtió el rostro de desdén casi agonizante de sus padres. La primera vez que anunció su intención de defender la cruz, le dijeron que sólo los caballeros en busca de riquezas y salvación se alistaban en las Cruzadas. Con la frescura propia de la juventud, Raymond les preguntó entonces si le sobraba alguna de las dos cosas. Ellos se mostraron en desacuerdo, pero ni fueron capaces de prometerle el cielo ni estuvieron dispuestos a darle el control de las tierras; de modo que se fue a Túnez y pagó el peaje con su valentía.

—La piedad de mi novia es encomiable.

—Cocina bien —dijo Isabel, obviamente disgustada por la dirección que tomaban los pensamientos de Raymond. Ella también ignoró la reverencia de las niñas—. La comida ha sido aceptable, teniendo en cuenta la materia prima de que dispone. —Se volvió a su marido—. Deberíamos regalarles especias por la boda. Tal vez pimienta en grano. Le dan sabor a la comida y disimulan el sabor de la carne marinada.

Juliana se sentó frente al telar haciendo oídos sordos, y Raymond musitó:

—Tu desengaño es palpable, madre.

—La comida estaba caliente —comentó Geoffroi con su voz estentórea—. Una hazaña asombrosa con el tiempo que está haciendo.

—¿Caliente? Bueno, caliente no estaba, pero tampoco fría. —Con la cabeza ladeada, Isabel observó detenidamente a Juliana—. Ni siquiera en el palacio del rey te sirven la carne sin que sus jugos estén coagulados. ¿Cómo lo haces?

Juliana cogió la lanzadera, pasó la mano por su suave madera y confesó:

—Tengo la cocina abajo.

Isabel parpadeó atónita.

—¿En el piso de abajo?

—En el sótano —aclaró Juliana con la mirada en el tejido.

—¿En el sótano? ¡Qué locura! ¿Y qué pasa con el fuego? —preguntó Geoffroi.

Hubo un tono de crispación en la voz de Juliana.

—El fuego está controlado.

—¿Controlado? ¿Controlado? Me cuesta creer que esta torre no haya ardido. —Geoffroi levantó un pie como si ya notara las llamas lamiéndole los dedos.

Entonces Juliana levantó la vista, el gesto serio.

—La cocina hace ya dos años que está en el sótano y no ha habido semejante incidente.

—Nadie tiene la cocina en el sótano —dijo Isabel.

—Yo sí —se empecinó Juliana.

—No es algo que los nobles suelan hacer en sus castillos.

Al parecer, esa fue la última palabra de Isabel sobre el tema, pero Geoffroi se dirigió a su hijo:

—Espero que la cures de su locura.

—Es una decisión que corresponde tomar a las mujeres —repuso Raymond.

—¿A las mujeres? —Geoffroi parecía francamente escandalizado—. Pero ¡si un incendio podría comprometer la capacidad de un castillo para ahuyentar a sus atacantes!

Raymond reprimió su turbación.

—No todo puede seguir igual que cuando tú eras joven.

—Ya entiendo... Eres indulgente con ella. —Geoffroi curvó los labios en una sonrisa despótica—. Deja que te dé un consejo: ser indulgente con las mujeres no da resultado.

Raymond miró a su madre. Ella era la otra mitad de las tenazas de hierro que lo oprimían, lo azuzaban y lo arrojaban a las llamas del infierno fuera por dinero o por prestigio.

—Lo tendré en cuenta.

Como no estaba muy convencido de la sinceridad de su hijo, Geoffroi se lanzó al ataque.

—Si fueras un hombre de verdad, solucionarías este asunto ahora mismo.

El grito de guerra del manipulador de su padre le cogió desprevenido. Raymond se puso de pie dispuesto a responder al desafío masculino aun cuando tuviera que reducir a escombros el orgullo de Juliana. Pero una vocecilla impaciente le salvó.

—Lord Raymond —dijo Ella con voz aguda—, ¿podemos sentarnos en vuestro regazo?

Él miró a las dos niñas escuálidas y sonrientes. Ella era completamente ajena al fuego que a él lo consumía por dentro e incluso Margery subestimó el peligro. Lo miró seria, esperando a ver si el aceptaba aquella invitación para formar parte de su círculo más íntimo, sin darse cuenta de que la había extendido en un momento de intenso ego masculino. Juliana, en cambio, sí era consciente.

—¡Está bien! —exclamó—. La cocina se instalará donde mi señor ordene. Pero no... —Juntó las manos en actitud suplicante—. Raymond, mi señor, os ruego que no...

Él entendió su súplica. Lo que quería decirle era que no les hiciese daño a sus hijas, pero no quería insinuar semejante violencia delante de ellas y echar por el suelo la recién forjada confianza entre él y las niñas. Con una sonrisa de oreja a oreja, Raymond volvió a sentarse y se dio unas palmaditas en las rodillas.

—Sentaos —les ofreció. Una vez que las niñas se acomodaron y tras rodear a cada una de ellas con un brazo, le dijo a Geoffroi—. ¿Lo ves? Un tema sin importancia, fácilmente resuelto. Lady Juliana hará lo que yo ordene, y exijo que la cocina se quedé donde está. —Ignoró los resoplidos que dio su padre y le preguntó a Juliana—: Si ese es vuestro deseo.

Confusa y tremendamente agradecida, Juliana se mostró de acuerdo.

—¡Oh..., sí!

Pese a estar más bien justificados, a Raymond le molestó la gratitud de Juliana y el recelo que aquella llevaba implícito.

Arrebujándose en la corta capa, Isabel llenó el silencio.

—Raymond, sabes que sólo queremos lo mejor para ti. Ahora que estamos aquí empezaremos las negociaciones del contrato nupcial y tal vez decidamos el día en que podrás hacer tus votos. El proceso será largo, naturalmente.

—La fecha de la boda ya está decidida —dijo Raymond, y se le tensaron los músculos del cuello mientras intentaba aplacar su frustración.

Su madre clavó la aguja en el bordado.

—Me imagino que será la próxima primavera.

—De aquí a que llegue la primavera pueden pasar muchas cosas —repuso él.

—Sí. —Geoffroi enfundó el mondadientes con el floreo que la mayoría de los hombres reservaban para la espada—. Muchas cosas.

La atmósfera estaba cargada y las palabras salieron de la boca de Raymond sin premeditación:

—Nos casaremos el día de Reyes por la mañana.

—¿El día de Reyes? —gritó Ella.

—¡Sólo faltan dos semanas! —exclamó Margery con aprobación.

—¡Menudas Navidades! —A Ella le brillaron los ojos y a las dos niñas se les escapó la risa.

Juliana no dijo palabra, pero el batán golpeaba con fuerza y la lanzadera volaba por el telar. Tal vez no lo hubiese oído, esa era la esperanza de Raymond.

—*Mon petit* —su madre habló arrastrando las palabras; Raymond detestaba que empleara ese tono de superioridad—, siempre has sido muy impulsivo. Estoy segura de que tu novia no querrá casarse tan pronto.

Juliana no levantó la cabeza de la lana de color crema que tenía delante, pero le subió por el cuello un color intenso que le encendió las mejillas.

—Según las órdenes del rey deberíamos habernos casado la pasada primavera, así que lo hagamos cuando lo hagamos ya será tarde.

Parte de la tensión que Raymond sentía en el pecho desapareció. Al margen de lo que Juliana pudiera decirle más tarde, esa noche lo apoyaba.

—¡Ah...! —Su madre asintió comprensiva—. Muchas chicas ansían que llegue el momento de unirse a una familia distinguida y subir de estatus. Con la aparición de Raymond tus sueños se han hecho realidad.

—Madre.

Raymond estalló de ira, pero Juliana le hizo señas para que se callara.

—Tal como yo lo veo es Raymond quien sube de estatus, puesto que ha venido prácticamente sin dinero ni tierras.

Raymond hizo una mueca de disgusto. Reconoció que Juliana se había defendido bien, aunque no había perforado la gruesa armadura que protegía a sus padres. Sin embargo, sí que había herido su orgullo. Sospechaba que en una pelea entre sus padres y Juliana su orgullo saldría muy mal parado.

—¡Tú lo quieres todo! Un apellido importante además de títulos y riquezas. —Isabel se rió nerviosa—. Eres muy codiciosa, ¿no te parece?

—En absoluto. Su apellido y su título a mí no me sirven de nada. Sólo me serviría como guerrero y para eso más le valdría ser un caballero andante.

Geoffroi sonrió con petulancia.

—Jovencita, quizá no lo hayas entendido. Raymond es primo del rey.

—El rey tiene muchos primos —replicó Juliana, repitiendo lo que Raymond le había dicho.

—Pero es el primo *favorito* del rey. Montan juntos a caballo, cazan juntos... Enrique le pide consejo en cuestiones de estado y sobre temas personales. —Geoffroi caminó en dirección a su hijo, lo rodeó con un brazo y lo estrechó contra sí con el entusiasmo que únicamente desplegaba ante sus tesoros más valiosos—. Raymond es uno de los hombres más influyentes de la corte.

El tono altivo de Geoffroi perturbó ostensiblemente la calma de Juliana. Buscó la mirada de Raymond, pidiendo la verdad sin palabras. Él se encogió de hombros avergonzado y extendió las manos con las palmas hacia arriba.

—¿El primo predilecto del rey? —dijo Juliana despacio, y los padres de Raymond empezaron a enumerar las mayores hazañas del reinado en un tono afable y natural que las volvía aún más reales.

—También es primo de la reina Leonor. —Isabel arqueó una ceja—. ¿Lo sabías?

¿Le había estado pidiendo a un ilustre señor que le construyese el muro? Aturdida por el bochorno, Juliana meneó la cabeza.

—Leonor de Aquitania es una gran mujer, una mujer influyente, una verdadera estadista. —Isabel juntó las manos sobre su escaso busto.

—Que, sin embargo, está armando un tremendo alboroto por la nueva amante de Enrique —dijo Geoffroi—. El rey ha vuelto a dejarla embarazada, ¿qué más puede pedir?

—La guerra... como Enrique no le demuestre un poco de respeto —intervino Raymond.

—¿La guerra? —Geoffroi se rió entre dientes—. ¿La guerra? ¿Cómo puede una mujer pretender ganar a Enrique, señor de media Francia y toda Inglaterra?

—Tiene hijos.

—Son pequeños —sostuvo Geoffroi.

—Crecerán. —Raymond reprimió su honda animosidad—. El príncipe heredero tiene doce años; es vanidoso y discutidor, y odia a su padre. Ricardo tiene nueve años y promete ser un guerrero tan magnífico como Enrique. Es el favorito de Leonor y odia a su padre. Luego está Geoffroi, de ocho. Es demasiado inteligente para aceptar la dejadez constante de Enrique, por lo que odia a su padre. Si el bebé que Leonor espera es otro varón y Enrique continúa tratando a su mujer con esta falta de respeto, habrá plantado las semillas de una larga rebelión.

—Los príncipes no están preparados para una rebelión —objetó Geoffroi.

—Todavía no. —El resentimiento de Raymond, largamente reprimido, estalló—. Todavía no. Créeme, padre, sé cómo se siente un niño ante un padre casquivano. Los hijos de Enrique cuentan con el carácter de los angevinos, años de indiferencia por los que cobrar su venganza y el talento de su madre para hacer la guerra. Es una combinación peligrosa.

Geoffroi demostró ser un diplomático de aptitudes caducas, porque cambió de tema.

—El despropósito ocurrido con el hijo de aquel gobernador no se habría producido, si tú hubieses estado al lado de Enrique.

Visiblemente sorprendida por los indicios de una relación estrecha entre la realeza y su prometido, Juliana tartamudeó:

—¿Os referís al destierro del arzobispo de Canterbury?

—Hay quienes lo llaman Thomas à Becket —dijo Geoffroi con desdén—. No es más que un plebeyo, un plebeyo desagradecido, además, que Enrique ascendió a canciller y luego a arzobispo.

—De eso no tengo ni idea, padre. —El semblante de Raymond se tensó incrementando el parecido entre padre e hijo—. Yo creía que Thomas era un estadista impecable con una mente más privilegiada que la de cualquier persona de la época.

El rostro atractivo y ajado de Geoffroi se tensó.

—Tanto Enrique como tú tenéis la terrible tendencia a juzgar a los hombres por sus méritos y no por sus títulos. ¿Todavía no has entendido que los nobles son, por naturaleza, seres superiores? Así lo ha dispuesto Dios.

Raymond se inclinó hacia delante con las manos en las rodillas.

—Sólo expresas tan pías opiniones cuando proclamas tu propia supremacía.

Geoffroi resopló y contestó:

—Soy el heredero de una de las familias más distinguidas de Normandía y Maine. Tu madre es la heredera de una de las familias más distinguidas de Angulema y Poitou. Nuestras tierras abarcan hectáreas de colinas y zarzales, campos y praderas. ¿Cómo se te puede pasar por la cabeza que no seamos superiores a casi todas las criaturas vivientes de esta Tierra?

—Exceptuando al rey, naturalmente —bromeó Raymond.

—A través de nosotros estás emparentado tanto con el rey como con la reina. —Geoffroi juntó las manos a la espalda y caminó hasta un lugar que quedaba justo fuera de la luz de la lumbre—. Yo no diría que somos superiores al rey, claro que no, ni a la reina, pero nuestra familia se remonta a tiempos inmemoriales, mientras que las dinastías de los reyes son jóvenes.

Estupefacto por este alarde de arrogancia en su ya inaguantable padre, Raymond no pudo más que mirar atónito. Como en un gesto de inspiración, Isabel agitó su aguja.

—Eres el fruto de nuestras entrañas, el producto más absolutamente perfecto de una unión perfecta. —Isabel miró hacia Juliana, luego agachó la cabeza con pesar—. Sólo queremos lo mejor para ti, no lo dudes.

Un silencio siguió a aquellas extravagantes declaraciones; silencio que rompió una alegre conclusión de Ella.

—Por eso el rey le ha dado a Raymond a mamá, porque sólo quiere lo mejor para él.

Margery asintió con solemnidad.

—Sí, es verdad. ¿Ya podemos llamaros papá?

Para no ser menos, Ella rodeó el cuello de Raymond con los brazos y le estampó un sonoro beso en la mejilla.

—¿Podemos?

Raymond se quedó mirando a Ella, un duendecillo travieso de intensa mirada que lo dejaba entrar en su vida sin reservas. Miró a Margery, que entendía perfectamente lo que sus padres pensaban, pero que lo apoyaba con todo el fervor juvenil de que disponía. Desarmado ante tan sincero homenaje, dijo:

—Sería un honor que me llamarais papá.

—Somos tus padres —objetó Isabel—. Somos *nosotros* los que te queremos.

—Tanto como el diablo adora el agua bendita. —Raymond ayudó a las niñas a ponerse de pie—. A la cama. Mañana tenemos mucho que hacer.

Margery le hizo una reverencia.

—Sí, papá.

Ella hizo lo propio.

—Que Dios te bendiga. Hasta mañana, papá.

—¿Estás escuchando a esas dos pequeñas sanguijuelas...? —gritó Isabel.

Geoffroi le puso una pesada mano en el hombro e Isabel cerró la boca de golpe. Dagna se llevó a las niñas. Raymond sabía que las acostaría en un rincón apartado para protegerlas de la lucha inminente, y bendijo a la jorobada mujer con todo su corazón.

—Veo que esas brujas están todavía contigo. —Tras haber sido silenciada, la mordacidad de Isabel fue aún más cruda.

—¿Las has reconocido, madre? —inquirió Raymond—. Forman parte de tu majestuosa familia.

—¡Qué ingenuo eres, *mon petit*! —Con burbujeante acritud, Isabel grabó una amenaza en el alma de su hijo—: Si te empeñas en casarte con eso —señaló hacia Juliana—, te despojaré del título de Avraché.

Raymond se levantó y le ofreció la mano a Juliana. Estaba preparado para el rechazo, de modo que respiró aliviado cuando ella se acercó a él sin dudarlo.

—¿Me estás pidiendo que desacate al rey? —le dijo entonces a su madre.

Geoffroi desechó su pregunta con un gesto de la mano.

—El rey dará una nueva orden a cambio de dinero.

—No me puedo creer que no hayas intentado ya esa vía —protestó Raymond con incredulidad.

—Enrique tiene esta absurda determinación de verte casado —dijo Isabel con un majestuoso meneo de cabeza—, pero si le pidieses que te eximiera...

—¿Para eso habéis venido? ¿Para convencerme de que renuncie a la libertad que tengo aquí y vuelva a la esclavitud a la que me sometéis? —Raymond se rió con amargura y sacudió la cabeza—. Te estás burlando de mi inteligencia, querida madre.

Geoffroi sonrió mostrando los dientes.

—Si entroncas con esta familia inglesa de baja estofa, no serás bienvenido en ninguna de nuestras propiedades; ni mías ni de tu madre.

Cegado por la ira y el dolor, Raymond se volvió de espaldas y tiró de Juliana para dirigirse hacia la cama principal. Tras un leve titubeo nada más, ella lo siguió.

Isabel, que estaba jadeando, soltó el garrotazo final:

—Si te casas con esta víbora, daré las tierras de Avraché a la Iglesia.

Una punzada de dolor palpitó en el corazón de Raymond y descendió por su brazo hasta la mano entrelazada con la de Juliana; saltó de sus nervios a los de ella y se le metió bajo la piel. Entonces se tambaleó frente a la tarima, ella lo sujetó y notó a través de la mano cómo apenas respiraba por el dolor que sentía. Raymond miró a sus padres y anunció:

—Haced lo que queráis —anunció, mirando a sus padres—. Me casaré con lady Juliana el día de Reyes por la mañana frente a las puertas de la capilla.

—Raymond —gimió Isabel con incredulidad—. ¡Raymond!

—¡Valeska! —gritó él ignorando a su madre—. Quiero un cubo lleno de nieve. Juliana, poned el biombo tapando la cama para evadirnos de todos.

Ella cumplió las órdenes encantada, impidiendo así que aquella mujer perversa y aquel hombre insoportable que no paraba de caminar pudieran verlos.

—¿Cómo habéis podido crecer y prosperar? —farfulló Juliana.

—La culpa o el mérito lo tiene lord Peter de Burke, que fue quien me crió. —Raymond procuró sonreír—. Para bien o para mal, hasta que me hice caballero y fui de alguna utilidad para mis padres, nunca me prestaron atención. —Apoyando una cadera en la cama, recorrió la habitación con una mirada de profunda tristeza, como si hubiese perdido algo que no lograba encontrar. Como si hubiese perdido su título y sus tierras.

Ella corrió a su lado desde el otro extremo de la habitación y le envolvió las manos con las suyas.

—¿Cumplirán su palabra?

La expresión de Raymond era adusta.

—¿Bromeáis?

Por supuesto que cumplirían su palabra. Un día en su compañía la había persuadido de ello. Juliana quiso compensarle ofreciéndole sus propias tierras, pero Raymond no era un niño al que se contenta con un juguete cuando le quitan otro. Era un hombre y, aunque nunca le hubiese hablado a Juliana de Avraché, ella sí sabía hasta qué punto le daban vida sus propias tierras: con sus estaciones, su fertilidad y su eterna belleza. Residían en su alma y no sabía si podría vivir sin ellas.

Raymond se encogió de hombros en un encomiable intento por mostrar indiferencia.

—Nunca he tenido dos monedas en el bolsillo al mismo tiempo. ¿Qué más da que me quede ahora sin emblema ni fortuna?

Raymond la necesitaba (por sus tierras y su fortuna), pero también como compañera. La prosperidad de sus dominios mantenía a ese apuesto cortesano encadenado a su lado, y ella se maravilló por la desconcertante y ligera sensación de poder que le producía su egoísmo. Entonces se sentó junto a él.

—¿De veras sois el consejero predilecto del rey?

—Enrique es muy terco, ya me entendéis —respondió él incómodo, pero con honestidad—. Cuando comete una estupidez se lo digo.

—¿Habéis llamado estúpido al rey? —A Juliana le envolvió un orgullo hasta entonces desconocido.

Su Raymond acababa de llamar estúpido al rey. «Su Raymond.» Se estremeció consternada. El día antes se había considerado dueña de lo que Raymond llamaba destino. Pero la noche anterior había descubierto la verdadera identidad del hombre que estaba apoyado en su cama. Se había puesto furiosa, luego se había escandalizado. ¿Se había sorprendido? La verdad es que no. Hasta cierto punto se había fijado en el porte distinguido de Raymond y el descubrimiento no hizo más que confirmar sus instintos. Se había sentido ofendida, humillada, pero sorprendida no. ¿En qué momento había empezado a pensar en él como «su Raymond»?

—Sí, le dije que era un estúpido y con bastante contundencia, además. —Su gesto torcido seguramente fuera una sonrisa—. Tal vez no sea una buena idea que os caséis conmigo.

—Nunca he creído que lo fuera —le espetó ella.

Sus carcajadas retumbaron.

—¡Genial, mi señora! —la alabó Raymond rodeándole el mentón con los dedos—. Esta mañana habéis derrotado a ese ridículo bravucón y con un solo golpe habéis ganado una porción de libertad.

—¡Ojalá fuese tan sencillo! —dijo Juliana recordando a sir Joseph.

—Hasta los viajes largos empiezan con un primer paso.

—¿Creéis que he sido... valiente?

—¿Valiente? ¿Por pegar a un hombre con formación, aunque pésima, de caballero? —La oscuridad que los rodeaba complementaba a Raymond, dibujando su cara con líneas y sombras, y la sinceridad de su halago tornó áspera su voz—. La palabra valiente no alcanza a describir lo que habéis hecho hoy. Saboread vuestra victoria que yo me ocuparé de zanjar lo de Felix por vos.

Juliana se giró y vio a Valeska ordenando a dos muchachos robustos que colocaran el cubo repleto de nieve junto a la cabecera de la cama.

—¡Ah, Valeska, muchas gracias! Esto curará mi aflicción —dijo Raymond. Los criados miraron extrañados a su señora, que se encogió de hombros perpleja.

Tomándose con aparente naturalidad aquella insensatez de entrar nieve en el castillo de por sí frío, Valeska retiró las pieles y puso una piedra caliente, envuelta en paños, a los pies de la cama. La cubrió y asintió mirando a Juliana.

—Esto os mantendrá las piernas calientes, mi señora. —Y le dijo a Raymond—: Vuestros padres se han apropiado de los mejores sitios junto al fuego. Geoffroi le ha dicho al mequetrefe de lord Felix que deje de gemir y sujetarse la nariz, que cualquier hombre que recibe una paliza de una mujer debería tener la decencia de avergonzarse de ello.

Valeska sonrió a Juliana, y Raymond se relajó visiblemente al tiempo que se quitaba los zapatos. Se desató las tiras que le sujetaban los calzones, sacudió las piernas y se los quitó.

—Deberías dirigirte a mi padre por su título, Valeska —comentó Raymond—. Te dará una patada en el culo por irrespetuosa.

—Es que no lo respeto. —Valeska recogió los calzones.

—Pues prepárate para perder más dientes, porque mi padre no hace distinciones de edad. —Raymond se quitó la capa y el jubón, que también recogió Valeska.

Su camisa era de lino, el paso del tiempo la había desgastado, y se le ceñía al pecho como las caricias de una amante. Cuando se volvió, a través de la delgada tela se distinguió claramente el trazo de unos espantosos azotes. Los criados ahogaron un grito y Valeska chascó la lengua alarmada.

—Moveos, cabezas huecas. —Los muchachos desaparecieron tras el biombo, y ella refunfuñó—: ¡Cualquiera diría que nunca han visto una cicatriz! —Entonces le dijo a Juliana en tono confidencial—: Aunque de no ser por mis hierbas, esos latigazos le habrían matado.

Raymond buscó la mirada de Juliana con irónica sonrisa y se sacó la camisa por la cabeza. Las cicatrices eran horribles: gruesas, protuberantes y blancas, con motas rojas. Entonces vio una cicatriz que le rodeaba el cuello y volvió a atormentarle la historia relatada por Felix. ¿Podría ser la marca de un collar de hierro? La rabia creció en su interior. ¿Había alguien realmente capaz (un infiel) de haber encadenado a ese hombre tan formidable? Juliana se estremeció.

—Estáis haciendo verdaderos esfuerzos por mantener los ojos abiertos —dijo Raymond—. Acurrucaos bajo las mantas. Yo me uniré a vos tras el baño.

El cansancio y el desconcierto aumentaron la sorpresa de Juliana.

—¿El baño?

Raymond indicó con la cabeza el cubo de nieve.

—Ese es mi baño.

—Ese es vuestro baño —repitió ella como una tonta mientras él se frotaba el pecho. Juliana no podía apartar los ojos de las lentas y largas caricias de su mano, y en la suya propia sintió un hormigueo como si fuese ella la que estuviera masajeando ese vello ondulado.

Convencido de que había captado su atención, Raymond se desnudó hasta quedarse con la piel de gallina como única prenda. Juliana no quería mirar, pero era incapaz de apartar la vista del cuerpo de «su» Raymond. Todo él estaba bronceado, un legado de sus antepasados del sur; todo él era enorme, un legado de los invasores vikingos que se establecieron en Normandía, y todo él era puro músculo, legado de su formación como caballero. Repentinamente avergonzada, miró hacia Valeska, pero esta había desaparecido.

—Esta noche no hubiese hecho esto, pero... —Raymond hundió la cabeza en el cubo y se frotó el pelo con la nieve— mis padres hacen que me sienta sucio. Ansiaba la nieve blanca, pura y fría derritiéndose sobre mi piel, limpiándome.

—Puedo entenderlo. —Ella recordó y lo desafió—: Anoche me sentí utilizada cuando llegó el maestro de obras.

—Tengo el remedio. —Empezó a caminar hacia ella con un puñado de nieve en la mano—. ¿Os gustaría uniros a mi baño?

—¡No! —gritó ella—. No estoy loca.

Deteniéndose a un brazo de distancia de ella, Raymond sonrió:

—¿Me perdonáis mi tremendo engaño?

Ahí estaba él, tan digno e incólume tras haber protegido a Juliana de sus padres. ¿Qué era su orgullo herido al lado de esas horribles personas que trataban a toda costa de herir y humillar a su propio hijo, su heredero?

Como Juliana titubeó, él se abalanzó sobre ella, que se apresuró a contestar:

—Os perdono.

—Perdonar es un don de Dios —bromeó Raymond, apretando el puño para hacer una bola con la nieve.

—Y mío —le aseguró ella.

—Sois demasiado buena —bromeó él.

—Lo sé.

Raymond levantó el puñado de nieve, amenazando con tirárselo, y ella retrocedió espantada; pero entonces se la puso en los hombros.

Ella se estremeció horrorizada cuando él se pasó a puñados aquella sustancia blanca por costillas y caderas. Se deslizó bajo las mantas completamente vestida y cerró los ojos para no verlo, pero estos contradijeron sus órdenes y se abrieron de golpe. Lo contempló largamente. ¡Qué delgado había sido su joven marido! ¡Qué fácil era menospreciar el contacto masculino cuando la tentación nunca había llamado a su puerta!

—¿Lo reprendisteis por haber herido el orgullo de Leonor? —preguntó Juliana deseosa de desviar la atención antes de perder todo su orgullo.

Raymond paró a mitad de una caricia y repuso:

—¿Qué? ¿A quién?

—Al rey. ¿Lo reprendisteis por herir el orgullo de Leonor?

—¡Ah...! —Raymond cogió otro puñado de nieve y se frotó los muslos. Sus largos muslos de delineados músculos—. Sí, lo reprendí.

Juliana se apretó los ojos con las palmas de las manos hasta que empezó a ver estrellitas de colores.

—Tal vez por eso os ordenó casaros con la dueña de tan insignificante castillo.

—Habláis influiada por mis padres. No, eso no es verdad. Enrique me concedió vuestra mano mucho antes de enfadarse conmigo. Este castillo es estratégico para el reino y será una buena protección hasta que yo herede de mis...

Raymond no dijo nada más, ella alzó la vista y él hizo un brusco movimiento de cabeza hacia la pareja que estaba al otro lado del biombo. Y una vez que ella hubo levantado la mirada, de nuevo le fue imposible rechazar aquel espectáculo.

—¿Vuestra herencia es tan cuantiosa como dicen?

—Sí, pero de poco me servirá. ¿Acaso visualizáis a esos dos demonios muriendo antes de que así lo deseen?

A Juliana le aquejó la inquietud y se removió sobre el colchón de plumas para encontrar una posición cómoda. Mientras Raymond se restregaba, los largos músculos de sus muslos se flexionaron, los dedos de sus pies se encogieron y sus dientes castañetearon.

—¿A qué se debe vuestra cara de angustia?

—Mmm... al baño de nieve que estáis tomando, sin duda.

—El pueblo normando adoptó esta costumbre del norte hace mucho tiempo y lo emplea como ritual de purificación antes de los acontecimientos significativos de sus vidas. Os refrescaría, deberías probarlo.

—¡Que la Virgen bondadosa lo impida! —exclamó ella con ferviente devoción.

Él se rió entre dientes, un sonido intenso que surgió del fondo de su pecho. A Juliana había acabado gustándole ese sonido, cuya vitalidad le confortaba.

Raymond se sacudió las gotas de nieve derretidas y se frotó enérgicamente con la capa para secarse. Se acercó a ella, y ella se encogió, intimidada por su gran tamaño, intimidada por su desnudez. Olía a aire fresco, al aire que llevaba demasiado tiempo sin respirar. Y entonces inspiró una bocanada de él.

—¡Apartaos! —ordenó él, levantando los cobertores y tumbándose al tiempo que ella se desplazaba hacia la pared.

Raymond trajo el frío consigo. Él era el frío. Su cuerpo suplicaba el calor de Juliana, a unos pocos centímetros de distancia.

—Lo que habéis hecho es una barbaridad —lo reprendió ella mientras le cubría bien el cuello con las mantas—. Estáis helado.

Estaban frente a frente sobre la almohada de plumas. Raymond era tan guapo que le cortaba el aliento. Ella entreabrió la boca. Quería saborearlo, ver si sabía tan maravillosamente como olía, como maravilloso era su cuerpo. Quería besarlo, pero su coraje se evaporaba cuando se enfrentaba con un gran obstáculo. Como Raymond.

Se había metido en su cama porque quería demostrarles a sus padres que el matrimonio carecía únicamente de los últimos votos. Era como un muchacho que desafiaba la autoridad diciendo: «¿Lo veis? Soy intocable». Juliana era consciente de eso, pero también intuía que él se había acostado con ella porque necesitaba consuelo. Le habían hecho daño las personas que se suponía que más lo querían y que menos se preocupaban por él, y ese mismo chico que desafiaba la autoridad seguramente había llorado lágrimas amargas ante esa indiferencia. Lo había visto batallar durante todo el día y ahora le daría el consuelo que necesitaba. Pero ¿a qué precio?

Estaban prometidos, estaban solos en la cama principal, ella tendría que tocarlo y a él le gustaría. Eso le daría alas a Raymond, que buscaría en ella el consuelo máximo. ¿Sería capaz de dárselo? Sólo con pensar en tocarlo su respiración se volvió irregular. «La cobardía es una condición», diría sir Joseph.

Juliana ahuyentó sus pensamientos sobre sir Joseph, al que no había visto junto al fuego desde que averiguaron la identidad de Raymond. Lo mejor era olvidarlo a él y sus insultos o, mejor aún, podía demostrarle que estaba equivocado.

—¡Qué barbaridad! —Juliana regañó a Raymond con voz temblorosa—. ¡Qué estupidez! ¿Y si os da fiebre? ¿Qué haré yo entonces?

—¿Medicarme con pociones? —sugirió él.

—Creo más en el poder de la oración.

—En ese caso os ruego que os acerquéis más a mí.

Bajo las mantas, la mano de Juliana se movió insegura. Parecía tener vida propia mientras avanzaba despacio hacia él. La posó en su cintura y su piel fría hizo que la retirara de golpe. Raymond no se movió, la estaba observando con sus hipnotizadores ojos, y ella puso de nuevo la mano en su cintura. Él le dedicó una sonrisa espontánea, como quien regala un tesoro, y se incorporó inclinándose sobre ella.

La deseaba. En la cabaña, Juliana había temido su deseo con el pánico de una virgen; ahora lo temía con las reservas de una mujer. ¿Cómo iba a ser capaz, maldecida como estaba por esa pesadilla que le atormentaba, de darle placer a un hombre que se le antojaba como el polvo de estrellas y los rayos de la luna?

De tanto abrirlos le dolían los ojos y bizqueó cuando él acercó la boca para tocarle los labios. No trató de forcejear ni gritó, tampoco se estremeció de asco. Le dio a Raymond la misma respuesta dócil que le había dado a su marido tiempo atrás, cosa que agradeció.

Pero Raymond no parecía igual de agradecido. Besó unos segundos los labios fríos e inmóviles de Juliana y a continuación se tumbó en la almohada. Ella esperó, pero él no hizo ningún movimiento más.

—¿No os ha gustado? —le preguntó entonces.

—A mis...

Raymond cruzó los brazos encima del pecho y soltó un sonido de chico ofendido.

—¿Por qué apretáis tanto los labios cuando os beso?

—¿Qué otra cosa puedo hacer? —Juliana soltó una risita—. ¿Abrirlos?

Él descruzó los brazos y giró la cabeza hacia ella.

—Es lo que suele hacerse.

—¡No lo digáis! —exclamó ella incorporándose de golpe.

Él luchaba por sofocar alguna emoción; la alegría, tal vez, o la incredulidad.

—Es el estilo francés.

—Los franceses también comen caracoles —soltó ella con aspereza.

Su risa ahogada era una provocación en sí misma.

—Algunas costumbres francesas son más agradables que otras.

Ella titubeó, pero le venció su vulgar curiosidad.

—¿Besáis así?

Raymond no contestó directamente, pero cerró los párpados con sensual evocación.

—Las francesas besan de esa forma; son expertas besando.

Raymond se le antojaba como un sueño que había tenido en cierta ocasión, un sueño que se había desvanecido pero que nunca había olvidado. Si él fuese un sueño, quizá podría tocarlo sin miedo. Quizá...

Le fue a poner las manos en el cuello, pero él se lo impidió antes de que pudiera tocar esa cicatriz arrugada resultado de la hendidura que le había grabado en la piel un collar de hierro.

—No, no me *gusta*... —Su tono fue demasiado tajante y lo modificó— sentirme oprimido.

Ella, avergonzada, se mordió el labio, pero le puso las manos en el pecho.

—Entonces mejor aquí —dijo.

Con una sonrisa torcida que no logró ocultar su intensidad, Raymond dejó que las muñecas de Juliana le revolvieran el vello que formaba una espuma negra. Tenía una curiosa textura que la relajó y distrajo, enredándose bajo las delicadas palmas de sus manos.

Quiso besarlo, pero no podía. Nadie la había besado nunca como vio al mozo de cuadra besar a la lechera. Nadie la había besado nunca con pasión. Se había dado el beso de la paz con su padre, con sus arrendatarios e incluso con su esposo... pero ¿este método extraño que él le sugería? Jamás.

Nunca era demasiado tarde. Juliana arrimó su cuerpo al de él con cautela. Él la envolvió en un abrazo. Tener el cuerpo de Raymond pegado al suyo no le produjo una sensación molesta ni impositiva, sino que le dio la impresión de una tremenda paciencia, y esa paciencia le dio a ella arrojo.

—Sir Raymond —le susurró apoyando una mejilla contra la suya.

—¿Lady Juliana? —susurró él a su vez.

—Sir Raymond, puede que esto suene grosero o incluso imperativo... —No era capaz. No sería capaz.

—Pedid lo que queráis.

La miraba con demasiado detenimiento; estaba viendo demasiado.

—No es nada. —Juliana intentó apartarse de él, pero el brazo de Raymond sobre su espalda se lo impidió.

—Estoy a vuestras órdenes.

Era una frase sencilla, muy utilizada entre caballeros, pero pronunciada en un tono de voz tan grave que la convenció.

—Me gustaría besaros.

—Sería... un honor.

¿Un honor? Juliana intuyó que un honor no era lo que él había querido decir. Se humedeció los labios una vez, y otra, inspiró y se echó sobre Raymond como un ave de presa. El impacto le dejó estupefacta... ¿qué tenía que hacer ahora?

Su pánico se mitigó cuando los fríos labios de Raymond cubrieron los suyos. Aunque él dejó que ella lo besara, tenía la intención de participar. Entonces a Juliana se le planteó un interrogante. ¿Había sido su propia pasividad la causante del enfado anterior de Raymond? Él la fue saboreando poco a poco, y ella le dejó, alentándolo hasta que su dulce aliento le entró en la boca. Juliana trató de apretar los labios para impedirlo, pero él insistió con tácita autoridad. Entonces ella se apartó ahogando un grito y lo miró con los ojos fuera de las órbitas. Raymond se llevó un dedo a los labios.

—Otra vez —sugirió.

Esta vez no fue tan raro. Esta vez a Juliana le gustó y sintió el impulso de restregarse contra su pecho. Cuando la lengua de Raymond tocó la suya, ella la asomó ansiosa y él le dio su aprobación con un ronco gemido.

Juliana echó la cabeza hacia atrás y lo miró fijamente. El pecho de Raymond subía y bajaba como si hubiese hecho un esfuerzo físico, y llevó el brazo hasta las tiras del lateral de su brial.

—¿Qué pensáis ahora de los franceses? —Le sacó la prenda de ropa en menos tiempo del que se tardaba en pelar un melocotón, y su pericia cohibió a Juliana. El lino de su camisa igualaba en antigüedad y suavidad al de Raymond, quien debió de verle los pezones a través de la gasa porque apresó uno con la boca sin hurgar ni buscar a tientas.

El ardor le arrolló como un carro desbocado. Cuando Juliana abrió los ojos se encontró mirando al techo con los puños cerrados sobre el vello negro. La vida palpitaba en su útero, pero no era un bebé lo que se movía, sino ella misma. Era una lujuria prohibida y absolutamente deliciosa. Esta poderosa mezcla de pasión y miedo, de deseo y repulsión, trajo un leve gemido a sus labios y Raymond se relajó.

—Sois muy sensible; no os avergoncéis. Decidme lo que os gusta.

—No me gusta nada... —ella ahogó un grito cuando el pulgar de Raymond le acarició a través de la tela húmeda— de todo esto.

—Reconozco el placer cuando lo veo. —Le rodeó un pecho con la mano—. Esto es un síntoma de excitación.

A Juliana se le fruncieron tanto los pezones que le dolieron y la cabeza le daba vueltas tan deprisa que le dolió. No entendía esas emociones que Raymond le arrancaba con la misma facilidad que si arrancara los pétalos de una rosa, pero sí que entendía su propia y abrumadora turbación.

—Tengo frío.

—Sí. —Raymond sopló sobre su ropa mojada—. Ya lo veo.

Ella se sonrojó y se arrancó la parte superior de la camisa, deseando haber permanecido impertérrita. Habían cambiado demasiadas cosas y demasiado rápido, y le tembló la voz al confesar:

—No sé cómo hacer esto. No sé cómo dar placer a un hombre que ha... besado a tantas francesas.

Él le dio un apretón con las manos.

—Pues vuestro comienzo ha sido magnífico. —Entonces Raymond se relajó—. No quisiera que pensarais que no os encuentro atractiva.

—¡Oh, no! —Juliana se ruborizó—. Os veo mirarme y supongo que... me doy cuenta de que cumpliréis gustoso con vuestros deberes marciales.

—No considero que sean deberes —dijo él—. Aun así vuestra renuencia no me sorprende. No cuando pienso en ello. —Tiró de su pendiente—. Tampoco es que me guste; de haber sabido que esto no llegaría a término, me habría ahorrado ese baño de nieve. Lo tengo merecido por considerarme irresistible.

Raymond le puso una mano sobre un lado de la cabeza y tiró de esta hacia sí. Juliana se resistió brevemente, pero luego cedió. Su mejilla y su oreja descansaron en el recodo de su hombro y, como por ensalmo, la piel de Raymond se había calentado y su calor le dio la bienvenida. Él se arrimó a su cuerpo y ella descubrió que no sólo la piel de Raymond estaba caliente. Le resultaba abrumador estar tan cerca de un hombre excitado, pero la curiosidad y una sensación de agitación le hicieron remover el cuerpo. Raymond le sujetó la cadera con la mano.

—Despacio, mi niña —le aconsejó—. Os he estado observando y os deseo desde el día en que os llevé a esa cabaña incomunicada por la nieve, y el celibato es... —se rió en voz baja— difícil. Así que ahora a dormir y mi placer quedará supeditado a vuestra rendición.

Raymond hizo girar a Juliana hasta que su erguida espalda entró en contacto con su pecho y se quedaron así acoplados como las piezas ovaladas de dos cucharas.

—¿Y si no me rindo? —preguntó ella sin poder resistirse.

—Haré cuanto esté en mi mano para embriagaros —aseguró él.

—¿Y si aun así no me rindo?

Raymond suspiró; su aliento alborotó los mechones de pelo de la nuca de Juliana.

—Entonces zanjaríamos la cuestión en la noche de bodas. —Juliana sintió el peso de su brazo sobre la cadera—. ¿Estamos de acuerdo?

—Sois demasiado bueno —dijo ella con seriedad.

—Lo soy —repuso él con la misma seriedad y una gran convicción.

La mano de Raymond descansaba demasiado cerca del borde de su camisa, y en un ataque repentino Juliana tiró de este bajándolo hasta las rodillas.

—¿Habéis terminado? —inquirió él.

Ella no dijo nada, tensa por la incertidumbre.

—Entonces a dormir. Nada de hacer el amor esta noche, por mucho que me supliquéis.

Capítulo 11

—Tengo entendido que seguiste mi consejo y que tu dolor de huevos ha disminuido.

Raymond fulminó a Keir con la mirada.

—¿Y tú qué sabrás? Anoche no apareciste por el gran salón.

Keir acabó de aporrear una reja de arado y la sumergió en el agua antes de responder:

—He conocido a tus padres.

—Juliana también —dijo Raymond con pesar.

—¿Se casará contigo a pesar de todo?

—El día de Reyes.

Keir guardó las herramientas y se secó las manos con un trapo.

—¡Qué prisas!

—No puedo dejar que se distancie de mí. —Raymond caminó hasta la puerta de la herrería y apretó el marco con la mano—. Esta mañana al despertarme he visto que no estaba y me he levantado de un brinco como el hombre enloquecido que cree poseer un hada.

—¿La has encontrado?

—Sí —dijo Raymond, mirando indignado a su amigo—. Estaba poniéndole nieve a Felix en la nariz para bajarle la hinchazón. No quería que me enterase por miedo a que lo hiciera pedazos.

—¿Y lo has hecho?

Raymond sonrió con malicia.

—Le he hecho creer que lo haría. Se ha ido del salón precipitadamente y creo que si me lo vuelvo a encontrar... le sugeriré que se vaya del castillo de Lofts con la misma precipitación.

—Sir Joseph ha estado durmiendo en las caballerizas. Podrías empezar a buscar por ahí.

Raymond se giró hasta quedar con la espalda contra la pared.

—¿Qué quieres decir con eso?

—Son un trío muy bien avenido —contestó Keir al tiempo que se quitaba el mandil y lo colgaba en una estaquilla—. Un conde, un barón y el titiritero que los controla a ambos.

—Un conde, un barón... ¿estás diciendo que a Hugh lo controla...? —Keir no apartó la vista de Raymond mientras este pensaba en voz alta—. De Felix me lo creo, pero Hugh... y un titiritero. ¿Es esa la opinión que tienes de sir Joseph? ¿Que no es un caballero contrariado por la pérdida de poder que conlleva la vejez, sino el hombre que mueve los hilos?

—Yo veo lo que veo. —Keir salió fuera y tomó aire—. Ven a ver esto.

Raymond se puso a su lado. Hugh estaba delante de la puerta abierta de los establos, hablando (tal vez discutiendo) con alguien de dentro.

—Por lo que sé de Hugh no le haría daño a Juliana —razonó Raymond con la mirada clavada en las caballerizas.

—Conscientemente no, pero me parece que sir Joseph es muy inteligente y Hugh...

—No lo es —terminó la frase Raymond—. No, Hugh no obra con doblez. Es fácil de manipular.

—Felix...

Raymond adivinó la frase inacabada de Keir y soltó una carcajada.

—Nunca tiene una idea propia, nunca muestra indicio alguno de agudeza o inteligencia. Pero ¿por qué iba sir Joseph a implicar a esos hombres en tan perverso embrollo? ¿Qué sacaría con ello?

—Eso no lo tengo claro, pero ya sabes que suelo enterarme de las cosas.

—Eres un fisgón inaguantable —lo corrigió Raymond. Keir no dijo nada más y él añadió—: Rasgo que he agradecido un sinfín de veces.

Keir agachó la cabeza en señal de agradecimiento.

—He estado escuchando lo que cotillean los mozos de cuadra. Les ha afectado que sir Joseph se haya instalado ahí y la herrería se ha convertido en un lugar agradable de reunión para ellos. Por lo visto, sir Joseph habló tanto con Hugh como con Felix ayer por la mañana temprano cuando fueron a echar un vistazo a sus caballos. —Una imperturbable satisfacción se apoderó del rostro de Keir—. Piensa que los mozos están sordos, ¿sabes?

—¡Ah...! —exclamó Raymond—. Hugh intentó convencerme de que no me casara con Juliana y Felix intentó convencerla a ella de que no se casara conmigo.

—Más que eso. Felix intentó convencer a Juliana de que se casase con él y no contigo.

—¿Qué? —El grito de Raymond acaparó la atención de Hugh—. Yo lo mato.

Raymond empezó a andar hacia las caballerizas y Keir lo siguió.

—Mátalo si quieres, pero creo que deberías saber que no es la primera vez que intenta convencerla de que se case con él.

Raymond se volvió a su amigo y lo agarró de la camisa.

—Dime lo que sabes.

—Se romperá, Raymond, y lady Juliana se disgustará muchísimo.

Raymond aflojó la mano.

—No sé gran cosa. Los mozos, el castillo entero en realidad, trabajan con la consigna de guardar silencio por respeto a su señora. Lo único que sé es que el padre de lady Juliana trató de que Felix y ella se prometieran, pero ella rehusó valientemente.

Al recordar los cabellos de Juliana cayendo en cascada sobre sus hombros, Raymond se preguntó, como había hecho desde el principio, por qué lo llevaba tan corto. La mayoría de las mujeres de su edad nunca se había cortado el pelo, que se enroscaba alrededor de sus muslos cuando se sacaban el griñón. El pelo se cortaba en caso de un ataque de fiebre que hiciera peligrar la vida o... como venganza bíblica por una conducta lasciva.

—Empezaba a sospechar algo así —reconoció lentamente.

—Esa podría ser la razón de su rechazo al estado conyugal.

Raymond sonrió.

—Al igual que yo soy la razón de su renovado entusiasmo.

Keir repasó a Raymond con la mirada de arriba abajo.

—Las mujeres son criaturas misteriosas. Tu presa acaba de asomarse a la puerta.

La sonrisa de Raymond se tornó malévola.

—¡Quieto ahí! —gritó.

Caminó a grandes zancadas, pero Hugh salió a su encuentro antes de que pudiera llegar a los establos.

—Voy a despedirme. —Con los ojos clavados en la punta de su bota, Hugh añadió—: Me imagino que os habréis percatado de que el cariño que siento por Juliana va más allá de la amistad juvenil.

—Lo he deducido —repuso Raymond.

Hugh miró en dirección a las caballerizas.

—Me costará aceptar el matrimonio de Juliana.

Al ver que una cabeza asomaba por la puerta del establo, que se escondía y volvía a asomarse de nuevo, Raymond dio unos pasos hacia allí con cautela sin dejar de mirar a Hugh.

—A Juliana le costará aceptar que su querido amigo se marche justo cuando empieza la Navidad. ¿Os acompaña Felix?

—Él tiene otros planes —contestó Hugh.

Raymond alzó el tono de voz para que lo oyeran desde los establos.

—Felix es tan estúpido que no podría deshacerse ni de una puta. —Dio unos cuantos pasos más, sin apartar los ojos de un Hugh estupefacto—. Es tan feo que ese manotazo que lady Juliana le ha propinado en la nariz sólo hará que mejorar su rostro. De caballero no tiene nada, es un gusano, lo más mezquino que he visto desde que recogí mierda del caballo infiel de un sarraceno.

Felix salió airado de las caballerizas y Raymond le puso las manos encima antes de poder recuperar la cordura. Levantó al hombrecillo regordete y lo miró con odio.

—¡Vaya! Aquí viene, tras limpiar la mierda de un buen caballo cristiano.

—Yo no soy feo —gritó Felix.

Raymond echó la cabeza atrás y sus carcajadas tronaron.

—¿Ah, no? Esperad a que esa fantástica venda se os caiga de la cara. —Lo zarandeó hasta que Felix se sujetó la nariz—. Estará tan torcida como vuestra moral. De hecho, estoy ansioso por echar vuestro feo culo por el agujero del retrete con el resto de la mierda.

Desconcertado y furioso, Felix alargó los brazos, cerró sus dedos rechonchos alrededor del cuello marcado de Raymond y apretó con fuerza. Con un rugido de oso herido, Raymond lo empujó al interior de los establos por la puerta abierta. Cegado, enloquecido por una combinación de miedo e ira, corrió a abalanzarse sobre él, pero unos fuertes brazos lo sujetaron. Él forcejeó contra aquello que lo constreñía mientras vociferaba unas palabras extranjeras que creía olvidadas.

Keir y Hugh gritaron. Felix chilló y reculó al oscuro interior. Los mozos se dispersaron y, dentro del establo, un par de ojos brillaban y observaban con deleite.

—¿Lady Juliana? ¿Lady Juliana?

El grito resonó en toda la cocina, reverberó en las altas vigas y luego disminuyó en el enorme almacén que se encontraba debajo. Juliana se giró en círculo lentamente para mirar a la cocinera.

—¿Me llamabas?

Valeska y Dagna se miraron preocupadas.

—No, lady Juliana, he sido yo —dijo Dagna, con una voz de contralto tan pausada como si Juliana fuese una niña—. La cocinera quiere saber qué se servirá hoy en el banquete.

—¡Ah...! Pues de primero queso condimentado con nueces. Oca con salsa de ciruelas, es una carne deliciosa para la época navideña. Cerveza especiada, naturalmente, y de postre... —Juliana miró fijamente al fuego que ardía. Las brasas, con delicada codicia, se comían la leña de roble. El espiedo estaba listo para empalar la carne. Aquello le recordó a Raymond.

A Raymond dándole calor, tentándola. Cada noche decidía que no perdería la cabeza; y cada noche él la asediaba con esos besos irresistibles, le tocaba puntos del cuerpo a los que los hombres jamás prestaban atención y la engatusaba para que se sacara el brial. En cierta ocasión, para su gran bochorno posterior, incluso la engatusó para que se quitara la camisa.

—Quien cena con el diablo necesita una cuchara larga —murmuró ella.

—Perdonad, mi señora, no os he oído.

—Es que no he hablado —dijo Juliana, preguntándose por qué Dagna parecía preocupada.

—Claro que no. —Valeska preguntó—: ¿Qué decíais del banquete?

Juliana levantó la mirada distraída hacia la decrépita mujer.

—Mmm... Creo que iba por la oca con salsa de ciruelas. Es una buena carne. Y pudín de cuello de oca.

Esperaron mientras Juliana pensaba.

¡Ojalá supiera qué quería Raymond! Había creído que era un hombre fácil. Había creído que quería obtener placer de ella, pero le recordaba un río fluyendo hasta el mar. Sin prisa pero sin pausa; moviendo piedras, cantos rodados y rocas en un incesante ejercicio de voluntad. Si él no podía apartar la piedra que simbolizaba su miedo, la destruiría, la bordearía o daría vueltas a su alrededor hasta que ella estuviese tan confusa que no recordaría por qué tenía miedo.

Raymond la había acusado de provocarlo; ¿cómo se atrevía a volver las tornas con tanta crueldad? ¿Cómo osaba esperar a que ella le suplicara, como si él no tuviese prisa alguna? ¡Oh, no! Él quería más que obtener simplemente placer de ella.

Los ruidos procedentes del otro lado del biombo convencieron a los criados de Juliana y los padres de Raymond de que había actividad marital todas las noches, sin embargo el creciente malhumor de Raymond los desconcertaba. Y es que bajo las mantas él se autocontrolaba, sin permitirse en ningún momento una pizca de satisfacción. Parecía encantado con los nuevos conocimientos sexuales de Juliana, pero durante el día la observaba con la mirada de un hombre hambriento ante una comilona.

—Mi señora, el banquete. —Valeska tiró del brazo de Juliana—. ¿Qué queréis de postre?

Juliana despertó de golpe.

—Ya os lo he dicho. Tarta de ciruelas y pasas. Y en cuanto a la carne, oca con salsa de ciruelas.

Frunciendo los labios, Valeska asintió.

—Como deseéis, mi señora. Muchas gracias por bajar a hablar con nosotras. Jamás hubiésemos esperado semejante indulgencia viniendo de una mujer que pronto estará casada.

—Tonterías. Me caso dentro de ocho días...

—Seis —dijo Dagna.

Juliana la fulminó con la mirada.

—Pero eso no significa que no sea capaz de cumplir con mis obligaciones. Por eso estoy aquí abajo, para... —Para esquivar a Raymond. Los criados se habían quejado (por supuesto, educada y erróneamente) de que Juliana estaba distraída.

Y la culpa de que estuviese distraída era de Raymond. Con el entusiasmo de una nueva alumna, había aprendido las lecciones que él le enseñaba: a besar, a acariciar... Dónde acariciar y, lo más importante, dónde no hacerlo.

La intensidad de Raymond la asustaba pero a la vez la atraía, y siempre que ella seguía sus pautas él la acercaba a la euforia, dejándola al borde de un extraño estallido. Su piel, al igual que la de una ciruela madura, parecía a punto de reventar. No lograba cerrar la mano adecuadamente y a menudo se le caían las cosas.

—Y hablo sola —dijo en voz alta.

—¿Mi señora? —Mientras Juliana se alejaba, Dagna le propinó con mala idea un codazo en el costado a su compinche—. Siempre he pensado que la cocina era el lugar más caliente de este castillo, pero cualquiera diría que en ese dormitorio improvisado hace más calor.

Juliana se preguntó vagamente qué estarían cacareando, pero la incógnita no duró mucho y subió la escalera de caracol que conducía al gran salón. Desde la noche en que conoció al verdadero maestro de obras su vida había dado un vuelco. Estaba cansada de ver las caras sonrientes de todos sus criados; estaba cansada de los interminables preparativos para la boda y las inacabables celebraciones navideñas, y estaba cansada de su constante desasosiego y ese deseo físico que la dejaba sin aliento. Tal vez sólo estuviera cansada por la falta de sueño.

Su falta de atención le valió una colisión con alguien que apareció en el rellano surgido de las impenetrables sombras.

—Disculpad... —Miró atónita y se le secó la boca—... me.

—Lady Juliana —susurró sir Joseph—. ¡Menuda sorpresa! No os he visto a solas desde que vuestro prometido reveló su identidad.

Atrapada en una encrucijada, entre el ajetreo de la cocina de abajo y la actividad del gran salón arriba, entre la luz de las antorchas y la luz del sol, Juliana no entendía cómo las sombras suavizaban las arrugas y las manchas del rostro de sir Joseph devolviéndole así la juventud. Aunque sí entendía su propia cautela. Si sir Joseph venía a despedirse, hubiera preferido hacerlo en presencia de testigos.

—Ya no ocupáis vuestro sitio junto al fuego —le dijo bajando el tono de voz para evitar oídos curiosos.

Él sonrió creando en la oscuridad un tentador punto de luz demoníaca. También habló casi en un susurro, pero el sigilo parecía propio de él y no una anomalía.

—Cuando lord Felix y lord Hugh huyeron, antes incluso de la primera celebración de estas alegres fiestas, no me quedó ningún conocido en la torre del homenaje. Hasta vuestro noble lord Raymond parecía desconcertado por su apresurada despedida.

Juliana cambió el peso de un pie al otro.

—Sin duda, él hubiera deseado despedirse de ellos, pero creo que Felix se vio obligado a irse antes... —Irguió la espalda, entornó los ojos y procuró resultar amenazante—. Antes de que yo le rompiera algo más que la nariz.

Como siempre, como de costumbre, sir Joseph se mofó de sus pretensiones.

—Dais demasiada importancia a vuestro ridículo golpe. No fue vuestra insensatez la que ahuyentó a Felix, sino la insensatez del hombre al que algunos consideran vuestro esposo.

Un inquietante escalofrío subió por la columna de Juliana; hubo algo en sir Joseph y en su brillante mirada que le hizo pensar en la larga escalera de carcacol de piedra sin barandilla que tenía a sus espaldas.

—¿Mi Raymond ha golpeado a Felix? Amenazó con hacerlo, porque considera que un hombre no debería intimidar a una mujer. —Miró atentamente a sir Joseph—. Cree que es un signo de depravación.

—Depravación. —A sir Joseph le dio un ataque de silenciosa risa, cuya sinceridad lo hacía aún más amenazante—. Depravación. Lord Raymond, que encarna todo lo que los demonios del infierno ensalzan, acusa a otro ser humano de depravación.

Juliana se quedó petrificada. Una acusación semejante sonaba a caza de brujas y a la quema de hechiceros. El temor a semejantes manifestaciones diabólicas estaba arraigado en ella y en cualquier persona que viviera conforme a la Iglesia católica. No había nadie demasiado fuerte como para no desmoronarse ante tal rumor.

—Creo que vuestra alma difamatoria disfruta con el mal —susurró Juliana.

—No, mi señora —su título sonaba ridículo en los labios de sir Joseph—, he venido a veros para enmendar una injusticia. Habéis acusado a lord Felix de depravado con arrogante vehemencia cuando estáis fornicando con un loco que se sirve de la forma humana para camuflar al lobo fiero que se alimenta de sus víctimas.

—Bromeáis.

—Lord Felix no piensa eso, tampoco lord Hugh. Vuestro señor intentó matar a lord Felix.

—¿Por qué?

—¿Por qué? Simplemente porque le tocó el cuello. —Juliana dio un respingo y él lo vio. Sir Joseph describió con absoluto deleite la escena en el patio de armas, y le dijo—: Hicieron falta dos hombres más los mozos de cuadra para reducirlo.

—Eso difícilmente lo convierte en un demonio.

—Porque no lo visteis. Mostró los dientes, flexionó las manos como si fueran garras, tenía los ojos rojos y con una voz irreconocible empezó a maldecir a gritos como un loco. —La voz serena de sir Joseph tiñó el relato de escalofriante terror—. Se transformó, mi señora, y el hecho de que la luz del sol brillara durante el proceso hizo que fuese aún más aterrador.

—¿Estáis diciendo que lord Raymond es un hombre lobo? —preguntó ella asqueada.

—Sería una estupidez por mi parte decir algo semejante sobre el hombre en cuyas manos está mi vida. No, mi señora, lo único que pretendo es advertiros del horror que os espera. —Sus manos blancas y estilizadas resplandecieron cuando se envolvió con su oscuro manto—. ¡Quién sabe en qué momento volverá a apoderarse de él la demencia! ¡Cuando pelee? ¿Cuando beba? ¿O cuando se excite en el lecho conyugal?

Sir Joseph se retiró con rauda y silenciosa seguridad, y ella se quedó con la mirada fija en las paredes de piedra, los brazos alrededor de la cintura y las manos pellizcando su brial. La confianza que Raymond tanto se había esforzado en ganarse, ahora parecía insignificante. El valor que tanto le había costado a ella tener ahora parecía precipitado. Con diabólica pericia, sir Joseph había puesto a prueba sus puntos débiles, había confirmado los rumores que Felix le transmitió y le había clavado en el cerebro el cuchillo de la desconfianza. Era consciente de lo que él había hecho, de su propia insensatez por escucharlo, y aunque ignorase la herida, esta sangraba y le dolía horrores.

Abandonó sigilosamente la escalera y se aseguró de que sir Joseph se hubiera ido del gran salón. Raymond tampoco estaba allí, y la burbuja de alivio que crecía en el interior de Juliana reventó. Era una idiota por permitir que las palabras de un anciano amargado la afectaran, pero, al igual que una araña perversa, este había tejido una telaraña a su alrededor, usando hábilmente su propio recelo para envenenar sus sueños.

—Fayette —gritó mientras se dirigía a un banco que estaba justo al lado de una soleada saetera—, tráeme el bordado.

Fayette se apresuró a desenvolver la exquisita tela de color crema. La propia Juliana la había cortado, una vez acabada, para hacerle una sobrevesta a Raymond, y luego había supervisado la costura de su doncella. La túnica de lana verde oscura, que ya estaba terminada, le cubriría los brazos y le llegaría hasta las pantorrillas. La sobrevesta sin mangas había sido cortada para que le llegara a las rodillas y contrastaría con la túnica verde en el cuello, y el ribete de hombros y bajos. Era elegante en su sencillez, pero Juliana le dio los últimos toques con aguja e hilo verde a juego. Cada vez que Raymond se ausentaba, ella trabajaba a escondidas entretejiendo hojas de parra en el amplio cuello. Pensaba dárselo el día de Reyes por la mañana. Él se llevaría una sorpresa, la atraería contra su pecho y le daría uno de esos besos... caerían sobre la cama y... ¿qué pasaría? ¿Disfrutarían el uno del otro o Raymond se convertiría en una bestia a la que sólo le satisfaría su sufrimiento y su muerte? ¿Era esa la razón por la que se había mostrado tan comedido en la cama, porque cuando se dejaba llevar se convertía en un monstruo del mundo de las tinieblas?

—¿Mi señora? ¡Mi señora! —Alarmada, Fayette zarandeó a Juliana por el hombro—. Lord Raymond está entrando en el salón.

—¿Qué? —Juliana miró atónita cómo Raymond entraba majestuosamente en la sala, pero no se parecía en nada al hombre lobo del que le había advertido sir Joseph. Corpulento y tan lleno de vida que resplandecía, se dirigió directamente hacia ella llevando tras de sí a un muchacho de unos quince años.

Juliana le pasó la sobrevesta a Fayette.

—Coged esto. ¿Por qué no me habéis avisado antes? —la interpeló. Se alisó la falda, se metió en la trenza un mechón de pelo suelto y a continuación se levantó con una sonrisa—. Mi señor.

—¡Ah..., Juliana! —La sonrisa que le devolvió Raymond le alegró y parte de sus reservas desaparecieron—. Permitidme que os presente a nuestra última adquisición. Este es Denys.

El estado de ánimo de Juliana pasó del alivio a la consternación.

—¿Nuestra última adquisición?

—William de Miraval nos lo ha enviado como regalo, porque sabía de mi desesperada necesidad de guerreros. Las habilidades de Denys me han impresionado tanto que lo he convertido en mi nuevo escudero. —Poniendo con simpatía una mano en su hombro, Raymond empujó al joven desgarbado hacia delante.

Denys se subió las calzas, que se le caían, y dijo en una voz que saltaba de una octava a otra:

—Mi señora, os ofrezco mi eterno servicio.

Juliana observó estupefacta al chico. Era como si en su pelo, ni rubio ni castaño, hubiese anidado algún gorrión enloquecido. La nariz larga y estrecha le goteaba, una fina pelusa le decoraba el mentón y sus llorosos ojos azules la miraban con veneración. Le recordaba a alguien, aunque no sabía a quién, y su estado de ánimo volvió a cambiar... ahora estaba rabiosa.

—Está ansioso de que le deis la bienvenida —insinuó Raymond.

¿La bienvenida? ¿Qué bienvenida? Durante casi tres años ella había supervisado las entradas y salidas de los criados y hombres de armas del castillo de Lofts. Había estado informada de los movimientos de cada villano, de cada siervo. Algo importante, ya que eso era sinónimo de seguridad. Ahora un miembro importante había sido incorporado a su hogar sin su consentimiento. Tendría que dar de comer a este joven, enseñarle modales y curarle las heridas inevitables que sufriría mientras completaba su formación. Y la estaban tratando como si fuese una mujer frívola sin derecho a preocuparse de lo relativo a sus propias tierras.

Logró esbozar una sonrisa.

—¿Tienes hambre, Denys?

A Raymond pareció sorprenderle esta bienvenida tan poco ortodoxa, pero Juliana le había leído el pensamiento al chico.

—Sí, mi señora, siempre estoy hambriento.

—Fayette te dará pan con queso. Eso te permitirá aguantar hasta el banquete de hoy. —Su torpe inclinación de cabeza se pareció más a una reverencia; llevaba las mangas demasiado cortas—. Si pudierais concederme el honor de vuestra compañía, mi señor... Seguidme —ordenó ella, conduciendo a Raymond al pasillo que daba a las escaleras de la cocina.

Allí no había nadie. La presencia de sir Joseph ya no persistía entre las sombras y la rabia eliminó el recelo de Juliana.

—Juliana...

—¿Cómo os atrevéis a traer a ese chico sin mi permiso? —Raymond se puso tenso, pero ella no se dio cuenta—. A un joven que viene de parte de algún señor despreocupado.

—William de Miraval es amigo mío. —La frialdad de la voz de Raymond atravesó su ira, pero no la aplacó.

Juliana desplazó el mentón hacia delante.

—William de Miraval habrá querido deshacerse de un ladronzuelo o un mentiroso.

Raymond miró hacia el otro lado del umbral de la puerta como para asegurarse de que hablaban de la misma persona.

—¿Os referís a *él*?

Juliana también miró hacia allí. Vio a un muchacho bisoño, todo brazos y piernas, que sonreía a su señora con ferviente agradecimiento. Se enjugó la nariz con la manga y se abalanzó sobre la taza de aguamiel como un caballo sobre el agua tras una dura cabalgata, y Juliana supo con horror a quién se parecía. ¡Dios! Se parecía a su primer marido. Demasiado delgado, deseoso de agradar y carente de personalidad o encanto.

—En la carta que Denys traía consigo —explicó Raymond— William dice que la madre del muchacho recurrió a su esposa suplicando auxilio. Saura es conocida por sus buenas obras e hizo todo lo que pudo, pero fue demasiado tarde. La mujer falleció por una mezcla de inanición y tisis, y Denis lo pasó mal, muy mal. Su padre había perdido sus tierras y la dote de su esposa en una apuesta, tras lo cual se suicidó. Al morir su madre, Denys hizo un sinfín de absurdos juramentos.

Ella estaba tan absorta en su propia desazón que apenas oyó a Raymond hablar. ¿Era por eso que había rechazado a Denys con tanta vehemencia? ¿No por orgullo, sino porque le recordaba al chico con quien se había casado y al que perdió tras una larga y dolorosa enfermedad? Los recuerdos de Millard contenían una mezcla confusa de amor, exasperación y angustia. Creía que lo había olvidado, pero ¿cómo iba a olvidar al padre de sus hijas?

Raymond parecía insensible a su confusión.

—Denys juró que recuperaría la fortuna, independientemente del precio que pagara por ello. William y Saura lo acogieron en su familia y lo formaron, y la desesperación ha menguado. Me lo han enviado porque...

Él se sonrojó y Juliana comprendió de súbito que el joven Denys era más que un simple escudero para él. Raymond lo quería con fervor.

—¿Por qué os lo han enviado?

—Porque a su edad yo tampoco tenía dinero ni el apoyo de mis padres. Han pensado que puedo ayudarle. Además, se lo debo a lord Peter.

—¿Se lo debéis? ¿Se lo debéis a lord Peter?

—A lord Peter de Burke. Es el padre de William y me acogió en su casa. Me enseñó lo que eran el honor, la dignidad y el liderazgo. Ese código de conducta me salvó la vida. Y Denys necesita que alguien le ayude a aprender las virguerías del arte caballeresco.

Una sonrisa tembló en las comisuras de sus labios, pero las suspicacias de Juliana no impidieron que le preguntara:

—¿Como cuáles?

—Como la de quitarse los guanteletes antes de hacer pis con temperaturas bajo cero.

Ella se lo quedó mirando; él a ella. Ella intentó controlarse, pero no pudo y rompió a reír.

Raymond esperó a que el primer ataque de risa se apagara y entonces cogió su mano y se la llevó al pecho.

—Juliana, el muchacho tiene buen corazón. Ha tenido sus momentos malos, pero vos y yo, juntos, podremos hacer un hombre de él. No me obliguéis a echarlo.

La risa se desvaneció. Bajo la palma de su mano, el corazón de Raymond latía con un ritmo intenso y constante, y su pecho subía y bajaba. Su piel le calentó la suya, su sonrisa la sedó y ella comprendió que también él había tejido una telaraña. La de sir Joseph la había atrapado en los pegajosos hilos de la desconfianza; la de Raymond la atraía hacia él y la engatusaba.

—No, no lo echéis —dijo ella a regañadientes.

—Esa es mi chica —repuso Raymond, que volvió a besar su mano como si eso lo arreglase todo.

La hostilidad de Juliana se desató.

—Idiota arrogante —susurró—. No entendéis nada.

Como cualquier zoquete, Raymond parecía confuso.

—¿Qué es lo que no entiendo?

Ella le soltó bruscamente la mano.

—Mi vida ya no me pertenece. Mi cuerpo y mi castillo ya no me pertenecen.

Destellos de ira pasaron fugazmente por el rostro de Raymond, y cuando ella quiso ser prudente ya fue demasiado tarde, pues él la empujó contra la pared, la inmovilizó rodeándole la cara con una mano y le dio un apasionado beso en los labios. Las reservas de Juliana desaparecieron de golpe y se despertó en ella un deseo equiparable al de él. Emitió unos anhelantes gemidos y Raymond respondió con un zumbido de frustración.

—Vuestra vida —dijo cuando se obligó a sí mismo a separar sus bocas—, vuestro cuerpo y vuestro castillo ya no os pertenecen porque vos sois mía. Recordad eso. —Raymond se abalanzó sobre ella y la besó una vez más—. Recordadlo.

Se fue como una exhalación.

—Sois como una verruga en la nariz —gritó Juliana.

No esperó a ver si él se giraba. Se precipitó escaleras abajo y fue a parar a la cocina, donde se topó con una amedrentada cocinera y dos impasibles y viejas gitanas. Los pasos de Raymond alejándose resonaron claramente por el hueco de la escalera, y a Juliana le saltó la alarma.

—¿Lo habéis oído todo?

—Sí, tanto lo de sir Joseph como lo de Raymond, y nos habéis decepcionado mucho. —Valeska entornó los ojos como un perro sabueso. Preparada para recibir un sermón acerca del papel apropiado de la mujer sumisa, Juliana se tambaleó hacia atrás cuando esta le dijo a Dagna—: Tendremos que enseñarle a esta pobre a blasfemar adecuadamente.

La decepción de Dagna parecía, en todo caso, más honda que la de su amiga.

—Eso haremos. En mi país no os ganaríais el respeto de nadie con esos juramentos tan insulsos.

—Ni en el mío. —Valeska se acercó y flanqueó a Juliana por el lado derecho—. Por ejemplo, mi señora, una verruga es desagradable, pero es peor una ampolla.

—Y un forúnculo es aún más desagradable —metió baza Dagna, colocándose a la izquierda de Juliana, con lo que esta iba girando la cabeza de un lado a otro y de arriba abajo intentando seguir la conversación.

—Es verdad. ¡Qué lista eres, amiga! —Valeska agitó un dedo agarrotado—. De modo que llamaremos a Raymond forúnculo, mi señora. Luego queda por decidir cuál es el sitio más asqueroso para un forúnculo, porque la nariz no es un sitio desagradable.

—A menos que... —interrumpió Dagna.

Valeska la señaló con el mismo dedo y Dagna calló.

—Normalmente no. La nariz no suele ser un sitio desagradable. Así que quizá podríamos decir que Raymond es un forúnculo en el pie.

—A mí, personalmente, me gusta lo del forúnculo en el culo como expresión, pero una se pregunta qué tendría entonces que hacer Raymond para que le saliera un forúnculo allí. —Dagna chascó la lengua y meneó la cabeza.

—Es cierto y yo diría que tendríamos que ir introduciendo poco a poco a lady Juliana en el arte de la blasfemia. Si ella cree que «verruga» es un buen insulto para un hombre...

—¡Basta! —Juliana se tapó las orejas con las manos—. ¡Basta! ¡Esto es absurdo! Es trivial. Estáis exagerando. ¿Por qué hacéis una montaña de un grano de arena...? —Se oyó a sí misma y paró de hablar. Leyó un mensaje en cada uno de los rostros sospechosamente inocentes.

—A veces... —empezó diciendo Valeska.

—... damos a las cosas triviales más importancia de la que tienen... —continuó Dagna.

—... para ocultar o desvelar nuestros verdaderos sentimientos —concluyó Valeska.

En un acto reflejo, Juliana se apartó de aquella mirada demasiado penetrante, de aquella observación demasiado sagaz. Las viejas no se movieron en ningún momento, se limitaron a contemplarla con avidez hasta que ella dio media vuelta y corrió hacia la bodega. Allí se quedó hasta que todos sus miedos, sus frustraciones y su infelicidad se condensaron en una única masa, y juró que evitaría a Raymond y a su escudero, y todos los contratiempos que ambos habían traído a su vida.

Capítulo 12

«Que no me toque», rezó Juliana. «Que no se me acerque.»
Se concentró en su invocación dejándose llevar por el canto
de los aldeanos borrachos. Peligrosamente cerca, el objeto de
sus súplicas estaba sentado en su gran caballo negro. Su capa
ondeaba dejando ver la túnica y la sobrevesta color crema que
había usado como traje de bodas.

Tardaría en olvidar la mirada triunfal de Raymond al ver
el traje encima de la cama. Se la había quedado mirando mientras ella le decía que era un regalo, un conjunto de ropa como
los que les daba a sus criados.

Él no la había creído. Había acariciado el apretado tejido
de la túnica, examinando el delicado bordado de las hojas, y
había aceptado la rendición de Juliana, si bien ella no la ver-
balizó.

Ahora su pelo moreno estaba ondulado, emitía destellos
bajo la luz de la luna. Parecía el espíritu del invierno observando atentamente las fiestas nocturnas. Observando, también, a su mujer con una mirada que dejaba muy claras sus
intenciones.

«Por favor, que no me toque.»

—Mi señora, ¿regaréis con sidra al espíritu del manzano?
En vuestra condición de recién casada, que hagáis *vos* los ho-

nores nos dará más suerte. Tal vez el año próximo las manzanas sean tan dulces como lo sois vos. —Tosti se ruborizó ante su propio atrevimiento.

—¡Vaya, vaya! A nuestra dama le ha salido un admirador —chilló Geoffroi, tambaleándose encima de su caballo. Sus carcajadas fueron salvajes, e Isabel dejó escapar una risa aguda y gangosa propia de la mujer que ha bebido demasiado. El maestro de obras sonreía con necedad, superado por el abundante vino. Tosti miraba ceñudo, ofendido por la burla, pero incapaz de tomar represalias. Reacio a marcharse de la fiesta hasta haberla apurado al máximo, el noble pueblo había insistido en acompañarlos hasta el huerto. Cabalgaron bajo la luna llena, bebiendo de la jarra de cerveza especiada hasta que se aguantaron sobre las sillas de montar más por la amabilidad de sus corceles que por su propia pericia.

Ignorando el remolino de aire gélido que agitaba las ramas, Juliana sonrió con amabilidad a Tosti y se dijo: «Muy bien, Tosti, ponte entre los dos. Intercepta su mirada».

—Por supuesto —le dijo en voz alta—, una de mis obligaciones más dulces es bendecir los árboles el día de Reyes.

Dispuesta a apearse de su mansa yegua, se encogió cuando el padre de Tosti dijo:

—Su señoría, como recién casado, también echará sidra.

Tosti resopló.

—No pueden echar sidra los dos, papá; sólo tenemos una copa ceremonial.

—La echarán los dos —insistió Salisbury con la boca fruncida—. Que le deseen *wes-hâl* al espíritu del manzano y luego nos largamos a casa a bebernos la noche.

Raymond acercó su caballo al de Juliana.

—¿*Wes-hâl*?

Tosti le explicó la tradición inglesa al nuevo señor.

—*Wes-hâl* significa buena salud. La cerveza que hacemos es una mezcla de sidra y especias batidas con manzana. —Se relamió y guiñó un ojo—. Con eso brindamos por los manzanos y les damos las gracias por su generosidad. Eso hace que el espíritu del árbol quiera darnos más el año que viene.

—En ese caso para lady Juliana y para mí será un honor brindar juntos por el árbol. Queremos lo mejor para la aldea, ¿no es así, Juliana?

Cuando pronunciaba su nombre la voz de Raymond se volvía grave y ronca, y el sonido devolvió a Juliana a sus noches rebosantes de tórrida pasión.

En vano la había asustado sir Joseph. No había nada que temer en las caricias de Raymond; porque la acariciaba. Al amparo de la oscuridad, separados el uno del otro, aquellas manos mágicas la encontraban. Él ya no permitía la presencia de velos entre ellos; cada noche le sacaba la camisa. Cada noche yacían piel contra piel hasta que no había más secreto que el gran secreto.

En ocasiones, colmado el placer, ella aguzaba la vista para verle la cara. En ocasiones podía imaginarse su carne fundiéndose, su belleza transformada, arrancada de su ser por algún diabólico pacto con el demonio. Sin embargo, la mayoría de las veces era consciente de que le temía por su descarada reclamación de posesión y sus métodos para hacerla valer.

Juliana había descubierto que esta contención del placer era tan desesperante como la aplicación del dolor.

Descabalgando antes de que Raymond pudiese acercarse a ayudarla, Juliana cayó sobre el suelo helado con tanta fuerza que sintió un hormigueo en los tobillos. Él se plantó a su lado en el acto. Se quitó los guantes y los guardó en el bolsillo. Antes de que ella pudiese protestar, le cogió de las manos e hizo lo propio con sus guantes.

—¡Hace frío! —exclamó Juliana.

Él la ignoró.

—La copa —pidió. Salisbury se la puso en la palma extendida. Raymond se la entregó a Juliana y después de que ella la rodease con una mano, él rodeó la mano de Juliana con la suya. La superficie tallada de la copa se le clavó en la carne. Su palma descansaba directamente sobre el dorso de la mano de Juliana. Ella separó los dedos y él intercaló los suyos entre los de su esposa, atrapándola literalmente.

Los siervos se rieron dándose codazos, ajenos al cataclismo que sacudía a Juliana. El pueblo noble bebía cerveza sin importarle el mañana. Juliana esbozó una sonrisa forzada mientras Tosti servía en la copa la bebida especiada de la jarra.

—¿Y ahora, qué? —preguntó Raymond, colocándose detrás de ella.

—Regamos la tierra que rodea el árbol y el tronco —dijo Juliana resistiendo el impulso de proteger su sensible nuca calándose la cofia.

Tosti parecía horrorizado ante el evidente despiste de su señora.

—Mi señora, no olvidéis mojar antes las ramas.

Susurrándole al oído, Raymond imitó el acento dialectal del joven.

—No, mi señora, no lo olvides.

Ella giró la cabeza, la mirada hostil, pero él ni se inmutó. Sin apartar la mano de la suya, Raymond la condujo hasta la rama más cercana y juntos mojaron la punta de esta con la cerveza especiada. Los aldeanos volvían a cantar, esta vez con más fuerza.

—Esto despertará al árbol tras el letargo del invierno —dijo ella.

Raymond ladeó la cabeza cuando los sorprendió un verso cantado con voz especialmente potente.

—Me imagino que sí.

Pasaron a otra rama y repitieron el ritual.

—Esto lo preparará para la primavera, para el renacimiento de la vida.

—¿Al árbol?

¿Qué había querido decir Raymond? Juliana se volvió. Envuelta en sus brazos, encerrada en un capullo dorado, se sintió apartada del mundo. El canto llenaba el aire, pero ella sólo podía oír la voz de Raymond. Los cuerpos mugrientos fueron acercándose a empellones, pero ella sólo podía inspirar el aroma que despedía Raymond. En el oscuro cielo las estrellas brillaban, deslumbradoras, pero ella sólo era capaz de ver los luceros de Raymond.

Se apartó de él; él la rodeó por la cintura con el brazo que tenía libre.

—El árbol —le recordó a Juliana.

El clamor humano invadió sus sentidos. Intentó darse prisa, pero, constreñida de mano y cintura, no pudo. Lo único que pudo hacer fue volver a rezar, pero ahora suplicó: «Déjame acabar sin ponerme en evidencia». Admitió indignada que no sabía lo que quería. A él, naturalmente. Pero estaba asustada.

¡De un hombre! De un hombre al que no había visto levantar la mano ni una sola vez en un momento de ira. Y de un acto animal que en el recuento final era insignificante.

Pero por mucho que resoplara de impaciencia ante su propia insensatez, seguía teniendo miedo. Y sintiendo el deseo. ¡Dios, cuánto lo deseaba!

Cuando por fin le devolvieron la copa a Tosti, Juliana suspiró de alivio con tal fuerza que el viento gruñó de envidia.

Raymond le sonrió. Ella se quedó petrificada. Él amplió su sonrisa y ella permaneció indefensa, incapaz de moverse hasta que él se volvió de espaldas para hablar con Salisbury; pero mucho se temía que aún estaba sonriendo.

Los siervos, marchando en tropel hacia la aldea, gritaban a los cielos de felicidad. Los criados del castillo también los siguieron.

—¿Mi señora? ¿Os ayudo? —Salisbury ahuecó la mano y le ayudó a subirse a la montura, luego le rozó la rodilla. Ella bajó los ojos hacia el hombre desdentado y él dijo—: Mujer valiente. Os lo dije hace tres inviernos. Sois más valiente que un hombre, no lo olvidéis.

Agradecida de que el rastreador taciturno hubiese hecho el esfuerzo de darle ánimos, ella le dijo:

—Lo recordaré.

Buscó a Raymond con la mirada y lo encontró avanzando entre sus aldeanos, elogiando su celebración. Debería unirse a él, pero estaba ansioso por hacer de señor; le dejaría llevar la batuta.

—Voy a regresar a la torre del homenaje —dijo Juliana en voz baja, ignorando la burlona voz interior que la llamaba «cobarde».

Salisbury la miró, luego miró a Raymond.

—Eso no servirá de nada —advirtió él, y ella, obstinada, hizo caso omiso.

El viento de espaldas la empujaba mientras cabalgaba hacia el castillo. Su caballo, deseoso de llegar a los establos, avanzaba con alegría por el sendero del bosque. A Juliana le dolían las manos, frías y desnudas, de modo que introdujo una en la capa al aminorar la velocidad. Había dejado al resto muy atrás, porque no oía el sonido de los arreos tras ella. Seguro que Isabel y Geoffroi habían entretenido a Raymond. Seguro que cuando Raymond se deslizara bajo las mantas, ella estaría en la cama fingiendo dormir.

Un momento. El ruido sordo de unos cascos llegó a sus oídos. ¿Era sólo un caballo? Juliana se giró sobre la silla y miró. A sus espaldas cabalgaba un hombre con capa negra, el pelo negro ondeando al viento. Se imaginó que podía ver sus luceros bajo sus oscuras cejas. El espíritu del invierno la seguía y ella, como una tonta, sintió deseos de huir. De huir presa del pánico hasta que él la atrapase y la tirara al suelo. Un aleteo en sus entrañas le obligó a cuestionarse sus propios pensamientos. ¿Qué era lo que quería?

El semental negro frenó a su lado y ella hizo parar a su caballo. Raymond jadeaba ligeramente, tenía el pelo revuelto tras la carrera.

—Juliana, tus guantes.

Pendían de sus manos y ella quiso cogerlos, pero él los recuperó.

—Extiende las manos —le ordenó.

Juliana contempló los guantes con anhelo, pero hizo lo que le mandaban. El contacto con Raymond no despertó en ella la convulsión temida; tenía los dedos tan fríos que estaban casi entumecidos. Serena y recatada como si nunca hubiese experimentado sus arrebatos de frenética pasión, dijo:

—Has adelantado a los demás.

—Es que no vienen.

Juliana perdió la serenidad y se volvió para escudriñar el camino desierto a sus espaldas.

—¿Por qué no?

—Mis padres se han encontrado de pronto en medio del festejo y han seguido hacia la aldea.

—Querrás decir que los aldeanos han rodeado sus caballos y no les ha quedado otra opción.

Raymond arqueó las cejas ante el desdén que había en la voz de Juliana.

—Han bebido mucho, pero no me corresponde a mí controlarlos. Además, quería hablar contigo.

De nuevo sintió ella mariposas en el estómago. Apoyó como si tal cosa el mentón en la palma de la mano, pero estaba incómoda; cruzó los brazos sobre el pecho, pero él miró entonces allí donde descansaban sus manos, y por fin se agarró de la perilla de la silla.

—¿Sí?

—¿Me estás evitando, mi señora?

—¿Evitarte? —Ella soltó una carcajada y desplazó las manos hasta la cintura—. ¿Cómo iba a evitarte?

—Llevo varios días queriendo hablar contigo, pero parece que cuando estás despierta no paras un segundo.

Raymond notó que estaba nerviosa, y eso le gustó. Acababa de pasar seis días horribles, y todo porque Juliana era incapaz de aceptar en su castillo a un joven en apuros. Se había mostrado simpática con Denys; le había dado de comer, le había enseñado cuáles eran sus obligaciones y le había presentado a sus hijas, pero apenas podía mirarlo a la cara. Y todo porque Raymond había tenido la osadía de traer al muchacho sin su permiso. Aquella mezquindad le molestaba y sorprendía. Jamás se habría imaginado que Juliana se mostrase tan distante con un joven a su cargo.

Pues bien, esta noche terminaría de aleccionarla y ella olvidaría todas sus pretensiones masculinas; dejaría de buscar seguridad en sus tierras y empezaría a buscarla en él.

Juliana sujetó las riendas y espoleó al caballo para ponerlo al paso.

—No sé qué te hace pensar eso. ¿De qué querías hablar?

—De Bartonhale —contestó él tajante.

Eso acaparó la atención de Juliana. Ya no servía fingir que no lo veía ni oía, ni hacer preguntas de cortesía sobre su salud: ahora se concentró en él como un arquero en su objetivo.

—¿Qué pasa con Bartonhale?

—Necesita un nuevo castellano.

—Hemos enviado... —repuso ella preocupada.

—A sir Joseph, exactamente. Hemos enviado a un caballero despechado a una extensa propiedad sin supervisión.

—Lo sé. —Juliana suspiró—. Pero ¡qué le vamos a hacer! No hay nadie...

Raymond le interrumpió.

—Está Keir.

—¡Keir no es uno de mis hombres!

—No, es de los míos. Pero ahora todos tus hombres son míos.

Él percibió el desasosiego que subyacía a la oleada iracunda.

—Entonces todos los tuyos también son míos.

Era su noche de bodas. Raymond debería estar apaciguando sus miedos, demostrándole que podía confiar en él y no hostigándola con sus reivindicaciones legítimas. Sin embargo, la promesa de su cuerpo ardiente no tuvo en cuenta la prudencia ni la lógica, y le dijo en tono burlón:

—Te doy permiso para decir eso.

Juliana frenó el caballo, pero él siguió hacia delante, ignorándola con la lánguida despreocupación de un cortesano.

—¿Qué te da derecho a tratarme así? —preguntó ella.

—El cura. Los votos. La Iglesia. La ley. Ahora eres mía —contestó él sin girarse.

Ella le dio alcance al galope y le obstruyó el paso.

—¿Y qué piensas hacer conmigo ahora que soy tuya? —lo retó ella—. No tienes familia ni cargas. Yo tengo tierras que codicias, es verdad, pero también unas hijas, y criados y villanos, y todos ellos querrán un trozo de ti. Todos ellos te harán responsable de que sus barrigas estén llenas, de que tengan un techo sobre sus cabezas, de su seguridad y hasta de su felicidad. ¿Qué piensas hacer con todas esas obligaciones, mi ilustre señor?

Su puntería dejó a Raymond anonadado. Olvidándose de sí misma, Juliana había dado con infalible precisión en los temas que a él lo preocupaban, lo cual la colocaba justo donde él quería.

—Soy un noble entrenado desde la cuna para asumir la responsabilidad de grandes fincas. Cuando nos prometimos, me comprometí con tu gente, tus hijas... y contigo. —Sujetó las riendas con la mano—. Si no confías en mi capacidad para afrontar mis responsabilidades, tendré que enseñarte a confiar en mí... —dejó que el deseo encendiera su mirada y ella intentó con torpeza controlar su palafrén—. Desde esta misma noche.

Él captó el instante en que la realidad venció a su furia. A Juliana le temblaron los dedos y se le quebró la voz.

—¿Esta noche? ¿Quiere eso decir que vendrás airado a la cama?

—¿Airado? —Raymond soltó una áspera carcajada y dijo—: No hay ira entre nosotros, mi señora. Tengo secretos que querría compartir contigo, como tú compartirás los tuyos conmigo.

Que ella contuviera el aliento alarmó a Raymond; había dicho algo que la inquietaba más allá de la cautela natural propia de una mujer con su pareja.

—Tus secretos... me asustan.

Escudriñando su afligido rostro, Raymond se preguntó qué estaría pensando. La piel suave y recién afeitada de su barbilla sería del agrado de una mujer. Su cuerpo y sus dotes en la cama le habían gustado, algo que había quedado sobradamente demostrado. Entonces, ¿por qué al afirmar que compartirían su secreto más íntimo ella se encogía como si él fuese una bestia? ¿Por qué ahora?

La ira y la impaciencia le hicieron estremecerse. ¿Acaso no había hecho ya lo suficiente para ganarse su confianza?

—He tenido mucha paciencia contigo —le dijo a Juliana—. Te he permitido conservar tu casta cama, te he cortejado muy lentamente, pero está claro que he cometido un error. Confundes la tolerancia con la debilidad. Así pues, mi señora, ha llegado el momento de que te enseñe quién será el padre de tus vástagos. —Hizo hincapié en la palabra en plural y emitió un chasquido para que el palafrén de Juliana avanzara—. Ahora vete a la torre del homenaje, que ya verás...

Juliana le dio un manotazo a la montura en el cuello, y el caballo salió disparado. Conocía un atajo, ¡ojalá él no la siguiera muy de cerca! No lo hizo. Se quedó mirando cómo ella se alejaba.

La ira era una buena sustituta de la desesperación y durante el frenético galope por el sendero Juliana dedicó a los elementos sus gritos de rabia. ¿Cómo se atrevía Raymond a actuar como si pudiese administrar «sus» tierras? ¿Cómo osaba amenazarla físicamente, levantando el indeseado espectro de las advertencias de sir Joseph?

Dejando el caballo al cuidado del único mozo que había, Juliana echó a andar furiosa. Abrió con fuerza la puerta de la torre del homenaje, que chocó contra la pared con un gratificante cataplán. ¿Acaso creía Raymond que podría controlarla con sus intimidaciones? Pisó con fuerza cada una de las piedras que conducía al gran salón. Puso la mano en el pomo de la puerta y esta se abrió de golpe con una fuerza que la arrastró a ella al interior. Entró dando un traspié, sin entender nada hasta que vio la imponente figura de *Raymond*.

—¿Cómo osas...? —gritó—. ¿Me has seguido hasta aquí?

La mirada de él era triunfal.

—No, mi señora, yo iba el primero. No pensarás que ese animal enclenque que montas es capaz de ganar a mi caballo, ¿verdad?

—Por supuesto que no. Todo lo haces mejor que yo. —Juliana se quitó la capa y al tirarla al otro lado de la habitación vacía produjo un frufrú en el aire parecido a un aleteo—. Es evidente que montas mejor que yo.

—¡Qué astuta eres! ¿Me estás echando en cara mis modestas habilidades?

—¿Acaso hay algo que no puedas hacer? Te has apoderado de mi castillo, engatusando a mis criados y villanos hasta que han olvidado quién es su señora. Has traído a un joven desconocido al que has nombrado escudero. ¿Crees que no sé que es a ti a quien obedece Layamon?

Él reculó como un semental ofendido por una mansa yegua.

—¿Prefieres que te deje sucumbir bajo la pesada carga?

—¿Por qué no puedes quedarte sentadito como el resto de hombres? ¿Por qué no puedes dejarme a *mí* la administración de mis tierras?

—Estamos en invierno. No pretenderás que holgazanee hasta la primavera.

—Eso es exactamente lo que pretendo. ¿Por qué tienes que meter las narices donde no te importa? ¿Por qué no te comportas como los demás?

Raymond la cogió de los hombros, la levantó de puntillas y se inclinó hasta que quedaron cara a cara.

—Si me comportará como los demás, querida mía, ya estarías ensanchando la cintura de tus vestidos. Estarías revolviéndote bajo mi cuerpo y no gimiendo en sueños cuando sueñas conmigo.

—¡Idiota engreído! ¿Crees que sueño *contigo*?

La sonrisa de Raymond fue forzada, sólo enseñó los dientes.

—¿No lo haces?

—No, ehh... —Juliana comprendió con horror que él la había acorralado y que no podía contarle lo que soñaba.

La atrajo hacia sí.

—¿No lo haces? —canturreó—. ¿No sueñas conmigo?

Su aliento, con olor a manzana y especias, le abanicó la cara. Sus ojos, brillantes esmeraldas, eran burlones. El contacto de sus cuerpos hizo que el ardor de Raymond se le contagiara.

—Raymond. —Juliana movió los labios sin emitir sonido alguno, pero él la oyó, porque la levantó en brazos.

Ella vio cómo por encima de la cabeza de Ramyond las vigas del techo daban vueltas y se alejaban, y vio el marco de la puerta del dormitorio. Entonces la tiró sobre la cama y unas plumas se apresuraron a envolverla. Luchando contra su acusado autodominio, Juliana oyó que Raymond cerraba la puerta recién instalada. Apoyada en los codos, lo observó mientras se quitaba la sobrevesta y la túnica. Se abrió las calzas, caminó hacia ella y en ese momento entendió que la espera había terminado.

Encerrada en aquella habitación, antes enorme, ahora más pequeña, Juliana no pensó en ningún momento en resistirse. En ningún momento pensó en sus tierras ni en sus secretos o en la transformación de Raymond. No pensó nada en absoluto. El instinto, ciego y confiado, la protegió del miedo cuando él se subió a la cama, le subió el brial hasta la cintura y se instaló entre sus piernas ya abiertas. El contacto de esas manos sobre su piel desnuda le envió un escalofrío por todo el cuerpo. Por fin sería suyo.

Raymond entró en ella sin problemas. Su gemido sacudió las vigas; el grito de Juliana resonó sin límites. Llevaban tanto tiempo esperando que estaba ansiosa. Ella se friccionó contra él intentando aliviar el entumecimiento de sus tejidos; él la inmovilizó poniéndole las manos sobre las caderas.

Volvió a penetrarla con brusquedad y fiereza. Ella, furiosa, le dio un manotazo en el hombro, deseosa de responder con su propio fuego. Él gruñó ante su ataque, se inclinó sobre su cuello y la acarició con la nariz y los labios. Ella hundió los talones en el colchón, levantó la pelvis y alcanzaron simultáneamente el estallido del clímax.

Se desplomaron juntos, jadeando como dos mensajeros reales. Raymond trató de descabalgarla, pero ella tiró de él con fuerza.

—Te aplastaré —protestó con vehemencia.

—No.

—¿Nos desnudamos?

—Sí. —Juliana no estaba desinflada, como debería estar; su sensible piel ardía con un fuego inapagable. Sentía en su interior la oleada de unas leves vibraciones y su cuerpo estaba ávido de más sensaciones largamente esperadas.

Encajonado aún en ella, Raymond lo detectó; percibió el calor de su piel y la agitación de sus piernas. Por primera vez en seis tensos días, se rió entre dientes.

—Para no desearme, estás resultando ser insaciable.

—Cállate.

Su pierna sedosa trepó por la parte posterior del cuerpo de Raymond, compensando así el improperio.

—No soy más que un hombre —dijo él, pero la fiebre de Juliana se le contagió gradualmente. Raymond le retiró la cofia y buscó las cintas de su vestido con los dedos.

Ella lo observó pestañeando con inconsciente coquetería.

—Te amaré hasta la extenuación —advirtió él.

—Eso me parece bien.

El modo en que lo dijo hizo que Raymond se sintiera invencible y soltó un ruido mezcla de gemido y risa. La noche prometía ser larga.

Capítulo 13

Los picos golpeaban con un ritmo irregular y el patio de armas carecía del bullicio habitual. Raymond rodeó amistosamente a Keir por el hombro mientras observaban a los juerguistas del día de Reyes entrando a rastras; estaban pálidos, era el precio matutino que tenían que pagar por los excesos de la noche anterior.

—Lamentable visión, ¿verdad?

—Hasta los más robustos se retuercen de dolor de barriga cuando beben demasiado —dijo Keir. Repasó a Raymond de arriba abajo—. Sin embargo, tú no pareces estar aquejado de la misma dolencia.

Raymond exhaló con fuerza.

—La vida de casado me sienta bien.

—¿Ha accedido lady Juliana a tu deseo de consumación?

—Sí, así es —dijo Raymond con asombro, recordando únicamente la noche rebosante de ardientes pasiones y no la brutal pelea que precedió a esta.

—Y yo que suponía —replicó Keir con tiento— que la tal lady Juliana tenía sus reservas acerca de la consumación del acto.

Raymond se sentía demasiado bien como para prestar atención alguna al comentario.

—Tal vez las tuviera antes, pero ha sido fácil superar sus reparos.

—¿Fácil? —Keir repitió la palabra, saboreándola, y luego meneó la cabeza—. Entonces, ¿por qué, a pesar de compartir cama con ella, llevas las últimas semanas comportándote como un tejón enamorado de un puercoespín?

—¡Será una broma! —exclamó Raymond rompiendo a reír.

—Yo nunca bromeo —dijo Keir con equiparable seriedad, contrarrestando la alegría de Raymond.

—Juliana... —¿Cómo podía definirle a Juliana? Cuando la acariciaba ronroneaba como un gatito, nunca se cansaba de las caricias que él le prodigaba. Exteriorizaba su asombro ante su propia reacción con pequeños gritos y gemidos, y en cierta ocasión le había oído susurrar claramente: «¡Qué aguja de San Wilfrido ni qué ocho cuartos!».

Él se había reído y le recordó que estaban casados, y que era verdaderamente casta. Entonces ella lo asió con más fuerza y las palabras se fueron apagando. Sí, Raymond le había curado sus males mediante la dicha conyugal y esperaba el próximo tratamiento con desenfrenado entusiasmo.

Entonces comprendió que no podría explicarle a Keir cómo era Juliana, por lo que agitó una mano con desdén.

—Tratar a las mujeres es fácil.

—Fácil —repitió Keir, expresando su recelo con una ceja arqueada.

Raymond se volvió de espaldas a la puerta principal y se dirigió tranquilamente hacia la torre del homenaje.

—Las necesidades de las mujeres son intrascendentes; no como las de los *hombres*.

Keir siguió sus pasos.

—No estoy seguro de coincidir con semejante valoración. Los problemas de las mujeres tienden a ser de índole emocional. Las mujeres quieren ser amadas por sus parejas y sus familias, quieren ser respetadas por la comunidad. Los problemas que los hombres creen tener suelen ser de carácter físico.

—Dame un ejemplo —solicitó Raymond, impaciente ante tal bobada.

Keir lo miró directamente a los ojos.

—Elegir una esquina para hacer pis.

—Ahora eres tú el puercoespín, amigo. ¿Estás intentando decirme algo?

—Sólo que creo que tu plan para disponer del castillo de Bartonhale ha sido motivo de discusión entre lady Juliana y tú.

—¡Tonterías! —Raymond dio una palmada a Keir en el hombro—. ¿Quién mejor que tú para asumir el control de mi segunda finca?

—Nadie —contestó Keir con sutil ironía.

—Juliana me ha cedido encantada sus responsabilidades. Si al principio parecía reacia era porque no me conocía.

Pero lo cierto era que la noche anterior no habían acordado nada. La cópula había sido apoteósica, pero Raymond no era tan estúpido como para creer que le había sorbido el seso. A plena luz del día, ella querría volver a cargar con el peso de todas sus responsabilidades y se mostraría reacia a que él la eximiese de ellas.

—Las mujeres no saben lo que les conviene —se dijo.

Keir zarandeó a Raymond.

—Tal vez no debería haber interrumpido tu orgía autocomplaciente, pero quería que te dieras cuenta de los escollos de tu nuevo estatus. En cualquier caso, no deberías dudar ni por un segundo de que a lady Juliana le convienes. Es como un pájaro herido en tu mano, que unas veces se desespera por escapar y otras accede a tu deseo de ayudarlo, y no deberías ceder a sus súplicas de que la liberes. No podrá curarse sin tu intervención.

—¡Qué sabio eres, amigo! Pero...

La puerta de la torre del homenaje se abrió de golpe y un grito desesperado interrumpió a Raymond.

—¡Fuego! ¡Fuego! —Fayette estaba sacando a rastras a Ella y a Margery por el brazo, y gritó de nuevo—: ¡Fuego!

Raymond echó a correr y Keir lo siguió.

—¿Dónde hay fuego? —preguntó Raymond mientras cogía por la cintura a las niñas, que bajaban por la escalera.

—En la cocina —contestó Fayette.

—En la cocina —repitió Raymond.

En la plataforma de lo alto de la escalera, Denys preguntó a voz en grito:

—¿Está Margery herida?

—Sal de ahí, chico —ordenó Raymond—. Las niñas no han resultado heridas, pero mi Juliana... —Subió la escalera como una exhalación.

Antes de que pudiera entrar en la torre, Papiol salió de esta precipitadamente.

—¡Fuego! —gritó—. ¡Moriremos abrasados! ¡Fuego!

Raymond empujó a un lado al exaltado maestro de obras, cruzó corriendo el gran salón y bajó por la escalera de caracol. Resonaban en las piedras los chillidos y los juramentos, y se tropezó con dos chicos que subían con cubos.

—¿Ya está apagado? —preguntó.

—Sí, mi señor. Está apagado, pero lo que hay ahí abajo es un bendito infierno.

¿Un bendito infierno? ¿A qué se refería el chico? Al bordear la última esquina, Raymond se detuvo tan bruscamente que Keir se estrelló contra su espalda, empujándolo unos cuantos pasos más. Sí, era un bendito infierno.

Todos los criados que deberían haber estado arriba estaban abajo, agitando los brazos por el humo de tal modo que la enorme cocina parecía llena de molinos de viento descontrolados. Todos hablaban a la vez, dando su versión del incidente o lamentándose por los destrozos causados. Sus padres estaban encaramados a unos calderos volcados y estiraban el cuello para observar bien aquella locura. Sir Joseph se encontraba apoyado en la pared de piedra del rincón, contemplando el caos y riéndose disimuladamente. Layamon iba y venía, tratando de guiar a los criados de nuevo escaleras arriba, pero sólo conseguía que se movieran de un lado a otro. La cocinera estaba de pie en medio de su cocina destrozada y encharcada, llorando desconsoladamente, al tiempo que Juliana, manchada de hollín y empapada de pies a cabeza, se dedicaba a darle palmaditas en la espalda a la cocinera y a susurrarle al oído.

Raymond posó la mirada en la más grave de las consecuencias a la vista. A Juliana se le había quemado la falda hasta las rodillas; llevaba la mano envuelta en un paño blanco y arrugaba la frente por el dolor.

—Hay que trasladar la cocina al patio de armas —susurró él.

—¡Raymond!

El alarido de su madre fue tan estridente que lo obligó a cerrar un ojo.

—Raymond, casi morimos calcinados en la cama. —Isabel bajó del caldero de un salto y se abrió paso entre la muchedumbre agitando los brazos.

Geoffroi se unió a ellos, acercándose tanto que Raymond retrocedió unos cuantos pasos para aprovecharse de su ventajosa estatura.

—Una tragedia terrible. Nos hemos librado por los pelos gracias a mis rápidos reflejos.

—Tu padre le ha dicho a todo el mundo que bajase y ayudase a apagar el fuego —dijo Isabel con efusividad—. Ante tal emergencia todos han obedecido.

Layamon les hizo señas desde el otro lado de la cocina.

—No ha sido tan grave —chilló—. Sólo ha saltado una pequeña chispa del fuego, ya me entendéis.

Geoffroi lo miró indignado.

—Ya te dije que hay que tener mano dura con las mujeres. Un hombre de verdad...

—¡Fuera de aquí! —bramó Raymond. El ruido circundante cesó de golpe, y él saltó los últimos peldaños y fue a parar al suelo mojado. Le resbaló un pie y aunque recuperó el equilibrio, se puso aún más furioso—. ¡Fuera! —Fue señalando a todos con el dedo—. A menos que tengáis una razón para estar aquí, marchaos.

La primera avalancha de criados precipitándose hacia la escalera fue como la espuma que corona una ola, luego la fuerza del agua arrastró a sus padres, disconformes. Sir Joseph también se vio arrastrado y navegó por la corriente a golpe de bastón, su inseparable bastón. En un plazo de tiempo asombrosamente breve la cocina quedó vacía, a excepción de Keir, Layamon, la cocinera y Juliana.

—¿Qué ha ocurrido? —preguntó Raymond con los pies metidos en el charco más grande.

Layamon se puso en cuclillas junto al hogar de piedra construido en el suelo. El horno donde se cocía el pan estaba abultado por un lado; el otro, una pared del ancho de la propia piedra, se había derrumbado. Layamon removió las cenizas con la mano.

—¿Habéis atizado demasiado el fuego?

—No más que otras veces —gimió la cocinera.

Keir se acuclilló junto a Layamon. Él también removió las cenizas y luego los restos de madera carbonizada. Le llegó el olor acre del carbón mojado, y agarró un leño por un extremo y lo arrastró.

—Es un leño grande.

—Mi nuevo pinche de cocina me lo ha bajado con un montón de leña y lo ha echado al horno, aunque todavía no tiene mucha experiencia encendiendo el fuego. —La mujer se enjugó la cara con el delantal húmedo, dejando restos de hollín en su rostro ancho de piel blanca—. Aun así, sigo pensando que la punta del leño no debería haber sobresalido tanto.

—Antes de autorizar el uso de esta cocina, comprobamos un sinfín de veces la resistencia de la chimenea y el horno. No entiendo cómo el horno puede haberse derrumbado —dijo Juliana. Se apoyó en él con una mueca de cansancio que hizo burbujear la ira de Raymond.

—Porque no se comprobó lo suficiente —bramó él. Se plantó junto a ella en dos zancadas e intentó cogerla de la mano. Ella la retiró, pero Raymond la miró indignado hasta que Juliana se la ofreció. Envolvió su mano en la suya con suavidad. El dorso estaba únicamente sucio, pero la palma de la mano tenía alguna que otra mancha roja y le había salido una ampolla. Apareció la cocinera, estirando el cuello para poder ver por encima del hombro de Raymond, quien le ordenó—: Trae un cubo limpio con agua.

Mientras la mujer se alejaba a toda prisa, Raymond levantó la parte carbonizada de la falda de Juliana. Ella le dio un manotazo con la mano que no estaba vendada.

—Sólo está un poco quemada. La mano está peor, porque la he puesto en las brasas.

—¿Y por qué has hecho eso, mi señora? —inquirió él con increíble paciencia.

—Porque con las prisas por apagar el fuego, alguien me ha empujado. —Parecía enfadada—. Si ese maldito chico no hubiese entrado en el gran salón gritando como un loco que había fuego, la cocinera lo habría extinguido sin ningún problema.

—Aquí tenéis el cubo, mi señor. —La cocinera lo dejó con brusquedad junto al zapato de Raymond. Se enderezó, buscó un trapo con que secarse las manos y acabó optando por sus propias mangas mientras susurraba—: Esos idiotas no tienen ni idea de cómo apagar un incendio. Pero mi señora tiene razón, yo lo habría extinguido. Mi señora siempre insiste en que tengamos a mano cubos llenos de agua... lo habría conseguido.

Raymond levantó el cubo y Juliana introdujo la mano.

—Está fría —comentó. Relajó los hombros—. ¡Qué agradable!

—¿Cuál ha sido la causa del incendio? —preguntó Raymond lanzando una mirada hacia los hombres.

—Tal vez... —Keir titubeó e hizo una pausa—. Tal vez el fuego haya sometido a presión a las piedras.

Layamon se puso de pie y sacudió las piernas.

—Tal vez.

—Trasladaremos la cocina al patio de armas de inmediato. —Raymond indicó el horno con un gesto de la mano—. Si empezamos ya mismo a construir la chimenea...

—No. —La voz de Juliana sonó rotunda.

Raymond, estupefacto, se quedó con el brazo levantado.

—¿Qué?

—Que no, que la cocina se queda donde está. —Juliana se retiró el pelo suelto de la cara—. Le pediremos al maestro de obras que le eche un vistazo a esto.

—¡Claro! —exclamó Raymond con ironía al recordar el rostro lívido de Papiol.

Juliana lo ignoró.

—Quizás él tenga alguna explicación para el derrumbe de la pared del horno y se le ocurra el modo de arreglarla para que no vuelva a suceder. La próxima vez...

—¿La próxima vez? —resonó la voz de Raymond.

—La próxima vez que entre un nuevo ayudante en la cocina le enseñaremos lo que debe hacer en caso de incendio para que no vaya chillando por la escalera y despertando a todo el castillo.

La exasperación de Juliana era palpable, pero ni mucho menos tan intensa como la irritación de Raymond.

—A pesar de que ha quedado demostrado lo peligroso que es encender fuego en el sótano, ¿quieres dejar aquí la cocina?

—No ha pasado nada —contestó Juliana con paciencia—. Cuando diseñé esta estancia, me cuidé mucho de colocar la chimenea lejos de cualquier cosa que pudiese arder. Si miras a tu alrededor, verás que gran parte de los daños han sido causados por el ataque de pánico de los idiotas de allí arriba.

Raymond miró y comprobó que era verdad.

—El pozo está aquí abajo —continuó Juliana persuasiva—. Como dice la cocinera, siempre insisto en que a todas horas haya cubos de agua disponibles.

Sacó la mano del cubo y la examinó detenidamente. Exploró las heridas con la otra mano y entonces a Raymond le vino a la memoria la noche anterior. Le vinieron a la memoria las suaves manos de Juliana explorándolo a él y supo que una de ellas le dolería durante unos días.

—Trasladaremos la cocina fuera —anunció él.

Ella no levantó la cabeza.

—No, no lo haremos.

—Sí que lo haremos.

—¿Crees que permitiría que mis hijas vivieran en un sitio que entrañara algún peligro? —Juliana estalló, alzando la voz—. Ni siquiera yo soy tan testaruda.

Raymond alzó la voz como ella, más que ella.

—Y ni siquiera yo soy tan imprudente para permitir que continúes con esta insensatez.

—Esto no es de tu incumbencia. —Juliana hizo un alto, cogió aire y reguló el tono—. Lo que intento decir es que son cosas de mujeres.

Él no se molestó en regular su tono de voz.

—Tú eres de mi incumbencia. —De nuevo habló a gritos, pero no le importó—. Todo lo que pasa aquí me incumbe.

—En la cocina no —chilló ella a su vez.

Raymond vio por el rabillo del ojo que los allí presentes retrocedían, pero no le importó. Esta maldita mujer (*su* maldita mujer) estaba discutiendo con él.

—¿En la cocina no? Entonces, ¿dónde? ¿En el jardín no, tampoco en el patio de armas ni en el gran salón, ni en lo concerniente a tus hijas o las defensas? ¿Qué es de mi incumbencia pues?

También Juliana pareció darse cuenta de que se había extralimitado y se contuvo cuando dijo:

—No lo sé, pero la cocina no.

La cruda realidad lo abofeteó y una rabia intensa lo consumió por dentro.

—¿La defensa de tus castillos es de mi incumbencia?

Ella creyó morirse de vergüenza mientras él la escudriñaba.

—Sí, claro, eso es cosa de hombres.

—Entonces te gustará saber que he informado a mi leal caballero de que será el nuevo castellano del castillo de Bartonhale. —Raymond vio que un rubor subía por el cuello y las mejillas de Juliana hasta la frente—. También he decidido darte permiso para dejar la cocina en el sótano.

Se dio la vuelta, dejando que la capa ondeara tras él con solemnidad y se fue airado hacia las escaleras. Un segundo antes de caerle encima, oyó un zumbido y acto seguido el agua del cubo le empapó la espalda. No se echó a un lado a tiempo, porque tras el agua vino el propio cubo, y entonces, como el frío viento del norte, se giró y fue hacia ella para darle su merecido.

Juliana no se encogió de miedo. Miró al frente, dispuesta a recibir un bofetón, pero él la besó. Con la boca ya abierta por la sorpresa, no necesitó más de un segundo para recordar la pasión de sus noches. Él selló los labios de ambos, aprisionó sus cuerpos, empujándola contra el horno circular, y gimió cuando ella le rodeó la cintura con las piernas. Al levantar la cabeza, contempló el rostro embelesado que descansaba en el ángulo de su brazo.

—Escúchame, y apréndete bien esto. —Ella abrió los ojos de golpe y lo miró recelosa—. Yo no pego a las mujeres ni a los papanatas. Cuando me contradigas, te trataré así y te dejaré insatisfecha. Recuérdalo la próxima vez que me hagas enfadar.

La dejó en el suelo y se dirigió de nuevo hacia las escaleras.

—Si ese es mi castigo, te llevaré la contraria a menudo —dijo ella arrastrando las palabras, tal como él se imaginó que haría.

Mojada, su capa no ondeó tan bien, pero él se giró con una solemnidad aceptable.

—Yo no hablaría con tanta seguridad, señora mía —le dijo—. Antes deberías averiguar qué es lo que hago cuando estoy contento.

Aquella sonrisa. Esa blanca dentadura centelleante, esas bronceadas mejillas con hoyuelos, sus cejas arqueadas con ironía. Su sonrisa. Era una sonrisa burlona, como si Raymond supiera que ella sentiría la tentación de complacerlo únicamente para saborear los preliminares de aquellos placeres que le prometía.

Como si pudiera haber más placeres de los que él le había enseñado la noche anterior.

Con cuidado para no reventarse la ampolla de la palma de la mano, Juliana dobló por la mitad la tela de apretado tejido de color marrón y la extendió sobre la mesa de caballete que había montado junto a la saetera.

—¿Primero la túnica, mi señora? —quiso saber Fayette.

Juliana asintió distraídamente, y Fayette colocó la deshilachada y vieja túnica de Raymond encima de la tela para usarla como patrón. Con un trozo irregular de tiza resiguió su contorno y luego se llevó rápidamente la túnica.

—Ya está, mi señora. Todo listo para que cortéis.

Raymond mentía. Tenía que haber mentido. Era imposible que pudiera hacerle algo más en la cama... Pero sentía una inquietante curiosidad, y una sonrisa tiró de las comisuras de sus labios. Desde luego, no era ningún demonio. También sir Joseph había mentido sobre eso. Juliana estaba segura de que Raymond había conservado su forma masculina durante toda la noche. Lo sabía porque había explorado todos sus rincones y le había parecido totalmente humano. Tal vez sobrehumano, con esa resistencia y pericia.

Fayette se arrodilló junto al arcón que contenía los tejidos de lana, teñidos y preservados de la polilla con alcanfor.

—¿Queréis cortar ahora la capa?

—Para la capa traed la tela escarlata. Le quedará elegante con su nueva sobrevesta y además será bastante llevable a diario.

—De acuerdo. —Fayette le guiñó un ojo con picardía—. Y le sentará estupendamente, con esa piel y ese cabello oscuro que tiene.

—Me imagino que sí. —Juliana desató las tijeras de su cinturón y las probó en el borde de la tela—. No había pensado en ello. —El carraspeo de Fayette sonó sospechosamente a carcajada, pero Juliana la ignoró. Retiró bruscamente el dedo y se chupó el corte diminuto. Keir (al parecer, gran conocedor de la forja) se había ofrecido a afilarle las tijeras y, por lo visto, había cumplido su palabra.

Keir.

Aquella pequeña traición le molestó como un dolor de muelas. Si bien era cierto que quería (necesitaba) a alguien de confianza para asumir el control de Bartonhale, nada podía endulzar el hecho de que Raymond le había dado el cargo a Keir sin su permiso.

Las tijeras cortaron la tela con un chasquido.

Su permiso.

Raymond no necesitaba su permiso. Conforme a todas las leyes tanto de Inglaterra, como de Francia y Aquitania, conforme a las leyes del mundo conocido, el destino de sus tierras estaba ahora en manos de su marido. Y aunque eran manos competentes y cuidadosas, los años que había pasado sola al frente de todo aquello, le habían enseñado muchas cosas y no estaba preparada para ceder su control. La dependencia no era segura.

—Buen trabajo, mi señora. —Fayette cogió la túnica y le entregó a Juliana el bulto de tela escarlata—. Haré que las costureras se pongan a coser la capa de inmediato.

—Que la acaben para esta noche —ordenó Juliana—. Lord Raymond va cubierto de harapos. Hasta que trajo su baúl no me había dado cuenta... —De que sus raídas prendas no respondían únicamente al descuido masculino. Se había quedado horrorizada al descubrir que no tenía más que la ropa que llevaba puesta.

—Sí, es una lástima. —Fayette miró con suspicacia hacia los padres de Raymond, bien vestidos y arrimaditos junto al fuego—. Huelen a carne podrida.

Juliana no contestó. ¡Qué iba a decir! No podía aprobar semejante crítica a sus respetables suegros, pero tampoco podía reprender a su doncella. Con un rápido movimiento de muñecas extendió la gruesa lana encima de la mesa, y únicamente levantó la vista cuando Fayette le susurró:

—¡Que Dios os asista, mi señora! —Y se alejó a toda prisa.

Isabel apareció junto a la mesa y preguntó con una acritud que podría transformar la dulce leche en cuajada:

—¿Hablas sola, querida? —Sin esperar respuesta, se sentó en el alto taburete que le había proporcionado su doncella—. He oído rumores muy interesantes sobre ti.

Juliana dio un tijeretazo y observó el destello de las hojas a la luz del sol. ¿Debería cerrar la capa con una tira alrededor del cuello o hacer un cierre más elaborado? Con un cierre Juliana podría añadir una capucha con que cubrir la cabeza, pero había visto que Raymond prefería ponerse el sombrero al salir de la torre del homenaje o irse con la cabeza descubierta. Frunció el entrecejo, porque aunque le había reprochado esto último, él seguía olvidándose el sombrero y precisamente esta tarde había tenido que perseguirlo hasta la mismísima puerta para dárselo.

—Ya puedes fruncir las cejas, ya. —Resentida porque la estaban ignorando, Isabel habló con un poco más de dureza—. Sé toda la historia de tu aventura de hace tres años.

Poner una tira sería lo más sencillo, optó Juliana, y así dejaría que Raymond decidiera si cubrirse o no la cabeza. Eso haría.

—Nadie conoce toda la historia —contestó con indiferencia a la flagrante crueldad de Isabel.

—Se sabe lo suficiente para que te condenen, e incluso aunque negaras cada una de las palabras —Isabel arqueó una ceja, pero Juliana se negaba a justificar su silencio o su comportamiento—, sigue estando el tema de tu reputación.

—Mi...

—Que ha quedado por los suelos.

—Veo que habéis estado ocupada. —Juliana alisó la tela y midió el ancho a mano—. ¿Con quién habéis hablado?

Isabel agitó una mano con displicencia.

—Con todo el mundo.

—Me cuesta creer que *todo el mundo* tenga el mal gusto de hablar con vos.

—Esa brusquedad no favorece a una mujer tan joven. —Isabel agarró a Juliana de la cabeza y se la giró hacia la luz—. Aunque tampoco eres tan joven, ¿verdad?

—Estoy envejeciendo por momentos —le espetó Juliana—. ¿Por qué no me decís lo que queréis y así luego os vais al borde de la Tierra y os caéis?

A Isabel, que no estaba en absoluto ofendida, se le escapó la risa.

—Que me vaya al borde de la Tierra y me caiga... ¡qué gracioso! Eres muy ingeniosa, querida. Me imagino que en la corte te defenderías bien, aunque es una pena que Raymond no pueda seguir contigo.

—¡Ah..., de eso se trata! —Juliana procuró mostrarse tan estirada o al menos tan indiferente como Isabel—. ¿Y por qué no puede seguir conmigo?

Isabel se cambió rápidamente la careta y se convirtió en la cariñosa y comprensiva portadora de malas noticias.

—Ya te lo dijimos. Raymond es el único heredero de un gran linaje. No puede casarse con una mujer como tú. Por mucho que te esforzaras en ocultar los rumores, por mucha firmeza con que él los acallara, pesarían sobre ti. Y él tendría que desterrarte o exiliarse contigo. —Con un nudo en la voz dijo—: Y ya sabes la dignidad que tiene Raymond; insistiría en irse al exilio contigo y pasaría el resto de su vida en este rincón provinciano. El rey perdería a su mejor consejero y el reino se resentiría.

—Todo por culpa de alguien tan insignificante como yo —concluyó Juliana. Desconfió de la sonrisa que curvó los labios enrojecidos de Isabel.

—Dudas de mi palabra.

—En absoluto. Todo lo que imagináis podría llegar a pasar. Pero yo no quería casarme con vuestro Raymond. —Resiguiendo la trama del tejido, Juliana empezó a cortar una línea recta con las tijeras—. ¿Por qué debería importarme lo que le ocurra?

Isabel golpeó en la mesa con una de sus largas uñas.

—Mira lo que estás haciendo.

Juliana miró hacia la tela escarlata que tanto parecía importarle a Isabel.

—Cortar.

—¿Cortar, qué? —preguntó Isabel con impaciencia.

—¿Una capa? —repuso Juliana, aún confusa.

Isabel se apoyó en la mesa.

—¿Para quién?

—Para Raymond.

—¿Qué clase de ropa estás haciéndole?

Juliana lo entendió entonces y las tijeras iniciaron de nuevo su recorrido por la tela.

—Ropa de diario.

Isabel meneó bruscamente su cabeza de peinado impecable en señal de triunfo.

—Eso tiene una trascendencia fácil de entender.

—¿Estáis ofendida porque consideráis que Raymond no debería trabajar? —preguntó Juliana con deliberada estupidez.

—No, no. —Isabel dio una palmada encima de la tela, justo delante de las tijeras, y Juliana paró de cortar de golpe—. Estás haciéndole ropa a Raymond porque le tienes cariño.

Juliana se quedó mirando fijamente los estilizados y aristocráticos dedos que tan cerca estaban de los suyos.

—Uno de esos encariñamientos nauseabundos y absorbentes como los que cantan los trovadores de la reina Leonor —continuó Isabel con desdén—. Cuando le hiciste ese exquisito atuendo no sospeché nada... porque era una verdadera exquisitez, querida. Si algún día quieres un puesto en la corte, estaré encantada de recomendarte a su majestad como costurera.

—Muchas gracias —dijo Juliana con un sarcasmo que a Isabel se le escapó.

—¿Por dónde iba? —Isabel se puso a pensar con la mano en la frente—. ¡Ah, sí, la ropa! Pues bien, naturalmente entendí que le hicieras a Raymond esa túnica y esa principesca sobrevesta, pero lo de la ropa de diario te delata. —Ahora Juliana no tuvo que fingir perplejidad—. Querida, he conservado la ropa palaciega de Raymond en perfectas condiciones, ¿de qué sirve un hijo salvo para proteger las ambiciones de la familia? Y si no encarna la opulencia y el poder, ¿cómo va a obtener más riquezas y poder? La imagen es importante, ¿entiendes por dónde voy?

Juliana la entendía y sintió náuseas.

—Creéis que le hice a Raymond ropa de primera calidad para que pudiese ir a palacio y el rey Enrique le concediese nuevos honores. Y creéis que le estoy haciendo ropa de diario...

—Para que no pase frío, ¡para qué va a ser! —Isabel apoyó ambas manos en la mesa, inclinó el tronco y sonrió con necedad—. Salta a la vista, por el grosor de la tela y la generosidad del corte.

—Tal vez —sugirió Juliana— únicamente desee asegurarme de que no cae enfermo y muere, echando a perder en consecuencia mis oportunidades de escalar socialmente.

Isabel convino con ella, incapaz de concebir más ambición que la suya propia.

—Es posible, pero entre vosotros hay pasión, tanto en la cama como cuando discutís.

—Es lujuria.

—¿En serio? ¿Es por lujuria que lo miras cuando crees que él no te está mirando? ¿Es por lujuria que se te sonrojan las mejillas cuando él levanta la vista y te sorprende mirando? ¿Es por lujuria que tarareas mientras tejes y sales corriendo tras él con un gorro de lana cuando fuera hace frío?

Juliana descubrió un anhelo hasta entonces inadvertido. A diferencia del otro anhelo que Raymond había despertado en ella, este anidó en su pecho, pero aun así insistió:

—Es lujuria. No quiero perder a tan diestro compañero de lecho.

—Tus acciones denotan una emoción más intensa que eso. ¿No te duele el pecho?

Juliana se llevó la mano al pecho como si reconociese su culpabilidad.

—Es lujuria —murmuró pese a que le dolía el corazón.

—Lo amas. Confiésalo.

La tela escarlata, iluminada por el rayo de sol que se filtraba, la cegó. Las manos de Isabel estaban encima del tejido, los dedos extendidos como patas de araña. Las tijeras centellearon tentadoras y Juliana cedió. Con una risa temblorosa cortó la tela persiguiendo las manos de Isabel hasta que esta gritó de dolor.

—¡Me has cortado!

—Sí, lo he hecho. —Mientras Isabel cruzaba corriendo la sala al encuentro de Geoffroi, Juliana se alejó de la mesa de caballete dando tumbos y trató de salir fuera. Ya en la plataforma inspiró profundamente varias veces el aire frío y vigorizante, y oteó el patio de armas. Como un imán, su mirada encontró a Raymond. Estaba sujetando pacientemente el palafrén de Juliana para enseñarle a Denys cómo había que tratar a un caballo.

Su raída capa marrón no le restaba esa aura de esplendor masculino, y aunque se estaba riendo el viento se llevó el sonido. Raymond era fuerte y valiente, amable e inteligente, y demasiado leal, cosa que podía jugar en su contra. Entonces se llevó la mano al pecho. Ahora el dolor le escocía como las lágrimas no derramadas. «Lo amo, pero haré que me odie.»

Capítulo 14

Juliana llevaba toda la velada encarnando la imagen de la mujer perfecta. El nerviosismo no le había hecho alzar la voz en ningún momento; tampoco se había reído en voz alta. Se aseguró especialmente de que el joven escudero, Denys, comiese bien, durmiese en un jergón y tuviese una manta. Se movió con gracilidad, trató con paciencia a los criados y se abstuvo de señalar que la cena que la cocinera había preparado en el fuego improvisado de su cocina del sótano era insuperable.

El castillo entero estaba preocupado.

¿Qué había apagado la viveza de Juliana? Raymond apoyó los codos en las rodillas y observó cómo ella iba sacando una antorcha tras otra de los candelabros de la pared y se las daba a Layamon para que las apagase.

—¿Tanto le ha molestado que te haya dado el castillo de Bartonhale? —musitó Raymond.

—Intenté advertirte —contestó Keir—. Cuando tú miras las tierras ves el lugar donde echar raíces; lo que ella ve es su hogar.

Raymond miró hacia Keir. Su amigo, habitualmente imperturbable, tenía una ligera arruga entre las cejas; claro signo de inquietud.

—La convenceré de que ha sido mi propia torpeza lo que le ha disgustado —comentó Raymond.

—Hazlo —aconsejó Keir, que se levantó y se desperezó—. Tienes métodos para endulzar su carácter de los que yo no dispongo y, si lady Juliana ha de enfadarse, prefiero que lo haga contigo.

Furtivamente satisfecho, Raymond se rió entre dientes.

—Estás un poco enamorado de ella, ¿verdad?

—Como todos ¿no? —Keir lo miró directamente a los ojos. Dejó a Raymond con una media sonrisa en el rostro.

—¡Sí, claro! —susurró él—. Como todos.

Agradecía este dulce sentimiento hacia una mujer. Parecía que hubiese pasado una eternidad desde que la vio y la secuestró, y luego se quedó prendado de ella. No le había gustado nada la ternura que despertaba en él. Raymond había considerado que era una manifestación más de su monstruosa cobardía, pero ahora se preguntaba si no estaría únicamente ante el encuentro de dos almas gemelas.

Uno a uno, los criados fueron encontrando sus sitios entre las ramas de junco o en jergones, se envolvieron en sus mantas y cerraron los ojos. Esta noche no se oían las bromas habituales; todos sintieron la presión de estar viviendo con una señora desdichada. En lugar de retirarse al dormitorio, Juliana acercó un banco al fuego y se sentó. Estaba de espaldas a Raymond (él estaba seguro de que era algo intencionado). Cuando un hombre estaba enfadado gritaba y vociferaba; las mujeres se refugiaban en el silencio hasta que el hombre imploraba perdón cual perro escaldado. Raymond se levantó, se aseguró de tener el rabo bien metido entre las piernas y se fue a calmar los ánimos contra su amigo. Si no... bueno, tal vez pudiera atraerla hasta la cama conyugal y sobornarla con amor. Sonrió ante la inmediata respuesta de su cuerpo. La sobornaría de todas formas. Se acercó hasta ella tranquilamente y le puso una mano en el hombro.

—Ven a la cama.

Ella se encogió de hombros en un brusco intento por ahuyentarlo.

—No tengo sueño.

Raymond se la quedó mirando. Ciertamente, no parecía soñolienta. Tampoco parecía enfada ni ofendida, ni en ninguno de los estados que había esperado encontrársela. Parecía asustada.

Tenía miedo. ¿De que la pegara por la escena de la cocina? ¿Por lo de Keir? Acurrucada junto al fuego y sujetándose la mano vendada, Juliana contemplaba las brasas como si esperando el tiempo suficiente estas fuesen a hablarle.

Él empujó con la punta del pie a las siluetas que había distribuidas alrededor del hogar y estas rodaron obedientemente hacia el otro lado. Se sentó en el extremo opuesto del banco, lo más lejos de ella que pudo.

—Yo tampoco tengo sueño. —Acercando las manos extendidas hacia las llamas, dijo—: Esto me recuerda nuestra primera noche juntos.

—Hace dos lunas de eso. Muchas cosas han cambiado desde entonces. —Juliana parecía distraída—. Y muchas siguen igual.

Raymond vio cómo se frotaba la cicatriz de la mejilla y creyó entender sus pensamientos. Las palabras eran su herramienta y las eligió con la precisión de un maestro artesano.

—Creías que te impondría mi voluntad.

A Juliana le sacudió un escalofrío y levantó la mirada. Tal como él se había imaginado, su mirada rebosaba desesperación, vergüenza y miedo. Se acercó rápidamente a ella, levantó un brazo y le rodeó los hombros, pero ella exclamó:

—¡No me toques! —Tras echar un vistazo a los fardos humanos que los rodeaban, Juliana disminuyó el tono de voz, pero no la intensidad—. No deberías tocarme.

¡Menuda afirmación! Raymond padecía cuando no la tocaba. Sudaba y sufría horrores mientras esperaba a tocarla. Participar cada noche en la danza del amor no lo había aliviado, únicamente le había hecho tomar conciencia de sus necesidades, de su creciente sensación de dominio y de cómo ella bailaba maravillosamente al son de su música.

—Me gusta tocarte —le dijo con tiento.

—No. —Juliana sacudió la cabeza. El pelo cobrizo le cayó sobre los hombros y no pudo contenerse—. No te gustaría si lo supieras.

Raymond suspiró hondamente, comprensivo. De modo que no se trataba de lo que había sucedido ese día. Se agarró del borde del banco con las manos y se dispuso a comprobarlo.

—Quiero pedirte disculpas por lo de Keir.

La mirada encendida de Juliana encontró la suya.

—¿Keir?

—Mi caballero. Tu nuevo castellano.

—¡Ah, Keir! —Juliana le restó importancia con un gesto de la mano—. ¿A qué viene eso? Ahora no es momento para hablarlo, tengo que confesarte algo.

Raymond le retiró un mechón de pelo de la mejilla para demostrar que sí *podía* tocarla, y cuando echó el cuerpo hacia atrás Juliana lo miró como si para ella estuviese muerto.

—Mi señora, mi amor, no te hagas daño de este modo —le dijo con suavidad intentando dar con las palabras adecuadas.

Ella presionó una mano contra el corazón y agachó la cabeza. Parecía estar escuchando alguna endecha interior. Lo que había arrancado la esperanza de su vida y la alegría de su rostro era tan terrible (eso creía ella) que en cuanto él lo supiera dejaría de desearla. Y por alguna razón había decidido que tenía que saberlo ahora. Raymond no titubeó.

—Los secretos son una carga para el alma. Cuéntame los tuyos y cargaré con la mitad del peso —le dijo con la voz áspera por el humo, pero rebosante de compasión.

Ella emitió un sonido a caballo entre el resoplido y el sollozo, pero en cualquier caso lleno de escepticismo.

—Nadie quiere a una mujer como yo —repuso—. Desde luego no un hombre como tú, que es pariente del rey y heredero de un título nobiliario y una fortuna.

—¡Vaya! —Raymond exhaló—. Veo que has hablado con mis padres.

—Con Isabel, tu madre. —Juliana se atragantó al pronunciar su nombre—. Es una mujer horrible.

—Te has quedado corta.

—Pero sabe toda la verdad.

—¿Sabe de qué modo debería vivir mi vida, por ejemplo? —La cara triste de Juliana le forzó a controlarse—. Isabel no sabe la verdad de nada.

—Sabe lo que tú no sabes.

Raymond cogió aire y se la jugó.

—¿Te refieres a lo de la violación?

Le disgustaba ver lo angustiada que estaba y ya no pudo controlarse más. Atrajo a Juliana contra su pecho y la abrazó con tanta fuerza que no pudo escapar.

—¿Lo ves? —le susurró—. Sí lo sabía, y no me importa.

Ella se deshizo de sus brazos como si fuesen instrumentos de tortura y no de protección.

—No sabes nada.

Hubo algunos que levantaron la cabeza del suelo, pero Raymond los disuadió con un brusco movimiento de la mano.

—Cuéntamelo.

—Has estado haciendo preguntas. —Juliana se arrebujó en su chal en un gesto de autoprotección—. Igual que tu madre.

Él rechinó los dientes y rehusó contestar. Juliana lo miró con reprobación unos instantes, luego bajó los ojos.

—No, tú no harías preguntas. ¿Quién te ha contado los rumores?

—Tú lo hiciste.

Ella volvió a levantar la vista de golpe.

—No. Eso es... ¿he estado hablando en sueños?

—No hemos dormido lo suficiente como para que hablaras —contestó Raymond, cogiéndole de la mano. Le acarició los ásperos nudillos y observó cómo su pulgar se hundía en las depresiones y escalaba las cimas—. Has dejado caer pistas, mi niña, piezas de un rompecabezas que había que ir encajando. Al principio pensé que te habías metido en la cama con un amante desaprensivo y que te habían pillado, pero luego me pregunté si a una mujer segura de sí misma se le ocurriría pegar a un hombre como le pegaste tú a Felix.

—Tú has enseñado a Margery a pegar —farfulló Juliana.

—*Así es*. Las mujeres han sido dotadas de tan tiernas cualidades, que hay que *enseñarles* a defenderse. —Le agarró de la muñeca hasta que ella alzó la vista hacia él—. ¿Quién te ha enseñado a ti?

—Nadie.

—Exacto, nadie, por lo que alguna experiencia terrible te ha llevado a hacerlo. Cuando sir Joseph se burló de ti y te amenazó con esa violencia, esperando que te acobardaras, fue más que evidente.

—Sir Joseph... —dijo ella con aversión—. Lo has sabido por él.

—No sólo por él. —Cogiéndole un mechón de pelo reluciente, Raymond le dijo—: Lo he sabido por esto.

Ella se quedó helada.

—Alguien te lo cortó, ¿verdad? —La luz del fuego le pintaba de un color falso la cara, ahora pálida y crispada—. ¿Fue sir Joseph? —inquirió, sabiendo que no había sido él.

—No. —Ella formó la palabra con los labios, pero no emitió sonido alguno.

—Entonces tu padre —probó, aunque ya sabía la verdad—. Te lo cortó para que todo el mundo pudiera ver el estigma de tu deshonra.

Los ojos se le llenaron de lágrimas, que cayeron con una agonía silenciosa y desgarradora. Su susurro, cargado de emoción, cortó los suspiros de los durmientes y el crepitar de las llamas.

—Es que *no* me violaron.

Raymond la escudriñó, perplejo. Ella controló el temblor de la barbilla y apretó la mano de él con tanta fuerza que le crujieron los nudillos.

—Peleé con todas mis fuerzas y logré escapar ilesa —explicó—, pero la verdad era lo de menos. Lo único que importaba eran las apariencias. Mi padre no quiso escucharme, se lo repetí una y otra vez, pero me dijo que no me creía. Dijo que me habían violado por mi culpa, que si alguien quería violarme era culpa mía, por vestir de forma provocadora y sonreír a los hombres. Dijo que me habían hecho daño por mi culpa y que tenía que casarme... que era necesario hacerlo.

—¿Con Felix?

Juliana se volvió a él con rabia.

—¡Sí, con Felix! ¿Lo sabes *todo* o qué?

—No todo. No lo suficiente ni lo bastante pronto. De haber sabido esto antes de que Felix se fuera... Deja que lo mate —pidió él.

—¡No! —El espanto le bañó de un rojo intenso las mejillas de su rostro por lo demás pálido—. No vale la pena tener que confesarse por él.

En cualquier otro momento, a Raymond le habría hecho gracia su sucinta conclusión.

—Sería un pecado ligero para mi alma.

—También podría culpar a los esbirros de sir Joseph de pegarme cuando él así lo ordena.

—¿Crees que Felix es un pelele en manos de una autoridad superior?

—Mi padre quiso que me casara con Felix, pero yo me negué.

—Tu padre. —Raymond censuró al hombre meramente con su tono de voz.

—Podría haberme obligado. Podría haberme encerrado y haberme golpeado hasta que accediera, pero entonces habría tenido que cuidar de mis hijos. Los criados se habrían disgustado, le habrían socarrado la cena, habrían dejado propagar el fuego y le habrían amargado la vida. Y yo hubiese estado indignada con él. Eso le habría resultado desagradable, y era un hombre al que le gustaba la comodidad. De modo que habría sido más fácil... —Juliana se balanceó hacia delante y hacia atrás, abrazándose la cintura como si le doliera la barriga—. A veces creo que mi padre conspiró... —Respiró hondo, entrecortadamente, tratando de reprimir las lágrimas—. Dijo que recuperaría su buen nombre si yo me casaba.

—¿Su buen nombre? —inquirió él con ironía, ocultando la rabia que le hacía entrar deseos de vituperar al hombre ya difunto.

De ahí venía la angustia que Raymond había detectado. No era una violación lo que había destrozado a Juliana ni la violencia a la que había sido sometida, sino la traición de su padre y la sospecha de una traición todavía mayor. Ella sabía que su padre había querido que se casara con Felix. Sabía que él creía que la habían violado, y que luego la humillara le dolió en el alma.

Pero ¿había sido su padre el artífice del secuestro de su hija? ¿Había alentado a Felix a que la violara y, por consiguiente, a casarse con ella? ¿Había sido capaz de ignorar la angustia y el sufrimiento de Juliana para imponer su voluntad? Parecía un método retorcido para coaccionar a su única hija; claro que él tampoco había escuchado nada digno de encomio sobre aquel hombre.

—Sí, *su* buen nombre —dijo ella en una demostración de fiereza. Entonces su vehemencia desapareció—. Como no quise casarme con Felix, me cortó el pelo con su puñal para recordar mi deshonra cada vez que me viera.

A Raymond le hizo dudar su corazón. Entendía perfectamente a Juliana, más de lo que estaba dispuesto a contar. Él también había sido sometido a las vejaciones humanas más atroces y había descubierto que su instinto de supervivencia era demasiado poderoso. Había comprometido su religión, su educación, sus principios. La confesión de Juliana era tentadora e hizo que le entraran ganas de contarle su propia culpabilidad, pero no podía hacerlo. Sus excesos eran mucho mayores que los de ella, y si lo hacía, acabaría por despreciarle y su indignación le abriría una herida irreparable. Para acallar su conciencia, se retiró el pelo detrás de la oreja y giró la cabeza hacia el fuego. Su reluciente pendiente atrajo la mirada de Juliana.

—¿Nunca te has preguntado por qué llevo esto? —inquirió él.

Ella levantó la mano, la alargó en un movimiento lento y casi reverente, y acarició el oro martillado.

—Marcar a todos sus esclavos con un gran aro en la oreja fue uno de los caprichos de mi señor.

—Es enorme. ¿No te hicieron daño al ponértelo?

—Todas las marcas de la esclavitud duelen, y sigo llevándolas todas. Las llevaré eternamente a modo de penitencia. —Deslizó las yemas de los dedos por las puntas de su brillante pelo—. Creo que tu padre no entendía la deshonra. *Nosotros* sí que la entendemos.

Ella se acarició el pelo como para asegurarse de que le había crecido, y él se alegró de haber creado otro eslabón en la cadena que los unía. Sus manos se rozaron y ella se hundió.

—Papá invitó a Felix al castillo después de que me agrediera.

—¿Por qué le sigues dejando entrar?

—Felix no pareció darse cuenta en ningún momento de su abyecto comportamiento. Y... —titubeó—. Yo estaba obse-

314

sionada. No paraba de preguntarme si me había secuestrado por mi culpa. ¿Y si lo había seducido sin darme cuenta?

La culpa había perforado el alma de Juliana como el oro la oreja de Raymond.

—No lo hiciste —soltó él—. Eso ni lo pienses. Además, no tendrás que volverlo a ver. —Bajó la vista hacia sus puños—. Sospecho que Felix se ha dado cuenta de que ya no es bienvenido.

—No sé qué especie de furia se apoderó de ti ni me importa siquiera. Pero te doy las gracias por haberlo apartado de mi vida.

Juliana hablaba entrecortadamente, casi con temor, pero sus ojos azules centelleaban de gratitud. Raymond cayó en la cuenta de que se había enterado de su colérico ataque a Felix.

—No fue difícil intimidar a ese gusano para conseguir que se fuera.

—¿Es eso lo que hiciste? ¿Intimidarlo? —Juliana se animó.

—Sin duda.

—Me alegro, porque papá me obligaba a servirlo como si yo fuese su criada. No quería que olvidase mi pecado. *Mi* pecado —se lamentó—. Ni mi propio padre me creyó.

—Yo sí.

Ella lo miró con cara de no entender nada.

—Yo te creo.

—No puedes creerme. —Juliana añadió con tremenda amargura—: Sólo soy una mujer, una de las descendientes de Eva. Los hombres no saben lo que quieren cuando están cerca de mí; no son responsables de sus actos, porque yo los tiento.

—Eso ya lo he oído otras veces. No es más que la falacia que aducen los hombres demasiado débiles para controlar sus impulsos. —Raymond se dio unas palmaditas en el hombro—. No olvides que fui yo el que sufrió el golpe de aquel leño.

Juliana rompió a reír con escándalo.

—En aquel entonces... cuando aquel estúpido me secuestró, no era tan lista. Me resistí, y él no paraba de decirme que eso no entraba dentro del plan. Me pegó hasta que perdí el conocimiento. Cuando desperté estaba sola, y escapé. —Señaló con un dedo a Raymond como si le hubiese replicado—. Pero no me violó estando inconsciente.

La rabia que sentía Raymond contra el padre de Juliana no se apaciguó, antes bien se agravó sumada a la que sentía contra Felix.

—¿Fue ese el argumento que emplearon para intentar obligarte a que te casaras con él?

Ella no contestó de inmediato.

—Cuando un hombre toma a una mujer, deja huellas... rastros con los cuales la mujer cuenta los días hasta su siguiente flujo mensual. Y no hubo huella alguna. No me violó, lo cual me alegró. Sé que es una idiotez por mi parte, porque eso no debería importarme. Ya me habían humillado y tratado como si mis lágrimas y mi sufrimiento fueran insignificantes, pero no quería que me utilizaran como a un cubo desechable.

—A mí no me hubiese importado. Lo importante es que te hicieron daño y sufriste. Lo que importa es que has dejado de confiar en aquellos que deberían protegerte.

—Sir Joseph nunca me creyó cuando le dije que no me habían violado. Insistió en que debería dar las gracias de que no me hubiesen matado también.

—Sir Joseph tiene mucha culpa —dijo Raymond con seriedad. Quiso gritar y golpearse en el pecho, y la contención aumentaba su ira. Ahora lo único que podía hacer era aliviar el alma herida de Juliana—. Pero dejemos de hablar de él... Tú eres mi esposa y has hecho realidad todos mis sueños. Nada de lo que hicieras podría alejarme de ti. Aunque te hubiesen violado, no te abandonaría.

—Pues debes hacerlo. El rey... —dijo ella, recordando su objetivo de lograr que él la odiara.

—Se las apaña muy bien sin mí.

—La reina...

—Vendrá a verme si lo desea.

—Inglaterra...

—Por mí como si la engullen las olas. Mientras estemos juntos, no me importa. —Acercando los labios a los suyos, Raymond le regaló un tierno beso.

—No puedes...

Otro beso, suave como una brisa primaveral.

—No tiene sentido...

Él usó la lengua. Con la mano que no se había lesionado, Juliana lo apartó de sí.

—No creo que con esto logres disuadirme de que deje de discutir.

Juliana casi parecía la de siempre: enérgica, impaciente, divertida. El suspiro de alivio de Raymond fue discreto pero sincero. Riéndose con disimulo, se acercó a la boca los dedos de ella y pasó el canto de los dientes por sus nudillos.

—Ven conmigo. A ver si puedo disuadirte o no.

—No hemos resuelto nuestras diferencias —advirtió ella, aunque dejó que él la ayudara a levantarse.

La condujo hasta el dormitorio iluminado únicamente por una vela y le hizo entrar por la puerta.

—Quédate aquí —le ordenó él.

El silencio de la pequeña habitación era abrumador y Juliana se abrazó la parte superior del cuerpo mientras esperaba. No había logrado ahuyentar a Raymond, aunque se vio incapaz de sentir arrepentimiento alguno.

De modo que él estaba al tanto de todo y no había juzgado sus defectos. Se había casado con ella y la había tratado con respeto. Se sintió rara, como un bebé, libre de toda culpa y resentimiento, deseosa de regocijarse con el rostro de su amado.

Su amado. Juliana cerró los ojos y acarició la idea. Aquellos pinchazos del pecho se habían transformado. La tensión había disminuido. Podía respirar hondo y reírse en voz alta sin comedimiento. Se puso de puntillas y dio vueltas sobre las ramas de junco como un alegre querubín. Sus pies levantaron polvo y decidió que al día siguiente decretaría la limpieza general del castillo. Mañana dejaría atrás lo viejo y todo estaría nuevo y limpio. Se echó en la cama y revolvió deliberadamente las mantas, disfrutando de la infracción como haría cualquier niño.

—Estás preciosa. —La sonrisa de Raymond era pícara.

—¿Qué llevas ahí? —preguntó ella alarmada.

Él extrajo dos cubos cargados de nieve del interior de su capa.

La euforia de Juliana se esfumó... casi. Alzó las manos con rotundidad.

—Ni hablar —dijo.

Él sonrió aún más, se quitó la capa y la sobrevesta, se sacó la toalla de lino que llevaba al hombro y la colocó encima de la cama.

—¿Confías en mí?

—¿Que si confío en *ti*? —Juliana levantó su mirada cautelosa hacia él.

Raymond coqueteó con ella como haría un muchacho con una doncella.

—Confías en mí, ¿verdad?

—Tanto como en cualquier otro hombre —contestó ella con seriedad para protegerse del encanto seductor de su marido.

—Algo es algo. —Raymond se acercó y empezó a desnudarla con el mismo brío que una mujer con su bebé.

No la dejó forcejear y le dio un cachete en el trasero cada vez que protestaba.

—Aunque confío más en mis perros.

—Tienes una lengua viperina —bromeó él—. Estás intentando ahuyentarme cuando sólo pretendo darte lo mejor.

—Lo que pretendes es darme uno de esos baños de nieve. —Juliana contuvo el aliento con la esperanza de que él lo negara. No lo hizo—. Me niego —susurró.

No le había impresionado. Es más, tampoco se había quedado ella impresionada ante tan débil objeción, porque no estaba segura de querer oponerse. ¡Raymond había disfrutado tanto con aquel baño! Juliana recordó cómo entonces había venerado la nieve, jugueteando con ella como un niño. El baño de nieve se le antojaba simbólico, una forma de bautizar el alma.

Entonces se puso de pie con los brazos a lo largo del cuerpo.

—Tienes mi permiso —anunció con solemnidad.

Pero él parecía haberlo dado por sentado.

—Te gustará —dijo mientras la desvestía—. Su corta capa salió volando hasta un rincón, le siguieron los zapatos repiqueteando por el suelo. —Los baños de nieve son una tradición que mis antepasados trajeron del norte para limpiar cuerpo y espíritu—. El brial se enredó en la columna del dosel de la cama. Las calzas las lanzó hacia el techo y se engancharon en una viga, quedándose ahí colgadas como un estrafalario elemento decorativo. La camisa la escondió bajo las mantas—. Para mañana por la mañana —anunció. A continuación se desnudó él mismo y a ella el aire dejó de parecerle frío; contemplando su cuerpo bronceado y musculoso entró en calor.

Raymond la alejó de la cama para conducirla junto a los cubos y hundió las manos en los dos montones de suave nieve.

—¿Raymond? —dijo Juliana en voz alta, arrepintiéndose.

—Confía en mí —contestó él.

Debían de ser sus últimas palabras, pensó ella, porque luego ya no pensó más. Sintió tanto frío que empezó a gritar. Raymond le puso nieve en los hombros. Ella dio un puñetazo en el aire cuya fuerza le hizo girar en semicírculo.

Después le frotó la espalda. Ella intentó escabullirse, pero él le agarró por la muñeca, le hizo girarse de cara y su pecho entró en contacto con un puñado de nieve.

Se quedó sin aliento y no pudo volver a gritar. Raymond le limpió los brazos y se puso a hablarle, pero ella no podía oírlo. Le estaba arrancando la piel, sólo los nervios quedaban a la vista. Se arrodilló delante de ella y a Juliana le entraron ganas de darle una patada, pero no podía mover las piernas. Entonces se levantó.

—Ya casi estoy —dijo alegremente, y le limpió la cara con un puñado de nieve suave.

Entonces le dio una patada.

—¡Ay! —Aquellas manos horribles la soltaron, y Raymond se dobló con la cara contraída de dolor—. Un poco más y nos quedamos sin tener hijos.

—A ver... —Juliana cogió nieve con la mano—. Deja que te cure el dolor. —Él dio un respingo, pero no lo bastante deprisa. Le frotó sus partes íntimas con un puñado de nieve y su bramido sacudió las vigas.

—¡Eres cruel! —Ante la pícara mirada de Raymond ella dio un brinco—. ¿Crees que te saldrás con la tuya?

—¿Qué piensas hacer? —preguntó ella agitando los brazos con amplios movimientos—. ¿Tirarme nieve?

Raymond cogió la toalla.

—No, voy a secarte.

—Y entonces, ¿por qué suena a amenaza? —repuso ella, pensando en voz alta. Él sonrió abiertamente y alargó un brazo hacia Juliana, que bordeó la cama—. Para, Raymond. —Caminaba decidido en su dirección—. Lo tenías merecido.

—Pues ¡toma!

Juliana gritó cuando él la agarró y la tiró sobre las mantas. Se abalanzó sobre ella, se le sentó a horcajadas encima y se puso a secarla. Muy despacio. Con enorme precisión y centrando la atención en aquellas partes de su cuerpo que él consideraba importantes. Cuando acabó, dejó de tener frío. Las llamas lamían su cuerpo... ¿o era la lengua de Raymond?

—Eres tú el que acrecienta demasiado mi deseo —dijo ella.

—Demasiado no. —El timbre sonoro de su promesa fue un regalo en el oído de Juliana—. Te daré todo lo que desees, y más.

Las manos de Juliana se enredaron en el pelo de Raymond y le sujetaron la cabeza como si hubiera intentado escapar, cosa que no hizo. Porque no se resistió cuando ella se apoyó contra él.

—Me gusta tu pelo —dijo Raymond—. Me gusta su grosor. Y la medida de corte que llevas.

Ella no dejó de mirarlo mientras le curaba viejas heridas. Él se acercó un mechó a los labios.

—Es de color cobrizo, cobra vida a la luz de la vela. ¡Mira!

Extendió los mechones de pelo sobre su pecho, y ella se quedó mirando. Su pelo moreno se mezclaba con el suyo cobrizo. Raymond tenía razón. Estaba vivo; ella estaba viva. Amaría a Raymond incluso cuando tuviera el pelo gris.

Lentamente, él la fue acercando de nuevo hacia sí.

—Caliéntame. Caliéntame con las manos.

Sus manos. Juliana retiró con delicadeza las manos del pelo de Raymond y las bajó por sus brazos.

—Eres tan guapo —musitó. Unas palabras inanes para la emoción que avivaba el fuego de lo más profundo de su ser. Raymond era guapo, sí, pero lo amaría aunque fuese anciano o un elfo del bosque. Se lo había dado todo. Era su amante y amigo, compañero y adversario, y para demostrarle su gratitud se lanzaría a la acción sin miramientos. Le masajeó los brazos arriba y abajo, y la tensión de sus músculos la invitó a seguir explorando.

La miraba con los ojos entornados. Cuando ella titubeó, demasiado turbada para seguir, él la imitó. Le masajeó los brazos en sentido ascendente y descendente, y fue avanzando hasta el pecho, donde le rodeó los pezones con las manos.

—Te daré un beso aquí.

—¿Con la boca abierta? —le espetó ella.

—Prometido.

La excitación que Juliana había experimentado la primera vez que vio a Raymond nunca había llegado a desaparecer del todo. Sus palabras y sus caricias se la recordaban con una intensidad acuciante. Raymond se incorporó y le succionó un pezón con la boca. Su lengua era una tortura en una piel de por sí sensible. Ella se estremeció y se mordió el labio inferior. Sentía a su alrededor el embate de olas frías y calientes.

—Dime qué es lo que te gusta —le preguntó él volcando su aliento junto a su pecho.

Había intentado averiguarlo con anterioridad, y ella había negado que le gustase nada. Ahora, zarandeada por la vorágine de sensaciones, no contestó. Raymond detuvo las manos y su boca dejó de turbarle las facultades.

—Dime lo que te gusta; puedo hacer sugerencias también.

—Adelante. —Juliana llevaba demasiado tiempo esperando esto—. Adelante.

—Tienes unas piernas larguísimas. —Raymond le acarició las nalgas y los muslos—. Rodéame con ellas y abrázame fuerte.

Ella enroscó una pierna sobre su cuerpo con renovada timidez.

—Así, dama de mi corazón. Gírate así. —Él se giró, tiró de sus tobillos para que lo rodearan totalmente, y los dos quedaron de costado. Ella, confusa, trató de tumbarse boca arriba, pero él se lo impidió.

La exploró con suaves caricias. Juliana no sabía lo que le gustaba, lo que le producía placer, lo que quería. Procuró abstraerse de sus propias reacciones, pero él, implacable, siguió acariciándola.

—¿Te gustan las caricias suaves o que te dé masajes con la palma de la mano?

Ella gimió cuando él presionó el pulpejo de la mano sobre los huesos de su cadera.

—Te ruego que me lo digas. ¿Cómo voy a saberlo si no me lo dices?

Su tono jocoso formaba remolinos como una corriente oscura como el mar en una noche sin luna, y Juliana no sabía cómo navegar. Lo único que supo hacer fue agarrarlo de la cintura con fuerza y suplicarle con la mirada.

—¿Es esto lo que quieres? —El dedo de Raymond le hizo cosquillas entre el vello rizado de su triángulo y se deslizó entre los pliegues de su carne.

Aquello le arrancó un gemido incontenible a ella, que a duras penas podía ver a Raymond a causa del calor trémulo suspendido en el aire que los separaba. En un acto reflejo, meneó su cuerpo contra el suyo, pero él seguía susurrándole y acariciándola. Entonces intentó atraerlo hacia sí. Él soltó una angustiosa carcajada y la agarró de la muñeca.

—¿Quieres que te penetre?

—Sí. —Juliana cogió aire—. Ahora.

—Haré lo que me pidas, mi señora.

Tendría que haber sonado servil, pero no fue así. Sin embargo, entró en ella de golpe.

Aquello obligó a Juliana a estar atenta, haciendo que tomase conciencia de algo más que su deseo. Para algunas mujeres este acto generaba más que un orgasmo; generaba emociones. Y ella era una de esas mujeres y quería dárselo todo a Raymond, amarlo hasta fundirse con él en un solo ser. Para algunos hombres este acto simbolizaba más que el desahogo físico; era símbolo de posesión. Y Raymond era uno de ellos. La observaba tan embelesado que ella hasta sintió una punzada de miedo. ¿Qué esperaba su marido de este coito?

Entonces él empezó a moverse y ella dejó de hacerse preguntas. Eran el eje estático de una esfera rotatoria. Eran el centro de todas las cosas; todas las cosas giraban a su alrededor. Juliana tomó tal grado de conciencia que se retorció, sollozó y forcejeó para liberarse. Raymond la abrazó con fuerza, conteniéndola, alentándola, hasta que alcanzó el clímax con un quedo gemido. Voló por la esfera, se disolvió y se fundió con él.

—Jamás te traicionaré —le juró Raymond—. Ni tú a mí.

—Jamás —susurró ella.

Entonces él se apoyó en un codo, triunfal, la miró fijamente a los ojos y vertió su semilla en su cuerpo.

Capítulo 15

Un grito brutal atravesó la puerta del dormitorio y despertó a Juliana en la penumbra previa al amanecer.

—¡Bartonhale es mío!

¿Sir Joseph? ¿En el gran salón? ¿A estas horas? Juliana parpadeó varias veces y trató de ordenar sus ideas.

—¡No podéis enviar conmigo a Bartonhale a este imberbe! Hace años que soy el castellano de ese castillo.

El tono pausado de Raymond le interrumpió.

—Keir llevará la contabilidad y os dará vuestra justa recompensa.

—¿Me estáis acusando de quedarme indebidamente con los beneficios? —chilló sir Joseph.

—En absoluto. —Ahora Raymond hablaba con voz entrecortada—. ¿Por qué creéis que os he acusado de tan abyecto vicio?

Durante la pausa que siguió, Juliana buscó a tientas su camisa. Se la puso, al igual que la ropa que estaba perfectamente amontonada encima de las mantas, y salió tambaleándose al gran salón. El fuego recortaba las siluetas de cuatro personas. Raymond estaba sentado en un banco, de espaldas a las llamas. Layamon y Keir lo flanqueaban, y sir Joseph se encontraba de cara al tribunal.

—No me habéis acusado de robar, por supuesto que no, mi señor. —Se tambaleó con histrionismo—. Pero soy un pobre viejo al que obligan a dejar el lugar en el que ha vivido y servido durante casi toda su vida. Me reservo el derecho de preocuparme por el futuro de Lofts —miró con indignación a Layamon—, especialmente cuando tengo dudas de su liderazgo.

—¿De qué criterio tenéis queja? —preguntó Raymond—. ¿Del de lady Juliana, por haber designado a Layamon, o del mío por haberla autorizado a ello?

—Yo no me he quejado del criterio de nadie —le espetó sir Joseph. Keir acercó una mano a su cuchillo y sir Joseph añadió—: Mi señor.

Desde donde estaba, envuelta en sombras, Juliana podía ver que la actitud defensiva de sir Joseph le tensaba las facciones. Sus pobladas cejas blancas empañaban, pero no ocultaban, la astucia de sus protuberantes ojos azules. Se apoyó en su bastón, fingiendo que dependía de la solidez de él.

O tal vez no estuviera fingiendo. Llevaba el bastón desde hacía años, ya fuese para intimidar o para exagerar su edad. Pero durante aquellos años, pese a que ella no había sido verdaderamente consciente, se había hecho viejo; al fin y al cabo, sir Joseph siempre había estado presente en su vida. Cuando era pequeña y aún en vida de su madre, había sido una silueta enigmática acechando en la sombra. Más tarde, fue la persona a la que su padre recurrió como amigo. Juliana había intentado complacer a su padre viudo y aprendió que también debía complacer a sir Joseph. Únicamente después de la muerte de su joven esposo, este se le reveló como un enemigo.

Y cuando la secuestraron... Juliana cerró los ojos y hundió un puño en su estómago. Jamás le perdonaría que hubiese alentado el proceder de su padre.

—Como hombre que ha visto crecer a Juliana —dijo sir Joseph, y entonces ella abrió los ojos—, quisiera advertiros de sus defectos. Siempre ha sido una persona ladina y embustera, dada al júbilo indecente y a las celebraciones paganas de la naturaleza. Vigiladla, mi señor. Vigiladla muy de cerca.

—¿O qué? —replicó Raymond.

—O acabaréis siendo un cornudo —dijo sir Joseph levantando un dedo y con voz de profeta.

Raymond se rió entre dientes.

Con un frufrú de capas, sir Joseph se volvió hacia él.

—Pretende aferrarse a sus tierras con un afán impropio de una mujer y rechaza los consejos que se le dan con generosidad. Acabaría enfrentándose a cualquier hombre que creyese que puede hacerse con el control de sus propiedades. Cuidado, mi señor, cuidado; de lo contrario, seréis también una víctima, como su primer marido, o moriréis como su padre, a quien rompió el corazón.

—¿Sostenéis que mató a su marido? —preguntó Keir antes de que Juliana, indignada, pudiese intervenir.

—No se sabe gran cosa —contestó sir Joseph.

—¿O que le rompió a su padre el corazón? —insistió Keir.

—Aquel día fue angustioso —salmodió sir Joseph.

Juliana, que estaba furiosa, se puso a chillar, pero Layamon gritó más fuerte y su indignación amortiguó la de ella.

—No es verdad. ¡Nada de todo eso es verdad!

—Sabemos que no, Layamon —lo tranquilizó Raymond, pero Layamon tenía que contar su versión.

—Su esposo murió consumido por una enfermedad. No habría vivido tanto si lady Juliana no lo hubiese cuidado con aquella ternura. Y fue una pena, una *pena* que el padre de mi señora fuese tan poco cariñoso y estuviese tan ensoberbecido como para tratarla como la trató. Seguro que su madre se revolvió en la tumba viendo cómo su marido destrozaba la felicidad de su hija.

—Ya basta, Layamon —ordenó Juliana, perpleja. Los hombres se giraron al ver que ella entraba en el haz de luz—. No habléis así de mi padre.

—Como deseéis, mi señora. —Layamon se serenó, aunque susurró—: Pero todo lo que he dicho es verdad.

Juliana ignoró su arrebato.

—No sé qué he hecho para que me despreciéis de esta forma —le dijo a sir Joseph.

—No sois más que una mequetrefe, tan estúpida que no veis más allá de vuestras narices. —Sir Joseph se succionó el labio inferior por el hueco que tenía entre sus dientes podridos, y luego le espetó—: Llevo toda mi vida postrado ante vos... ¿y esto es lo que recibo a cambio? ¿Que me destierren a un miserable castillo y me rebajen de categoría?

—Yo no creo que os hayan desterrado —intervino Keir con calma—, ni que Bartonhale sea un castillo miserable ni que os hayan rebajado. No tengo experiencia como castellano y vuestra ayuda me vendría bien. Si accedierais a...

Con la mirada dirigida aún hacia Juliana, sir Joseph dio un paso hacia delante.

—Anoche todo el mundo os oyó gritar. ¿Habéis encontrado por fin un hombre que pueda satisfacer vuestro voraz apetito? ¿Sabe él que sois una sanguijuela que utiliza a los hombres y les chupa la vida?

La culpa que anidaba en ella se diluyó. Estaba echando a un anciano de su hogar, pero se lo había buscado y jamás dejaría que intimidase a sus hijas como la había intimidado a ella.

Sin embargo, su negativa a contestar enfureció a sir Joseph. Se acercó golpeando el suelo con el bastón. Raymond se levantó del banco, pero se detuvo ante el brusco movimiento de cabeza de Juliana.

—Os creíais superior a los señores locales —susurró sir Joseph—, y esperasteis mientras preparabais el cebo para cuando apareciese el pez gordo. Ahora ya tenéis a vuestro gran señor, disfrutad el uno del otro.

—Muchas gracias, eso os honra —repuso Juliana con la voz ronca propia de quien acaba de despertarse.

Su condescendencia resquebrajó el débil control de sir Joseph.

—Disfrutad revolcándoos en la hierba con pueril inocencia, ¡como una zorra!

Sin pensárselo dos veces, Juliana le dio una patada al bastón y sir Joseph se tambaleó.

—¡Sois como un grano en el trasero! —exclamó con rotundidad—. Partid ya hacia Bartonhale antes de que olvide nuestro parentesco y os abandone en la calle como el zurullo que sois.

Sir Joseph recuperó el equilibrio y empezó a andar hacia ella. Raymond, Keir y Layamon echaron a correr, pero de algún modo Denys llegó antes que ellos.

—Marchaos —dijo con la voz rota por el fervor juvenil—. Sacad vuestro diabólico ser de aquí.

Juliana miró boquiabierta a Denys, perpleja por esa inesperada defensa, pero sir Joseph reconoció al joven y se inclinó hacia él.

—Apártate, muchacho —le dijo con voz persuasiva—. Esto es entre ella y yo.

—¡No! —El fervor de Denys era tan incongruente que aún parecía estar más fuera de lugar—. No la tocaréis.

Valeska se coló delante de sir Joseph.

—El chico tiene razón.

También Dagna se puso en medio.

—¡Largo, vejestorio! Se os ha acabado el tiempo.

Estirando su estrecho cuello, sir Joseph trató de ver entre las mujeres, pero no tuvo valor para amenazarlas con su bastón.

Raymond lo agarró del brazo con fuerza.

—Fuera hay un carro esperando a que salgáis.

—¿Un carro? —gritó sir Joseph—. Soy un caballero. ¡Iré a caballo!

—No —dijo Raymond—. No quisiéramos que os perdierais por el camino.

Sir Joseph se detuvo y se sacudió a Raymond de encima.

—No me perderé. Y no os libraréis de mí tan fácilmente.

—Es un demonio —comentó Denys mientras el anciano se alejaba airado. Su mirada inocente ardía con un fuego que sólo sir Joseph podía haberle contagiado, y abrazó a Juliana—. Ha estado hablando conmigo, intentando tentarme y ofreciéndome cosas que no le correspondía a él ofrecerme ni a mí tener.

Sorprendida, Juliana procuró controlar la emoción que le produjeron sus largos brazos y su escuálido pecho. En su día tuvo un marido que la abrazaba así, pero el abrazo de Denys era más parecido al que le da un hijo a su madre. El chico había enterrado la cabeza en su hombro y buscaba consuelo para su desesperación.

—Ya se ha ido —le dijo mientras le daba unas suaves palmaditas en la espalda—. Olvídate de él.

—Vale. —Denys se despegó de ella. No estaba abochornado, ni siquiera parecía haberse dado cuenta de lo inapropiado de su acción. Visiblemente aturdido por los acontecimientos matutinos, dijo—: Olvidaré la tentación. —Recorrió con la mirada el gran salón, que ahora era un hervidero, y la posó en Margery y Ella—. La *olvidaré*.

—Así es, chico, la olvidarás. —Valeska lo agarró del brazo—. Podrás empezar a hacerlo después del desayuno. Tienes pan y queso esperándote, y cerveza de calidad y leche fresca. Lady Juliana ha dado la orden de que le metamos chicha a esos huesos, y lord Raymond dice que no combatirás en un torneo hasta que peses al menos cincuenta y siete kilos. Cuánto hay que comer para defender a nuestra señora, ¿eh?

El rostro famélico del joven Denys se iluminó al oír hablar de comida, y el chico caminó penosamente hacia la mesa de caballete volviendo bastantes veces la vista hacia Juliana.

Dagna movió sus espesas cejas.

—El muchacho va donde le lleva su barriga. Será mejor que le suba comida de la cocina.

Raymond le guiñó un ojo a Juliana.

—¡Bueno! Ya tenéis un nuevo paladín.

—Eso parece —convino ella, e intentó reprimir el creciente cariño que los delgados brazos del joven y su ferviente defensa habían despertado en ella. Había intentado mantenerse alejada de él y de los recuerdos que le traía, conformándose con la excusa de que se ocupaba de su ropa y de llenar su estómago, y que eso bastaba. Pero él la había observado mientras le hacía trenzas a Ella en el pelo, mientras enseñaba a Margery a coser y cuando metía a las niñas en la cama y les daba un beso de buenas noches, y su mirada dejaba entrever un muchacho sediento de afecto maternal. Juliana había intentado cerrarle el acceso a su corazón, pero tendría que ser un monstruo para no valorar el coraje que él le había demostrado.

Raymond sonrió, obviamente consciente de que el muchacho se había ganado a Juliana.

—El joven Denys es un buen chico, ¿verdad, Juliana?

—Es un buen chico —intervino Keir antes de que ella pudiera responder—, pero ha recibido una educación pésima. Le enseñarás el concepto del honor ¿no, Raymond?

Sobresaltado, este escudriñó a su amigo.

—Lord Peter decía que el honor no podía enseñarse más que con el ejemplo y que incluso entonces los resultados dependían del alumno.

Keir señaló con la cabeza a Denys, que estaba desayunando.

—Creo que es un alumno capaz, y no sólo para lo virtuoso. Ha visto que la virtud es a veces difícil, y está impaciente.

—¿En serio? —Raymond alargó las palabras—. ¿Estás listo? Porque te acompañaré abajo y así podremos hablar de lo que ya sabes.

—Tengo que despedirme de lady Juliana —contestó Keir.

Lo dijo sin ninguna emoción palpable, pero ella se sonrojó cuando Raymond miró con elocuencia hacia Denys y luego a Keir.

—Cuéntale todos tus secretos, Keir —dijo mientras hacía una marcada reverencia y se retiraba.

Keir ladeó la cabeza.

—No tengo secretos.

—Entonces no podrás contarle ninguno —repuso Raymond.

La expresión de desconcierto de Keir le arrancó un gorjeo a Juliana.

—No siempre se le entiende —dijo con el rostro de nuevo despejado—, pero creo que es un buen hombre. —Le puso una mano en el brazo a Juliana y la condujo hacia la saetera que daba al patio de armas—. He pensado que podríamos ver cómo los criados recogen mis cosas antes de partir hacia Bartonhale.

Una propuesta absurda, porque el sol aún no había hecho más que volver el cielo de color morado, pero Juliana sabía que Keir no propondría una ridiculez sin una buena razón. Quería hablar con ella y ella accedió con una inclinación de cabeza.

Le sujetó de la muñeca con los dedos índice y pulgar. Juliana reparó, no por primera vez, en que aquellos eran los únicos dedos enteros que le quedaban en la mano derecha. Los otros tres se los habían cortado hasta la segunda falange. Sintió un escalofrío en solidaridad con él y luego otro, porque no quería tener nada que ver con el hombre imperturbable por culpa del cual su marido le había usurpado a ella su autoridad.

Keir acomodó el paso al de Juliana.

—Antes de irme, mi señora, quisiera daros las gracias por la generosidad con que me habéis acogido.

Juliana intuyó cierto sarcasmo en sus palabras, pero se retractó. El sarcasmo requería un sentido de la iniquidad que dudaba que Keir poseyera o siquiera entendiese.

—Me hubiese gustado hacer más por vos.

—En vuestras circunstancias, toda cautela es poca y he considerado vuestras ocasionales faltas de cortesía meramente como la reacción instintiva de una mujer ante un desconocido. ¡Ojalá todas las mujeres fuesen tan prudentes como vos!

—¡Y todos los hombres tan astutos como *vos*! —repuso ella con recato.

Él ladeó la cabeza.

—Me temo que es verdad. La mayoría de los hombres prefiere usar su espada y su escudo como sustituto de la inteligencia, y cuando descubren que Dios les dio un cerebro están ya con un pie en la tumba.

—Algunos ni siquiera entonces lo descubren —dijo ella, pensando en su padre. Al llegar a la altura de la saetera, Juliana descubrió que *sí* veía. Los siervos habían hecho una hoguera para tener luz y calentarse, y vislumbró a Raymond entre las figuras que corrían de aquí para allá. Sonrió al oír su voz bramando una orden y vio a los criados saliendo disparados para cargar los carros como él había ordenado.

—Cuando un hombre joven emplea sus facultades, alcanza la gloria. —Keir parecía triste—. Raymond es uno de esos hombres, y su grandeza es el resultado de una dolorosa maduración. Él me cortó los dedos.

Juliana desvió rápidamente la vista hacia Keir.

—Para liberarme del cautiverio. —Flexionó la mano—. Yo se lo agradecí, pero él se echó a llorar.

—¿A llorar? —¿Había hablado en voz alta? ¿Acaso importaba? Era como si Keir oyese lo que ella no era capaz de decir.

—Sin duda, habréis deducido que Raymond y yo estuvimos juntos en Túnez. —Apoyó la mano mutilada en el alféizar, donde pudiera verla. De hecho, Juliana no podía apartar los ojos de ella—. Antes de coincidir en la subasta de esclavos, no nos habíamos visto nunca. A nuestro dueño le gustaba comprar caballeros cristianos bien fornidos y someterlos a los trabajos más humillantes.

—¿Raymond era herrero como vos?

—Para ser herrero tendría que haber colaborado en el proceso de formación. —Por objetivo que el comentario pudiera parecer, le dio a Juliana bastante información sobre Raymond y también sobre Keir.

—Entonces, ¿no quiso colaborar?

Keir dibujó lentamente un arco con la cabeza. Con la mandíbula en tensión y los ojos brillantes, Juliana descubrió, para su sorpresa, que era un hombre atractivo. No se había dado cuenta hasta entonces. No se había dado cuenta debido a Raymond y al hechizo que este había tejido a su alrededor. Keir volvió a mirar hacia la saetera, y la conciencia de su persona disminuyó.

—Me escupió, literalmente, por decidir convertirme en herrero.

—¿Raymond os *escupió*? —susurró Juliana con incredulidad, aunque en los labios de Keir revoloteaba una media sonrisa.

—No había conocido en mi vida a un hombre tan duro. Prefería la muerte a relacionarse con los infieles. Lo que Raymond no sabía —dijo él con cariño— es que la muerte era preferible a los métodos que aquellos infieles empleaban para aniquilar a los caballeros recalcitrantes. Nuestro dueño fue implacable con él.

—Le pegó.

—Con enorme placer —dijo Keir. Sobre el alféizar, la mano mutilada se flexionó—. Al final deseé que Raymond se viniera abajo con tal de que cesara el derramamiento constante de sangre. Era yo quien cauterizaba sus heridas más profundas.

—¿Qué le hizo desmoronarse? —preguntó ella llevada por una tímida curiosidad.

Keir cabeceó en señal de reprobación.

—Hablo demasiado.

—¡En absoluto! —exclamó ella.

—Debería bajar a echar un último vistazo a las provisiones que vamos a llevarnos.

—¿Por qué lloró? —preguntó Juliana desesperada por el último dato que Keir le había dado.

Él titubeó.

—¿Os referís al momento en que me cortó los dedos? Raymond organizó nuestra huida. Fue una huida osada y exitosa. —Meticuloso hasta la saciedad, preguntó—: ¿Habéis oído hablar del barco sarraceno que robamos y con el que navegamos hasta Normandía?

—Sí, sí, seguid.

—Durante la huida se me quedó la mano enganchada en una cadena del muelle que me atenazó los dedos. Y aunque podía haberlos sacado a la fuerza, temí que la cadena me arrancase media mano. Así que le pedí a Raymond que retirase con un cuchillo las partes aplastadas pegadas a mi carne. El cuchillo lo había hecho yo, pero no estaba demasiado afilado...

Juliana sintió un escalofrío.

—Porque lo habíamos empleado para cortar cuerdas y hacer saltar cerraduras. Aguanté la amputación sin rechistar, pero Raymond descubrió que no tenía vocación de cirujano.

Envalentonada por su comentario, Juliana cogió la mano de Keir para examinarla. Él aguantó el contacto de sus manos sin pestañear.

—El cirujano del rey tuvo que serrar las esquirlas de hueso, ya que Raymond no había podido hacer un corte limpio.

Juliana envolvió la mano de Keir con las suyas en señal de reconocimiento de su fortaleza.

—Raymond rescató a ocho caballeros y cuatro navegantes cristianos, y a dos viejas, Valeska y Dagna, sin que se derramara sangre. Trajo un barco mercante de los infieles a un puerto cristiano. A mí me pareció que perder unos cuantos dedos era un sacrificio insignificante a cambio de la libertad, pero él todavía lamenta su pérdida. Estoy un poco confuso, pero el carácter de Raymond cambió cuando lo capturaron. El encarcelamiento me cambió a mí también, porque hasta entonces no había conocido a ningún hombre al que considerara digno de ofrecerle mis servicios.

—¿Y ahora?

—Daría mi vida por Raymond. —Desplazó el mentón hacia delante con orgullo y expuso su argumento—. El cautiverio lo convirtió en el hombre que es ahora, pero también le dejó una carga en el alma. No soy dado al sentimentalismo, pero quisiera que Raymond fuese feliz. No que estuviese contento o satisfecho con su vida, sino que fuese feliz. —Keir giró boca abajo la mano de Juliana, le hizo una reverencia y se marchó.

Ella se apoyó en la saetera y esperó. Keir apareció en el patio de armas y se fue directo hasta su marido, quien le señaló los carros cargados de provisiones y los robustos caballos de carga que llevaban aparejados. Juliana aguzó la vista cuando Raymond extrajo una bolsita del interior de su capa y se la entregó a Keir. Luego se puso a gesticular, dándole claras instrucciones sobre los muros, la torre del homenaje y supuso que sobre ella misma. ¿Había dinero en aquella bolsita?, se preguntó Juliana. ¿De quién era? ¿De dónde lo había sacado Raymond y por qué se lo había dado a Keir?

Pero Raymond y Keir siguieron con sus asuntos sin responder a las preguntas de Juliana. Keir se quedó inmóvil mientras Raymond le daba un abrazo, mientras señalaba un caballo de batalla, un semental de combate, el mejor de sus caballerizas, y la silla y la brida que llevaba. Era evidente que se lo estaba regalando todo... y que lo había hecho sin pedirle permiso a ella.

El día antes probablemente lo habría acusado de robo. Hoy suspiró al analizar su situación. Lo cierto es que no había cambiado mucho. El motivo de discordia entre Raymond y ella no estaba resuelto. Él seguía creyéndose el señor de todas sus tierras y ella sabía que su palabra seguía siendo ley. Pero de algún modo las tornas se habían vuelto aquella noche. De algún modo él le había hablado con su cuerpo, invitándole a unirse a él en un solo ser. Le había insinuado que juntos tendrían más fuerza que por separado; que juntos harían algo más que conservar las tierras: las incrementarían, como también aumentarían la familia. Formarían una gran familia, una de las más importantes de Inglaterra; y de Francia, naturalmente (Juliana hizo una mueca al recordar la insistencia de su suegra).

Pero por alguna razón esta mañana ni las tierras ni la familia le parecían importantes. Asomó los pies por debajo del brial y se los quedó mirando. Tenía unos pies nuevos; los movió. Le respondieron igual que el día anterior, tenían el mismo aspecto, pero eran nuevos.

No pudo evitar extender las manos. También tenían el mismo aspecto y le respondían como el día anterior, pero eran nuevas. No eran las mismas.

¿Y si *ella* no era la misma? ¿Y si unas cuantas palabras, un baño de nieve y una noche de ardiente pasión habían creado una nueva mujer? Tras recuperarse y recomponer todas las partes de su ser que había entregado, todas aquellas partes que él se había quedado, había descubierto que era distinta. Estaba toda entera, pero distinta.

Una mano tímida le tocó el hombro.

—¿Mi señora? —dijo una voz también tímida.

La nueva Juliana se encontró cara a cara con Denys y le sonrió sin la timidez que había enturbiado sus anteriores encuentros. En cierto modo, él notó el cambio, porque ladeó la cabeza como un pájaro y la escudriñó con sus expresivos ojos. Pero tal vez pensando que había sido demasiado atrevido, bajó la mirada ruborizado.

—Mi señora, quería daros las gracias —le salió un gallo y bajó abochornado el tono de voz— por haber sido tan generosa conmigo. Me habéis tratado como a un miembro de la familia —le salió otro gallo y aún se sonrojó más— y espero ser digno de ello.

Ella se apoyó en el ancho alféizar de la saetera y le cogió de la mano.

—Eres digno de formar parte de mi familia.

Denys resplandeció de alegría.

—¿De veras creéis eso?

—Cualquiera que tenga el valor de hacer frente a sir Joseph merece mi respeto. —Al oír su nombre, Denys le dirigió a Juliana una mirada de angustia, y ella trató de sonsacarle—: Dime qué es lo que te preocupa.

—Lord Raymond me ha hablado del honor. ¿Qué podéis decirme al respecto?

Ella se retiró un rebelde mechón parduzco de los ojos y pensó en cómo debería responder, pero su silencio hizo que Denys se lanzara a hablar.

—Porque lord Raymond dice que es un estilo de vida. Asegura que lord Peter le dijo que si un hombre aspira a ser honorable, debe tener pensamientos honorables y actuar con honor.

—Es verdad —convino ella—, pero actuar con honor a veces es más fácil para un lord que para una mujer o un joven, por ejemplo. Un lord solamente debe obedecer al rey y sus leyes. Una mujer o un joven poco le importan al rey y sus leyes, por lo que nuestras necesidades a menudo nos llevan en direcciones distintas que a un lord.

Denys asintió y le cayó un mechón de pelo sobre la frente.

—Es que a veces no me parece justo.

—Lo sé, pero si tu mente temía a sir Joseph y a pesar de ello le hiciste frente físicamente, tus acciones no fueron en balde.

—¡Ah...! —Denys apretó con fuerza la mano de Juliana y farfulló—: En ocasiones robo pan de la mesa.

Al fin entendió Juliana hacia dónde apuntaba su razonamiento.

—¿Porque tienes hambre? —le preguntó Juliana intentando tranquilizarlo.

—Por si me entra hambre.

El fantasma del hambre se cernía sobre el chico larguirucho y ella se enterneció.

—Si te dijera que puedes coger de mi mesa todo el pan que quieras, ya no estarías robando.

Denys se animó momentáneamente y volvió a poner cara triste.

—Pero me sentiría mal igual y lord Raymond dice que un caballero debe tener también un corazón puro.

Indignada por la pedantería de su esposo, Juliana tiró de la mano de Denys para que se acercara a ella y luego le pasó el brazo por la espalda rígida.

—A tu edad uno tiene el corazón puro sin siquiera intentarlo.

Él se apartó de ella y la miró con ojos llorosos, respirando con agitación.

—No, yo no. Mataría a mi padre por lo que nos hizo a mi madre y a mí, y el cura dice que iré al infierno. Haría sufrir a todas las personas que se negaron a ayudar a mi madre, y lord Raymond dice que un caballero no debería perder el tiempo con venganzas absurdas. Nunca seré tan fuerte ni tan noble como lord Raymond. Él tiene los castillos de Castle y Bartonhale sencillamente porque es el mejor guerrero del rey Enrique. Os tiene a vos por esposa, y a Margery y a Ella como hijas, por su honradez de mente y espíritu. ¡Yo jamás seré tan honorable! Jamás.

Ella hizo ademán de tocarlo, pero él se giró y echó a correr hacia la puerta. Se compadeció del chico, que aspiraba a objetivos casi inalcanzables, y deseó que el honorable y aristocrático zoquete de su marido no cayese demasiado pronto ni con un gran cataplum del pedestal en que lo tenía Denys.

Raymond estaba temblando de frío en el puente levadizo para despedirse de Keir y silbó la melodía que los marineros le habían enseñado durante la feliz travesía de regreso a Normandía. Lo había conseguido. Había consolado a Juliana sin desvelar ninguno de sus secretos. Aunque le había costado, la noche anterior había sofocado el impulso de aliviar las afrentas sufridas por Juliana revelando las suyas propias; al fin y al cabo, ¿qué sacaría ninguno de los dos de todo aquello? Su transgresión se abría como un abismo tan grande que nunca llegaba a cruzarlo o cerrarlo. Lo único que podía hacer era taparlo y confiar en que Juliana nunca se enterase de su presencia; y confiar también en que no se hiciera más grande arrastrándolo a él al fondo. De momento ya había logrado más de lo esperado.

Se congratuló secretamente, no sin pesar, de haber enviado a Keir a Bartonhale antes de que se le escapara la verdad.

Raymond alzó la vista hacia la saetera frente a la que Keir y Juliana se habían despedido. *Confiaba* en que a su amigo no se le hubiese escapado la verdad. Keir tenía un curioso concepto de la ética y era partidario de arreglar las cosas al margen de las protestas de la desdichada víctima. Por esa razón había despertado Raymond a todo el castillo para despachar a Keir antes del amanecer, poniendo como excusa el manto de frío que se había instalado en el país. Este se había llevado las nubes, aunque seguía habiendo montones de nieve apilada por los rincones del patio de armas. Había congelado el barro de los caminos, formando surcos que posibilitaban el paso. Y los granjeros le habían dicho que no desaparecería hasta la llegada de la primavera, por eso había instado a Keir a que se fuera mientras pudiera y se llevase consigo a sir Joseph.

Raymond le había resumido a Keir en pocas palabras la personalidad diabólica de sir Joseph y le había sugerido, con la máxima sutileza, que vigilase al anciano. No dijo (en voz alta no) que le gustaría verlo colgado de un poste en un cruce, pero Keir ya lo sabía. Su amigo era un hombre honesto, más de lo que Raymond juzgó nunca necesario, pero estaba seguro de que las fechorías de sir Joseph aflorarían.

Asimismo, le había sugerido que, en cuanto se hubiera instalado en su nuevo hogar, preparase un ataque al castillo vecino; supuso que a lord Felix le vendría bien un escarmiento. Keir le recordó que esas guerras privadas no las fomentaba el rey y que, aunque fuese su primo, lo multaría severamente por alterar de ese modo la paz. Raymond se limitó a sonreír tan abiertamente que le crujió la mandíbula.

—A lord Felix hay que operarlo para sacarle del cuerpo una parte que me molesta —comentó—. Una vez hecho eso, ya no tendrá más problemas conmigo ni molestará más a mi esposa.

—¡Ah...! —Keir asintió con solemnidad—. Ahora entiendo mis prácticas como cirujano.

Sí, Raymond se alegraba de la marcha de Keir, aunque lo echaría de menos. Pero aún se alegraba más de haberle dado la joya de las caballerizas de Juliana. Aquel caballo de batalla era una recompensa, una disculpa y una promesa de amistad eterna.

Tosti estaba levantando un cesto repleto de trozos de barro congelado cuando localizó a Raymond y le gritó:

—¡Mi señor! —El joven caminó hasta él por el suelo accidentado—. Mi señor, hemos cavado tanto que ya sentimos las llamas del infierno. ¿Creéis que deberíamos parar?

—¿Habéis llegado al lecho de roca? —preguntó Raymond bajando un poco para atisbar la zanja. Una docena de excavadores se pusieron a jadear y pisotear con fuerza para demostrar lo duro que era el suelo—. Pero ¿es o no es roca? —insistió.

—Está tan duro que podría serlo.

Raymond analizó uno de los sólidos fragmentos extraídos y detectó partículas de piedra en la tierra oscura.

—Es grava —comentó admirado—. Yo diría que lo habéis conseguido.

Tosti dio saltos de alegría.

—Suficiente profundidad, chicos —dijo con orgullo—. Dejad de cavar.

Raymond se rascó la mejilla con barba de varios días.

—Tal vez podríais cavar un poco más —dijo. Tosti paró de bailar—. O hasta que nos traigan las piedras.

—Ya han llegado. —Tosti gesticuló hacia la sombra que proyectaba el muro.

Raymond zanqueó hacia los bloques de arenisca.

—¿Por qué nadie me lo ha dicho?

—El maestro de obras estaba aquí cuando las trajeron ayer por la mañana, y se puso a gritar y a dar saltos como el extranjero loco que es. —La expresión del rostro de Tosti dejaba muy claro lo que opinaba del pobre Papiol—. Y entonces en el galimatías que habla nos dijo que pusiéramos las piedras ahí, y eso hicimos. Quizá deberíamos haberos avisado, mi señor, pero entre vuestros padres, la boda y todo el follón...

Raymond tocó la arenisca rugosa.

—No importa. Papiol creía que no llegaría hasta la primavera. Esto demuestra lo que puede llegar a hacer la determinación.

—Así es, mi señor. Los canteros dijeron que se habían puesto en marcha hacia aquí en cuanto...

—El suelo se heló. —Raymond sonrió.

—Sí. Mirad, por ahí traen más piedras. —Un carro cargado hasta arriba y tirado por bueyes subía dificultosamente por el camino—. Me imagino que las irán trayendo a lo largo de la semana.

—Cavad por lo menos hasta mediodía —dijo Raymond—. Para entonces deberíamos haber atravesado la grava y haber llegado al lecho de roca.

Tosti se puso de nuevo a bailar. Mientras Raymond subía por la pendiente y las escaleras, pensó que todo el mundo estaba contento. Las doncellas cantaban al tiempo que rastrillaban las ramas de junco del suelo y colocaban otras nuevas. Un Denys feliz seguía comiendo. Juliana estaba trenzando el pelo de Margery, que le llegaba a la cintura, y Ella se dedicaba a subir y bajar del banco mientras esperaba su turno. Y en cuanto a él... en fin, ayudar a Juliana lo había ayudado a recomponerse. Sí, todo el mundo estaba feliz.

Todos incluidos sus padres. Sus caras de suficiencia se iluminaron al verlo, y él por poco salió corriendo, pero habría sido una cobardía... e inútil. Lo encontrarían, costara lo que costara; al fin y al cabo, habían dejado la corte de Enrique y cruzado el estrecho mar para dar con él, ¿verdad?

—Raymond.

Él ignoró a su padre y siguió hacia Juliana en línea recta.

—¡Raymond!

Ignoró a su madre, se abrió paso entre las criadas y vio cómo se le iluminaba la cara a Juliana al verlo.

—Raymond, se nos ha ocurrido una idea para acabar con este nefasto matrimonio tuyo.

La voz sonora de Geoffroi acaparó no sólo su atención, sino la de todo el salón. Las conversaciones cesaron. Un rastrillo cayó repiqueteando al suelo. Denys dejó la jarra en la mesa. Ella se cayó del banco y su grito de sobresalto rompió el silencio y la perplejidad de Raymond, que giró sobre sus talones y empezó a caminar hacia su padre con puños asesinos. Pero antes de que hubiera dado dos pasos, Juliana lo agarró del brazo.

—No puedes asesinar a tu propio padre.

Raymond se controló y miró hacia el rostro levantado de su esposa. No parecía intimidada por el enfrentamiento. Sus mejillas recién lavadas tenían un intenso rubor rosáceo. Su pelo suelto seguía emitiendo destellos de color, y fascinado contra su voluntad, preguntó:

—¿Por qué no?

—Porque el cura te impondría penitencia durante años.

—Tal vez me compense.

—La penitencia seguramente consistiría... —Juliana se dio unos golpecitos en el mentón mientras pensaba— en la abstinencia sexual.

La indignación de Raymond se resquebrajó.

—Acabas de salvarle la vida a mi padre. No lo asesinaré, pero ¡santo Dios! —Se volvió hacia sus padres y preguntó a gritos—: ¿Por qué queréis acabar con un matrimonio autorizado por el rey?

—Enrique te ha enviado aquí movido únicamente por motivos personales —dijo Isabel.

—Para cuidar de sus intereses en Gales —añadió Geoffroi.

—Pero siempre le hace falta dinero —continuó Isabel.

—Y si le pagamos, no se enfadará porque le hayamos desbaratado sus planes —concluyó Geoffroi.

—Raymond —dijo Isabel en tono de fingida alarma—, Juliana retozó con aquel hombre.

Raymond apretó los puños con tanta fuerza que se le pusieron los nudillos blancos.

—No sé cómo no caímos antes en la cuenta —coreó Geoffroi—. Lady Juliana fue humillada ante todo el país.

—Piensa en el cura —le dijo Juliana a Raymond, mientras le masajeaba el brazo de arriba abajo tratando de que su bíceps en tensión se calmara.

—Lo más grave es que su padre quería que ella se casara con él —comentó Isabel—. Le pidió al cura que leyese las amonestaciones los domingos y días festivos.

—Y corre el rumor de que los esponsales estaban ya redactados —añadió Geoffroi.

Juliana detuvo el masaje y acto seguido lo reanudó sin perder la sonrisa beatífica de sus labios.

—Nunca se llegaron a redactar. Yo me opuse.

—¡Es lógico que te defiendas! —Los labios de Isabel se curvaron en una mueca de desdén.

—¿El intercambio de promesas tuvo lugar en la puerta de la iglesia? —preguntó Raymond siguiendo el hilo.

A Juliana pareció que se le atragantaban las palabras.

—No —dijo al fin en un tono suave y bien modulado.

Raymond entrelazó sus dedos con los de ella y con el otro brazo le rodeó la espalda.

—Entonces ni las amonestaciones ni los esponsales fueron válidos.

—¿Cómo que no? —repuso Geoffroi—. ¿No lo entiendes? Los esponsales son tan vinculantes como el matrimonio... casi, podría declararse una unión anterior como consecuencia de su previa consumación.

—No —contestó Raymond.

La mano que Raymond sostenía se tensó repentina y angustiosamente, y Juliana se tensó toda ella por la rabia y el dolor.

—¡Es imposible anular nuestro matrimonio!

Con la petulancia de un cura el primer día de cuaresma, Geoffroi sonrió.

—¿De qué sirve estar emparentados con el Papa, si no podemos obtener una simple anulación?

Juliana se quedó literalmente boquiabierta. Respiró hondo varias veces para recuperar la serenidad y cuando levantó la cabeza había tomado una decisión crucial.

—No dejaré que les hagas daño, pero puedes echarlos de aquí —le dijo a Raymond tranquila y sonriente.

Capítulo 16

Juliana se puso la mano sobre la frente para proteger sus ojos del inclemente sol de invierno y observó cómo Geoffroi, Isabel y su séquito al completo bajaban la colina por el camino serpenteante. Se iban rumbo a la costa para coger el siguiente barco que cruzara el canal, y ella no logró lamentar su marcha. A su lado, Raymond se frotó las manos con suma satisfacción.

—¿Puedo preguntarte algo? —le dijo ella.

—Lo que quieras —le sonrió él.

—¿En serio estás emparentado con el Papa?

A él se le borró la sonrisa del rostro.

—Mahoma, el profeta, es tío mío —refunfuñó—, Carlomagno es mi hermano, Santo Tomás de Aquino es mi padrino y el Apóstol San Juan es un buen amigo.

Juliana se echó a reír al ver su cómica expresión.

—Ahora me toca a mí hacerte una pregunta —dijo Raymond—. ¿Por qué has dicho que estás emparentada con sir Joseph?

A Juliana la acometió un súbito bochorno y se olvidó del Papa. Juntó las manos a la espalda y silbó con una corta y brusca exhalación.

—¡Oh! ¿No lo sabías? Es mi tío.

—No, no lo sabía. —Él imitó su fingida ingenuidad—. ¿Por qué no me lo dijiste?

—Bueno... —Juliana soltó una risilla, avergonzada—, no es la clase de pariente del que uno presume. Es el primogénito de mi abuelo, fruto de su relación con una sierva.

—¿Es un hijo bastardo?

—Naturalmente, de lo contrario habría heredado estas tierras.

Raymond la miró con atención.

—Veamos..., sir Joseph es tu tío, por lo que nunca se planteó la posibilidad de que te casaras con él.

—¡Oh, no! —exclamó ella alarmada—. ¡Eso es ridículo!

—No tanto. A la muerte de tu padre, sir Joseph tendría el control del castillo.

Ella, asqueada, sintió un escalofrío.

—Ni lo menciones. Habría sido un pecado abominable. Además, cuando el rey me hizo llegar el mensaje de que había concedido mi mano a... —farfulló y paró de hablar.

—¿Sí? —la animó él a seguir.

—A un miembro de su corte...

—¡Qué diplomática eres! —aprobó Raymond.

—Sir Joseph apoyó mi decisión de evitar el matrimonio.

—¿Tu principal hombre de armas te instó a desafiar al rey? ¿Y creíste que lo hacía en beneficio de tus mejores intereses?

—Yo... nunca pensé...

—Me lo imaginaba. Tu tío tiene mucha culpa de todo lo ocurrido.

—El tema de sus orígenes era delicado, aunque no es ninguna deshonra. Guillermo conquistó Inglaterra hace un siglo y también era un hijo bastardo.

—Lo sé —respondió Raymond—. Era mi primo.

Ella se quedó boquiabierta y al darse cuenta cerró la boca. No quería saber si su marido estaba realmente relacionado con el primer rey normando de Inglaterra.

Raymond sonrió ante su prudencia. Le puso las manos en la cintura y la levantó del suelo hasta que quedaron cara a cara.

—Nos aplicaremos con diligencia hasta que tengamos un heredero legítimo para nuestras tierras —bromeó él mientras ella pataleaba con cuidado para no hacerle daño de verdad—. ¿No lo estás deseando, lady Juliana?

—Bájame —ordenó ella con solemnidad, y él la bajó al suelo con un movimiento lento y seductor. El roce de sus cuerpos le cortó el aliento a Juliana, y él, el eterno guerrero, se inclinó sobre ella aprovechándose de su debilidad. Le acarició con la mano la vena de la garganta, una vena que palpitó con el contacto.

—Vamos a la cama.

—Es de día.

—Así te veré mejor.

—Tenemos cosas que hacer.

—Pueden esperar.

—El maestro de obras.

—¿El maestro de obras? —repitió él, desconcertado.

—El verdadero maestro de obras —aclaró ella—. Escucha.

Raymond aguzó el oído y desde la zanja le llegó la voz aguda del hombre farfullando en su francés poitevino.

—¿Por qué gritará ahora ese chiflado? —preguntó Raymond exasperado.

—No lo sé. —Juliana señaló colina abajo—. Pero creo que lo averiguarás enseguida.

Papiol y Tosti caminaban furiosos a su encuentro, cada uno chillando en su lengua y haciendo gestos que transmitían claramente lo que querían decir.

—Mi señor —dijo Papiol en un francés rápido, con su voz estridente y sus arrogantes ademanes—. Definitivamente, este imbécil ha perdido el juicio. ¿Sabéis qué quiere hacer? ¿Lo sabéis?

—¿Qué os ha dicho? —Un Tosti acalorado cerró los puños—. ¿No puede hablar un idioma decente como todos nosotros?

—Inglés estúpido —le espetó Papiol demostrando entender la lengua de la que renegaba—. El francés es la única lengua civilizada del mundo. Los poitevinos son el único pueblo civilizado del mundo.

También Tosti evidenció una comprensión que negaba y en un francés entrecortado que había asegurado no conocer, preguntó:

—¿Por qué no habláis en inglés?

—¡Jamás! —Papiol levantó un dedo con solemnidad.

—¡Vaya, vaya! ¿Qué os parece esto de ser más estúpido que un inglés? —preguntó Tosti con beatífica sonrisa—. ¿Eh, eh?

A Raymond le dio tal ataque de risa que tuvo que girarse. Papiol se puso a farfullar y Tosti a dar vueltas a su alrededor en una danza guerrera.

—¡Ya basta! —exclamó Juliana rotunda—. Estamos hablando de mi muro, no de un asunto baladí del que puede prescindirse con risas e insultos.

Raymond contuvo la risa.

—Lady Juliana tiene razón —dijo y señaló a Papiol—. A ver, ¿qué es lo que os inquieta?

—Este estúpido ha saboteado la contramuralla, mi señor —declaró Papiol con la poca dignidad que le quedaba—. Sin consultarme a mí, el maestro de obras del rey, este campesino ha ordenado el cese de la excavación.

Tosti levantó indignado los brazos en el aire.

—Yo he dado la orden... —empezó a decir Raymond.

—Asegura haber actuado por orden vuestra —dijo Papiol a la vez que Raymond.

Ambos dejaron de hablar y se miraron fijamente.

—¡No es posible, mi señor! —exclamó Papiol con palpable consternación—. Un muro sólido necesita unos cimientos sólidos, y esta zanja ni es lo bastante profunda ni ha llegado a la roca subyacente. Como ya os dije, en primavera será más fácil cavar y el muro estará...

—Terminado para entonces —dijo Raymond hábilmente.

—Mi señor —suplicó Papiol—, es preciso que me escuchéis.

—No, escuchadme vos. —Raymond se inclinó hasta estar cara a cara con Papiol—. Afirmasteis que no se podía seguir excavando en invierno y os he demostrado que estabais en un error. Afirmasteis que las piedras no llegarían en invierno y os he demostrado que estabais en un error. ¿Por qué debería creeros ahora?

Papiol se retorció las manos.

—Puede que haya cometido algunos errores de cálculo, pero en esto no me equivoco, mi señor.

—¿Qué podría pasar? —preguntó Juliana.

Papiol desvió su atención hacia ella.

—Sin unos cimientos adecuados el muro no se sostendrá.

—¿Y se caerá nada más levantarlo? —inquirió Raymond rebosando escepticismo.

—No inmediatamente, pero *oui*, se caerá. —En un frenesí de emoción, Papiol cayó de rodillas y levantó sus manos entrelazadas—. Por favor, mi señor, debéis creerme. —Al ver que Raymond volvía la cabeza, caminó de rodillas hacia Juliana—. Mi señora, esta contramuralla no es segura. Se derrumbará, en una batalla tal vez o el día menos pensado.

Juliana miró hacia Raymond con inquietud.

—El maestro de obras del rey *es* él.

Raymond cruzó los brazos delante del pecho.

—Es tu torre. Haz lo que te parezca mejor. —Raymond tenía una misión, las dudas de Juliana no lo ofendían realmente. Sabía que el proceso de construcción de castillos podía perfeccionarse; sabía que él podía perfeccionarlo y no tuvo reparo alguno en emplear tácticas desleales para convencer a Juliana y tener así la oportunidad de demostrarlo.

Juliana anduvo hasta el final del puente levadizo, echó un vistazo a la marcha de las obras y luego a la extensión de sus tierras.

—Esto es importante para mí. Quiero un muro de doce pasos de ancho con dos saeteras por merlón y una torre en cada extremo.

Raymond caminó resueltamente hasta ella y la cogió de las manos.

—Será el castillo más seguro del oeste de Inglaterra.

—Quiero el castillo más seguro de Inglaterra.

—Así será. Mi objetivo es protegerte a ti y todo lo que te pertenece. Tú me has dado mucho y yo muy poco. Deja que me ocupe de la construcción de tu contramuralla.

Juliana tenía la nariz roja por el frío y unos mechones de pelo escaparon de la cofia que le cubría la cabeza. Ladeándola con aire inquisidor, sopesó la sinceridad de Raymond y sus propios temores, y él esperó los resultados con tensa expectación. Tanto tardó en responder que parecía que fuera a ponerse el sol.

—Se hará como tú dices —dijo al fin—. Construye el muro.

A Raymond le maravilló la confianza que ella había depositado en él. Aunque no era una confianza absoluta, porque caminó resueltamente hasta la torre para no cambiar de idea. Aun así, viniendo de la mujer que le había golpeado nada más conocerse, esta declaración era mejor que cualquiera que hubiera podido esperar.

—Mi señor. —Papiol seguía arrodillado en el suelo helado con la frente fruncida de preocupación—. Mi señor, ¿qué habéis decidido?

—Que construiremos el muro.

—¿Después de cavar un agujero más hondo? —repuso Papiol esperanzado.

—No, de inmediato.

Papiol hundió la cabeza en las manos y se balanceó hacia delante y hacia atrás.

—Esto es una locura. Si insistís en seguir adelante con vuestro plan, yo, en conciencia, no puedo quedarme aquí. Mi reputación se resentiría. Aunque estamos en invierno y temo el viaje por mar, me iré, por eso os suplico...

Tan sincera parecía su preocupación que, por unos instantes, Raymond dudó de su propio criterio. El maestro de obras carecía del desdén arrogante previamente manifestado y, al fin y al cabo, era el maestro de obras del rey. Tal vez, sólo tal vez...

—Ya habéis oído a nuestro señor —dijo Tosti con desprecio—. Marchaos. No sois más que una vejiga apestosa hinchada por los aires de una vaca flatulenta.

Sin rastro de su candor, Papiol se levantó de un brinco y soltó en francés una sarta de insultos cargados de veneno.

—¡Hijo de perra! ¡Excremento miserable de pájaro! Eres un ignorante. Tu mera presencia es un insulto para el maestro de obras del rey.

—¡Ja, ja! —gritó Tosti.

El grotesco hombrecillo se revolvió como un capón y Raymond ignoró el recelo que le producía su inexperiencia. Papiol probablemente le hubiese comprado a Enrique el cargo de maestro de obras.

—Haced lo que tengáis que hacer, Papiol —le dijo—, que yo haré lo mismo.

Tosti sonrió satisfecho y se alejó tranquilamente, presumiendo como un pavo real, pero las dudas permanentes de Raymond lo empujaron a decir en inglés:

—Cavad sólo un poco más, Tosti.

Este se giró y lo miró contrariado, pero Papiol no lo entendió ni se dio cuenta, y a Raymond no le importó. Se avergonzaba del deleite que sentía en su fuero interno, pero no podía negarlo. Cuando la contramuralla de Juliana estuviese acabada y ella comprobara la resistencia de su baluarte contra la invasión enemiga, sabría que sólo un hombre era su artífice; y ese hombre era él.

Su gratitud compensaría todo el trabajo y el esfuerzo, y sin duda alguna lo incluiría para siempre en el círculo mágico que formaban Margery, Ella y Juliana.

—Mi señor, por favor, reconsideradlo —suplicó Papiol.

—Si os dais prisa, podríais atravesar el canal con mis padres y ahorraros la agonía de intentar hacer solo la travesía —le dijo Raymond.

—¿Vuestros padres? —Papiol parecía afligido—. ¿Queréis que viaje con vuestros padres?

—Irán directamente a la corte de Enrique —le aseguró Raymond.

—Me encantaría irme allí directamente, mi señor —dijo Papiol con un hilo de voz—, pero después del incendio de la cocina...

Raymond se acercó a Papiol hasta quedar cara a cara.

—¿Qué tienen que ver mis padres con ese incendio?

—Yo no sé nada, mi señor —dijo Papiol afligido y con lágrimas en los ojos—, pero me pedisteis que examinara la chimenea con el objetivo de construir otra más segura. No sé por qué, pero alguien rascó la argamasa que unía algunas de las piedras.

—¿Estáis seguro?

—Es imposible que se desprendiera y se esparciera sola. —Pese a todos sus descargos, Papiol parecía muy seguro de lo que decía.

—¿Y qué tiene eso que ver con mi padre? —quiso saber Raymond.

Papiol levantó la vista al cielo y luego la bajó al suelo, lo que fuera con tal de no mirarlo a él.

—Mi señor, vuestros padres llegaron a la cocina justo antes de que se declarara el incendio. Y criticaron a vuestra esposa abiertamente y con suficiencia. —Se estremeció y se arrebujó en su capa de terciopelo con ribetes de piel—. Empieza a hacer frío, ¿no os parece, mi señor?

Raymond quiso sonsacarle la verdad.

—Así pues, ¿creéis que mi padre provocó el incendio?

—Yo no acusaría a un noble tan respetable de semejante artimaña —contestó Papiol.

—No, más vale que no lo hagáis. —Raymond se dio cuenta de que, en realidad, Papiol no había pretendido ofender a nadie—. Tenéis razón, empieza a hacer frío. Pasad aquí otra noche y mañana os mandaré tras mis padres. Tendréis que viajar con ellos solamente en el barco, luego podréis separaros nada más atracar en Calais. Os pagaremos el salario que os debemos, además de los gastos del viaje por las molestias causadas.

—Muchas gracias, mi señor. —Papiol hizo una reverencia y paseó en dirección a la torre; era una silueta conmovedora pero digna.

Raymond no se fijó en él. Tenía la mente concentrada en este nuevo horror. ¿Habían manipulado sus padres el incendio de la cocina con la esperanza de que la torre del homenaje quedase reducida a cenizas? Aunque lo habrían perdido todo... ¿o no? Bien pensado, no habían sacado la ropa ni los utensilios domésticos de sus baúles. Semejante incendio no les habría hecho perder nada, más bien habrían salido ganando.

Raymond se quedó contemplando las tierras que se extendían ante él y le parecieron atractivas, pero no tanto como la dama que lo esperaba en el interior de la torre. ¿Qué era lo último que había dicho su padre antes de partir hacia la corte de Enrique y quizás hacia el Vaticano? «Haríamos cualquier cosa para romper tu matrimonio. Cualquier cosa.»

Contestó la promesa de su padre en voz alta: «Y yo haré lo que haga falta para defender mi matrimonio. Lo que haga falta».

—Ríndete, sinvergüenza. —Raymond presionó la punta de su espada contra la nuez de la garganta del tembloroso Denys.

Denys intentó asentir con la cabeza y Raymond retiró la espada.

—No, Denys, cuando el acero presione tu carne es imprescindible que te estés quieto. Expresa tu conformidad con un simple y enérgico «sí». De esta forma quedará claro que aunque en realidad te hayan derrotado, tu mente no ha sucumbido. —Enfundó la espada y le ofreció la mano al joven tendido en el suelo—. Venga, vamos ya o lady Juliana no nos dará nada más que pan duro y vino agrio.

Temblando de agotamiento, Denys dejó que Raymond lo ayudara a levantarse.

—¿Os derrotaré algún día, mi señor? —preguntó con una desesperación excesivamente patente.

—Espero que tardes en hacerlo. —Raymond se echó la capa sobre los hombros y luego cogió la de Denys—. Cuando entrenes con la espada y haga frío —lo sermoneó—, acuérdate de abrigarte después.

Denys se enjugó gotas de sudor de la frente.

—He entrado en calor, mi señor.

Raymond miró a su alrededor con satisfacción. El rigor del invierno había cedido conforme se acercaba el Miércoles de Ceniza y este día de San David la temperatura fomentaba una actividad física presagio de la primavera. A su alrededor había calderos de agua hirviendo con bálsamo de melisa. Las mujeres de la aldea removían con palas la ropa de cama para quitarle la humedad del invierno. Juliana ya había advertido que antes de Pascua todo el mundo tendría que desnudarse y hervir su ropa, pero de momento ese temido día podía ignorarse. De momento Juliana recorría el castillo con el pelo recogido en un pañuelo y dando instrucciones con un chasquido de dedos ante el que las criadas elogiaban su espíritu renovado al tiempo que lamentaban sus obligaciones.

Raymond envolvió a Denys con su capa.

—En cualquier caso, deberías llevar esto. Estas últimas semanas has mejorado, pero hasta que eches carnes y se te formen músculos de hombre, no tienes el suficiente peso para aguantar los golpes.

—Entonces, ¿de qué me sirve entrenar a diario? —preguntó Denys mientras cogía su espada de la fría tierra.

—Eres un buen contrincante —contestó Raymond decidido a reparar el orgullo herido de Denys.

—¿Para vos? —El joven abrió desmesuradamente los ojos—. Lord William de Miraval me dijo que sois el mejor guerrero de Francia.

Raymond se rió a carcajadas.

—Pero no de Inglaterra, ¿eh? —Volvió a reírse—. William siempre tan consciente de su propia grandeza.

—Es un gran guerrero, ¿verdad? —preguntó Denys con nostalgia, caminando con dificultad hacia la torre del homenaje y arrastrando su escudo.

—No hagas eso. Deberías cuidar tus armas. Trae, deja que te lo lleve yo. —Raymond se cargó el escudo al hombro con el suyo propio—. Es cierto que William es un gran guerrero y yo fui su pareja de entrenamiento igual que tú la mía. —Repasó a Denys con ojo crítico—. Yo pesaba doce kilos y medio menos que tú y no tuve la fuerza que tienes tú en el brazo hasta los diecisiete años.

Denys sonrió e irguió su espalda de escuálidos hombros.

—Vigila tu barriga. Las heridas en el abdomen producen una larga y desagradable agonía.

Denys se puso las manos en su vientre plano.

—Y no temas buscar mi protección. Por eso envolvemos las espadas con paños. Eres más joven y más débil, así que aprovéchate de ello.

—¡Qué curioso! —reflexionó Denys en voz alta—. Eso es lo que me dijo sir Joseph.

—¿Sir Joseph? —Raymond lanzó una mirada inquisidora a su protegido—. ¿Cuándo has hablado tú con sir Joseph?

Denys se ruborizó con aire culpable.

—Mmm... Vino a mi encuentro la noche que llegué y hablamos de mis..., ehh..., de mi futuro.

Raymond reprimió su primer impulso de darle una reprimenda al joven. Con el recuerdo de su valiente defensa de Juliana aún en la mente, se conformó con un comedido:

—En lo único que sir Joseph y yo estamos de acuerdo es en que hay que aprovecharse de las circunstancias.

—Sí, mi señor. —Lamentándose incluso de ese suave reproche, Denys arrastró los pies por la tierra—. Procuro no pensar en lo que me dijo.

—Es un instigador —declaró Raymond.

—¡Oh, no! Peor que eso —insistió Denys—. Es un hombre perverso.

—Tal vez —contestó Raymond molesto, aunque no entendía por qué realmente—, pero ya se ha ido.

Denys levantó la mirada, encendida con un fervor que Raymond había visto hacía poco en alguien más, pero no recordaba quién.

—Hay que agradecérselo a San Sebastián.

—¡Papá!

Raymond alzó la vista hacia la plataforma que daba acceso a la segunda planta de la torre del homenaje. Margery lo saludó con la mano.

—Papá, dice mamá que si no vienes ahora mismo cenarás pan duro y vino agrio.

Raymond sonrió y le dio un suave codazo a Denys.

—¿Qué te he dicho?

Denys no contestó y a Raymond le sorprendió detectar una mirada lasciva en su rostro mientras contemplaba a Margery. Raymond sintió la intensidad de las primeras punzadas de indignación paternal. Margery era una niña de once años, demasiado joven para casarse. ¿Cómo se atrevía ese crío a mirarla como si fuese una mujer?

—Dile que enseguida vamos —gritó Raymond, y agarró a Denys por el cogote. El joven soltó un grito, pero se dejó arrastrar por él hasta el abrevadero de los caballos. Entonces opuso resistencia, pero era demasiado tarde. Le hundió la cabeza en el agua, lo soltó y retrocedió al tiempo que el chico la sacaba. Con las manos apoyadas en las caderas, Raymond adoptó su postura más intimidatoria y dijo—: Ni te atrevas a pensar en Margery.

Estupefacto por la zambullida y por la acusación, Denys no intentó fingir ignorancia.

—Mi... mi señor —tartamudeó—. No es mi intención... en ningún momento he pretendido...

Y el cariño paternal de Raymond hacia Margery quedó enterrado bajo una ola de afinidad con el avergonzado Denys. Pese a la fortuna que tenían sus padres, él había sido tan pobre como Denys. Con las humillaciones de su miserable juventud muy presentes en la mente, se quitó la capa y frotó con ella enérgicamente el pelo del joven.

—Tienes que afrontar la vida con realismo. No tienes futuro. Cuando seas caballero, te convertirás en un mercenario y luego vendrán los torneos y las guerras. Relaciónate con las criadas, muchas ya te han echado el ojo. Pero Margery es una doncella de buena familia.

—Yo también soy de buena familia —gritó Denys ofendido.

—Lo sé, pero eres pobre, huérfano y no tienes tierras. —Raymond podía sentir la humillación que Denys destilaba, y deseó poder soltarle la cruda verdad al muchacho de otra manera; pero no conocía otra forma—. Margery no está a tu alcance. Aléjate de ella. A-lé-ja-te de ella.

Capítulo 17

—Ya vuelve a tontear con ese chico —dijo Raymond tan enfadado que apenas movió los labios para hablar.

—¿Quién tontea con un chico? —Juliana se alejó del cesto que estaba llenando de pan y queso, y fue hasta la saetera frente a la que se encontraba Raymond. Bajo ellos, en el patio de armas, Margery estaba hablando con Denys, y Juliana sonrió—. Está perfeccionando sus armas femeninas.

—Pues no debería hacerlo.

—En algún momento tendrá que aprender. Yo también lo hice. Recuerdo la alegría y la inocencia que había en ello. —Miró hacia Raymond con una mezcla de tristeza y ánimo en el rostro—. Si Margery tiene que aprender a relacionarse con un hombre, prefiero que lo haga delante de mis ojos. Denys es de fiar.

—¿De fiar? —replicó Raymond con ironía—. A esa edad ningún joven es de fiar.

—*Él* sí. —Juliana le apretó el brazo—. ¿No te has dado cuenta de que está enamorado de ella?

—Me he dado cuenta —dijo él con hostilidad—. Y ella es demasiado joven para esa clase de atenciones.

—¡Qué paternal! —bromeó ella.

Él se puso aún más tenso.

—Es que me siento así.

Juliana le dio unas palmaditas en el brazo.

—Me alegro, porque Margery te quiere con locura.

El enfado de Raymond se intensificó.

—¿Qué? —bramó de ira—. Me ha parecido que decías que está ejercitando sus armas femeninas con Denys.

—Él está enamorado de ella —dijo Juliana sorprendida por su ferocidad—. Ella está enamorada de ti. No es más que un amor inocente, resultado de la combinación de la primavera y la juventud. Sé que si los ignoramos, sus encaprichamientos serán pasajeros. Denys la oirá chillándole a su hermana o ella te verá rascarte la barriga por la mañana... Esta clase de amor se hace añicos ante los primeros síntomas de realidad. Lo peor que podemos hacer es oponernos a ello, porque entonces el encaprichamiento se convertiría en una cruzada, y ya sabes con qué ardor van los jóvenes a las cruzadas.

Juliana volvió junto a su cesto y Raymond se preguntó si su culpa era palpable. *Había* increpado a Denys por encandilarse. Había creído que el joven aceptaría aquella advertencia con el mismo sentido común con que aceptaba todas las demás. Pero el joven no reaccionaba igual en lo sentimental que en lo que concernía a sus habilidades guerreras, o quizá Denys considerara que Raymond era un experto en armas pero no en el amor. Por la razón que fuera, ahora se mostraba distante, pensativo y tendía a mirar a Margery con un aire calculador que aumentaba más aún su recelo.

—Juliana —dijo—, ¿te produce intranquilidad la excursión?

—A ver... —ella se encogió de hombros—. Solo iremos a mi propio bosque y cogeremos lirios para la cuaresma y las primeras hojas verdes. Layamon y sus hombres se quedarán aquí a vigilar desde los muros. Valeska y Dagna se quedarán en la torre aguardando nuestro regreso. Tú estarás conmigo y con las niñas, y nos llevaremos a los criados del castillo; están pálidos de tanto ver piedra. De modo que estoy todo lo tranquila que puedo estar y de vez en cuando me va bien salir.

—No quiero que tengas miedo.

Ella corrió hasta él y le rodeó la cintura con los brazos.

—Eres un hombre maravilloso.

Él la envolvió en un abrazo.

—Es verdad —convino. Apoyando la mejilla en la coronilla de la cabeza de Juliana obtuvo consuelo de ella de igual modo que el acero obtiene la fuerza de la forja.

En su día había sido un trotamundos, desconocedor de las virtudes del amor, que menospreciaba por fantasiosas. Entonces Enrique le había concedido la mano de Juliana y, sin saberlo, ella empezó a romper el caparazón que lo había tenido prisionero desde su liberación en Túnez. Le había sacado de quicio que ella se negara a casarse y se propuso derrotar a la desconocida señora de Lofts.

Él la había retado y ella dio la impresión de ceder. Él había dado la batalla por vencida, pero descubrió que la fuerza y el valor de Juliana lo habían derrotado... y ella ni siquiera lo sabía. Acogió al trotamundos solitario que había irrumpido en su vida y le dio un hogar, una familia y un amor que sobreviviría a su propia alma.

—Deja de perder el tiempo, anda. —Los presentimientos de Raymond desaparecieron y se enderezó—. En el bosque hay algo que quiero enseñarte.

Ella levantó el rostro radiante hacia él.

—¿El qué?

—Algo que te encantará —aseguró él con mirada lasciva.

—Sí, la primavera tiene la peculiaridad de hacer que todo crezca, ¿verdad?

Juliana miró a su gente henchida de orgullo. Habían saciado su apetito, habían recogido hojas y ahora estaban tumbados en la arboleda, divirtiéndose con canciones, bailes y números de circo. Tosti estaba sentado cerca de ella, flirteando con las criadas. El inquieto de Denys descansaba apoyado en un árbol.

Embriagadas con la excitación primaveral, Fayette y dos de las criadas salieron a cantar delante de todos los sirvientes del castillo una canción subida de tono sobre los hábitos de apareamiento de pájaros, mofetas y demás criaturas del bosque.

—Cualquiera diría que los animales se dedican a hacer orgías —le susurró Raymond a Juliana mientras esta guardaba las sobras de la comida.

—Creo que las pobres sólo quieren inspirar a sus pretendientes —repuso Juliana.

—Fayette tiene un bonito cuerpo. —Raymond se acercó la rodilla al pecho y apoyó el brazo encima—. Sus pretendientes no necesitan inspiración.

Ella le dio un puñetazo en el brazo y lo reprendió en tono burlón.

—¿Y tú por qué te fijas en eso?

—No he podido evitarlo. La noche en que llegué aquí prácticamente me la arrojaste en los brazos. No tuve más remedio que ver lo que estaba rechazando.

Juliana lo había olvidado y farfulló algo sin saber siquiera el qué.

—Pero yo quería lo mejor. —La obligó a sentarse en su regazo—. Y no paré hasta conseguirte a ti.

A su alrededor la gente sonrió dándose codazos unos a otros.

—Que tengáis el árbol no significa que no podáis mirar al resto de manzanas, ¿eh, mi señor? —dijo Tosti.

Juliana captó la mirada de complicidad que intercambiaron Raymond y Tosti, y levantó la cabeza que tenía apoyada en el brazo de su marido.

—No te consentiré ninguna insolencia más, Tosti. —Rápidamente se giró y sorprendió a Raymond sonriendo—. Ni a ti, mi señor.

Cuando quiso darse cuenta, Raymond la había atraído hacia sí y se valió de su arma más eficaz para ahuyentar el resentimiento de su esposa. Cuando por fin él acercó los labios a los suyos, a ella le pesaban demasiado los párpados para abrirlos, y se preguntó si las risas y las exclamaciones de asombro que llenaban la arboleda eran por ella o por la actuación que tenía lugar allí delante.

—Creo —le susurró Raymond al oído— que deberías ver esto. Margery y Ella son unas extraordinarias acróbatas.

Juliana dio un respingo y miró atónita a sus hijas. Alguien había tensado una cuerda entre dos troncos robustos y Ella (¡Ella!) caminaba por esta. Bueno, no caminaba exactamente. La palabra reptar sería más acertada, pero en cualquier caso la niña ahora se levantó y avanzó por la cuerda paso a paso. Raymond le tapó la boca a Juliana para que no gritase. Sólo entonces se dio cuenta de que su hija Margery estaba bajo la cuerda, haciendo un juego de malabarismo con tres manzanas secas mientras se comía una de ellas. Se dejó caer sobre su marido.

La gente del castillo estaba también en silencio, observando con tal atención que Juliana entendió hasta qué punto deseaban que las niñas acabasen el número con éxito. En cierta ocasión Ella saludó con la mano, y se habría caído de no agarrarse de una rama a su alcance. Y en otro momento dado, a Margery se le cayó la manzana a medio comer, pero antes de agacharse a recogerla (y mientras seguía lanzando las otras dos en el aire) dijo: «Por poco se me cae».

Todo el mundo rompió a reír y Raymond retiró la mano de la boca de Juliana. Ella llegó al otro extremo de la cuerda, saltó el metro y medio de distancia que había hasta el suelo y el consiguiente aplauso lo libró a él de la reprimenda de su esposa. Juliana fue quien aplaudió con más entusiasmo y recibió encantada el abrazo de sus exultantes hijas.

—¡Bravo, hijas mías! ¡Qué bien lo habéis hecho! Ahora id a jugar, ya hemos tenido suficientes actuaciones por hoy.

—¿Por qué no jugamos a la gallinita ciega? —preguntó Tosti, pero su propuesta fue recibida por un coro de protestas. Finalmente, organizó un juego de pelota y entonces sí que Juliana increpó a Raymond.

—¿Quién ha enseñado a mis hijas a hacer acrobacias?

—Valeska y Dagna. —Raymond alzó las manos con inocencia—. ¿Aún no has deducido quiénes son esas viejas?

Ella cabeceó.

—Tras nuestra cruzada en Tierra Santa se unieron a nosotros algunos simpatizantes, personas con ganas de aventura: sastres itinerantes, curas, cocineros, usureros... y toda clase de artistas de muy diversa procedencia. Tocaban canciones de lo más peculiares y cantaban en las lenguas más curiosas. Y —le dio unos toques a Juliana en la frente— hacían acrobacias y juegos malabares.

—¡Ah...! —Ahora lo entendió Juliana—. Cuando capturaron a los cruzados...

—Exacto, todos los sastres, curas, cocineros y artistas fueron vendidos, al igual que yo. Valeska y Dagna eran esclavas, apreciadas por sus actuaciones y su poder sanador, y supieron mantenerse con vida mientras yo desperdiciaba la mía. Me mantuvieron vivo, pese a lo mucho que las maldije por ello.

—Y entonces las ayudaste a huir en señal de gratitud por haberte salvado la vida.

Raymond pareció sorprendido, luego le hizo gracia.

—En absoluto. Las necesitábamos para escalar las murallas de los sarracenos y asegurar nuestras cuerdas. Y para amarrar el barco a puerto. *Nos* ayudaron a huir.

Juliana lo miró boquiabierta hasta que Raymond le cerró la boca colocándole un dedo bajo de la mandíbula.

—Tendré que tratarlas con más respeto —dijo ella—. Pero después de darles su merecido por haber enseñado a mis hijas unos juegos tan peligrosos.

Un bostezo le pilló desprevenida y él le sugirió que se tumbara a descansar. Se dio unas palmaditas en el regazo y ella miró hacia allí con interés, pero Raymond cabeceó con reprobación.

—He dicho a descansar.

Con cara de decepción, Juliana acomodó la cabeza en las piernas de Raymond, cerró los ojos y dormitó hasta que él balanceó un narciso encima de su nariz. La despertó la intensidad de su aroma, promesa primaveral de la tierra. Abrió los ojos y tenía tan cerca los pétalos de color amarillo vivo que pudo ver cada uno de sus filamentos de terciopelo. Él lo acercó a sus labios y ella saboreó la dulzura de esa caricia.

—Mmm... —Suspiró y preguntó innecesariamente—. ¿Me he dormido?

—Sí, te has dormido. —Raymond se echó a reír—. Pronto anochecerá. Tenemos que irnos.

Juliana no quería irse. Le pareció que los árboles que había sobre sus cabezas habían echado hojas mientras dormía, pero ni siquiera la belleza de esos árboles era comparable en absoluto al rostro de Raymond. Levantó una mano hasta su mejilla; él la cogió y le dio un beso en la palma, y a continuación en cada uno de los dedos.

—Falta una cosa para que el día de hoy sea perfecto —le dijo Raymond con un ronco susurro que evocó en ella la imagen de una cama y unos cuerpos sudorosos—. Intimidad.

—Esta noche —prometió ella.

—Sí, esta noche. —Él se levantó, se desperezó y llamó a los criados.

Vinieron corriendo a cargar con los bultos y Ella llegó llorando a hombros de la corpulenta Fayette.

—¿Dónde está Margery? Ha prometido jugar conmigo y no lo ha hecho.

—Andará por aquí. —Juliana miró a su alrededor con cara de preocupación—. Aunque no la veo. ¿Alguien ha visto a Margery?

Los criados murmuraron cabeceando.

—La última vez que la he visto —dijo entonces Fayette— estaba hablando con Denys.

—¿Denys? —bramó Raymond—. ¿Dónde está Denys?

—Raymond. —Juliana lo zarandeó del brazo—. Los encontraremos. Seguramente se habrán perdido...

—Buscad por el bosque —ordenó Raymond—. A ver si están ahí.

La perentoriedad de su tono hizo que los criados se desperdigaran, y entonces chilló:

—Volved antes de que oscurezca del todo. —Miró fijamente a Juliana y bajo la luz mortecina del día que declinaba su piel parecía gris. Las arrugas fruncían su frente y, por primera vez desde que se conocían, su marido aparentó los treinta y cinco años que tenía.

—¿Qué es lo que te preocupa? —preguntó entonces ella también inquieta.

—Están solos. No tardará en anochecer y en esos bosques hay lobos y jabalíes.

—Dime la verdad —le pidió ella.

—Le llamé la atención a Denys por mirar embelesado a Margery y el muchacho se ofendió. Temo...

—¡Virgen Santa! —le interrumpió Juliana, recordando su conversación con Denys, recordando la absoluta idolatría que le profesaba a Raymond—. Te has caído del pedestal.

—¿Cómo?

—Él creía que jamás llegaría a tener tu nobleza. Había perdido toda esperanza. ¿Por qué no sacar lo peor de sí y... secuestrar a Margery? —Juliana percibió la confirmación a su tesis en la expresión de Raymond y contuvo el pánico—. No le hará daño —aseguró para tranquilizar a Raymond y a sí misma también—. Es un buen chico; sólo está un poco confundido.

—El amor y el ansia de atesorar tierras lo ciegan —dijo él—. Se la ha llevado para aprovecharse de ella; estoy seguro. Sabía que había algo raro, que me ocultaba algo, pero estaba demasiado distraído...

Ella alargó una mano y agarró la suya con fuerza.

—No es culpa tuya.

—Entonces, ¿de quién es? Soy responsable de la seguridad de cuantos viven en tus propiedades. Sobre todo de la protección de nuestras hijas.

Había dicho «nuestras» hijas. «Nuestras» hijas. Juliana se enjugó una lágrima de la mejilla.

—Puede que la culpa sea mía. Me advertiste que no dejara a Margery coquetear con él, pero me pareció un buen chico.

—Es culpa mía —insistió él.

—De los dos.

—Pues de los dos. —Se dirigió hacia el caballo—. Me voy a buscarlos y no volveré hasta dar con ellos.

Ella le obstaculizó el paso.

—De noche no podrás seguir su rastro —le dijo—. No eres cazador. Galopando entre los árboles confundirás las pistas. Enviaremos a Tosti.

—¿Tosti? —inquirió Raymond atónito—. ¿Para qué necesitas a ese excavador?

Juliana habría sonreído de haber podido.

—Es mi rastreador. Proviene de un largo linaje de rastreadores. Su padre..., su padre me encontró cuando escapé de mi secuestrador, me curó las heridas y me llevó con mi padre. Tosti y su padre encontrarán a Margery, ya lo verás.

—Recuerdo aquello —repuso Raymond despacio, escéptico—. Pero...

Tosti se acercó hacia ellos como si hubiese estado esperando a que lo llamasen. Su aire bobalicón había desaparecido dejando paso a un hombre responsable y consciente de lo valioso que era para el castillo.

—Mi señora, ¿queréis que empiece ahora mismo la búsqueda?

—Naturalmente —le espetó Raymond.

Juliana levantó una mano.

—Haz lo que creas conveniente. Si prefieres que tu padre...

Tosti se apretó el cinturón.

—Con mi padre voy el doble de rápido y ya le he dicho a un aldeano que vaya a buscarlo.

—Bien —aprobó Juliana—. Salisbury tiene el olfato de un perro sabueso.

—Y su resistencia; bueno, ya no. Empezaremos esta noche, mi señora. —Tosti levantó la vista al cielo—. Casi hay luna llena.

—Yo iré con vosotros —dijo Raymond con decisión.

—No, mi señor, os lo pido por favor. —Parecía que el joven suplicara—. Dejad hacer esto a los que saben.

—Puedo ser de utilidad —insistió Raymond.

—Os seré franco, mi señor. Seríais un estorbo. —Sin tener en cuenta sus diferencias sociales, Tosti le dio unas palmaditas a Raymond en el hombro—. Ni vos rastreáis ni nosotros peleamos.

Raymond estaba visiblemente contrariado, pero al fin asintió con la cabeza.

—Cuando hayáis encontrado el rastro, hacednos llegar un mensaje. Nosotros volveremos al castillo y nos prepararemos por si hay que partir. Si encontráis a Margery —Juliana contuvo el aliento—, informadnos lo antes posible.

—¿Cómo que no podemos ir? —retumbó la voz de Valeska, rompiendo el silencio sepulcral del gran salón, mientras ayudaba a Raymond a ponerse la cota de malla que le protegía el pecho y la espalda—. Siempre vamos con vos.

Raymond se frotó los ojos secos por la falta de sueño. En el castillo nadie había pegado ojo en toda la noche y ahora sólo faltaba que aquellas viejas lo agobiaran con sus protestas.

—Iré más deprisa si voy solo.

—Yo iré contigo —anunció Juliana.

Raymond blasfemó en lenguas que creía olvidadas.

—No emplees conmigo esas lenguas paganas. Iré contigo.

Miró fijamente a su esposa. Tenía un aspecto envidiable para haber pasado la noche en vela. No se habían movido de la cama, el uno pegado al otro, pero se habían sentido muy solos. Al llegar Salisbury se levantaron sin decir palabra, ya vestidos y listos para irse.

—No he encontrado a vuestra hija ni al chico —le dijo el viejo desdentado a Raymond—, pero sí una zona con rastros de pelea. —Se puso frente al fuego y se dedicó a dar vueltas al sombrero con la mano—. A diez metros del lugar donde comió la gente del castillo. Eso demuestra que la niña no conocía los planes del chico. Mi hijo está esperando allí. —De nuevo giró el sombrero y volvió la cabeza hacia Juliana. Miró a un punto fijo y no le habló a nadie en concreto, pero el comentario iba dirigido a ella—: No he visto rastro alguno de sangre.

Raymond miró hacia su esposa y se le cayó el alma a los pies. Su dulce mujer aparentaba firmeza y decisión, como un capitán de fragata que afronta en soledad la batalla. Raymond había traicionado su confianza y sabía lo que ella sabía: que ya no podía contar con él. Había sido muy bonito eso de compartir la culpa la noche anterior, pero sólo eso, porque el hecho de que ella estuviese dispuesta a dejar la seguridad de los muros de su castillo, pese al miedo atroz que sentía, significaba ni más ni menos que el derrumbe total de su confianza en él.

Al fin y al cabo, ¿para qué más lo necesitaba? Juliana tenía hijos, propiedades, comida, ropa y criados. Él no era un gran marido, pero había esperado congraciarse con ella proporcionándole una protección incondicional. Y le había fallado.

Pero ahora tenía la oportunidad no de redimirse, sino de enmendar su error, y no permitiría que nadie se interpusiera en su camino.

—Nadie va a venir conmigo a buscar a Margery —repitió mientras se sujetaba la espada a la cintura.

—Valeska y Dagna —dijo Juliana—, quiero que os quedéis con Ella. Confía en vosotras, y si se despierta y ve que está sola se asustará.

—Con Layamon también estará a salvo —objetó Dagna.

—Él patrullará las murallas con sus hombres.

—Es posible que alguien se entere de que ha pasado algo con Margery y aproveche la ocasión para atacar el castillo —dijo Raymond sacándose una amenaza de la manga—. Por eso tenéis que quedaros en la torre.

—El terreno es escabroso —añadió Salisbury visiblemente incómodo por la presencia de tantas mujeres—. No es un sitio indicado para las delicadas mujeres del castillo.

Valeska resopló.

—Delicadas. —Miró hacia Dagna—. Menudo halago, hermana, ¿a qué sí?

—Me haríais ir más despacio —dijo Raymond con paciencia por al cansancio.

—Yo no —aseguró Juliana.

—Tú no vienes. —Raymond se mantuvo firme.

—Iré.

Raymond descubrió que la determinación de un hombre no tenía nada que hacer contra la preocupación de una madre. La noche no había dado paso aún al día cuando cruzaron a caballo el puente levadizo. Hicieron el trayecto en silencio, que Raymond únicamente interrumpió para decir con cierta sorpresa:

—¿Por qué no tienes perros sabuesos, Juliana?

—En sus últimos años de vida mi padre ya no cazaba. Alimentarlos tenía un coste, de modo que los vendió y yo no los he reemplazado. —Se apartaron del camino y se adentraron en el bosque antes de que a ella se le ocurriese decir—: En verano tendremos para que puedas ir a cazar.

Una concesión, pensó él, para tener contento a su noble e inútil marido.

—*Hoy* nos habrían resultado útiles —comentó.

—Razón de más para adquirir unos cuantos —convino ella.

Cuando llegaron al claro donde había tenido lugar la supuesta pelea, no había nadie allí. Raymond detuvo el caballo justo en el borde del círculo de hierba pisoteada.

—¿Dónde está Tosti? —le preguntó a Salisbury.

—No lo sé. Se habrá adelantado.

—¿De noche? —repuso Raymond, pero Juliana le hizo callar.

El viejo rastreador parecía preocupado. Como la luz era algo más intensa, se puso a examinar el suelo.

—Hay unas huellas curiosas —comentó con el ceño fruncido—. Alguien más ha estado aquí desde que me fui. Muchas personas. A caballo.

—¿Qué clase de caballos son? —Raymond arrugó la frente—. ¿Caballos de labranza?

—Caballos grandes. De caballeros. Esta huella la he visto antes. —Se arrodilló junto a una marca prácticamente invisible para Raymond—. Es de los establos de mi señora.

—Te habrás equivocado —le dijo Juliana—. Anoche no salió nadie del castillo. Es imposible que sea de mis caballerizas.

El viejo volvió a examinarla.

—No me he equivocado, mi señora —insistió. Acercó la cara al suelo y olisqueó.

Se movió como un sabueso con la nariz pegada al suelo hasta que Raymond le preguntó:

—¿Qué haces?

—Sangre.

La respuesta fue lacónica, pero alarmó a la pareja a caballo.

—¿De quién?

—¿Dónde?

—Sangre fresca. —El viejo siguió olfateando el suelo, tensándose por momentos—. Anoche no estaba. ¡Ojalá estuviese aquí mi hijo! Tiene un buen hocico, es un buen rastreador. —Encontró algo que le hizo estremecerse—. ¡Virgen Santa! Pero ¿qué es esto?

Salisbury levantó una soga atada con dos nudos ensangrentados y Raymond desató el cuchillo de su cinturón. Sintió escalofríos en la espalda; era como si una presencia malévola los acechase desde los árboles circundantes. Bajó de la montura mientras Salisbury reptaba entre los arbustos, y Juliana pasó la pierna por encima de la silla del caballo, descabalgó y apareció a su lado.

—Ni se te ocurra —le dijo a su marido agarrándolo del brazo. No había hablado en voz alta, sino en susurros, como si el ambiente hostil también le afectase a ella—. Ni se te ocurra ir tras él y dejarme sola en este horrible lugar.

Raymond quiso decirle que por eso se había opuesto a que saliera del castillo. No podía concentrarse en lo que tenía entre manos y cuidar de ella a la vez, pero ya era tarde para hacer reproches. Juliana estaba aquí y estaba asustada, y tenía toda la razón en decir que no podía quedarse sola en un claro que había supuesto un peligro para otra persona. ¿Para Tosti?

—Pues ven conmigo.

Prácticamente en cuclillas siguieron a Salisbury entre la maleza, tras la pista de un delgado reguero de sangre. A Raymond le pareció que también podía olerla. Que podía oler la sangre o el miedo, o ambos.

—Este olor... —murmuró Salisbury mientras escarbaba en los arbustos—. Tengo un mal presentimiento con Tosti...

Se detuvo de pronto y ahogó un grito. Raymond se acercó veloz. Tras echar una mirada verificó con espanto que el cuerpo que yacía en el musgo verde era Tosti y se puso delante de Juliana para bloquearle la visión.

—No mires —le ordenó—. Vuelve al claro.

Salisbury soltó un desgarrador gemido de desesperación y ella intentó acercarse al hombre.

—Tengo que hacer algo.

Pero Raymond se lo impidió.

—Han torturado al chico.

—Salisbury... —lo llamó ella.

—No querrá que lo veas en este estado. —Juliana titubeó y él se aprovechó de ello—. Haré lo que hay que hacer. Vuelve al claro.

Iba contra su instinto, pero Juliana hizo lo que le ordenaron. Salisbury se había portado bien con ella en el pasado, la había tratado con cariño paternal, y estaba en deuda con él. Pero Raymond tenía razón. A Salisbury no le gustaría que lo viera abatido. Para él la debilidad era sinónimo de deshonra. Eso explicaba por qué raras veces hablaba con ella; el recuerdo del desmoronamiento de Juliana y su propia compasión le resultaban vergonzosos.

Pero ahora la soga anudada cobraba un nuevo significado a la luz de la revelación de Raymond. Si el asesino había enrollado la cuerda alrededor de la cabeza de Tosti, tensándola con esos nudos sobre sus ojos... Juliana se tambaleó y se agarró de una rama.

—Margery —susurró con profunda amargura.

Los asesinos acechaban por todas partes y su hija vagaba por el bosque con un joven escuálido. Imitando a Salisbury, rastreó los márgenes del claro en busca de huellas pequeñas. No las encontró. No había más que hierba pisoteada y arbustos tronchados que indicaban el paso de una horda de jinetes.

—Raymond —gritó—. ¡Raymond!

Salió a toda prisa entre la maleza con Salisbury pisándole los talones y se la encontró montada en su palafrén.

—Van detrás de mi Margery. Tenemos que irnos.

—Sí, tienes que volver al castillo —convino él con el gesto torcido—. Hemos empezado buscando a dos niños y ahora seguiremos el rastro de una hueste de guerreros. No sabemos qué les dijo Tosti antes de morir, pero supongo que capturarán a Margery y a Denys a cambio de un rescate.

—No lo entiendes —dijo ella inclinando el torso con vehemencia—. Soy su madre. No pienso volver.

—Alguien tiene que ir a buscar a Layamon —dijo Raymond con brusquedad—. No puedo derrotar a esta tropa solo y sin las armas necesarias.

Un argumento convincente que, respaldado por la penetrante mirada de Raymond, acabó por resquebrajar la seguridad de Juliana. Era cierto, alguien debía ir a buscar ayuda.

—Iré yo. —Salisbury la miró directamente a los ojos por primera vez y habló con un acento que hasta Raymond entendió sin problemas—. Id con el caballero, mi señora. Recuperad a vuestra hija. Los hombres capaces de hacer lo que le han hecho a alguien como Tosti le harán algo peor a una niña indefensa.

El aliento de Raymond salió como un silbido entre sus dientes.

—Hay que enterrar a Tosti.

El viejo buscó su mirada.

—Tosti no se moverá de donde está. Llevaos a mi señora. Yo iré a buscar a Layamon.

La exasperación hizo estallar a Raymond.

—¡Maldita sea, Salisbury! Es una mujer. No debería pelear.

—Es fuerte. Confiad en ella, mi señor.

Raymond entornó los ojos, derrotado, y con expresión impasible espació cuidadosamente las palabras.

—Si mi señora desea cabalgar conmigo, que así sea. Sin embargo, por su propia seguridad, tendrá que hacer lo que yo diga.

—Lo haré —aseguró ella.

—Entonces vamos.

Salisbury señaló hacia los arbustos tronchados.

—El sendero es transitable. Y... ¿mi señora?

—¿Sí?

Se acercó hasta ella y extrajo un puñal de su cinturón.

—No es un cuchillo bonito —dijo mientras lo examinaba—. Lo hice yo mismo. Labra madera, corta cuerdas y puede trinchar el hígado de un hombre. —Se lo dio—. Cogedlo. Usadlo por mí y por Tosti.

—Vengaremos su asesinato. —Fue un ruego, y una promesa.

A Salisbury se le humedecieron los ojos. Bajó la vista hacia sus zapatos y se enjugó la nariz con la manga.

—Vuestra hija también es fuerte.

Introduciéndose el cuchillo en el cinturón, Juliana se apresuró tras Raymond. Siguieron la pista del follaje doblado y las heces de los caballos. En la tierra seguía predominando el marrón del invierno, mientras que sobre sus cabezas brotaban ya las hojas primaverales. Cuando la mañana dio paso a la tarde, el suelo del bosque empezó a despedir un olor a humedad y a musgo, y los nervios de Juliana aumentaron. Le dolía el cuello de tanto agacharse para esquivar las ramas; y los ojos, de tenerlos tan abiertos. Estaba convencida de que si parpadeaba se le escaparía algo importante, alguna pista que podría conducirlos hasta Margery.

Quería hablar con Raymond, preguntarle qué pensaba, adónde iban y cuáles eran sus planes, pero ante su rostro marmóreo a Juliana se le atragantaban las palabras. Su resquemor le azotó con la fuerza de un vendaval, cortándole el aliento y toda expresividad. Y, sintiéndolo mucho, no pensaba dar media vuelta. Ella misma había estado en la situación de Margery. La añoranza, la rabia, el sufrimiento y la vergüenza que su hija debía de estar pasando formaban parte de ella.

Raymond se detuvo en un claro donde había una cabaña abandonada.

—Comeremos algo rápido —anunció.

—¿Es necesario parar? Pensaba que ya les estábamos dando alcance.

—Necesitamos energía para librar esta batalla —dijo él sin mirarla.

Ella asintió y descabalgó a regañadientes. Desató la bolsa que contenía la comida y mientras rebuscaba en ella Raymond se puso a rastrear la zona. Al ver que él se echaba al hombro una gruesa rama, Juliana no pudo reprimir la curiosidad.

—¿Para qué es eso?

Raymond sonrió y ella reparó con inquietud en el brillo feroz de su dentadura.

—Pensaba que sería una excursión tranquila y sólo me he traído una espada. Usaré esto como arma. —Apoyó la rama contra la cabaña—. ¿Hay algún cubo por ahí?

Ella lo miró atónita.

—¿Un cubo?

—Detesto comer con las manos recién manchadas de sangre. Si me trajeras agua del arroyo, me lavaría.

—Mmm... —Juliana se mordió la lengua para no decirle que se fuese andando hasta el arroyo y se lavase él solito; al fin y al cabo, Raymond tenía tanto derecho como cualquier otro idiota a hacerse el pobre desvalido—. No veo ninguno.

—Tal vez dentro haya uno. —Frunció el entrecejo mientras se frotaba los dedos—. Resulta desagradable llevar encima esta prueba de la muerte de Tosti.

Su tristeza hizo sentir culpable a Juliana.

—Veré si encuentro un cubo —se ofreció.

—Como desees.

Sonó tan sumiso que ella lo escudriñó con la mirada, pero él estaba desatando las bolsas restantes de su caballo de batalla y no pudo verle la cara. La puerta de la cabaña rechinó al abrirse y Juliana inspeccionó el interior con cautela. Las hojas filtraban la luz del sol que entraba por la puerta. Los postigos cerrados de una ventana proyectaron una estrecha e imprecisa sombra en la pared, y Juliana reparó en que quienquiera que se hubiese marchado de este lugar se había llevado todo salvo un montón de leña para los viajeros exhaustos.

—Aquí dentro no hay nada —gritó.

—Tienen que haber dejado un cubo en algún rincón.

Hubiera dicho que Raymond estaba más cerca, pero al mirar por encima de su hombro le pareció ver que tanto el caballo como él se habían movido. Raymond estaba tensando las cinchas de la montura, preparándose para la lucha.

—Pues no veo ninguno. —Al entrar dentro le llegó un olor a humedad y frunció la nariz—. Hay un montón de polvo y telarañas... —Aguzó la vista y avanzó—. Espera. Puede que estés de enhorabuena.

En la puerta, su sombra impidió el paso de la luz.

—Seguro que sí, mi señora.

Ella se giró, pero ya era demasiado tarde. La puerta se cerró de un portazo y Juliana oyó un fuerte ruido; Raymond acababa de bloquearla con el leño.

Capítulo 18

Juliana embistió contra la puerta de la pequeña cabaña.

—Buena construcción inglesa, buen roble inglés. Adiós, mi señora. Te vendré a buscar cuando termine la pelea —oyó desde el otro lado de la barrera.

—¡Raymond! —Juliana aporreó la puerta, pero no hubo respuesta. Corrió hasta la ventanita, golpeó los postigos y miró por la rendija vertical que los separaba. Pudo ver a su marido disponiéndose a montar su caballo, y gritó—: ¡Raymond, no te saldrás con la tuya!

Ella sintió una oleada de satisfacción al ver que él se alejaba del caballo en dirección a la cabaña. Se había dado cuenta de que encerrarla no era la solución y la dejaría salir. Pero cuando Juliana comprendió su error ya era demasiado tarde. Raymond cogió otra rama gruesa y la puso a modo de travesaño. Ella oyó cómo la apuntalaba contra los soportes que mantenían los postigos cerrados cuando hacía viento. Se puso de puntillas y se encontró con los ojos de él, que miraba a través del extremo superior de la rendija.

—Mi más sincero agradecimiento por recordarme que asegure la ventana, mi señora —le dijo con ironía.

Juliana lo maldijo mentalmente con insultos que había olvidado desde que era madre, retrocedió y trató de pensar en una escapatoria. Pero todavía no. Aún no. Había sido un error mostrarle a Raymond su posible plan de fuga; tendría que dar con otro. Sin embargo, oír el tintineo de las riendas del caballo de él fue como una traición para ella y corrió de nuevo hacia la ventana.

Se marchó. Se despidió de ella (o de la cabaña) con la mano y la dejó sola, y loca de desesperación. Mientras se alejaba, ella se mordisqueó nerviosa los nudillos al tiempo que un pequeño roedor se escondía en un rincón. Aquello le reafirmó en su decisión de huir; tenía que escapar antes del anochecer. Cuando sus ojos se adaptaron a la penumbra, recorrió lentamente la habitación. Al palpar la trama de madera que rodeaba la puerta detectó una zona en la que el barro que cubría la pared se había desprendido. Se puso a rascar más, pero la madera que había bajo el barro era firme. Sonriendo satisfecha, extrajo el puñal de Salisbury de su cinturón («labra madera, mi señora...») y empezó a hacer muescas.

Acabó sentándose en el suelo de tierra blanda mientras desentumecía sus dedos. Tal vez el puñal labrase madera, pero no lo suficientemente rápido.

El tejado de paja se combó. Juliana se levantó de un salto, lo golpeó con los nudillos y le cayó encima una lluvia de hierba seca y polvo. Se puso a toser, pero fue a coger el cubo y lo colocó donde el techo era más bajo. Se subió al él y tiró de los gruesos travesaños, provocando otro aguacero de hierba y polvo que le obturó los pulmones pero no le acercó a la salida.

Se arrastró hasta la ventana para respirar aire fresco y pensó seriamente en su situación. Estaba atrapada en una mugrienta cabaña sin comida ni bebida. Anochecía. Nadie sabía dónde se encontraba, a excepción de un caballero insensato que con una ridícula espada tomaría parte en una lucha contra un sinfín de enemigos armados.

Empezó a sollozar y se enjugó la nariz con la manga. ¿Por qué Raymond le había hecho esto? Su marido se estaba jugando la vida y su hija, tal vez doblemente secuestrada, debería enfrentarse sola con horrores desconocidos. ¿Quién se había llevado a Margery y por qué? ¿El objetivo era obtener un rescate o sería como su secuestro? ¿Respondía a una alineación aleatoria de las estrellas o era la culminación de un plan diabólico?

Volvió a recorrer la cabaña. El techo combado parecía seguro y durante el rato que se había dedicado a lamentar su encierro no se había abierto ningún agujero en la pared. Se detuvo junto al montón de leña. Raymond le había comentado que usaría un leño como arma, y ella se había imaginado un ariete pequeño y eficaz. ¿Sería posible? ¿Podría echar la puerta abajo de esa forma?

Se agachó, eligió un trozo de madera resistente y lo levantó, pero lo soltó en el acto y dio un respingo al tiempo que gritaba. Había encontrado al causante de las telas de araña.

Controlando los escalofríos, volvió a coger con cuidado la madera esperando que con el impacto de la caída se hubiesen desprendido casi todos los huéspedes. Salvo por el huésped que reptaba por su manga, y que le hizo soltar de nuevo el leño, la madera parecía deshabitada y adecuada para sus necesidades.

«Roble inglés resistente —masculló— para echar abajo una puerta de resistente roble inglés.» La indecisión acerca de con qué extremo embestir y cuál sujetar no la acercaría a su objetivo, por lo que tras decidir al azar que debía atacar con el extremo más ancho, sujetó el leño con fuerza entre sus resbaladizos dedos y corrió hacia la puerta.

Estrelló el tronco contra la puerta y el golpe le hizo recular. Se le soltó de los brazos, tropezó con él y cayó con tanta fuerza que se quedó sin aliento. Sollozó cuando pudo y en cuanto pudo hablar dijo con voz ronca: «Esta puerta no cede». Algo en lo que pareció convenir con un ruido el roedor que vivía en la cabaña.

Tras masajearse la zona de las costillas que el leño le había magullado, Juliana se levantó con dificultad.

Me he equivocado —dijo en voz alta—. Tendría que haber intentado abrir la puerta antes de embestirla. Tal vez... —Se tambaleó hasta la ventana y aporreó los postigos. La ranura que había entre las dos hojas no se ensanchó, pero algo repiqueteó. ¡Sí! Los aporreó de nuevo; si entraba más luz querría decir que había conseguido algo. El leño seguía empotrado contra los postigos... seguía colándose el mismo rayo de luz, pero en el marco de la ventana se había soltado algo. Juliana sonrió, era la primera sonrisa sincera del día.

¡Ya lo tenía! Se frotó las manos palma contra palma, buscó el ariete y lo levantó otra vez. Dudó y le dio la vuelta. Puede que también estuviese magullado, pensó. Retrocedió hasta el fondo de la cabaña, cogió aire, tomó carrerilla...

Y se detuvo. La caída anterior había sido monumental y había redundado en su inseguridad. Una parte de ella temía que volviera a hacerse daño. Un rincón cobarde de su mente le sugería que era mejor quedarse ahí dentro, a oscuras y con los roedores, que estar en medio de un campo de batalla en el que podían violarla, mutilarla y asesinarla.

El ariete (no, no era un ariete, era sólo un leño) se le caía de los brazos. Las lágrimas resbalaron por sus mejillas y la derrota le palpitaba en las venas. No debería haber venido. Claro que no lo habría hecho, de no ser por Salisbury. ¿Qué era lo que había dicho el viejo rastreador? «Es fuerte. Confiad en ella, mi señor.»

Salisbury la respetaba y ella respetaba su opinión. Pero ni tan siquiera él pretendería que saliera airosa de esta situación. No, seguro que no. ¡Qué caray! ¡Claro que esperaría eso de ella!

Levantó el ariete una vez más y lo apoyó contra su costado. Lo sujetó firmemente con las manos y realizó unas buenas respiraciones de buen aire inglés. Eso podría con la resistencia de los postigos; sí que podría.

Apuntó hacia el lugar donde descansaba el travesaño, piafó con gesto malhumorado y se precipitó hacia la ventana con todas sus fuerzas.

El leño dio exactamente en el objetivo. El extremo de este se estrelló contra los postigos, asegurados por el travesaño; y entonces el marco, junto con los postigos, el travesaño y los soportes se desprendió de la ventana y Juliana salió volando tras ellos.

Salisbury se colgó de la manga de Layamon jadeando, muerto de desesperación. Estaba a punto de estallarle el corazón y sentía que la sangre le latía brutalmente en la cabeza.

—Levanta, viejo —le instó Layamon—. ¿Qué ha pasado? ¿Les ha pasado algo a mis señores?

Salisbury asintió.

—Tosti... ha muerto. Una hueste... lo ha asesinado. Mi señor... buscando a la niña.

—¿Y mi señora? —Layamon alargó la vista hacia el camino.

—Ha ido... con él. Le he dado... mi puñal. La protegerá.

—¿Le has dado un puñal a mi señora y eso la protegerá? —Layamon zarandeó a Salisbury—. ¿Tú eres tonto o qué? Las mujeres no saben usar un puñal.

Salisbury se irguió.

—Aprenderá.

—No tengo tiempo para discutir contigo, viejo idiota —dijo Layamon dándose la vuelta—. Debo... —Frunció las cejas.

—Id a buscar... a mi señora —susurró Salisbury tambaleándose. Se le nubló la vista y se desplomó sobre el suelo.

Juliana se golpeó las caderas en la pared de la cabaña, dio una voltereta en el aire y se dio un cabezazo contra la fachada antes de aterrizar con un sonoro cataplán. A medida que fue volviendo en sí, su primera emoción fue de sorpresa, luego de triunfo. Había logrado salir.

Yació jadeando junto a los postigos. Tenía las palmas de las manos cubiertas de grava, se había hecho un rasguño en el mentón y tenía cardenales en los codos.

De nuevo logró ponerse de pie y estiró los brazos hacia el cielo, pero la celebración de su victoria terminó nada más echar un vistazo en dirección oeste. No se había escapado para perderse en el bosque de noche. ¿Y a qué velocidad sería capaz de avanzar sin caballo? Pronto lo averiguaría, pero primero...

Primero comería, porque la cabeza aún le daba vueltas y el dolor de los rasguños y morados casi le producía náuseas. La primavera salpicaba de verde el bosque y buscando un poco podría proveerse de... de las bolsas que Raymond había colgado de un tocón en el margen del claro. Se frotó los ojos. Qué raro... fue casi como si estuviesen ahí para ella. Se arrodilló junto a ellas y las abrió con dedos ansiosos. Faltaba una hogaza de pan, un trozo de queso y una bota de vino. Raymond se había llevado lo que necesitaba dejando el resto. Para aligerar la carga del caballo, supuso ella, y agradeció el detalle por fortuito que hubiera sido.

La comida renovó sus energías y empezó a recorrer el sendero repleto de huellas de caballo. Andar impediría que se le agarrotara la musculatura magullada y, en cualquier caso, un caballo en el bosque no le supondría ventaja alguna. Se masajeó el chichón de la cabeza y suspiró.

Giró en la primera curva y clavó la mirada en sus pies concentrándose en poner uno delante del otro. Un relincho interrumpió sus cavilaciones; se quedó helada. ¿Se había aproximado sin darse cuenta al lugar de la lucha? ¿La había visto un vigilante allí apostado? De repente vio el caballo sin jinete y corrió a esconderse entre los arbustos. Pero antes de que la criatura pudiera volver a relinchar, Juliana salió de su escondite, se quedó mirando al animal y dijo en voz alta: ¡Es mi caballo!

Su caballo. Su palafrén. Estaba atado con una cuerda junto al sendero, mascando hierba mientras esperaba a que ella llegase. Rodeó al animal y le preguntó con incredulidad:

—¿Qué haces aquí? ¿Raymond te ha abandonado?

Eso era impensable. Raymond sentía casi tanta devoción por la armadura como por los caballos. Su corcel lo convertía en caballero; era algo que jamás olvidaba. De modo que... «Te ha dejado aquí para que yo te encuentre, ¿verdad? Sabía que me escaparía.»

Le tranquilizó descubrir que Raymond no la había dejado en la cabaña a su suerte y, milagrosamente, sus dolores disminuyeron. Raymond confiaba en ella, tenía en ella una confianza tan sólida como la de Salisbury. Tal vez no quería que presenciase la lucha, pero se moría de ganas de que lo siguiera.

Miró hacia el sol entornando los ojos; aún estaba a medio camino del horizonte, y le preguntó a un Raymond imaginario:

—Creías que no lograría escapar tan rápido, ¿eh?

Su silla de montar estaba encima de un tronco. No había ensillado un caballo en años, pero sabía hacerlo y se puso a ello. Al subirse al caballo titubeó. Debería volver por las bolsas de comida; seguro que necesitaría comer antes de acabar el trayecto. Pero no podía perder ni siquiera esos segundos. Tenía que encontrar a Margery y a Raymond, y su sensación de prisa se acrecentó.

Mientras avanzaba por el sendero se mantuvo ojo avizor por si había cualquier indicio de presencia humana o animal. En un momento dado le pareció oír un par de relinchos, pero el bosque amortiguó el sonido y no supo de dónde procedían. Si Raymond la había encerrado en la cabaña sería porque la hueste de jinetes andaba cerca. Y enseguida encontró indicios de su paso.

Atrajo su atención una pradera soleada que se abría ante ella. En sus márgenes las huellas de cascos de caballo evidenciaban la presencia de dichos animales. Había un hilo de lana blanca enganchado en una rama; lo soltó y lo tocó con los dedos. Naturalmente, no pudo determinar su origen, pero reconoció la lana como local y percibió su exquisita calidad.

¿Era suya? No, imposible, pero su palafrén se agitó como si le hubiese transmitido su inquietud. Se detuvo entre los desperdicios que habían dejado y contempló el claro.

No vio a nadie, pero la hierba estaba pisoteada como si ahí se hubiese librado una batalla; o eso temió ella. Aguzó el oído, oyó el alegre gorjeo primaveral de los pájaros y decidió que el peligro había pasado. Aguijoneó a su caballo pradera a través, muy despacio, en busca de señales que supiese interpretar. Y encontró una, nada más una. A la sombra de un tejo descansaba el misterioso cuerpo inmóvil de un joven.

Juliana ahogó un grito y dirigió el caballo hacia él. Al oír los cascos a medio galope el cuerpo se movió a sacudidas como tensado por hilos. Levantó los brazos y acto seguido los bajó. Juliana saltó al suelo y corrió hasta él.

Era Denys. No tenía heridas visibles ni marcas de espada o maza, pero el color y la textura de su piel se parecían a los de un ave desplumada y abandonada desde hacía semanas.

—No me... piséis —susurró el chico.

—No lo haré. —Juliana le acarició la frente.

Denys parpadeó y fijó la vista con dificultad.

—¡Mi señora! —chilló—. Perdonad. Perdonad...

—Estás perdonado. —Juliana echó un vistazo a su alrededor, encontró el arroyo que daba vida a la pradera y se quitó el pañuelo. Lo mojó y humedeció el rostro afilado del chico.

Aquello pareció reanimarlo, porque cogió aire, aunque con dificultad.

—No me perdonéis... hasta que os explique...

—¿Hasta que me expliques lo que has hecho? Ya lo sé. Has sido un estúpido y un codicioso, pero era imposible que supieras...

—Sí, un estúpido. Me fui con Margery... porque el propio Satanás... me tentó... —Los ojos se le llenaron de lágrimas—. Mi madre... nunca veré a mi madre... porque he pecado.

Juliana volvió a mojar el pañuelo y dejó que Denys sorbiera el agua. Al ver que tenía problemas para tragar, intentó levantarle la cabeza. Él soltó un grito. Ella dio un respingo, horrorizada; y se horrorizó más aún cuando Denys farfulló:

—Lo siento. No tengo coraje. Al final... no seré un caballero.

Juliana le cogió la mano, fría y húmeda, pero él no protestó.

—¿Dónde te duele?

Su suspiro hondo y entrecortado asustó tanto a Juliana que se preguntó si sería el último.

—Me arrollaron.

Ella le levantó la camisa y empezó a susurrar oraciones para los difuntos. Las huellas de los cascos de los caballos se entrecruzaban en su pecho, marcándolo con la misma precisión con que marcaban el suelo del bosque virgen. Parecía como si alguien hubiera subido el caballo encima del chico para hacerlo bailar alegremente y atribuyó a su fortaleza y a la misericordiosa providencia que aún siguiera con vida.

—Te reencontrarás con tu madre —le dijo Juliana con dulzura—. Te está esperando al otro lado.

Él movió la cabeza de izquierda a derecha.

—Mi madre... era buena. Honesta. No estaría... orgullosa.

—Las madres lo perdonan todo. Te lo prometo... —tal vez estuviese cometiendo perjurio, pero tenía que conseguir que este muchacho muriese en paz— que te perdonará.

Denys clavó los ojos en ella, ávido de consuelo. Entonces empezó a verlo todo negro.

—Sir Joseph. Sir Joseph... es Satanás.

Ella ató cabos lenta y penosamente.

—¿*Sir Joseph* te dijo que secuestraras a Margery?

Él contestó con un leve asentimiento de cabeza.

—¿Porque es la heredera?

El asentimiento fue casi imperceptible.

—¿Dónde está Margery? —chilló Juliana dejándose llevar por la angustia.

—Sir Joseph.

Ella se sentó sobre los talones y se tapó la mano con la boca.

—Se la ha llevado... con unos mercenarios. Le di una puñalada... en la pierna. Su caballo...

—¿Su caballo te ha hecho esto?

—No paraba de reírse. Raymond...

Con cada palabra que salía dificultosamente de sus labios, el temor de Juliana se acrecentaba.

—¿Raymond?

—Ella dijo... que él vendría. —Mientras hablaba se fue encogiendo—. Y vino. Peleó...

Juliana espació las palabras, articulando con claridad, no quería malos entendidos en una pregunta tan importante.

—¿Raymond... ha... muerto?

—No. Sigue peleando... —En un esfuerzo monumental, el último y mayor que haría, señaló hacia el extremo de la pradera.

—¿Aún peleaba cuando lo viste por última vez?

—Ordenó que no lo mataran. Sir Joseph dijo...

—¿Que no lo mataran? ¿Por qué? ¿Para poder torturarlo? —Juliana se levantó furiosa.

Buscaría a su hija. Salvaría a Margery de las manos crueles de su despreciable tío. Iría a buscar a su esposo. Lo salvaría...

—Que Dios... os bendiga. —La detuvo un débil susurro antes de dar un paso.

Juliana se quedó petrificada. No quiso bajar la mirada. Se había olvidado ya de Denys y no quería que le recordaran su presencia. No quería verlo. Pero lo *veía*, veía su rostro flotando en las lágrimas de su conciencia.

El chico indefenso afrontaba una muerte miserable y solitaria en el bosque. Deseó con toda el alma correr al encuentro de su pequeña, de su marido, pero... ¿y si Denys fuese hijo suyo? ¿Y si Margery se estuviese muriendo así? A Juliana le gustaría que alguien estuviese a su lado. Para ayudarla. Para reconfortarla.

No se atrevió a pensar qué pasaría con Margery y Raymond si se quedaba. Se acuclilló de nuevo.

—¿Por qué? Dime por qué hiciste caso a ese... a Satanás.

—Por la dote. Me esperaba una dote. Margery... no es más que una niña. Hace lo que le mandan.

—¿Y te creíste eso? ¿De *Margery*?

—Soy un estúpido, lo sé. Eso me dijo ella. —Denys suspiró—. No la he tocado... en ningún momento.

Juliana se mordió la lengua para no soltarle un par de verdades.

—Es que... he pasado hambre, penuria. Me han pateado... como a un perro callejero. —Se le llenaron los ojos de lágrimas, suplicaba comprensión—. Mi madre... murió.

Su indignación se desvaneció, contra su voluntad, y le trajo más agua a Denys. Ella misma se la fue introduciendo gota a gota en la boca, pero hasta el esfuerzo de tragar pareció excesivo. Cuando Denys se rindió, agotado, ella se sentó a su lado y le humedeció la cara con el pañuelo.

—Yo también he cometido estupideces. Rehuí casarme con Raymond por miedo y porque sir Joseph me instó a que no me casara.

—Satanás —susurró él con un hilo de voz debido al dolor.

—Sus retorcidos planes forman parte de mi tejido vital.

—¡Cielo santo! Era cierto. Sir Joseph la había manipulado. Continuó con voz trémula—: Tú y yo tenemos mucho en común, ¿sabes? Somos almas heridas que han caído en las trampas de un malhechor.

—Vos no. —Juliana apenas podía oírle—. La culpa no es vuestra.

—Sí lo es. —La responsabilidad de este desastre era total y absolutamente suya, y dijo—: Si no hubiese sido tan cobarde con sir Joseph, esto nunca habría pasado.

—La culpa es mía.

—No, si hubiese sido más amable contigo...

—Siempre lo habéis sido. —La voz de Denys sonó más fuerte por la súbita indignación.

—Podría haberlo hecho mejor. —Juliana dijo abatida—: Pero soy mayor y más sabia que tú, y como tengo... —tragó saliva— bastante culpa de este desastre, haré mío tu pecado. Lo prometo.

La mirada apagada del joven se clavó esperanzada en Juliana.

—El cura me obligará a hacer penitencia todos los días. —El hombre pondría el grito en el cielo ante tal promesa, aunque ella aceptaría sus admoniciones de buena gana—. Pero de este modo tu alma será redimida.

—Es *mi* pecado —susurró él con desesperación—. No hay penitencia que valga.

—Tú ya has cumplido hoy con la tuya —repuso ella.

Denys cerró los ojos cuando Juliana le cogió la mano. Le pareció que había perdido la conciencia, pero a medida que las sombras vespertinas se alargaron, volvió a abrirlos. Movió los labios, pero ya no tenía fuerzas.

—Sí. —Sí que dejaba que Juliana asumiera su pecado. Luego dijo—: Os lo agradeceré eternamente.

Las lágrimas empañaron los ojos de Juliana cuando presenció los últimos espasmos del cuerpo del muchacho. Una cancioncilla resonaba en su mente: «Margery. Margery...» Y más débilmente pero a la vez con precisión: «Raymond...»

Deseó que Denys muriera para que acabase su suplicio, pero en el fondo sabía que también deseaba su muerte para aplacar su propio suplicio entrando en acción. Se le hacía extraño estar ahí sentada velando a un moribundo, pensó, con el tibio sol primaveral en el rostro y los pájaros cantando alrededor. Deshecho el hechizo del invierno, la vida brotaba de la tierra en forma de azafranes y dientes de león, y le susurraba al oído con aliento de céfiro.

—Marchaos —susurró él también. Pero el parpadeo de sus ojos hablaba por sí solo de su triste soledad.

—No, me quedaré —dijo Juliana, aunque su corazón dudó.

La palidez del chico aumentó y cuando el sol se ocultó tras los árboles y los últimos rayos del sol desaparecieron de la pradera, susurró: «mamá», y murió.

Juliana se había imaginado que se levantaría nada más exhalar Denys su último aliento, pero se quedó sosteniendo su mano cada vez más fría y lloró por el chico al que nadie más lloraría.

Capítulo 19

Layamon y Keir se dieron un fuerte apretón de manos.

—¡Habéis venido en el momento oportuno! —le dijo Layamon—. Margery y Denys han desaparecido y mis señores han ido tras una tropa de mercenarios. ¡Han secuestrado a lady Margery!

Con una contundencia y una emoción que indudablemente sorprendieron a Layamon, Keir, agotado tras el viaje, soltó una retahíla de juramentos en otro idioma que eclipsaban las blasfemias en inglés.

—Conozco bien a esos mercenarios —le espetó—. Surgieron en Bartonhale bajo las órdenes del hombre al que se supone que yo debía vigilar. ¿Cuándo se han ido Raymond y Juliana?

Layamon se puso derecho.

—¡Esta mañana temprano!

Keir miró en dirección al sol que se ponía y volvió a blasfemar.

—A mediodía ha venido Salisbury corriendo, medio histérico, y me ha dicho que una hueste había matado a Tosti, que mis señores habían ido tras ella y que teníamos que ir hacia allí enseguida.

Keir se quedó helado.

—¿Y por qué no habéis ido?

Ruborizándose, Layamon rascó la tierra con la punta del zapato.

—Nunca he dirigido una expedición como esta. Supongo que me falta experiencia.

Keir abrió y cerró las manos con frustración, pero sabía que no podía (ni debía) reprender al hombre de armas por su inexperiencia.

—Entrad conmigo. Mientras como algo os iré dando instrucciones. Preparadme el corcel más rápido de las caballerizas.

Desconcertado, Layamon recorrió el patio de armas con la mirada.

—Pero ¡señor! Os fuisteis a Bartonhale con el caballo más veloz que teníamos y habéis vuelto con el jamelgo de aspecto más lamentable que he visto en mi vida. ¿Qué ha pasado?

Layamon se encogió al ver que Keir, normalmente imperturbable, se volvía a él con ferocidad.

—Me lo robó el mismo ladrón que matará a vuestros señores si no los encuentro enseguida.

Layamon lo siguió con la mirada boquiabierto y a continuación se dirigió al mozo de cuadra.

—Prepara a *Anglais* para sir Keir. Lo montará esta noche.

Juliana se puso a temblar cuando aquel grito sobrecogedor resonó de nuevo. No sabía en qué dirección ir. La luna casi llena arrojaba claras sombras espectrales en el bosque nocturno. Estaba perdida.

—En el sentido más amplio del término —dijo en voz alta. Y se calló cuando el silencio sepulcral engulló su voz. Un silencio interrumpido únicamente por aquellos horribles gritos que la llevaban de un lado a otro.

Vislumbró entre los árboles un claro plateado por la luz de la luna e hizo girar al caballo en esa dirección. Desde ahí las estrellas la orientarían. Acercarse al claro fue sencillo y al examinar el follaje se dio cuenta de que había encontrado el rastro de la tropa de mercenarios de sir Joseph. Debería alegrarse, sin embargo se puso a temblar.

¡Dios, qué miedo tenía! La estúpida y débil Juliana tenía miedo. No quería que la torturaran como a Tosti. No quería morir como Denys. Sólo quería recuperar a su Margery y ayudar a Raymond. Aunque Raymond nunca tenía miedo, jamás.

Irguió la espalda y con la cabeza bien alta hizo acopio de valor y avanzó hacia el claro. Entonces lo oyó, un grito de rabia y de dolor. Un grito que le cegó, le entristeció y le hizo llorar.

Cuando por fin se apagó, Juliana se había adentrado de nuevo en el bosque. Su palafrén iba dando bandazos y le picaba la piel como si la hubiesen atado a un montículo de hormigas. ¿Quién había ahí? ¿Qué había ahí?

Embotada y torpe por el miedo que sentía, descabalgó y se arrastró en dirección al claro. Respiraba jadeante, luego se le cortó el aliento... y casi se le paró el corazón.

En medio del claro yacían tres grandes cuerpos con los brazos estirados suplicando morir. Juliana echó a correr gritando: «¡Raymond!», pero tropezó con la raíz de un árbol y cayó al suelo cuan larga era. Entonces recuperó la sensatez y levantó la cabeza con cautela.

Una hoguera envolvía aún con su calor a aquellos cuerpos ya para siempre ajenos a este. Uno de los cuerpos llevaba todavía un yelmo que brillaba a la luz de la luna, pero incluso de lejos Juliana pudo ver la abolladura que lo aplastaba contra la frente. Los demás estaban completamente desnudos. Sus compañeros de viaje, unos auténticos cuervos, los habían despojado de todo.

Eran mercenarios; los mercenarios de los que Denys le había hablado. Y una gran desgracia se había cebado sobre ellos. ¿En Raymond también?

Se levantó muy lentamente, pero ya era tarde para la cautela. No se movía nada salvo el hilo de humo, que ascendía pálido y fantasmal hacia el cielo tachonado de estrellas.

Se refugió con sigilo junto a los árboles mientras miraba frenéticamente en una y otra dirección. Por cuidadosa que fuera, sus pies no paraban de pisar ramas y hojas muertas mientras movía las manos con intención de atacar, primero al frente, luego a sus espaldas. Barrió el claro con la mirada tratando de escudriñar la oscuridad... y entonces una de las sombras se movió.

Había alguien (o algo) apoyado contra un imponente roble. Inclinado y doblado sobre sí, parecía un jorobado. Juliana reptó hacia la sombra, pero esta no se movió. Era un hombre. Pudo ver el centelleo de la cota de malla que protegía su pecho. Era... se parecía a...

—¿Raymond? —preguntó.

La criatura encogida se enderezó y el hierro tintineó. *Era* Raymond, demacrado y con signos de la batalla en el cuerpo, pero Raymond a pesar de todo. Echó a correr hacia él. Sus ojos brillaban en la oscuridad. Jadeó y resopló y, cuando Juliana llegó hasta él, se abalanzó sobre ella profiriendo de nuevo ese horrible grito.

Valeska sujetó las riendas del caballo de batalla de Keir y, cuando el semental piafó y se encabritó, tiró de estas con una fuerza inimaginable para su edad.

—Llevadnos con vos, Keir.

—Me obligaríais a ir más despacio —insistió este procurando tranquilizar al caballo.

—¡Raymond nos necesitará! —gritó Valeska.

—¡No! —Keir tiró bruscamente de las riendas para quitárselas y *Anglais* se encabritó. Valeska salió volando y, aunque Keir lo presenció con cierta inquietud, no le sorprendió verla haciendo una voltereta y cayendo al suelo de pie. Aprovechando la distancia que los separaba, dijo—: En cuanto pueda os mandaré noticias.

Al verlo alejarse a caballo del patio de armas a caballo, Valeska murmuró unas maldiciones en eslavo que no auguraban nada bueno para la continuidad de su linaje.

—Sir Joseph es el maligno que ha causado estragos entre nuestra gente —dijo Valeska al volver al refugio de la torre, donde estaban Ella y Dagna—. Keir se ha marchado sin nosotras y Layamon se dispone a irse sin pensárselo dos veces.

—¿Cuándo te irás? —preguntó Ella. Las dos viejas miraron a la niña que estaba a su cuidado, intercambiaron miradas y dos lentas y perversas sonrisas ocuparon sus rostros.

* * *

Juliana se descubrió acurrucada en el suelo a cierta distancia del loco del árbol, tapándose los oídos con los dedos y temblando de impotencia.

Raymond volvió a gritar con toda la desesperación contenida de un prisionero condenado. Juliana se sentía como si le hubiesen arrancado el corazón y este estuviera sangrando en el suelo. Lo que tenía era terror, el terror de una mujer que se acerca a su amor y descubre que se ha convertido en el engendro del diablo.

Chilló una y otra vez, cada vez más fuerte. Ella no entendía cómo podía sacar ese ruido de su garganta y se encogió incluso cuando el pánico hubo desaparecido.

—¿Raymond? —dijo en voz baja.

Él no dijo nada. No se movió pese a que la vocecilla de Juliana resonó en el bosque silencioso. Muy despacio, y mirando nerviosamente a sus espaldas, Juliana se incorporó. Se acercó las rodillas al pecho, apoyó el mentón sobre estas y se dedicó a observar a la criatura que la observaba a ella.

Sí, era Raymond, pero un Raymond desconocido. Tenía las mangas y las calzas hechas jirones; el pelo le colgaba enmarañado sobre los ojos; tenía los labios hinchados y sus ojos no parpadeaban.

O se había vuelto loco o lo habían hechizado. Juliana no sabía qué le había pasado a Raymond, pero estaba asustada. Temía no poderlo ayudar, y quería ayudarlo. Era su amor, el hombre que le había dado libertad y pasión, y no lo abandonaría; no podía hacerlo.

Se levantó con el mismo cuidado que si estuviera sobre la cuerda de Ella y se acercó a él sigilosamente. Avanzó, se detuvo, avanzó y volvió a detenerse.

—Mi Raymond del alma —susurró con dulzura y voz temblorosa.

Él se acurrucó contra el tronco del árbol y gruñó mostrando los dientes. Juliana paró. Él se tranquilizó y ella lo miró fijamente, ajena a las lágrimas que resbalaban por sus mejillas.

—Mi querido Raymond.

Un collar de hierro rodeaba su cuello, como una oscura fuerza que le corroía la piel. Al hombre que no toleraba siquiera que le rodearan el cuello con cariño para darle un abrazo, le habían puesto un collar y lo habían encadenado como a un perro... o a un esclavo de los sarracenos. Sir Joseph sabía cómo poner el dedo en la llaga.

El miedo del que se avergonzaba se disipó bajo la punzante compasión. Mientras avanzaba, paso a paso, se puso a susurrarle palabras de consuelo y a cantarle fragmentos de canciones de cuna francesas para intentar atraer a Raymond como atraería a un pájaro hasta su mano. Pero su rostro no se iluminó; ni la reconocía a ella ni respondía a su propio nombre.

Pasó junto a él y reparó en que la corta cadena estaba unida a un tornillo clavado en el roble. Se fijó en que también las manos las tenía a la espalda, atadas al tronco. Raymond movió impaciente los brazos y ella oyó el ruido metálico del hierro, y vio la gruesa cadena, de unos diez eslabones de largo, perforada en la corteza del árbol.

Cuando Juliana salió de detrás del roble, la renovada agitación de Raymond la llevó a decir:

—No te he abandonado. —Mientras rebuscaba en su mente formas de hipnotizar a la bestia, se acercó a él con movimientos lentos y precisos—. Sería incapaz de hacerlo. —Extendió las manos, con los dedos bien estirados, y le mostró las palmas—. Sólo quiero acariciarte. ¿Me dejas que te acaricie?

Él dejó de mostrarle los dientes. Sus oscuros ojos seguían brillando, pero parpadeaba como si estuviese confuso.

—Mi amado Raymond, esposo mío, déjame ayudarte, por favor. —Quería tocarlo, pero el valor le abandonó de nuevo. Sin embargo, ahora Raymond se parecía tanto a Denys... herido, abandonado, que no podía permitirse titubear—. Por favor —susurró otra vez.

Levantó los brazos con tal tensión que le dolieron. Él no se movió, no respiró. Parecía expectante y, cuando ella le puso en el pecho las palmas de las manos, suspiró. Soltó una larga exhalación de alivio y se dejó caer contra el árbol. Ella descubrió que también había estado conteniendo el aliento y lo soltó en un suspiro de alivio.

—Raymond. —Desplazó las palmas de las manos hasta su espalda y susurró—: Raymond, no tengo nieve para devolverte la cordura, pero te daré un baño de besos y te secaré con abrazos, y serás mío para siempre jamás. —Se arrimó a él. El hierro de su cota de malla se le clavó en la mejilla y debajo de ella Juliana oyó cómo su fuerte corazón volvía a latir con normalidad.

—¿Juliana? —Él intentó rodearla con los brazos, pero la cadena se lo impedía y contrajo furioso todos los músculos del cuerpo.

—No... —Sintió tanta pena que se le anudó la garganta y apenas pudo susurrar—: No te hagas más daño. —Levantó la cabeza y lo miró. Sobre la plétora de hinchazones y cortes que deformaban su perfecto rostro a Juliana le pareció ver lágrimas; y tuvo la certeza de ver el terror en su mirada.

—Juliana. —Su voz sonó como rascada por un cuchillo sin afilar—. ¿Cómo me has encontrado?

—He seguido el rastro de los cuerpos.

—Tienen a Margery.

—Lo sé.

—No he podido detenerlos.

—Has hecho cuanto podía hacerse.

—Si hubiese podido matar al cerdo de Joseph... —jadeó levemente—. No sé si lo sabías, pero se la ha llevado él.

Ante la patente agonía de su voz, ella se mordió el labio. La conversación debió de agotarlo, porque se dejó caer hacia el suelo.

—Lo sé —dijo ella para contener sus agitadas confesiones llenas de culpa—. Me lo ha dicho Denys.

—¿El chico?

—Sí, está muerto.

—Otro fracaso —gimió él—. Otro...

Le fallaron las rodillas y se deslizó hasta el suelo sin que ella pudiera impedirlo. El collar y la cadena le oprimían. Raymond se atragantó y sintió arcadas al tiempo que ella, desesperada, trataba de levantarlo. Por fin lo irguió y sobre la cabeza de Juliana cayeron unas gotas de sangre tibia y pegajosa. Ambos se pusieron a temblar.

—Estoy muy cansado —dijo él cuando pudo hablar—. Lo único que quiero es sentarme y no puedo. No puedo sentarme. Estoy tan... —apartó el cuerpo del árbol en un esfuerzo titánico— cansado.

—Apóyate en mí, entonces. Pesas menos que el pájaro de San Lucas.

—No es un pájaro, es un buey —dijo él con recelo.

—Es verdad. —Él trató de sostenerse solo, pero ella presionó el cuerpo contra el suyo—. Me has apoyado en todo momento desde que me conoces. Ahora te devolveré mínimamente la deuda que tengo contigo. —Juliana opuso más resistencia contra sus costillas—. Apóyate en mí.

Liberado por Juliana de la coerción de la cadena, Raymond se relajó poco a poco. Fue probando gradualmente la fuerza de su mujer, dejándose caer sobre ella como el lento discurrir de la miel en diciembre. Echó la cabeza hacia atrás y se dejó llevar... se recuperó a sí mismo, o eso esperaba ella.

Juliana sostuvo su peso. Le crujieron las articulaciones y le chascaron los músculos, pero le llenaba de alegría la confianza que él depositaba en ella. No supo cuánto tiempo permanecieron así, soldados por la necesidad de Raymond y su propia fuerza; lo único que sabía era que la luz de la luna le iluminaba el rostro. Y entonces Raymond se puso rígido y abrió los ojos.

—Escucha.

Ella aguzó el oído y también lo oyó. Era el retumbo de unos cascos de caballo.

—Viene deprisa —dijo ella—. ¿Cómo puede cabalgar así en un bosque tan espeso?

—El camino está justo detrás de los árboles —contestó él con voz ronca—. Sir Joseph quiere que me vean ultrajado, humillado y ridiculizado como cualquier criminal común.

—¿Quieres que haga parar al jinete?

Si el susto que se llevó hubiera podido liberarlo, las cadenas habrían saltado.

—¡No! Lo más probable es que sea un enemigo y temo por ti. Escóndete en aquellos árboles de ahí y no salgas a menos que el jinete sea de los nuestros.

La indignación se apoderó de ella y se le tensaron los músculos de la espalda.

—No pienso esconderme.

—Harás lo que yo diga.

—La última vez que cumplí órdenes me quedé encerrada en una asquerosa cabaña llena de telarañas. —Sacó de su cinturón el puñal que le había dado Salisbury y se volvió para proteger a Raymond de lo que pudiera venir por el camino. Le dijo por encima del hombro—: ¿Prefieres mi protección o tu condena?

El caballo galopaba a toda velocidad y ya lo tenían casi encima.

—Ya estoy condenado —contestó Raymond con perentoriedad—, así que te suplico que no me sometas a esta tortura.

Ella lo ignoró y se preparó para luchar, pero el imponente caballo blanco pasó de largo como una exhalación y luego frenó con tanta brusquedad que el caballo se empinó rasgando el aire.

—¡Keir! —exclamó Raymond.

Y al unísono bramó Keir:

—¡Raymond!.

Keir saltó de la silla, le tiró las riendas a Juliana y corrió hasta el árbol. Juliana pensó que aplastaría a Raymond contra el tronco en un ataque de euforia, pero se detuvo en seco. Su fugaz destello de emoción se disipó sin dejar rastro. Al bordear el árbol volvió a ser el Keir de siempre y observó la penosa situación de su amigo con absoluta impasibilidad. Completada la vuelta, miró a Raymond a los ojos.

—Debería haberme traído las herramientas.

—No hay tiempo para eso —repuso Raymond—. Pero tengo un plan.

—¿Y me gustará ese plan? —inquirió Keir.

—Seguramente no, pero no hay otra alternativa. —Raymond se enderezó más que en todo aquel rato—. Coge tu hacha de guerra y corta las cadenas.

Keir carraspeó.

—Las hachas de guerra no son como las de leñador y, aunque así fuera, esas cadenas son de hierro. Las posibilidades de éxito son escasas.

Raymond contestó sin titubeos.

—¿Qué más podemos hacer?

—Raymond, no, podría no acertar en la cadena o darte a ti. —Juliana trató de acercarse, pero el caballo de batalla tiraba de ella—. Haremos venir a un herrero del castillo y te soltará.

—¿Cuándo? ¿Mañana? ¿Y que habrá sido de nuestra hija para entonces?

Ella ató las riendas a una rama y procuró pensar en otro plan, pero su voz firme y queda insistió.

—¿Crees que sir Joseph se la ha llevado en un gesto de amabilidad? Puede que ahora mismo esté sufriendo el mismo destino de Tosti o... —Ante el quejido de Juliana, dijo—: No tenemos otra opción. Y..., Juliana...

Su mirada apenada buscó la de Raymond.

—No puedo seguir con estas cadenas, ni siquiera por tu tranquilidad.

Ella vio que era cierto. La mirada opaca de Raymond había desaparecido, pero sobre la herida abierta se había puesto el disfraz de la cordialidad en un ejercicio de pura voluntad.

—Venga, vete al camino y deja que Keir haga lo que tiene que hacer.

Keir apareció al lado de Juliana. El filo de su hacha de guerra de corta empuñadura relucía amenazante a la luz de la luna, y sacudió el brazo como para relajar los músculos.

—¿Y si le dais un hachazo en la mano? —le preguntó ella.

Parecía una acusación y Raymond contestó antes de que Keir pudiese hacerlo.

—Entonces por fin entenderé por qué asegura que perder los dedos fue el insignificante precio que tuvo que pagar a cambio de su libertad.

Juliana dio la vuelta y se adentró en la oscuridad bajo los árboles, en busca de su olvidado palafrén, pero la escueta pregunta de Raymond la detuvo.

—¿Cómo has podido venir tan pronto?

Comprendió que le estaba hablando a Keir, y quiso esperar a oír la respuesta.

—No he venido pronto —repuso Keir, y se oyó el chacoloteo de las cadenas—. No lo suficiente. Desconocía el nivel de vileza de sir Joseph hasta que el administrador de Bartonhale me encarceló.

—¿Os encarceló? —gritó Juliana dándose la vuelta.

Keir examinó la cadena y el tornillo que sujetaban a Raymond al árbol.

—Sir Joseph tiene un curioso poder sobre las mentes de la gente en la que influye. Vuestro administrador, mi señora, consideraba a sir Joseph un demonio.

Juliana recordó a Denys y no se sobresaltó.

—Ha trabajado para sir Joseph desde que falleció vuestro padre. Os ha robado dinero y se lo ha dado a sir Joseph sin rechistar, aunque por miedo, eso os lo aseguro. —Keir suspiró—. Creo que lo mejor será arrancar el tornillo de la madera.

—¿Del roble? —se alarmó Juliana—. ¿Estáis loco? El roble inglés es...

—Resistente, ¿eh, Juliana? —Los dientes de Raymond centellearon, pero su sonrisa parecía más lúgubre que alegre.

—Es imposible cortarlo ni mojado ni seco —contestó ella con exasperación.

—Procura no hacerme un peinado nuevo —advirtió Raymond ignorando a su mujer.

Keir levantó el hacha.

—Agáchate.

El miedo de Juliana aumentó al tiempo que el reluciente filo del arma ascendía. El hacha quedó suspendida sobre la cabeza de Raymond y al descender se clavó en la corteza que rodeaba el tornillo. Ella vio anonadada cómo Keir arrancaba con dificultad el hacha de la dura madera y la levantaba de nuevo. Devorada por la angustia, cayó de rodillas y se tapó los ojos con las palmas de las manos. Pero eso no la distrajo del ruido sordo del hacha, de los fuertes resoplidos de Keir ni del aliento contenido de Raymond ante la amenaza de que lo decapitara.

—Te ha ido por un pelo, amigo —dijo Keir y Juliana apartó sin querer las manos.

Keir se irguió jadeando.

—¡Maldita hacha, qué mango tan corto tiene! No puedo golpear con fuerza ni precisión.

—Pero ¡si está hecha con el mejor metal español para cortar armaduras! —quiso tranquilizarlo Raymond—. Cortar la cadena será pan comido.

—No tiene la forma adecuada para cortar madera —se quejó Keir—. Al escapar de Bartonhale he cabalgado directamente hasta el castillo de Lofts. Layamon y sus hombres de armas me siguen de cerca. Si no te importa esperar a que lleguen...

—No permitiré que me vean en este lamentable estado —dijo Raymond con firmeza.

El silencio reinó en el claro mientras Juliana y Keir asimilaban la resolución de Raymond. Al fin, Keir inclinó la cabeza.

—Como quieras. Pero es más grave cortarle la cabeza a alguien que los dedos.

—No me cortarás la cabeza —aseguró Raymond.

—Ya. ¿Y si te corto una oreja o te arranco un trozo de cuero cabelludo? —murmuró Keir.

Evidentemente, a Raymond le parecía absurdo alentar reflexiones tan funestas, de modo que cambió de tercio.

—¿Cómo te has escapado de Bartonhale?

—He convencido al administrador de que más le valía temer al auténtico diablo e ignorar al ángel rebelde.

La curiosidad desatascó la garganta de Juliana.

—¿Al auténtico diablo?

—A mí —contestó Keir, que presenció sin aparente interés la risotada que se le escapó a Raymond.

—¿Y cómo lo has convencido?

—No es un hombre muy perspicaz, y Valeska y Dagna me enseñaron algunos de sus más impresionantes trucos.

Hasta Juliana sonrió al oír aquello.

—Keir, cuando pares de jadear —le dijo Raymond—, me gustaría que acabaras con esto.

A Juliana le daba igual lo que dijeran, aunque la conversación la había ayudado a lograr cierto grado de resignación, y volvió a hundir la cabeza en las manos. Además, Keir le había dado mucho en que pensar y se concentró en la perfidia de sir Joseph mientras el hacha golpeaba y cortaba.

—¡Ya está! —exclamó Raymond cuando saltó el tornillo—. Te he dicho que podrías hacerlo.

—Es verdad. —La euforia de Keir no era tan palpable como la de Raymond, y Juliana, llena de alegría, entendió el porqué.

Lo del roble había sido fácil en comparación con la gruesa y larga cadena que engrilletaba las muñecas de Raymond. Juliana se imaginó que Raymond se sentaría, cediendo al desgaste anímico producido por el hierro. Pero no, liberado el cuello, bordeó el árbol arrastrando los pies de tal modo que las manos quedaron visibles a la luz de la luna.

—¿Ves cómo afianzaron la cadena? —preguntó Raymond con fervor—. Yo me resistí, ni siquiera colaboré cuando me pusieron el collar encima de la cota. Espero que eso les dificultara el trabajo.

Keir levantó la cadena, la examinó con los dedos y se agachó para escudriñarla. Juliana lo vio agacharse y retirarse el pelo de la frente.

—Los grilletes son muy resistentes. El eslabón débil de la cadena está aquí —Keir la hizo tintinear—, cerca de tu mano.

—Entonces centra bien el golpe —repuso Raymond—. Hubiera preferido que me cortaras la cabeza y no las manos, porque con ellas me vengaré de sir Joseph.

—Sí, porque tu cabeza sólo sirve para derribar muros de piedra a cabezazos —dijo Keir con ironía—. Siéntate. Cierra los puños y tensa la cadena todo lo que puedas.

Raymond obedeció. Keir apoyó la cadera en el árbol, separó bien las piernas y levantó el hacha.

—¡Un momento! —gritó Juliana.

—¿Mi señora? —Keir estaba estupefacto.

—¿Por qué lo hacéis en esa posición? Si os pusierais de cara a él veríais mejor.

—Es que así puedo aplicar la fuerza necesaria. En cuanto a lo de ver mejor... —levantó el hacha de nuevo—, tampoco hay mucho que ver de todas formas.

Juliana quiso cerrar los ojos para no ver el impacto, pero se lo impidió una intensa fascinación. Saltaron chispas cuando el hacha golpeó de lleno en la cadena, clavándose en un eslabón. Keir se tambaleó por la fuerza del impacto y el hacha salió volando. Juliana se agazapó, pero el hacha no aterrizó cerca de ella.

—Vuelve a intentarlo —pidió Raymond con impaciencia.

Keir miró a Juliana con una mueca de dolor mientras flexionaba las manos.

—Espera, Raymond. Keir se ha hecho daño —dijo ella con voz temblorosa.

—No puedo esperar —insistió él—. Los jinetes se acercan.

Juliana pegó la oreja al suelo y oyó el retumbar de cascos de caballo. Asintió con la cabeza mirando a Keir y este cogió el hacha. Se colocó con precisión, fijó los ojos en la cadena, practicó el golpe y luego bajó el hacha, que emitió un fuerte ruido al chocar con la cadena y clavarse en la madera. La cadena cortada restalló en el aire al mover Raymond las manos para recuperar la movilidad. Keir y Juliana se quedaron mirando el hacha fijamente, ambos embargados por una tensión insoportable. Les recorrió un escalofrío cuando Raymond exclamó:

—¡Lo conseguiste! ¡Lo conseguiste! —Se tambaleó victorioso junto al árbol con los puños en alto.

—¡Los dedos! —gritó Juliana—. ¿Cómo tienes los dedos?

Él la miró como si estuviese loca, luego abrió las manos. Seguía teniendo todos los dedos, los diez.

Keir se tumbó en la hierba; Juliana hundió la cabeza entre las rodillas y Raymond se rió un buen rato a mandíbula batiente. Y de esta guisa los encontraron Valeska y Dagna.

Capítulo 20

—Y para esto hemos cabalgado hasta tener dolor de huesos? —preguntó Valeska clavando en ellos su penetrante mirada—. ¿Para ver cómo os divertís?

Juliana y Keir levantaron la cabeza y las miraron llenos de rabia; Raymond se rió aún más. Dagna miró indignada a Valeska.

—¡Vamos! Iremos a rescatar a Margery de las garras de lord Felix.

—¿De Felix? —Juliana se puso de pie con dificultad—. ¿Por qué nombras a Felix?

—Porque este es el camino que conduce al castillo de Moncestus —contestó Dagna.

Juliana meneó la cabeza.

—No puede ser. Es imposible que esté compinchado con...

Raymond alargó el brazo hacia ella, pero el tintineo de las cadenas actuó con el ímpetu del Mar del Norte. ¿Cómo iba a obtener Juliana consuelo de él? ¿De un hombre engrilletado de cuerpo y mente a viejos miedos?

Ella no vio (o fingió no ver) su gesto. Desapareció en el bosque y regresó montada en su palafrén, con expresión seria y la cabeza bien alta.

—¡Vámonos!

Raymond suspiró.

—¡Ojalá tuviese mi caballo de batalla! —Entonces hizo memoria y le dijo a Keir—: Aunque el caballo que montaba sir Joseph me resultó familiar.

Keir carraspeó; estaba todo lo avergonzado que podía estar un hombre de hierro como él, y señaló su corcel.

—Llévate este. De todas maneras, es tuyo.

—Es de mi señora —le corrigió Raymond, pero se subió al caballo en el acto. No las tenía todas consigo de que Juliana los esperara.

Valeska bajó de su montura.

—Yo montaré con Dagna; que Keir coja mi semental, pero antes... —Le ofreció a Raymond sus armas. Su espada larga, su espada corta y su maza. Soltó con reverencia el escudo de las tiras de cuero que lo sujetaban y se lo ofreció con gesto teatral.

En el escudo había un oso erguido con las zarpas y los colmillos a la vista para intimidar y producir terror. Raymond miró fijamente la temible representación y luego colocó un momento las manos en la cabeza de Valeska.

—Gracias, mi fiel escudera.

La luna se hundió en el horizonte y los abandonó entre los imponentes árboles; después su luz oblicua incidió en los surcos y el barro que daban forma al camino que conducía al castillo de Moncestus. Juliana tomó la delantera galopando a una velocidad que dejó rezagado al resto. Sin decir palabra, Raymond salió disparado tras ella; el caballo de batalla se movía con una agilidad que lo incitaba a la carrera. Quería hacer frente al desánimo, blandir la espada y el escudo, e ir a la lucha con un rugido aterrador que propagase el viento.

Pero no podía. Hasta que rescataran a Margery él era el líder, el árbitro del sentido común. Renunciando al apetito bélico y vengativo, adelantó a Juliana, dejándola atrás con facilidad.

—Si te caes y te desnucas, no llegaremos —le reprochó él cuando ella volvió rápidamente la cabeza. Para aliviar la presión de su collar, Raymond cogió con la mano el tornillo y el trozo de roble que lo acompañaba—. Mantén una velocidad constante.

Ella levantó la cabeza con orgullo, pero asintió.

—Buen consejo —dijo a regañadientes cuando su palafrén empezó a cabalgar a medio galope.

—Aunque cuesta seguirlo —añadió él mientras aguijoneaba a *Anglais* para que galopase al lado de Juliana. Una vez que los caballos adquirieron un ritmo constante, Raymond pudo ponerse a reflexionar sobre el destino de Margery. Entonces asió las riendas con más fuerza y *Anglais* salió disparado.

—Mantén una velocidad constante —le dijo Juliana, claramente resentida por el reproche anterior, pero él se negó a renunciar al autocontrol que tanto le había costado conseguir.

—Como digas, señora mía.

Estaba orgulloso de la serenidad de su tono de voz, pero Juliana no pareció reparar en ello. Sus ojos no paraban de desviarse hacia la mano con la que Raymond sujetaba el metal y la madera. Empezó a hablar, paró y entonces le soltó:

—¿No te molesta el peso de la cadena?

La verdad era que él apenas lo notaba. Había llevado grilletes más pesados por motivos menos importantes, pero al mirarla de soslayo vio su boca fruncida y su frente ceñuda.

Juliana detestaba el collar. Naturalmente, ¿qué esperaba? Él creía que el humillante collar podía llevarse siempre y cuando fuese de la mano de la libertad. En Túnez había pasado encadenado muchos días y meses, sin ver la luz. Sin poder moverse, sin libertad. Con los músculos desintegrados, destrozados, y la juventud y la fuerza perdidas para siempre.

Aquello lo había vuelto loco. Se había desmoronado, dos veces: primero en una calurosa mazmorra en Túnez y luego en un húmedo bosque de Inglaterra. Tenía demasiados recuerdos de la criatura débil en que se había convertido en Túnez, y prácticamente ninguno de la bestia furibunda en que se había convertido en Inglaterra.

Pero Juliana sí lo recordaba. Ella quería seguridad y sus grilletes ponían de manifiesto que no podía confiar en que él le diera dicha seguridad.

De pronto Raymond se detuvo en medio del camino, jadeante, con el corazón encogido tratando de sobrellevar el dolor. Keir y las mujeres lo rodearon y Juliana arrimó su caballo al suyo. Le acarició las mejillas con sus frías manos.

—¿Te duele el cuello? —le preguntó con vehemencia—. ¿Las muñecas? ¿Te han hecho daño por dentro?

Como si fueran pequeñas llamas, el pelo cobrizo de Juliana daba calor a su pálido rostro. Lo miró con una cara de preocupación tan sincera que durante unos tiernos instantes él creyó que era genuina.

—¿Daño?

—Sí, por dentro —insistió ella—. ¿Sir Joseph y sus hombres te han...?

El nombre devolvió a Raymond a la realidad. Por supuesto que estaba preocupada; Juliana lo necesitaba, no como marido, sino como guerrero.

—¡No! Sir Joseph no me ha hecho daño, no.

—Entonces, ¿a qué viene esa cara?

Sus manos lo atormentaban, arreglándole el pelo, acariciándole las orejas, buscando heridas allí donde la vista podía haberle fallado. Raymond sintió deseos de apartarse, pero las descargas de placer le inmovilizaban.

—Los grilletes... —farfulló con la voz ronca por el agotamiento— no duelen demasiado, pero Keir me los quitará.

Raymond intuyó que Keir había entendido más de lo que dejaba entrever, porque también lo miró extrañado.

—Me he dejado el hacha en el árbol. No puedo recuperarla y aunque pudiera, de nada serviría, porque al dar el primer golpe contra la cadena se ha hecho una muesca en el filo. No quiero ni pensar los destrozos que habrá causado el segundo golpe.

—Si es peligroso, no quiero que intentes quitártelos —dijo Juliana—. Es sólo que me ha parecido que... quizá te hacían daño.

A Raymond le maravillaba que tuviera la capacidad de ser tan educada después del sufrimiento vivido y antes de la lucha que tenía por delante. Era una dama de pies a cabeza, y quería seguir con ella. Nunca, en toda su vida, había deseado nada tanto ni se había dado cuenta de la fuerza que tenía hasta que sonrió cortésmente y dijo:

—No puedo luchar así.

—No, saldríais muy mal parado —convino Dagna—. Probad en aquella cabaña de campesinos. Tendrán un hacha.

Raymond se apartó bruscamente del camino y aporreó la puerta de la cabaña. El tembloroso siervo respondió afirmativamente a su escueta petición de un hacha y una tabla para cortar, y hacha en mano Keir volvió a acercarse a Raymond.

En esta ocasión, Raymond se arrodilló junto a la tabla y el tornillo colgó por el otro extremo de esta.

—Rompe la cadena cerca de mi cabeza —ordenó Raymond.

—No le hagáis daño —dijo Juliana al unísono.

—Cerca —ordenó Raymond, y cerró los ojos.

El hacha le zumbó junto a la oreja; el ruido de la cadena al romperse le agredió el oído y Raymond sacudió la cabeza para ahuyentarlo.

—¿Qué? No te oigo —dijo Raymond cuando Keir se puso a hablarle.

—Espero que te parezca lo suficientemente cerca porque no pienso repetirlo. —Keir le devolvió al siervo el hacha mellada junto con unas cuantas monedas.

Raymond tocó los eslabones que colgaban aún del collar de hierro y se los metió por dentro de la camisa, donde ya no pudieran atentar contra la vista de su dama. Alargó el brazo y señaló la cadena de los grilletes, que seguía midiendo como medio palmo.

—Hay que sacar esto.

—¡No! —exclamó Juliana.

—No —dijo Keir.

—Hay que sacarlo —insistió Raymond—. También será un obstáculo a la hora de pelear.

Keir remetió los pulgares en el cinturón.

—Con tus aptitudes, lo dudo mucho. Sería más probable que te amputara la mano, y eso sí que sería un verdadero obstáculo. —Dando el tema por zanjado, regresó hacia su caballo.

Raymond trató de calcular el peso de la cadena sin dejar de darle vueltas al asunto y Juliana dijo alegremente:

—Te servirá para recordar mis derechos. —Lo había dicho en broma, pero él se sintió como si le hubiesen dado una bofetada, sobre todo cuando añadió—: Muchos hombres aseguran que sus mujeres constriñen su libertad. Tú tienes una prueba física de ello.

Dirigió su mente hacia este último provecho que sacaría de él su mujer. Juliana, el centro de ese maravilloso círculo de amor. La prueba de que los cuentos de hadas se hacían realidad.

¡Qué locura!

A Juliana le castañetearon los dientes cuando vio el castillo de Moncestus surgir imponente ante ella. Silencioso y amenazante, absorbía la luz matutina como un agujero conectado directamente con el infierno. El almenaje, irregular por la putrefacción y la descomposición, se asemejaba a la dentadura de un anciano. No se había dado cuenta de lo mucho que temía cada piedra, cada torre y cada puerta. En aquella masiva estructura le habían arrebatado la confianza, la fe y la vida, y sólo después de mucho luchar había renovado parte de estas. Ahora volvía a estar delante del castillo de Moncestus y tuvo ganas de acurrucarse y sollozar.

Pero Margery estaba allí dentro. Sir Joseph la había llevado al castillo la noche anterior. Y por ella, asaltaría sola las almenas.

Aunque no sería necesario. No mucho después que ellos, Layamon y sus hombres habían llegado predispuestos al asedio (no, ávidos). Pero Raymond les había dicho que no había tiempo para eso. Un asedio suponía meses de sitio, de espera hasta que el enemigo se rendía por hambre o por sed. Y este enemigo retenía a un rehén muy valioso en el interior.

Todos se colocaron fuera del alcance de las flechas. Raymond, ataviado con su cota de malla y revestido de guerrero, se quedó junto a Juliana. Como si su mera presencia dispersara su concentración, le prestó poca atención, y por eso ella dio un brinco cuando él preguntó de repente:

—¿Cómo podemos entrar?

Juliana miró a su alrededor. Raymond le estaba hablando a ella.

—¿Entrar?

Él desvió hacia ella sus ojos verdes.

—Tú has salido de ahí. ¿Cómo entramos?

—¡Ah...! —Un súbito bochorno se apoderó de ella y se puso a rescatar los detalles con meticulosidad—. Yo me escapé de la torre del homenaje. Para escapar del patio de armas simplemente crucé el puente levadizo, que estaba bajado. Era de día y lo único que hice... fue salir andando.

—El puente levadizo está subido —repuso Raymond casi como si esperase que ella solucionara eso.

Ella le ofreció una pregunta a modo de respuesta.

—¿Dónde están las patrullas de los muros?

—No lo sé. —Raymond barrió de nuevo el almenaje con la mirada—. Curioso. Muy curioso. Me pregunto quién estará al mando.

—Felix, no —dijo ella.

—No. Probablemente él no. Así que si conseguimos salvar esos muros... —Raymond señaló con su puñal—, tú podrías introducirnos en la torre del homenaje.

—Mmm... sí, seguramente sí. —Y añadió tratando de hacerse la graciosa—: Dudo que puedan atacarnos por ahí.

Raymond se volvió a Valeska y Dagna.

—¿Podéis bajar el puente levadizo?

Los ojos azules de Dagna chispearon.

—Sabéis que sí —dijo, y Valeska rebosó de entusiasmo.

Raymond levantó su escudo y se lo puso sobre la cabeza. Keir hizo lo mismo y junto con las mujeres ambos se acercaron sigilosamente hasta los muros. No hubo ningún movimiento ni conato alguno de defensa, y el grupo, extrañado, se puso a murmurar.

Todos observaron con curiosidad mientras Keir pasaba una cuerda por la flecha de una ballesta, hacía un nudo corredizo y disparaba hacia los merlones de piedra puntiagudos. Al primer disparo la cuerda se deslizó de nuevo muro abajo, pero al segundo se enganchó en un florón y Keir fijó el nudo de un tirón.

Seguía sin haber movimiento en los muros y el tenso e inusual silencio los intimidaba a todos.

—Preparad vuestros arcos —les gritó Raymond a los hombres de armas—. Si veis que asoma una cabeza por las almenas, disparad y no me falléis.

—Sí, mi señor —dijo Layamon.

Juliana contempló boquiabierta cómo las viejas se agarraban de la cuerda y, la una detrás de la otra, trepaban con agilidad por el muro. Raymond y Keir retrocedieron aprisa y las vieron llegar arriba y detenerse por precaución. Pero no pasó nada. Desaparecieron tras las almenas, luego reaparecieron y saludaron con la mano.

—Si no topan con ninguna patrulla —le dijo Raymond a Juliana con los brazos en jarras—, y me extraña que no lo hayan hecho ya, usarán la cuerda para entrar en la garita y bajar el puente levadizo.

—¿Y si sir Joseph las ataca?

Una sonrisa de perversa satisfacción asomó a la boca de Raymond.

—Será mejor que mande a sus mercenarios, porque esas dos mujeres le dan pavor a tu tío... lo cual no me desagrada. Pagará por las atrocidades cometidas.

Ella lo asió del brazo.

—¿Crees que matará a Margery?

—Intentó matarte a ti.

—No, no digas eso —protestó ella espontáneamente.

—¿Acaso no es verdad? Está podrido de envidia. —Mientras contemplaba el almenaje le preguntó—: ¿Por qué crees que te vejaba y te amenazaba?

—Nunca me ha tenido envidia —se quejó ella con vehemencia—. Desde pequeña me ha dicho siempre que la mujer más ilustre vale menos que el hombre más despreciable, y que el sufrimiento del parto fue el castigo divino por el pecado original.

—Te menospreciaba por el simple hecho de ser mujer. —Raymond asintió con la cabeza—. Una mujer que encima forma parte de su familia y que, por haber nacido donde ha nacido, tiene un rango superior al suyo.

—Mi padre decía... —Juliana quería hacerle entender que esto era del todo imposible—. Mi padre decía que sir Joseph cuidaría bien de mis tierras porque estaba unido a ellas por la sangre.

—Y eso hizo, esperando que algún día esas tierras cayeran en sus manos por alguna razón.

—Pero él no podría heredarlas, aunque mis hijas y yo muriésemos —explicó Juliana tratando de aclarar unos hechos en realidad muy sencillos—. Si no hubiera ningún heredero legítimo, las tierras volverían al rey. Ya lo sabes.

—Lo sé. Y sir Joseph también lo sabía, y lo sabe. Pero creció en los años oscuros del reinado del rey Esteban, cuando los hombres hacían sus propias leyes y nadie les llevaba la contraria. No podía robar las tierras en vida de tu padre, al menos no por la fuerza, de modo que engatusó al pobre Felix hasta que lo convenció de que te tomara por esposa.

Juliana apenas daba crédito a lo que oía.

—¿Crees que sir Joseph planeó mi secuestro? —Levantó la voz con esperanzada incredulidad—. ¿No mi padre? ¿Fue sir Joseph?

—Tu padre es culpable nada menos que de ser un simple títere que hablaba y actuaba en función de lo que otros le pautaban. —La voz de Raymond traslució lo mucho que le desagradaba semejante estupidez—. Pero no conspiró contra ti.

En lo más recóndito de su alma, Juliana había estado convencida de que su padre la había traicionado. Tan convencida que había temido analizar los hechos y se había cerrado dolorosamente a toda información al respecto. Ahora... *ahora* Raymond insistía en que su padre no era culpable de nada salvo de su estupidez total y absoluta.

—Siempre supe que mi padre actuaba y opinaba en función de lo que los demás opinaban, pero... —miró hacia los muros y le pareció que estos recuperaban su tamaño real ya sin amenazarla— no quería saber si había consentido mi secuestro deliberadamente.

—Pues ya te has quitado un peso de encima —le dijo Raymond bromeando.

Juliana sonrió, abrió el cerrojo y dejó que los buenos recuerdos de su padre se agolparan en su mente.

—El amor hace milagros.

—Sí, así es.

Raymond palideció como si con su rotunda respuesta se hubiera puesto en evidencia, y ella supo que estaba recordando su debilidad y su humillación en el árbol. Lo habría consolado con una caricia, pero su dignidad lo llevaba a rechazar toda compasión antes siquiera de serle ofrecida.

—Sir Joseph podría haberme matado cuando falleció mi padre —dijo ella en lugar de acariciarlo— y haberse hecho con el control de mis tierras a través de mis hijas.

—Seguramente lo intentó, pero estás rodeada de criados leales y el rey Enrique ejerce un control férreo. La ley desaprueba el asesinato de los señores feudales, en caso de que tal asesinato pueda demostrarse. —Se volvió a ella con rostro frío e impasible, pero la penetró con la mirada—. Tal como me dijiste en cierta ocasión cuando hablábamos de tu aversión a ese marido anónimo que el rey había elegido para ti, las hijas pueden ser enviadas a un convento o incluso morir repentinamente.

La angustia se apoderó de ella disipando su entusiasmo previo.

—¿Quién mejor para orquestar una muerte accidental? —preguntó ella en voz baja y ronca—. He puesto a mis hijas en peligro.

—No lo sabías.

—Soy responsable de mi familia y no he sabido controlar a mi tío.

—Yo soy ahora el responsable de tu familia y mi fracaso eclipsa al tuyo. —Raymond señaló hacia el puente levadizo—. Mira.

El puente empezó a bajar lentamente, sus cadenas chirriaron y luego las pesadas tablas de madera cayeron con estrépito sobre el suelo. Juliana dio un respingo y parpadeó varias veces, desgarrada por la angustia que le producía la necesidad de entrar en acción. Raymond torció el gesto por el dolor y echó a andar.

—No pases por debajo del rastrillo hasta que yo te lo diga. Si esas dos mujeres no lo aseguran bien, podríamos morir atravesados por sus puntas de acero.

Layamon se rió con aspereza y Keir, a salvo del alcance de las flechas, rehusó moverse de su sitio.

—Venga, pasa tú primero, Raymond.

—Es mi deber —contestó él sin sonreír, y cruzó el puente levadizo. Se encontró a Dagna, que con un estremecimiento le hizo señas para prevenir el mal de ojo del castillo.

—Es el castillo de los condenados —le susurró con dulzura—. Hay hombres de armas muertos en sus puestos y la torre del homenaje está cerrada a cal y canto.

Los hombres de armas de Juliana, afectados por la solemne advertencia de Dagna, hablaron entre dientes y su paso vaciló, pero Juliana no dejaría que ahora flaqueasen. Anduvo con resolución hacia el puente, su falda agitándose alrededor de los tobillos, y tras una momentánea indecisión todos los soldados echaron a andar movidos por el deseo de mostrarse valientes ante su señora.

—¿Y si no están ahí dentro? —preguntó Keir, y justo entonces una flecha le rozó la cabeza y aterrizó en el suelo.

Raymond atrajo a Juliana hacia sí y protegió a ambos con su escudo.

—Sí que están, sí —le contestó a Keir mientras las flechas caían desde la torre y todos corrían a refugiarse en los establos.

Layamon se agazapó contra la pared.

—¿Por qué no han apostado una patrulla en los muros?

—Porque habrán pensado que no llegaríamos todavía o... —Raymond se acarició el mentón con barba de varios días— sir Joseph no tiene sobre ellos el control que le gustaría. Los mercenarios no quieren pasar frío fuera si dentro tienen fuego para calentarse y cerveza fresca.

—El dinero no imprime tanta resistencia como la lealtad. —Keir lanzó una elocuente mirada a Raymond, y luego supervisó la dispersión de los hombres de armas alrededor de la torre del homenaje.

—Ahora cuéntame cómo te escapaste hace tres años —le dijo Raymond a Juliana— y por qué te dejaron salir a pie por el patio de armas.

No quería contárselo. Tres años atrás fueron pocos los que entendieron la desesperación que le llevó a escapar por un sitio impensable. Cuando se lo contó a su padre, pensando que la creería, que la entendería, él la desairó y le pareció que era una razón más para desdeñarla.

De no ser por Salisbury, el hombre que la había encontrado, y sus comedidos elogios, quizá se habría suicidado por la deshonra. Jamás se lo había contado a nadie, jamás creyó que tendría que contárselo a nadie, y ahora...

—¡Ay..., Margery! —Suspiró y comprobó que no había nadie cerca. Agarró a Raymond de la muñeca, lo arrastró hasta la esquina de los establos y señaló—: ¿Ves la tubería del desagüe? Lleva directamente al retrete que hay arriba junto al gran salón.

Raymond contempló consternado el hediondo pozo, y luego sacudió la cabeza.

—Y yo que me dedicaba a frotarme la mierda de caballo de las uñas... —dijo en un tono burlón más dirigido a sí mismo que hacia ella.

Separando bien brazos y piernas, como una araña que trepa por una telaraña rocosa, Juliana subió por la tubería del retrete hacia el punto de luz que brillaba en lo alto. Probablemente fuese el pasaje al infierno, pero ahora mismo le parecían las puertas del cielo. El miedo de poner de nuevo un pie en el gran salón de Moncestus, el miedo de encontrarse a su hija violada, o algo peor, frenaba su ascenso por el tubo; tiraba de ella, haciendo su cuerpo más pesado y disminuyendo su valor.

Pero Raymond la seguía muy de cerca, ayudándola y sujetándola cuando resbalaba. Al llegar arriba de todo le dio el último empujón fijando un hombro bajo sus posaderas y haciendo un estribo con las manos para que ella pusiera el pie.

—Salta lo más deprisa que puedas —le aconsejó— y no dudes en sacar el cuchillo. ¿Lo llevas metido en la manga?

Juliana miró hacia abajo y se le cayó el alma a los pies al ver a Raymond agarrado a las paredes de la tubería y lo larga que era esta. Intentó contestar, pero le castañeteaban los dientes, así que se conformó con un imperceptible asentimiento de cabeza.

—Cuando empiece la pelea —Raymond parecía un señor dando instrucciones a un criado atemorizado—, aléjate de los mercenarios y de mí. ¿Entiendes por qué te lo digo?

Seguro que la respuesta era fácil, pero Juliana no la sabía. Se devanó los sesos.

—Porque..., si estoy cerca no podrás blandir la espada.

Lo dijo sin saber siquiera si era esa la razón, pero el asentimiento que murmuró Raymond le tranquilizó.

—Vete a buscar a Margery.

Temblando de valor y de terror a partes iguales, tragó intentando producir saliva en su garganta repentinamente seca.

—De acuerdo.

—Si es posible, rescátala. Si no, vigílala y protégela en caso de que la pelea se acerque en su dirección. —Le dio un toque de atención con el codo—. A la de tres —dijo—. Uno...

Juliana asomó los brazos por el agujero.

—Dos...

Se agarró del borde del asiento.

—Tres.

Él la impulsó, ella tiró con los brazos y se encontró tumbada boca abajo en la losa, medio dentro medio fuera del tenebroso tubo. Echó con recelo un vistazo al suelo del retrete, pero no había nadie en su reducido espacio. Del extremo del salón le llegó el ruido de copas sobre una mesa de caballete de madera y el rumor de voces masculinas. No estaban cerca y, alentada, reptó hasta sacar del agujero el resto del cuerpo y se puso de pie con la mano en el cuchillo mientras Raymond trataba de salir de la tubería de desagüe.

Pero lo que a ella le fue fácil resultó ser complicado para él. El estrecho agujero oprimió sus anchos hombros y sacó con dificultad un brazo y un hombro, y después trató de sacar la cabeza. Lo intentó con todas sus fuerzas; tenía la frente aplastada contra el asiento de piedras, pero pese a sus imprecaciones casi silenciosas no lo logró.

Y alguien se acercaba. Juliana oyó unos pies que se arrastraban con dejadez y, mirando hacia la puerta con desesperación, agarró la mano de Raymond y tiró. Raymond gruñó de dolor cuando consiguió asomar la cabeza y de fastidio al oír también los pasos.

Juliana extrajo el cuchillo y avanzó hasta la pared cercana a la entrada. Raymond quiso sacar el otro hombro, pero sabía que no lo lograría. La hoja del cuchillo temblaba en la mano de Juliana y mantuvo los ojos bien abiertos con el valor del escudero que afronta su primer combate cuerpo a cuerpo.

—Por Margery —susurró Raymond, y la hoja se mantuvo un poco más firme.

Entró un hombre bajo y rubicundo de nariz torcida. Juliana levantó el cuchillo e hizo ademán de atacarlo, pero en el último momento desvió la hoja.

—¡Felix! —exclamó en voz baja.

Felix dio un respingo cual conejo atemorizado y sacó su cuchillo con una habilidad que Juliana no podía igualar.

—¡Felix! —Raymond salió con dificultad del maldito agujero—. ¡Vaya, Felix!

Volviéndose rápidamente, Felix vio cómo Raymond lograba salir y se ponía de pie.

—¿Qué hacéis aquí? —farfulló el desgraciado—. ¿Cómo habéis llegado hasta aquí?

Raymond alargó la mano hacia el cuchillo, pero Felix, agitando los brazos, reculó hasta el gran salón dando un traspié. Allí fue recibido por unas estridentes risotadas y miró con miedo y aversión hacia la parte del salón que quedaba oculta.

Luego miró hacia Raymond, quien nunca había lamentado tanto como ahora su impetuosidad a la hora de hablar y pegar.

—Felix, no me delataréis, ¿verdad?

Felix agachó la cabeza y observó a Raymond como examinaría a un gusano.

—Fue muy cruel por mi parte pegar a un hombre mucho más bajo y menos diestro que yo. —Raymond se tocó el pendiente, símbolo de su esclavitud, y su oro indestructible le tranquilizó—. No he dejado de arrepentirme un solo día.

La cabeza de Felix empezó a asentir con insistencia y ferocidad.

—Sé que sir Joseph influye sobre las mentes débiles —dijo Raymond desesperado—, pero no se os puede hacer responsable de... —No sabía por qué, pero esto no sonaba todo lo conciliador que quería, así que le espetó—: Todo aquello quedará olvidado si os unís a mí.

Felix lo fulminó con la mirada y se giró para avisar a los vociferantes mercenarios. Juliana miró hacia Raymond con indignación y dio un paso adelante con los brazos en jarras.

—Felix, no hagáis que me arrepienta de no haberos apuñalado.

—Juliana —gruñó Raymond, pero ella no le prestó atención.

Señaló el lugar que tenía delante.

—Meteos ahí ahora mismo.

Él titubeó.

—Ahora mismo —insistió ella con su voz más maternal.

Para sorpresa de Raymond, Felix se arrastró hasta el retrete, pero de espaldas a la entrada, lo más lejos posible de Raymond.

—¿Qué habéis hecho con mi hija? —susurró Juliana furiosa.

—¡Yo no he hecho nada! —susurró Felix a su vez—. Sir Joseph la trajo aquí atada, la dejó en un rincón y me dijo que eso es lo que debería haber hecho con vos. Como si la culpa de que escaparais fuese mía.

—¿Habéis maltratado a Margery? —preguntó Raymond espaciando las palabras con determinación.

Felix frunció la boca.

—No —dijo, e interrumpió el suspiro de alivio de Raymond añadiendo—: En absoluto. Os digo que no he tenido nada que ver con esto.

Juliana lo agarró del brazo y hundió los dedos en su carne.

—En nombre de San Wilfrido, Felix, decidme la verdad. ¿Está Margery viva e ilesa?

—Sí —dijo Felix casi como si fuese ella la estúpida—. Ya os lo he dicho, está atada en un rincón. Aunque... —arrastró los pies— no sé cuánto tiempo más estará ahí. Los mercenarios se están acabando mis reservas de cerveza y el modo en que sir Joseph está anudando esa soga me lleva a preguntarme... si la colgará de una ventana.

Juliana empezó a andar hacia la entrada, pero Raymond la agarró del codo.

—Ha matado a todos vuestros hombres de armas —le dijo a Felix—. Están muertos, en sus puestos. ¿Qué *creéis* que hará?

A Felix le tembló el labio inferior.

—Me dijo que era mi amigo, pero cuando lo dejé entrar ordenó matar a mis hombres. Sus mercenarios han estado abusando de mis criadas y golpeando a mis sirvientes. Sir Joseph solía darme consejos, pero...

—¿Qué clase de amigo le dice a uno que secuestre a su vecina y la viole? —le espetó Raymond.

—No he conseguido violarla, y no la he matado —le devolvió Felix—. No ha querido colaborar. Sir Joseph me dijo que se abriría de piernas encantada, pero se resistió y no pude evitar hacerle daño. —Entornó los ojos concentrado en buscar la verdad en su mente—. Creí que quería ayudarnos, pero ahora me temo...

Su voz se quebró. Una expresión de sorpresa se apoderó de su rostro. Empezó a tambalearse mientras gemía como un perro sacrificado y de su pecho salió la punta de una espada. Raymond recuperó de golpe el instinto de batalla, empujó a Juliana al rincón y desenfundó su espada.

Felix permaneció así durante unos instantes que se hicieron eternos y la luz de sus ojos bien abiertos se fue apagando. Juliana soltó un chillido. La espada fue bruscamente retirada de su cuerpo, que se desplomó, y Raymond y Juliana se encontraron mirando a los fríos ojos azules de sir Joseph. Sujetaba su bastón con un puño huesudo y la espada ensangrentada con el otro.

—Era un cabeza hueca —declaró sir Joseph con una sonrisa— que no merecía ser mi ayudante.

Raymond levantó su espada corta apuntando a sir Joseph, quien a su vez lo apuntó a él con la suya, mucho más larga. Recorrió a Raymond con la mirada y al olfatear reconoció la procedencia de aquel olor.

—Esto me recuerda —dijo— las historias que circulaban por ahí sobre vuestras experiencias con los excrementos de un caballo tunecino.

—Así es —convino Raymond, mirando con elocuencia a sir Joseph—. Sé perfectamente cómo hay que deshacerse de la mierda.

El rostro venoso de sir Joseph se sonrojó de ira.

—Os he encadenado una vez —le dijo con voz aguda—. Esta vez os colgaré y vuestra viuda, esa mocosa y yo os veremos morir ahorcado.

Raymond saltó por encima de Felix y entró en el gran salón, pero sir Joseph reculó con una agilidad insólita para su edad. De un sablazo, redujo el báculo en el que se apoyaba a un tocón. Trató de llegar hasta sir Joseph esperando zanjar de inmediato la lucha, pero la mesa fue a parar al suelo y ocho mercenarios medio armados se arremolinaron a su alrededor. No pudo liquidar a sir Joseph, porque se encontró con un arsenal de armas esgrimidas por hombres cuya desnudez ponía en evidencia que no estaban preparados para pelear.

—Es el loco ese —murmuró un hombre mientras se tocaba con los dedos la costra blanda que se le había formado tras su escaramuza con Raymond—. Ha venido, tal como prometió.

Sir Joseph se volvió contra él.

—Para liberarlo ha hecho falta medio ejército que te está esperando abajo para rebanarte el cuello, así que será mejor que utilices esa maza de la que tan orgulloso estás y acabes con él.

El mercenario, un soldado común, no pareció convencido. La cautela con la que miró a Raymond hablaba con elocuencia de la lucha anterior.

Entonces Juliana salió del retrete y se puso al lado de Raymond. Los mercenarios la escudriñaron entre gritos de alegría y sonrisas desdentadas.

—¡Una mujer! —exclamó maravillado el hombre de la maza. Se pasó la mano por el pelo y dijo—: Y esta vez nadie nos impedirá tocarla.

Una sonrisa perversa se dibujó en la boca de un mercenario armado hasta los dientes y listo para pelear.

—¿Veis ese collar de hierro que lleva don Retrete al cuello? Yo se lo puse y morirá con él.

—Se lo pusiste porque te lo ordené yo —dijo sir Joseph—, imbécil de mierda. Aquí el que paga soy yo y te pagaré cuando cumplas lo pactado. —El caballero se sonrojó por el recordatorio y sir Joseph se acercó a Raymond—. Cuando vuestro cuerpo se convierta en carne para los gusanos, mi señor, ese collar seguirá rodeando los huesos de vuestro cuello y lastrando vuestra alma de cobarde.

El recordatorio de su propia destrucción fue un angustioso acicate para Raymond. La primera vez no había podido vencer a aquellos hombres. Había matado a unos cuantos, pero, al aparecer, en oleadas incitados por su capitán, lo habían derrotado. ¿Qué pasaría si ahora fracasaba?

Contestando a la pregunta sin formular de Raymond, el caballero miró a Juliana como si fuese una hurí envuelta sólo en siete velos.

—Yo primero, chicos. Luego iremos por turnos, ¿vale?

Una calma desesperada se apoderó de Raymond; la calma que precede a la tormenta.

—¿Juliana?

—¿Sí? —dijo ella sin aliento, desorientada por el miedo.

—Me voy a cargar a estos gusanos apestosos. —El capitán contestó riendo entre dientes, pero Raymond hizo caso omiso—. Quiero que hagas lo que te he dicho. ¿Recuerdas lo que te he dicho?

—Sí... —Lo recordaba. Le castañeteaban los dientes, pero lo recordaba. Tenía que rescatar a Margery. Lo único que tenía que hacer era esquivar a sir Joseph y, por encima de todo, mantenerse alejada de Raymond.

Mantenerse alejada de Raymond. Pero ¿cómo? Miró a su alrededor con desesperación. El suelo estaba cubierto de copas y platos de madera de la mesa volcada. Los arcos y las flechas seguían donde los habían dejado. Los criados habían huido. No había donde esconderse, ninguna salida cercana, y en el rincón más próximo vio un montón de ropa temblorosa. ¿Margery? Reprimió el grito instintivo, no quería que nadie se acordase de ella.

Sir Joseph se retiró al tiempo que el círculo de mercenarios se estrechaba. A su lado oyó que Raymond cogía aire una vez, y otra. Inspiró lenta y profundamente la esencia de la lucha incipiente y al hacerlo fue como si absorbiese el coraje, la destreza y el imponente volumen de sus agresores. A Juliana le pareció que los mercenarios se encogían, que su valor se apagaba ante Raymond.

En cuanto a él... ¡Dios! Impulsado por la fiera determinación de un animal sobre cuya familia pende una amenaza, dio la impresión de que se volvía más alto y musculoso. En los rostros de los mercenarios Juliana vio miedo y recordó su propio terror en la pradera cuando pensó que Raymond era un demonio o un oso. Lenta, muy lentamente volvió la cabeza y lo miró.

Tenía la fuerza y la agilidad de un oso; la severidad de un tejón, la fría indiferencia de una víbora y la velocidad y crueldad de un águila. Era todas esas cosas y a la vez un hombre. Entonces soltó un grito y, colándose ente la hilera de soldados estupefactos, huyó de su lado en dirección a sir Joseph.

A espaldas de ambos los gritos de batalla y el tintineo del acero evidenciaban la pelea que tenía lugar, y Juliana no se detuvo cuando sir Joseph se apresuró a bloquearle el paso. Embistió contra él mientras trataba de desenfundar el cuchillo. La hoja de este emitió oscuros destellos, pero antes de que pudiese esgrimirlo él la sujetó de la muñeca.

—Puta —le susurró apretándole con fuerza—. Moriréis y vuestras tierras serán mías como siempre he soñado.

Ella trató de no perder el contacto con la empuñadura del arma.

—Por mucha gente que matéis no conseguiréis mis tierras.

—Puede que no, pero sois una desgraciada y pase lo que pase moriréis. Vos y vuestras hijas.

«Por mi hija —pensó Juliana—. Por Margery.» Intentó darle un rodillazo en la ingle, pero la capa de sir Joseph se lo impidió. Recordó el manotazo que le había partido la nariz a Felix y quiso hacerle daño en la cara, pero él también lo recordó y le retorció el brazo. Ahora ella tenía las dos manos sujetas, con lo que el cuchillo apuntaba al estómago de sir Joseph.

—Casi lo conseguís, pero tenéis la fuerza de una mujer y ninguna mujer será nunca más fuerte que yo.

—Soy vuestra señora. Soltadme —manifestó ella en un intento por apuñalarlo verbalmente, ya que físicamente no podía.

Los ojos de sir Joseph, de un azul muy parecido al de los ojos de Juliana, se llenaron de odio. Impregnado del amargo caldo del resentimiento, empezó a girar el cuchillo hacia ella. Pero ella lo giró de nuevo empleando todas sus fuerzas. Se miraron fijamente a los ojos mientras el brío juvenil de Juliana competía con la diestra experiencia de sir Joseph, aunque el resultado era previsible.

A Juliana la mataría su propio cuchillo, porque llegaría un momento en que no se vería capaz de apartarlo de sí. Pero aún no, todavía no. Forcejeó, giró de nuevo la punta hacia él... y sir Joseph dio un respingo, se tambaleó hacia delante y cayó sobre ella con todo su peso. La hoja, firmemente sujeta entre las manos de ambos, atravesó la cota de malla. Su piel frenó el avance de la punta, pero a continuación la puñalada le desgarró de un modo escalofriante. El cuchillo se hundió hasta la empuñadura y sir Joseph abrió la boca y suspiró.

—Pero ¿cómo...? —Soltó las muñecas de Juliana, ella apartó las manos y él se bamboleó.

Tras él apareció una Margery también tambaleante, que le dio el empujón necesario para que sir Joseph se empalara a sí mismo. Estaba atada de pies y manos, y tenía un trapo metido en la boca, pero en sus ojos (al igual que en los de sir Joseph y los de su madre) ardía un fuego azul. Él perdió el equilibrio y se cayó.

La hoja que Juliana necesitaba para cortar las cuerdas, la tenía sir Joseph clavada en las entrañas. No quería tocar el cadáver, pero la aversión que hervía en sus venas era menor que su amor por Margery. Agarró la empuñadura y arrancó el cuchillo.

La sangre le salpicó y los brutales gritos de los mercenarios asaltaron sus oídos. Raymond no emitió sonido alguno, pero ella sabía que seguía en pie, porque oyó el repiqueteo de la cadena, el tremendo restallido de su hierro al entrar en contacto con la carne y el crujido de un cráneo al golpear contra la piedra.

Juliana cogió a Margery por debajo de los brazos y la arrastró hasta un rincón, le sacó el trapo de la boca y se acurrucaron allí las dos con el olor a muerte espesando el aire.

Capítulo 21

De nuevo se apoderó de Raymond la locura que había exteriorizado cuando estaba encadenado. Llevado por la poderosa intensidad de la lucha, asesinó con total y silenciosa concentración; los mercenarios no eran rivales dignos. La cadena que colgaba de su muñeca arrancaba espadas y partía huesos. Su corta espada danzaba al son de la melodía de la muerte. Como si la cadena fuese una extensión de su brazo, rodeó con ella una maza y la lanzó por el aire, y con otro movimiento rompió los huesos de la mano que la blandía. El mercenario contempló sus dedos destrozados y se alejó tambaleándose.

—¡Este loco nos matará a todos! —gritó—. Retirada. ¡Retirada!

El círculo mermado que rodeaba a Raymond vaciló momentáneamente al ver que agitaba la cadena en el aire. Tres mercenarios huyeron despavoridos escupiendo dientes, pero uno se quedó.

—Nos matará igualmente, chicos. Hay que morir con valentía.

Saboreando la intensa y dulce victoria, Raymond le dedicó una sonrisa al soldado sin armadura. Este se la devolvió con excesiva alegría y él se alarmó. Cuando comprendió que tenía otro mercenario a sus espaldas ya fue demasiado tarde.

Una cuerda le pasó por delante de la cara y le rodeó el cuello. Cuando esta se tensó, sintió que su antiguo pánico le revolvía las tripas.

—Como en los viejos tiempos, ¿ehh? —le susurró una voz al oído.

Pero no era como entonces. Este hombre no era un sarraceno, sino únicamente un caballero sin recursos que se había visto obligado a matar para ganarse la vida. El mercenario que lo amenazaba únicamente con una espada no era ningún torturador exótico, sino un vulgar campesino que había dejado el arado.

De la garganta magullada y oprimida de Raymond emergió un tremendo rugido. Cuando el amilanado capitán de los mercenarios tiró de la cuerda, Raymond corcoveó como un toro enfurecido y el hombre salió disparado hacia delante y se estrelló contra la hoja de la espada, que se acercaba en dirección contraria.

El campesino recogió su brazo, amputado a la altura del codo, y huyó dando alaridos. El caballero se levantó, ileso gracias a su armadura, y huyó también. Y Raymond, saboreando la victoria, la auténtica victoria una vez más, fue tras ellos.

La falta de ruido desconcentró a Juliana, que estaba cortando las cuerdas que ataban los pies y las muñecas de Margery. Levantó la vista con cautela y descubrió que Raymond se había ido. Los mercenarios tampoco estaban. Unos cuantos cuerpos se retorcían y gemían, pero no se movía nada más.

—¿Dónde están? —susurró y dio un respingo cuando Margery contestó con voz serena.

—Papá ha ido tras ellos. —Y añadió con ferocidad—: Los estaba matando a todos.

—¡Ah...! —Juliana, que todavía no había reaccionado a la violencia y la furia, se llevó una mano al corazón, que le latía con fuerza—. ¿Te han hecho daño?

—No me han violado, si te refieres a eso. —El abrazo de Margery contradecía la indiferencia de su tono de voz. Juliana le acarició el pelo y se pusieron las dos a temblar. Cuando Margery volvió a hablar, su voz fue más dulce—. Discutían tanto que a duras penas se han fijado en mí.

—Rezaremos a la Virgen María para darle las gracias por cuidar de ti —dijo Juliana.

—Tengo que peregrinar a la catedral de Ripon —farfulló Margery—. Juré que si salía ilesa iría hasta allí para darle las gracias a San Wilfrido por protegerme y preservar mi virginidad.

—Que así sea —repuso Juliana—. Tenemos hombres fuera de la torre, incluso es probable que Raymond los esté dejando entrar ahora. Nosotras... —miró hacia el cuerpo ensangrentado de sir Joseph y se estremeció— registraremos a su cuerpo por si lleva encima las llaves para soltar las cadenas de Raymond. —No tenía ningunas ganas de registrarlo. Ese cadáver le inspiraba más miedo que todos los mercenarios vivos de la hueste. Pero quería ser testigo de la alegría de Raymond cuando le abriera el collar...; tal vez así le perdonase a Juliana todos sus fracasos y temores. Y, si no, siempre le quedaría el recuerdo de su alegría—. Cogeré el cuchillo —anunció con falso ánimo— y buscaré las llaves, eso es todo.

Pero, al parecer, Margery oyó más de lo que dijo Juliana.

—Mamá, si te da miedo...

—¿Miedo? —Juliana avanzó a cuatro patas—. ¿Por qué iba a tener miedo? —Pero se detuvo a medio camino del cuerpo sin esplendor que yacía sobre el suelo de piedra.

Sir Joseph estaba muerto. Ella misma le había clavado el cuchillo en el vientre. Tenía los labios azules y unas manchas rojas encendían sus mejillas, pero el resto de su piel estaba apergaminada. Sí, estaba muerto. No se movía. Juliana se acercó y se inclinó sobre él en busca de indicios de conciencia: un parpadeo, un tirón de boca, cualquier señal de vida. Nada.

—*Está* muerto —susurró.

Apenas habían salido las palabras de su boca cuando él levantó una mano y la agarró de la muñeca. El dolor, instantáneo e intenso, hizo que ella soltara el cuchillo encima de su pecho y él no dudó en cogerlo. El miedo, instantáneo e intenso, la arrolló con la familiaridad de siempre. Los ojos de sir Joseph se abrieron, sus miradas se encontraron y su boca le dedicó una horrible sonrisa.

—¡Qué estúpida sois! —lo dijo como si fuese el apelativo más escandaloso que se podía imaginar.

Margery se levantó de un salto, pero él se giró y puso la punta del cuchillo bajo el mentón de Juliana.

—¡Virgen Santa! No lo hagas, Margery. No te acerques a él, por favor. —Juliana trató de que le soltara la muñeca.

—El pinchazo de vuestro cuchillo no ha acabado conmigo. —Se incorporó sobre un codo y le aplastó la mano a Juliana con el peso de la suya propia mientras Raymond subía estrepitosamente por la escalera. De nuevo volvió a brillar esa horrible sonrisa en el rostro enjuto de sir Joseph.

Raymond irrumpió en la sala.

—¿Cómo está Margery? —gritó. Y sus cadenas tintinearon mientras derrapaba hasta detenerse—. Juliana.

Su nombre sonó como una oración en los labios de Raymond, pero ella no se atrevió a apartar la mirada de la de sir Joseph. Todo su mundo se reducía ahora a unos ojos azules, unas
llamas azules y un fanatismo que la absorbía sin soltarla. La
victoria ardía en los orbes azules de sir Joseph, aunque Juliana
olió su sentencia de muerte en su fétido aliento. Le había perforado el intestino; era una lesión grave, pero de lento desenlace.

—Os estáis muriendo —le dijo ella.

—Y quiero compañía. —La asió del hombro antes de que
pudiera alejarse y se puso de pie. Presionando la punta del cuchillo contra su delicado cuello como única amenaza, le ordenó—: Levantaos, Juliana. Levantaos.

A ella le entraron ganas de tragar saliva, pero temía hacerlo. Tenía miedo de moverse, y de no moverse también. Acercó
los pies al cuerpo, se levantó con rigidez y oyó a Raymond
contener el aliento ante su torpeza. Sir Joseph se arrimó a ella
y le acarició la barbilla con la mano que tenía libre.

—Alejaos de ella —le ordenó Raymond con tranquilidad
y vehemencia.

—¿Y por qué iba hacerlo? —inquirió sir Joseph.

Fría por la muerte inminente, a Juliana le repelía la piel
apergaminada de sir Joseph, pero nada pudo evitar que perci-
biera el desdén de la voz de Raymond, por eso dio un respingo cuando dijo:

—Es una mujer, es inepta e insignificante, no es un buen
escudo tras el que esconderse.

—Pero es una buena vaina para mi cuchillo —amenazó
sir Joseph.

—El cuchillo es de Salisbury —musitó ella, y pensó con melancolía en el anciano rastreador. Él confiaba en ella, más de lo que ella confiaba en sí misma—. Somos familia —le dijo—, no querréis mancharos el alma con mi sangre.

Sir Joseph parpadeó, con lo que Juliana se libró momentáneamente de su mirada maniaca. Pero volvió a clavar los ojos en ella y cuando se le escapó una risilla algo se marchitó en su interior.

—Pensaréis que soy un pobre sentimental. Si no fuéramos parientes, me daría igual que estuvierais viva o muerta. Llevo casi toda mi vida soñando con asesinaros. —Se paseó a su alrededor y advirtió—: No os apartéis de mi vista, lord Raymond, o ya podéis iros olvidando de salvar a vuestra esposa.

—¡Y qué me importará! —exclamó Raymond, que estaba al lado de Margery—. Si matáis a mi esposa, tengo otra al alcance de la mano.

Lo miraron los tres, con diversos grados de incredulidad.

—Papá, ¿cómo puedes decir una cosa así? —susurró Margery.

Pese a estar salpicado de sangre, el semblante de Raymond brilló con tétrica ironía.

—A ver si sir Joseph se va a pensar que es el único que se puede aprovechar de la ingenuidad ajena.

Para Juliana sus palabras fueron como cuchillos, más afilados que la hoja que presionaba contra su cuello y más mortíferos, por cuanto le trocearon el corazón. Lo miró a la cara, seguía siendo guapo pese a las heridas; miró su cuerpo, de constitución tan noble. Percibió el desdén que sentía hacia ella, vio cómo su mano acariciaba la cabeza de Margery y comprendió que no podía contar con su ayuda. La había traicionado. Si quería sobrevivir a sir Joseph, tendría que ser más astuta que él.

Las carcajadas de sir Joseph acabaron en un intenso hipo, y alabó la actitud de Raymond.

—Debería haberme imaginado que un hombre criado por unos padres como los vuestros entendería la traición.

—¿Mis padres? ¿Los ayudasteis a incendiar la cocina? —preguntó Raymond mientras secaba la sangre de su espada con la capa.

La mano de sir Joseph se contrajo en un espasmo y a Juliana le zumbaron los oídos al imaginarse ese borde afilado atravesándole la tráquea.

—¡Qué astuto sois! —lo elogió sir Joseph—. No es fácil eliminar a Juliana, pese a su frágil aspecto, aunque es una estúpida. Es tan estúpida como su padre, que jamás sospechó de mí, ni siquiera cuando provoqué el asedio al castillo de Felix.

El corazón de Juliana latía con fuerza, las venas del cuello le palpitaban. El aliento le raspaba la garganta, haciéndole tomar conciencia de la fragilidad de su existencia. Pero tenía que sobrevivir. ¿Qué ejemplo de supervivencia quería darle a su hija? Debía predicar con la astucia, la inteligencia y todas las virtudes que quería para Margery, de modo que sacó partido de la vanidad de sir Joseph.

—Un plan audaz, sin duda. Pero decidme una cosa... ¿para qué asediar a Felix si ya me había secuestrado?

Sir Joseph procuró hablar, pero titubeó. Se tambaleó ligeramente, aunque recuperó el equilibrio.

—Sir Joseph es muy astuto —contestó Raymond por él—. Me imagino que provocó el asedio porque así tú morirías y tu padre también. Pero yo no soy como tu padre y no pienso morirme aquí, porque no soy como él.

Juliana escuchó la repetición y analizó su significado: Raymond le estaba diciendo que no la traicionaría. Reprimió las lágrimas de alivio.

—No, no eres como mi padre, ¿verdad que no? Él era débil y siguió los consejos de un hombre que había vendido su alma... —miró de nuevo hacia sir Joseph— al diablo.

La culpa y el terror torcieron el anciano rostro de sir Joseph.

—Sí —susurró—, creo que vendí mi alma al diablo. Pero no pagaré por ello, porque no he tenido el placer de recibir mi recompensa a cambio. Moriréis conmigo y volaré hasta el cielo agarrado de vuestros talones.

Al mirar su rostro lívido y oler el hedor de la envidia y de aquel cuerpo avejentado, algo sucedió en el interior de Juliana. El mecanismo evocador del terror, generador del miedo y que ante el primer peligro la enviaba a refugiarse en su castillo, se desmoronó por exceso de uso; o eso se imaginó. Ya no era una cobarde que se hacía la valiente; *era* valiente.

—No me mataréis —dijo y le dio con ímpetu un codazo en el vientre.

Sir Joseph se tambaleó hacia atrás y Raymond lo atacó con su corta espada al tiempo que lanzaba un grito. Esta silbó en el aire y se hundió en la carne del cuello de sir Joseph, partiéndole la tráquea y la médula espinal. El cuerpo, ya sin alma, salió disparado contra la chimenea.

Raymond recuperó su espada y agarró a Juliana por los hombros.

—¿Por qué has dejado que se te acercara? —le gritó—. ¡Podría haberte matado!

—No toques a mi madre. No toques a mi madre. —Margery tiró de él entre sollozos.

—¡Basta! —ordenó Juliana con la cabeza agachada y tapándose las orejas con las manos.

Se hizo el silencio y Juliana levantó la mirada.

—Raymond no me haría daño —le dijo a su hija—. Ha dicho aquello para desarmar a sir Joseph. —Y le dijo a Raymond—: Quería sacarle las llaves del cinturón para abrir tus cadenas.

Raymond tiró del collar de hierro que le rodeaba el cuello con un gruñido animal que dejó sus dientes al descubierto.

—¿No podrías haber prolongado unos instantes más mi deshonra? ¿Era necesario que arriesgaras tu vida por una llave?

Margery sollozó de nuevo, era el suave llanto de una mujer que había dejado de ser niña, y Juliana la abrazó.

—Ven con nosotras, pequeña —dijo Valeska desde el umbral de la puerta—. Te sacaremos de este sitio apestoso.

Juliana le dio un último abrazo a su hija y la dirigió hacia las viejas que miraban desde la puerta. Layamon estaba a su lado, recolocándose el jubón con torpeza.

—¿Hay algo que pueda hacer por vos, mi señor?

—Proteged el castillo de los lobos. Lo vaciaremos por si alguien se atreve a entrar en esta maldita casa y desvalijarla. —Raymond se acercó a sir Joseph y apartó el cadáver de la chimenea. Cortó las llaves del cinturón, regresó hasta Juliana y se las puso en la mano—. Sácame esto.

El manojo estaba lleno de llaves grandes y pesadas. Llaves de Lofts, de Bartonhale, llaves que sir Joseph no debería haber tenido en su posesión. Y alguna tenía que ser la de las cadenas. Separó la más pequeña y la introdujo en la esposa de la que pendía el trozo corto de cadena. Entró, pero no fue fácil abrirla.

—Siento haber cometido una estupidez. Sólo quería liberarte.

—Te has creído lo que he dicho, ¿verdad?

Su resentimiento era tan palpable que Juliana casi pudo saborearlo.

—¿Creerte?

La esposa se abrió con un chasquido y cayó al suelo con estrépito.

—Has pensado que iba a traicionarte —dijo Raymond frotándose la piel—. Que le dejaría matarte y me casaría con tu hija.

—Mmm... —Juliana lo agarró de la otra mano. De esta esposa colgaba la cadena que había usado como arma eficaz, y Raymond hizo una mueca de dolor cuando metió la llave—. ¿Te hace daño?

—Tú me estás haciendo daño.

—Sí que me lo he creído. —Lo miró fijamente a los ojos, deseando con todas sus fuerzas que él la vindicara—. Aunque sólo durante unos segundos. Era una locura, pero...

—Abre la esposa.

Su expresión sombría le atemorizó, al igual que el modo en que la miraba, y Juliana se esforzó por obedecerlo. Cuando el hierro se abrió, ahogó un grito. Al blandir la cadena en sus feroces ataques contra los mercenarios el peso de esta le había despellejado la muñeca. La culpa se apoderó de ella y tocó la carne con dedos temblorosos.

—Raymond...

Ya no guardaba ningún parecido con un águila, un oso o lobo alguno. Parecía simplemente cansado y triste.

—Quería que supieras que ningún hombre de verdad te traicionaría jamás. Recuérdalo cuando pienses en mí.

—¿Cuando piense en ti? —repitió ella alarmada.

—Quieres que me vaya y lo entiendo. Le encargaré a Keir tu protección.

La angustia de su cara asustó a Juliana.

—¿Que te vayas, adónde?

—Tal vez podamos obtener la anulación que decían mis padres. —Se frotó la frente con la palma de la mano.

—¿Quieres la anulación del matrimonio? —repitió ella, aún aturdida.

—¡No finjas querer seguir con este desastre de matrimonio!

—¿Desastre? ¿Porque por un instante he creído que me habías traicionado? No, Raymond, ha sido sólo una locura pasajera.

—¿De quién ha sido la locura? No eres tú la que ha creado a esta bestia encadenada que no sabía discurrir ni conocía la bondad. —Quiso decir amor, pero no fue capaz.

—La locura ha sido de sir Joseph. Él ha creado a esa bestia.

—No, la bestia la llevaba yo dentro. Todavía vive conmigo. ¿No te da miedo eso? ¿Acaso no estarás siempre preguntándote si esa bestia saldrá y te arrancará el corazón? —Ella intentó negarlo, pero él no quiso escucharla—. No confías en mí... y con razón. Por eso te dejo.

—Te quedarás, ¡y no se hable más! —fue todo lo que Juliana logró decir.

Absorbido por su propia miseria, Raymond no le prestó atención.

—Tú necesitas un hombre que te proteja. No me quieres para nada más.

—¿Tan superficial me consideras? Si sólo necesitara un hombre que me protegiese, me... casaría con Layamon.

Su pretendida angustia e indignación habrían sido la envidia de cualquier actor, pensó Raymond.

—No podrías casarte con Layamon. No es un señor... ni siquiera un caballero. En cambio yo... yo sí soy un señor a la altura de tu nivel social, aunque no de tu espíritu. No te he dado nada valioso.

—¿Nada...? ¿Qué consideras tú valioso?

Juliana deseaba ser la esposa adecuada. Él había salvado a su hija, era su marido. Su sentido del deber resultaba gratificante, pero no era lo que él quería; en absoluto.

—Algo que se puede tocar, saborear u oler.

—¿Y la seguridad, el placer en la cama o el coraje? —Se dio unos golpecitos en el pecho—. ¿Y yo misma?

A Raymond le dolía el cuello por el collar. Las heridas infligidas por los mercenarios y que hasta ahora no había notado, empezaron a molestarle. Se sentía viejo.

—Hoy se han desechado muchas verdades, se han transgredido muchas convicciones. No soy el hombre que creías que era.

—Eres todo lo que creía que eres.

Fue el insulto más directo e hiriente que Raymond había oído nunca, y respondió con un rugido.

· · ·

Ella se encogió ante su ira pero se mantuvo firme cuando le preguntó:

—¿Sabes qué es lo que me hizo perder la razón en aquel árbol?

—El collar. No te gusta tener nada al cuello. —Juliana tragó saliva con aparente dificultad.

—Deja que te cuente lo que me volvió loco —le dijo él en voz baja y clara, llevado por su dolor—. Me pasé meses encerrado en una mazmorra, pero no en una mazmorra como las que tenemos nosotros. No. En esa hacía un calor seco y polvoriento por los vientos del desierto. Un collar de hierro me oprimía el cuello y unos gruesos brazaletes me sujetaban las muñecas junto a la cabeza. —Hizo una demostración levantando las manos—. Al estar contra la pared húmeda, mi espalda en carne viva atraía a toda clase de bichos y gusanos...

Ella se cubrió la boca con el dorso de las manos, pero él se las apartó.

—Sí, escúchame. Me convertí en carne para gusanos antes incluso de estar muerto. Pero ni siquiera eso era tan espantoso como los rayos de luz ocasionales. Aquella luz anunciaba la llegada de mi dueño pagano; mi torturador. Me metían comida en la boca y me hacían beber por la fuerza. La oscuridad había vuelto mis ojos tan sensibles que ni siquiera podía desafiar con la mirada. Y él tenía una voz suave, amable e hipnótica que presentaba la esclavitud como si fuese la salvación. —Ya no hervía de dolor. Ahora hablaba con frialdad, con frialdad y rebosante de odio hacia sí mismo—. Me derrumbé. En lugar de mantenerme fiel a lo que para mí era sagrado, me encogí como un mocoso, como...

—¿Una mujer? ¿Como yo?

Él tiró del collar de hierro, deseando poder arrancárselo.

—Si todos los hombres tuviesen el coraje que tienes tú, jamás habríamos perdido Tierra Santa.

—Bonita forma de disfrazar una cruel acusación.

Raymond sólo oyó el tono de amargura; no sabía a quién iba dirigido.

—Dices que te encogiste como un mocoso —continuó ella—, pero no es eso lo que yo recuerdo. Recuerdo una bestia furiosa y cómo la tranquilicé. La misma bestia que ha aflorado luego aquí dentro —el movimiento amplio de su mano indicó la carnicería que los rodeaba— y que tú has controlado. La has utilizado para protegerme. Eso es lo que recuerdo.

Su elocuencia hizo mella en él, desde luego que sí. Pero era una tentación demasiado dulce para ser real, de modo que la rechazó, y a ella también.

—Mereces algo mejor que yo, así que haré lo más conveniente para ti. Desapareceré de tu vida. —Avanzó hacia la puerta, extrañado de que no le crujieran las articulaciones.

Con una velocidad de la que jamás la habría creído capaz, Juliana se interpuso entre la puerta y él, y le dio unos golpecitos en el pecho.

—Has olvidado algo.

—¿Mi señora?

—Permíteme que te recuerde, mi señor, que echaste al maestro de obras del rey y dijiste que me construirías una contramuralla. En nombre de lo más sagrado no faltarás a tu promesa, aguerrido cruzado. No puedes abandonarme hasta que hayas terminado la contramuralla.

Capítulo 22

—Mamá, mira el castillo de Lofts! —exclamó Margery sobrecogida.

Juliana detuvo su palafrén, se enjugó la lluvia de los ojos y miró con atención. La esperanza que no era consciente de abrigar se truncó. El extremo lejano de la contramuralla surgía del barro, y estaba finalizado a excepción de las almenas y los florones. Debería dar saltos de alegría por lo poco que habían tardado en levantarla, pero si sus hombres seguían obrando semejantes milagros, Raymond sólo pasaría ahí el verano, como mucho.

En eso había quedado su débil intento por retenerlo a su lado mientras remendaban el tejido de su matrimonio. De su desastroso matrimonio, tal como él lo había calificado. Juliana cerró los ojos con fuerza al recordar el tacto con que Raymond había procurado hablarle de sus carencias. De su cobardía y de cómo esta le había destrozado a él. Ella no había querido escuchar, porque entonces tanto él como ella acabarían solos.

Pero tras dos duros días a caballo por el barro y bajo la lluvia, Juliana comprendió que era imposible estar más solos de lo que ya lo estaban. Pese a estar juntos, la soledad de ambos le dolía en el alma y Juliana se llevó la mano discretamente al pecho para aliviar el dolor.

—Lo primero que haré es ponerme ropa seca —dijo Margery con voz distraída.

—Y yo comer algo caliente —añadió Layamon.

El estoicismo de Keir se desvaneció ligeramente cuando miró hacia las alargadas rendijas de luz que emanaba de la torre del homenaje.

—Yo descansaré junto al fuego. Tengo las piernas destrozadas.

—Esta llovizna primaveral ha penetrado en mis huesos —comentó Valeska—. ¿No tenéis ganas de dormir en vuestra cama, Raymond?

Raymond se limitó a resoplar y Juliana hizo una mueca de disgusto. Margery se agitó como un pez.

—¡Mamá, mira! —gritó señalando—. Ahí está Ella.

Entre las almenas había una figura diminuta saludando con ambas manos y Juliana se sorprendió con los ojos llenos de lágrimas. Quiso abrazar a su hija pequeña. Necesitaba el calor de su familia. Quería ponerse su ropa y dormir en su propia cama. Por encima de todo quería amar a Raymond, pero eso no volvería a ocurrir. El puente levadizo bajó lentamente, apoyándose en el suelo, delante de ellos, y Juliana ocupó su lugar al frente de la procesión. Quería entrar con gesto solemne, pero estaba tan cansada y desanimada que sólo pudo avanzar penosamente.

—¡Mamá! —gritó Ella, y bajó volando las escaleras.

Juliana se apresuró a descabalgar y recibir a su hija con todo el amor de su corazón.

—¡Papá! —gritó Ella abalanzándose sobre Raymond.

Él la cogió con el asombro reflejado en sus demacradas facciones, y ella lo rodeó con los brazos loca de felicidad.

—¡Oh, papá! Sabía que salvarías a Margery. —Bajo la lluvia, Ella le cubrió la mejilla de besos—. Sabía que la salvarías.

Una sonrisa, oxidada por la falta de costumbre, levantó primero un extremo de su boca y luego el otro.

—¿Conque sí, eh, pequeño diablillo?

—Sí. Los padres están para proteger a sus hijos ¿no? —dijo con ingenuidad.

Raymond desvió la vista y se encontró con la de Juliana; durante unos segundos se miraron fijamente con desesperada angustia.

—Margery, ¿qué tal tu aventura? —les interrumpió Ella.

Margery bajó de la montura y corrió hacia padre e hija abrazados.

—Impresionante —se jactó.

—¿Has tenido miedo? —preguntó Ella desde los brazos de Raymond.

—No. Al menos... —El entusiasmo de Margery se esfumó; había madurado antes de hora—. Denys ha muerto y me gustaba mucho.

—¿A pesar de que te secuestró? —inquirió Ella.

—Bueno, no era más que un niño. Los chicos no son muy listos. —Las lágrimas brotaron de los ojos de Margery, pero ella levantó el rostro fingiendo que era la lluvia. Tiró de la pierna de Ella y Raymond dejó que la niña se deslizara hasta el suelo—. Ven conmigo —dijo Margery, cogiendo a su hermana del brazo—, te lo contaré todo.

Al contemplar la familia que tanto esfuerzo le había costado crear y darse cuenta de que pronto se desintegraría, Juliana se tragó la envidia y las lágrimas que atenazaban su garganta. El caballo, que olió la avena y el calor de los establos, se movió nervioso debajo de ella. De nuevo se dispuso a descabalgar, pero de repente Ella se detuvo y volvió corriendo hasta Juliana. Feliz de que la niña al fin se acordara de su madre, se inclinó para acariciarla. Ella rodeó la rodilla de Juliana con los brazos con tal entusiasmo que era evidente que tenía buenas noticias.

—Mamá, ¡ha sido tan emocionante! No te vas a creer quién ha venido.

La lluvia goteaba sobre los hombros de Juliana, mojando la tela ya empapada de su capa, aunque no logró aplacar el ataque de rabia por semejante fallo en la seguridad.

—¿Quién? —preguntó con frialdad.

—Ella —le llamó la atención Margery—, ya tendrás tiempo para hablar con mamá.

Ella miró a Margery, miró a Juliana, y se encogió de hombros.

—Ya te lo dirán —decidió, y corrió hacia su hermana.

Juliana fulminó con la mirada a Layamon, que parecía agobiado y culpable.

—Les dije a los hombres que no dejaran entrar a nadie en nuestra ausencia. A nadie. Los azotaré hasta que griten, mi señora.

La puerta de la torre se abrió de golpe y apareció Hugh en la plataforma.

—¡Por fin habéis venido! ¡Gracias a Dios! —tronó, y bajó por la escalera.

—¡Claro! —Juliana suspiró aliviada—. ¡Cómo no iban a dejar entrar a Hugh!

Valeska y Dagna le tiraron del pie, y la primera dijo:

—Nos vamos dentro a ver qué destrozos han hecho aquellas estúpidas criadas en nuestra ausencia.

—Ya eran competentes antes de vuestra llegada —declaró Juliana.

—Porque vuestro nivel de exigencia era bajo —repuso Valeska.

Dagna sonrió.

—Calentaremos agua para que os deis un baño, mi señora. ¿Deseáis alguna otra cosa?

—Que calentéis las mantas de mi cama —ordenó Juliana—. Llevo demasiado tiempo soñando con un colchón de plumas.

—Muy bien. —Valeska le guiñó un ojo y se acercó a ella—. Tal vez usando el colchón se cure la herida que hay entre el señor y vos.

La incertidumbre debió de reflejarse claramente en su rostro, porque Dagna dijo en tono tranquilizador:

—El tiempo juega a vuestro favor, mi señora. Además, él no podrá marcharse mientras tengáis invitados a los que agasajar, ¿verdad?

Su risa socarrona retumbó y, pidiendo clemencia, Juliana levantó las palmas hacia el cielo. La repentina interrupción de sus carcajadas hizo que ella mirase de nuevo al suelo y ahí, junto a la cruz de su caballo, estaba Salisbury. No habló, pero ella sabía lo que quería.

—El hombre que mató a tu hijo está muerto.

—¿Lo matasteis *vos*? —preguntó Salisbury.

—No, Raymond —dijo Juliana.

—Sí, lo mató ella —dijo Raymond al mismo tiempo.

Sobresaltada, Juliana miró a Raymond y él a ella.

—Los dos lo hicimos —decidió él.

—Lo sabía. —Salisbury escupió en el suelo—. Que se pudra en el infierno.

Juliana se palpó el cinturón y extrajo el cuchillo de Salisbury.

—Ten. Tal como me indicaste, lo he usado para labrar madera, cortar cuerdas y para trinchar el hígado de un hombre.

Salisbury sonrió dejando al descubierto todas sus encías rosadas.

—Quedáoslo. Servirá para garantizar la fidelidad de vuestro señor.

Se alejó renqueando por el barro, y Hugh, que estaba cerca, silbó.

—Yo no me acercaría mucho a *ese* cuchillo, Raymond.

—No lo haré —convino él mientras Juliana volvía a guardárselo en el cinturón.

—Supongo que Felix también está muerto —dijo Hugh mientras se retiraba unos cuantos mechones de pelo de la frente.

Juliana asintió.

—Me lo imaginaba... aunque me caía bien ese idiota.

—Si lo hubierais matado cuando empezó a importunar a lady Juliana —dijo Raymond sentado a horcajadas sobre el caballo—, no habríamos tenido que lidiar con esta situación.

—No podía matar a Felix por secuestrar a Juliana; al fin y al cabo, no es más que una mujer. —Pero Hugh se mostró dubitativo y se dirigió hacia las niñas—. A ver qué me cuentan las niñas. —Se giró con los brazos en jarras—. No os imagináis lo agobiante que ha sido entretener a vuestros invitados.

—¿Qué invitados? —preguntó Juliana. Hugh no la oyó, o la ignoró, y ella se deslizó fatigada de la montura y cayó en los brazos ansiosos de Raymond. Era curioso cómo trataba de evitarla y al mismo tiempo atraerla.

Seguramente no era la intención de Raymond, pero su calor traspasó la ropa empapada de Juliana, que de pronto sintió que le ardía la piel; sobre todo las mejillas.

—Muy amable, gracias —le dijo.

—De nada —contestó él mirando a cualquier sitio menos a ella.

—Tienes un aspecto horrible —comentó ella de sopetón, incapaz de contenerse. Y era cierto. La lluvia le goteaba de la nariz y había sometido su pelo grueso y brillante de tal modo que los mechones le colgaban alrededor del cuello. Su bronceado rostro estaba gris por el cansancio y tenía los labios morados por el frío. Los cardenales oscurecían uno de sus altos pómulos. Una espada le había hecho un corte vertical en el mentón y otro corte cruzaba aquella herida formando una equis. Sus bordes estaban inflamados y rojos, penosamente a juego con otro corte que tenía sobre la oreja, junto al nacimiento del pelo. Había llevado la capa bien cerrada alrededor del cuello, pero al abrirle el collar Juliana había visto la carne del cuello destrozada y los músculos magullados.

Sintió deseos de cuidar de él, de mimarlo y tratarlo como a un rey. Nunca le había parecido tan atractivo como ahora. Sus dedos revolotearon cerca de su cara.

—Tú tampoco estás muy bien —murmuró él torciendo el gesto con ternura.

Por el tono en que se lo había dicho, sólo podía tratarse de un generoso cumplido. Juliana estuvo a punto de derretirse.

—¿En serio?

—Sí. —Él le acercó la mano a la cara y permanecieron así congelados, mirándose el uno al otro, casi tocándose.

—¡Raymond! —tronó una agresiva voz masculina que les hizo dar un respingo a los dos. Bajaron las manos y se giraron con aires de culpabilidad.

Un caballero entrecano se acercó hacia ellos con resolución.

—¡Raymond, guerrero chiflado!

Juliana se estremeció al oír tan indiscreto comentario, pero el rostro de Raymond reflejó una mezcla de alegría y sorpresa. Dio unos pasos, abrió los brazos y gritó:

—¡Lord Peter, bendito tirano! ¿Cómo habéis llegado hasta aquí?

Juliana volvió a estremecerse, pero lord Peter se rió a carcajadas. Los dos hombres se fundieron en un fuerte abrazo, pero cuando lord Peter reparó en la cara de angustia de Juliana, detuvo en el acto el masculino saludo.

—¡Raymond! —Le dio un codazo en las costillas—. ¿Esta es tu mujer?

Él se aclaró la garganta y le lanzó a Juliana una mirada implorante, como diciendo: «Mantenlo al margen de nuestros problemas». Le cogió de la mano y le presentó formalmente a lord Peter.

—Sí, es Juliana.

Lord Peter sonrió de oreja a oreja.

—¡Con qué orgullo lo has dicho! No hay duda de que estás enamorado hasta los tuétanos. —El musculoso guerrero abrió los brazos—. ¿Puedo abrazar a la dama que al fin le ha robado el corazón a Raymond?

Sonrojándose con tal intensidad que le ardían las orejas, Juliana accedió a un fuerte abrazo. Cuando lord Peter le levantó la cara, la estudió con ojos sorprendentemente astutos y asintió, satisfecho.

—¡Ah...! Vos también lo amáis. Mi muchacho merece lo mejor, ¿verdad? —Al soltarla miró a Raymond sonriente—. Si la hubiese conocido yo primero, no habrías tenido nada que hacer.

—Claro, porque habría acabado detestando tanto a los hombres que jamás se habría recuperado del todo para apreciar la superioridad de mis cualidades.

Raymond empujó a lord Peter por el hombro y este le dio una fuerte palmada en la espalda.

—Ya era hora de que llegaras —le dijo—. No ha parado de llover y estamos aburridísimos. Hemos jugado a todos los juegos imaginables; ya no sabíamos qué más hacer. —Paró de hablar y a continuación preguntó—: ¿Es mi amigo Keir el que está bajando de ese imponente caballo de batalla?

—Sí, soy Keir —contestó con solemnidad— y, ciertamente, es un caballo de batalla imponente.

Lord Peter se acercó al caballo a zancadas y lo acarició mientras Keir le explicaba:

—Es el caballo que me regalaron lady Juliana y Raymond, pero alguien tuvo la descortesía de robármelo y lo acabo de recuperar.

—Pues no parece haber salido mal parado de su aventura —dijo lord Peter.

—Podría seguir cabalgando —Keir se frotó la espalda—, pero yo no. De modo que si me disculpáis, me ocuparé de mi montura —alargó la vista hacia las niñas que corrían alegremente delante de la herrería— y revisaré los trabajos del nuevo herrero.

—Has echado de menos a las niñas, ¿verdad? —Lord Peter le dio una palmada a Keir en la espalda—. Lo entiendo perfectamente. Yo sólo llevo una semana sin ver a mis nietas y ya me pregunto en qué travesuras andarán metidas.

Keir parecía desconcertado.

—Entonces, ¿es normal echar de menos a un niño cuando se está lejos de él?

Una sonrisa entreabrió la barba gris de lord Peter.

—Bastante normal. Tan normal como desear perderlo de vista cuando lo tienes cerca.

—Es ilógico —dijo Keir arqueando las cejas—, pero mis sentimientos son similares a vuestra descripción.

—¿No han venido William y Saura? —preguntó Raymond con decepción en la voz.

—Saura está embarazada de nuevo y aunque habría venido, William se lo ha prohibido. —Lord Peter intercambió una sonrisa con Raymond—. Ella hace lo que quiere con él, salvo en lo que concierne a su seguridad.

—¿Creéis que esta vez será niño?

Lord Peter alzó las manos.

—Le he dicho a Saura que un chico solo no le dará tanto trabajo como las cinco niñas que tienen ya, pero no sé si me habrá escuchado...

—¿Maud está en casa con ella?

—Ahora no quiere dejar sola a su niña —dijo lord Peter y luego se dirigió a Juliana—: Raymond no os lo ha dicho, pero soy lord Peter de Burke.

Juliana no pudo evitar sonreír.

—Lo sé.

—¿Raymond os ha hablado de mí? —preguntó, y entonces dijo con seriedad—: No creáis una palabra de lo que os diga, porque la verdad es que soy un tipo muy simpático.

—No, no. —Juliana lo miró a la cara—. Raymond no ha dicho más que maravillas de vos. —Al ver la mueca burlona de lord Peter y oír la risita de Raymond, comprendió que le habían gastado una broma. Se relajó y dijo—: Raymond asegura que sois su más querido mentor. Aunque con retraso, sed bienvenido al castillo de Lofts. ¡Ojalá hubiésemos estado aquí cuando llegasteis!

Lord Peter se puso serio y se enderezó.

—Sí, ¡ojalá!

La armonía desapareció cuando Juliana y Raymond notaron algo extraño. Sin ser conscientes de que su complicidad era evidente, intercambiaron una mirada de inquietud.

—¿Qué ocurre, lord Peter? —preguntó Raymond—. ¿Alguna novedad?

—No sé cómo decírtelo... —Lord Peter no encontraba las palabras y dejó la frase inacabada—. Lo que intento decir es que todo pasa y que debe reconfortarnos la certeza de que Dios perdona... —Respiró hondo como si hiciese acopio de ánimos contra la adversidad.

Raymond miró desesperado a lord Peter.

—¿Han cruzado los escoceses la frontera? ¿Han perdido Tierra Santa los cruzados? ¿Está enfermo Enrique? ¡Maldita sea, decídnoslo!

Lord Peter juntó las manos a la espalda y se balanceó sobre los talones.

—No es nada tan palmario como eso. Bueno, la muerte es inequívoca, pero...

—Decídnoslo —repuso Raymond entre dientes.

Lord Peter levantó la cabeza y miró a Raymond a los ojos.

—Tus padres han muerto.

La rotundidad con que lord Peter dio la mala noticia hizo que Juliana ahogase un grito. Pero al ver que Raymond no decía ni hacía nada, entendió a qué se debía la inquietud de su mentor.

Raymond no quería a sus padres. No le asaltó el mismo dolor que ella había sentido al enterarse de la muerte de los suyos. Estaba ahí plantado, impertérrito, sin dejar entrever lo que pensaba ni las emociones que le hervían por dentro.

—Mis padres han muerto —repitió al fin—. ¿Qué ha ocurrido?

—El invierno no es una buena época para cruzar el canal en barco, y el mar ha arrastrado los restos del pecio contra los acantilados. Los pescadores lo han reconocido...

—Era el barco de mis padres. —Raymond enroscó un mechón de pelo que chorreaba sobre su cara. Le dijo a Juliana—: Y yo que llevaba los dos últimos días aliviado porque la lluvia ha borrado los recuerdos de mi infierno.

Aparentemente se lo había dicho en un aparte, pero Juliana lo entendió. Aquello rompió la espesa atmósfera de infelicidad así como la culpabilidad que rodeaba siempre toda muerte.

—Yo también me he alegrado de que lloviera —convino ella—. La lluvia limpia como el agua bautismal.

Silbando notas al azar, Raymond alzó la vista al cielo lacrimoso.

—¡Qué extraño! Siempre he tenido a mis padres cerca. Me han hecho sufrir, me han controlado y me han hecho enfadar tanto que he llegado a chillar como una tabernera. Yo los odiaba, pero Juliana me enseñó que había cosas peores que unos padres poco cariñosos.

—¿Yo? —preguntó Juliana estupefacta.

—Sí, me lo enseñaste tú. Es peor tener un padre que te quiere, pero que carece de la personalidad para apoyarte cuando tienes problemas. Es peor tener un padre al que quieres, pero que es tan débil que sospechas de su traición. Para superar eso hay que ser fuerte de verdad. —Suspiró y se frotó los dedos para calentarse las manos—. Así que... mis padres ya no están en este mundo y yo he dejado de odiarlos. No siento la más mínima pena en el alma. Sólo siento compasión por ellos. —Miró hacia el patio de armas. Sus ojos se detuvieron en Margery y en Ella, que estaban frente a la herrería con Keir y Hugh, y luego alargó la vista hacia las tierras que se extendían tras las puertas abiertas. Sonrió—. No podían ofrecerme ni una décima parte de las riquezas que he descubierto aquí.

Miró a Juliana y ella le leyó el pensamiento. «Riquezas a las que renunciaré.»

—¿Entramos? —preguntó Raymond en voz alta.

Entraron en el gran salón, repleto de mujeres. Juliana reconoció a unas cuantas, pero a otras no. Algunas eran criadas, otras parecían nobles. Entonces se quedó boquiabierta y reparó en que todo el ajetreo giraba en torno a una aristocrática dama que bordaba sentada. En una fugaz alucinación, Juliana creyó ver a la madre de Raymond, como si esta hubiese regresado de entre los muertos, pero él la sacó de su error al exclamar con gran alegría:

—¡Leonor!

La mujer se levantó y se le acercó con los brazos extendidos.

—Primo.

Juliana miró a lord Peter en busca de alguna pista. Este no le prestó atención, sino que se quedó a una distancia respetuosa. Raymond no dudó en hincar la rodilla en el suelo.

—¡Oh, Raymond! —La tal Leonor golpeó a Raymond en el hombro—. No te andes con ceremonias conmigo. Levántate.

Raymond hizo lo que le ordenó y la abrazó con tanto entusiasmo como respeto.

—Ante un monarca creo que lo mejor es adoptar una actitud sumisa hasta saber si sigo gozando de su favor.

—Tú siempre gozarás del favor de tu reina.

Cuando la mente cansada de Juliana captó el tono burlón de ambos y comprendió que tenía el honor de contar en su casa con la presencia de Leonor de Aquitania, antes reina de Francia, actualmente reina de Inglaterra y duquesa por derecho propio, cayó de rodillas al suelo, aunque no sabría decir si por respeto o de asombro.

Raymond rodeó a Juliana por el hombro y se volvió hacia ella.

—Concededme el honor de presentaros a mi esposa, lady Juliana de Lofts.

En efecto, era la misma reina de la que hablaban los trovadores en sus canciones. Su semblante reflejaba la relación de la que Geoffroi había alardeado, pero su belleza superaba a la de Isabel. Leonor carecía de la arrogancia que deslucía a los padres de Raymond. No tenía ninguna necesidad de recordar su estatus a quienes la rodeaban. Era la mismísima personificación de la poesía caballeresca, la inteligencia y la vida... y era consciente de ello.

Mientras analizaba a Juliana con ojos perspicaces, alargó la mano.

—Levántate, prima. Déjate de ceremonias.

Juliana cogió su mano casi con reverencia y se levantó.

—Jamás había imaginado semejante honor —farfulló.

Leonor torció el gesto.

—¿No te había advertido Raymond de que vendría?

Juliana sacudió la cabeza sin decir palabra.

—¡Pues debería darle vergüenza! —Leonor agitó con autoridad un dedo y dijo—: Raymond es mi primo favorito, y de Enrique también... cuando está en su sano juicio.

—¿Qué tal está el rey? —inquirió Raymond mientras conducía a Leonor de vuelta a su taburete.

—No lo sé —reconoció Leonor con una ligera mueca de disgusto—. Esta Navidad he dado a luz a otro de sus hijos y me ha demostrado su gratitud manteniéndose lo más alejado posible de mí.

—Felicidades, señora, por haber tenido otro hijo sano.

La voz grave de Raymond hizo que el elogio sonara a bendición, pero Leonor puso los ojos en blanco.

—Es un bebé muy llorón; me pone muy nerviosa.

—¿Por las circunstancias de su nacimiento? —preguntó Raymond.

—Sin duda, aunque no emulo a la Virgen ni en las mejores circunstancias. Soy una buena reina, una buena duquesa, una esposa vital, una buena poeta y una belleza. —Su sonrisa se burlaba de sí misma y de las arrugas que la vida le había esculpido en el rostro—. No tengo tiempo para ser también una buena madre. —Agitó los dedos—. Aunque soy mejor madre que Enrique padre. Estoy convencida de que estará bien. ¿Cuándo ha estado Enrique enfermo?

Raymond apresó su mano inquieta.

—Nunca.

—A veces te pareces a él —dijo Leonor mirando a Raymond—, sobre todo cuando te pones furioso.

Raymond le soltó la mano.

—Enrique echa espumarajos por la boca cuando está furioso, señora.

—Sí, es verdad.

De pronto Juliana recordó la reciente transformación de Raymond de caballero gentil a bestia furiosa, aunque de aspecto no tan fiero, y por poco se le escapó la risa. El paroxismo del rey Enrique era legendario. Corría el rumor de que en uno de sus ataques violentos se revolcó por el suelo, mordió los muebles y se golpeó en la cabeza mientras todos huían despavoridos.

¿Un rasgo familiar? ¿La justificación para la presencia de ese oso fiero en las armas de la familia? Tal vez. Juliana tenía motivos para estarle agradecida a ese oso.

Entonces Leonor levantó la aguja de bordar dando permiso para sentarse a quienes la rodeaban. Sus damas de honor volvieron a arrellanarse en los bancos asignados. Raymond señaló el que estaba justo delante de Leonor y Juliana se sentó. Él puso un pie en el banco, junto a ella, y apoyó el codo encima de la rodilla. Juliana estaba segura de que lo hacía para evitar tocarla.

—Raymond, siéntate —le ordenó Leonor.

—No, señora. Llevo dos días a caballo y durante una temporadita preferiría no poner el culo en ninguna superficie dura.

—¡Qué grosero eres!

—Estoy dolorido.

Una sonrisa revoloteó alrededor de la boca de Leonor, que no parecía en absoluto ofendida por el descaro de Raymond. Pinchó con la aguja en la labor y dijo congraciante:

—Al margen de nuestras diferencias, hay una cosa en la que Enrique y yo estamos de acuerdo. Nos llena de alegría tu matrimonio con Raymond, Juliana. En palacio llegamos a preocuparnos, sobre todo cuando requerimos tu presencia y no viniste.

La mirada fugaz que le lanzó la reina alteró a Juliana, que se removió en el banco. Pero antes de que pudiese esgrimir una excusa, Leonor continuó:

—Nuestro primo Raymond es un tesoro que ha hecho latir con más fuerza el corazón de muchas doncellas. Pero más importante aún es que es un guerrero valeroso.

—Lo sé —repuso Juliana.

—Sí. —Leonor escudriñó el rostro desmejorado de Raymond como si acabase de reparar en sus heridas—. Lo has comprobado hace poco.

Juliana también lo examinó y sintió deseos de llorar por lo demacrado que estaba su hermoso rostro. Pero no pudo evitar hablar con orgullo cuando dijo:

—Ha salvado a mi hija.

—Razón de más para que dejes de oponer resistencia a esta unión. —Lo dijo con firmeza y Juliana intentó protestar, pero Leonor levantó una mano estilizada y pálida—. Es el deseo del rey, y el mío propio, que las tierras fronterizas de Gales estén a buen recaudo y hemos decidido que estén en manos de Raymond, ¿ha quedado claro?

Al ver la cara de circunstancias de Raymond, Juliana recordó su ferviente determinación de poner fin a su matrimonio. Deseaba con todas sus fuerzas usar la orden de la reina para encadenar a Raymond a su lado, pero sabía que él detestaba las cadenas y no podía ser tan egoísta como para retenerlo si quería marcharse.

—Mi reina... —empezó a decir, pero la gruesa mano de Raymond sobre su hombro le interrumpió.

—Nos ha quedado claro —respondió él en tensión por el orgullo.

Leonor les lanzó una mirada y leyó entre líneas, pero dio el visto bueno a su aquiescencia con sarcasmo.

—Sois muy listos, como corresponde al conde y la condesa de Locheais.

Juliana se humedeció los labios.

—¿Señora?

—El conde y la condesa... —Leonor dejó la frase a medias—. Perdona, Raymond. He dado por sentado que lord Peter te había informado de que tus padres se han ahogado en el mar.

—Así es —contestó Raymond.

—No te daré mis condolencias para no ofenderte —dijo Leonor ligeramente desconcertada—. Sé qué pensabas de ellos... y razón no te falta. Pero debes aceptar el título de tu padre. Eres el heredero de todas sus tierras y también de las de tu madre. —Le invitó a sonreír dedicándole ella misma una sonrisa—. Heredarás una fortuna en dinero y tierras. Cuando le declare la guerra a Enrique, ya sé a quién le pediré un préstamo.

—Cuando le declaréis la guerra a Enrique... —empezó a decir Raymond, pero se detuvo cuando Juliana se medio levantó del banco.

—Eres rico —le dijo en tono acusador.

—Bueno... sí.

Hablaba como una estúpida, lo sabía, pero no pudo evitarlo.

—Y no necesitas mis tierras.

—Enrique sí —bromeó Raymond, pero se puso serio al ver el pánico en el rostro de su mujer—. Sabías desde el principio que acabaría heredando.

—Avraché también será tuyo —dijo, aún atontada por la sorpresa—, porque a tu madre...

—No le ha dado tiempo de donarlo a la Iglesia —convino él.

Juliana recuperó la compostura y trató de sonreír, de alegrarse por él.

—¡Cómo me alegro por ti! Recuperarás tu hogar.

—¿Mi hogar? —Él cabeceó—. No, Avraché nunca ha sido mi hogar. Me crié allí, pero...

—Pero te enfadaste tanto cuando tu madre amenazó con quitártelo —soltó ella.

—Sí, claro, es lógico. Durante años me prometieron dármelo para poder percibir sus rentas y, en un acto de venganza, mi madre intentó despojarme incluso de tan insignificante parte de la herencia —le dijo a Leonor—: Isabel quería donar Avraché a la Iglesia.

—Enrique jamás lo habría consentido —le espetó esta.

—Tal vez podría levantar allí una abadía en su memoria.

Leonor reflexionó.

—Igual que yo he construido la abadía de Fontevrault —convino—. Me parece una buena idea. Si las monjas rezan a diario por el alma de Isabel, seguro que saldrá del purgatorio antes de que acabe el milenio.

—¿Tan pronto? —preguntó Raymond con ironía.

—No podemos imponerle a Dios nuestro tiempo. —El reproche de Leonor estaba impregnado de piedad, pero apenas cogió aire antes de cambiar de tema—. ¿Dónde está mi maestro de obras? Se lo mandé a lady Juliana para que construyera una nueva contramuralla. ¿Dónde está?

—¿Vuestro maestro de obras? —Enderezándose completamente, Raymond gritó exaltado—: ¿Ese aprendiz enano es *vuestro* maestro de obras?

—Sí —afirmó ella con una elegante inclinación de cabeza.

—Creía que como hacía frío no podríamos cavar una zanja para los cimientos —declaró Raymond irguiendo la espalda y levantando la cabeza— y que no podríamos levantar un muro bajo la lluvia. Lo despedimos y lo mandamos a...

Tanto Juliana como Raymond cayeron en la cuenta a la vez.

—Que Dios lo tenga en su gloria —dijo ella—. Le sugeriste que zarpara en el mismo barco que tus padres.

Detectaron tras el fuego un repentino movimiento, se produjo un destello de intenso color entre las sombras y Papiol apareció de pronto con los brazos extendidos.

—¡Helo aquí vuestro maestro de obras, a salvo de los tentáculos del mar salado!

Capítulo 23

Incapaz de dar crédito a aquella reencarnación de su tormento, Raymond miraba atónito mientras Papiol cacareaba de aquí para allá cual gallo plumado. Elogió el carro tirado por bueyes que lo había llevado al puerto demasiado tarde para embarcar; elogió a lord Peter y a Maud por socorrerlo en su difícil situación; elogió a *le bon Dieu* por traer a la reina de Inglaterra a su magnífico castillo y poder encontrarse con ella, y elogió a la propia reina por su constante mecenazgo y a la doncella que la noche anterior le había calentado la cama.

En realidad, extendió su alabanza al mundo entero... excepto a Raymond. Y este llegó a la conclusión de que el sentir de Papiol era totalmente recíproco.

—No tienes muy buena cara, Raymond —dijo Leonor cuando Papiol se cansó de hablar—, ¿te sigue molestando el trasero?

Raymond reparó en su mirada burlona.

—Mi dolor de trasero está aumentando a pasos agigantados.

Leonor se rió a carcajadas y agitó una mano con displicencia.

—Tu mujer y tú estáis dejando un buen charco en el suelo. Id a arreglaros un poco. —Juliana obedeció y se marchó con celeridad, pero Leonor le tiró a Raymond de la manga y le dijo en voz baja—: Recibí el mensaje y las monedas de oro que me hiciste llegar a través de Keir, y te he traído el regalo de bodas que solicitaste. Es muy original y estrambótico.

Raymond se había olvidado prácticamente del regalo y se negó a ceder ante la mirada persuasiva de Leonor.

—Estupendo.

—¿No saciarás mi curiosidad? —le pidió—. ¿Después de habértelo traído hasta aquí?

—No tenéis que saberlo todo, Leonor.

Ella echó la cabeza hacia atrás.

—Es verdad, pero sé cuándo una pareja no es feliz. ¿Puedo hacer algo? Desde el principio tanto Enrique como yo hemos pretendido que esta unión fuese un regalo para ti y no un castigo. Si quieres puedo hablar con Juliana.

—¡No! —exclamó él y tras recuperar el control dijo—: No. La culpa es mía.

—Quizá pueda ayudaros —se ofreció ella estrechándole los dedos con los suyos llenos de anillos—. A veces la palabra de una soberana es más eficaz que los aspavientos de un hombre.

Raymond hizo un brusco movimiento de cabeza hacia Papiol.

—Ya habéis hecho demasiado. —Leonor volvió a reírse, pero era cierto. Además de traer de vuelta a Papiol, Leonor le había eximido de su propio exilio.

Pese a que su honor requería dejar a Juliana de inmediato, no podía hacerlo con la reina de visita. Tampoco podía aspirar a la anulación matrimonial, ya que el rey le había exigido que se quedase con las tierras de Juliana. Seguiría siendo su marido y aunque convirtiese Bartonhale en su residencia oficial y ella permaneciese en Lofts, seguiría teniendo que verla en Navidad y Pascua, en verano y para llevar la contabilidad de las cosechas... ¡qué placer el roce de su mano!

¡Qué agonía soportaría alejado de ella! Así pues, era una exención dolorosa, pero una exención a fin de cuentas. Leonor interrumpió sus duras reflexiones.

—Me he instalado en vuestro lecho conyugal, pero es que no hay ninguna otra cama en el castillo. Si me permites que te dé un consejo... manda hacer otra cama para los invitados reales.

Raymond la miró fijamente casi sin dar crédito a su buena suerte. ¿No tendría que dormir con Juliana esa noche? ¿No tendría que reprimir sus necesidades ni resistirse a sus encantos?

—Otra exención —susurró.

—¿Cómo dices?

Raymond controló sus palabras y se inclinó sobre la mano de la reina.

—Gracias por vuestro consejo, Leonor. Me plantearé seriamente encargar otra cama.

—Curioso. ¡Sólo le faltaba decirme que siguiera cosiendo! —murmuró la reina mientras él se alejaba con resolución.

—Ha salido el sol. —Desde la puerta del gran salón Keir volvió a anunciar—: ¡Ha salido el sol!

Su grito reverberó por todo el salón, rebotó en la fría piedra y puso de manifiesto lo desesperadamente aburridos que estaban sus ocupantes de ver las paredes de la torre del homenaje.

—¿Podemos ir fuera? ¿Podemos? ¿Sí? —suplicaron Margery y Ella abalanzándose sobre Keir.

Las manos de este acariciaron sus cabecitas.

—Tendréis que preguntárselo a vuestro padre —contestó, y acto seguido se acercó hasta la reina y se arrodilló ante ella—. Me pedisteis que os avisara cuando saliera el primer rayo de sol, y eso he hecho.

—Muchas gracias, amable Keir. —Levantó la voz y ordenó imperiosamente—: Me gustaría airearme. Salgamos.

—Lo que hay fuera es un lodazal —advirtió Raymond mientras tranquilizaba a las exaltadas niñas y miraba la pierna de Keir, salpicada de barro hasta más arriba de la rodilla.

—Pues haremos pasteles de barro —replicó Leonor, poniéndose de pie—. Veremos ese muro que has hecho y podrás darle el regalo a tu flamante esposa.

—Regalo de bodas, regalo de bodas... —canturreó Ella y, alarmado, Raymond miró a su alrededor.

—Juliana ha bajado a la cocina para organizar la comida. Tener a la realeza en casa supone tal consumo de provisiones que me temo que no tardaremos en marcharnos. ¿Tan poco sensata me consideras como para que se me escape lo del regalo?

Pasar tantos días sin ver la luz del sol también había minado la paciencia de Raymond, que no pudo evitar decir:

—En absoluto, Leonor.

La reina levantó un dedo y una dama de honor se acercó corriendo con su capa.

—Tienes que darle el regalo antes de que me vaya. Me gustaría ver la cara que pone.

—Como deseéis, Leonor.

—Debería ordenar que te cortaran la cabeza por ser tan empalagoso y tan insolente —se acercó a él y estudió su rostro—, pero estás tan flaco y tan desmejorado que lo atribuiré a la falta de sueño y te disculparé.

—Gracias, Leonor.

Mientras se ponía con solemnidad la capa sobre los hombros, la reina arqueó una ceja inquisitiva.

—Pero si no puedes dormir cuando te separa medio salón de tu mujer, ¿qué harás cuando compartáis la misma cama?

Raymond apretó los dientes y le dedicó una amplia sonrisa forzada.

—Leonor, a veces sois tremendamente pesada.

Ella le devolvió la sonrisa con igual vehemencia.

—Eso dice Enrique. —Levantó las manos y exclamó—: ¡Atención! Nos vamos a bautizar la contramuralla del castillo de Lofts.

Por el rabillo del ojo Raymond vio a Juliana saliendo del hueco de la escalera. Se detuvo como sorprendida y él aprovechó la ocasión para devorarla con los ojos.

También ella parecía delgada y cansada, fatigada por las atenciones que los invitados reales requerían de la dueña del castillo. Cuando no estaba de rodillas, haciendo penitencia por algún pecado, corría de la cocina a la despensa o a la bodega, dando instrucciones de algún espectáculo (para ello dependía principalmente de Valeska y Dagna y sus habilidades acrobáticas) u organizando juegos.

En su primera noche en casa, el trovador de la reina había cantado una balada épica acerca de un héroe de las Cruzadas. Conforme cantaba quedó claro que el héroe era Raymond, y este se murió de vergüenza ante las ovaciones de la corte. Juliana se había levantado para aplaudir, le había regalado al trovador una capa de exquisita lana y ahora el hombre cantaba la misma maldita canción cada noche.

Raymond había visto a Juliana hablando con el trovador, supuso que para evitar que volviera a cantar lo mismo, pero ¿qué podía hacer él? Al parecer, a la corte le encantaba contar con la presencia de un héroe. Las damas de honor estaban pendientes de él en todo momento y una de ellas, más atrevida que el resto, le había ofrecido sus servicios.

Fue entonces cuando descubrió que Juliana lo había castrado. Porque no quería a nadie más que a ella.

Ahora, ajena al crimen cometido, se retiró con parsimonia unos mechones de pelo de la frente y escuchó a Leonor.

—Keir, ¿podrías ocuparte de improvisar un sitio donde las damas nobles y yo podamos sentarnos?

Keir le hizo una reverencia.

—Será un placer, señora. —Llamó a Margery y a Ella con un chasquido de dedos—. ¿Venís conmigo?

Las niñas se abalanzaron sobre él y Keir se subió a Ella a la espalda.

—Hugh, coged a Margery —ordenó Keir. Y Hugh refunfuñó, pero lo hizo.

—Llevaremos un barril de... ¿vino o cerveza? ¿Tú qué crees, Raymond?

La propia Leonor tomó la decisión.

—Uno de cada. Haremos una fiesta. —Al reparar en el desconcierto de su anfitriona, dijo—: ¿Qué te parece, Juliana? Haremos una fiesta para celebrar la construcción del muro. ¿Tienes alguna copa de oro que podamos usar para la ceremonia?

—No, señora, sólo tengo la copa ceremonial que usamos cada Navidad para desearle *wes-hâl* al espíritu del manzano.

Leonor pareció encantada.

—Eso nos irá de maravilla.

Juliana asintió con la cabeza mirando a Fayette.

—Id a buscarla, por favor.

—Sí, mi señora, pero... —titubeó Fayette—. ¿Creéis que al espíritu del manzano le gustará que usemos su copa para eso?

Leonor parpadeó atónita.

—No se lo diremos.

—Nos vendrá bien salir del gran salón —coincidió Juliana, y añadió—: Y... —miró hacia Raymond— distraernos un poco.

Molesto por la falta de sueño y la excitación constante, este se enderezó y espetó:

—Iré a elegir el vino.

—Muy bien —repuso ella.

—Muy bien —dijo él.

Lord Peter se apresuró a interponerse entre ambos.

—Raymond, iré contigo para ayudarte a llevar los barriles.

—Muy bien —repitió Raymond, y cogió una antorcha de la pared.

Bajaron los escalones hasta la bodega, y lord Peter dijo:

—¡Qué oscuro está esto! Casi tanto como la mente de una mujer. Son criaturas bien extrañas las mujeres, ¿verdad?

—Son todas unas tontas. —Raymond abrió la puerta con llave y la empujó contra la pared—. ¿Maud hace tonterías a veces?

—Con frecuencia, sobre todo cuando afirma que el tonto soy yo. ¿Qué clase de vino quieres?

—El que combine mejor con el barro. —Raymond colocó la antorcha en un candelabro de la pared y aguzó la vista para leer las marcas de los barriles—. ¿Por qué le cuesta tanto entender que tenemos que seguir casados? La reina ha insistido en ello y nuestras hijas no esperan menos.

—Y seguiréis casados.

—¡No! Quiero decir, sí. Pero aunque la desee y sueñe con ella... —abrió un tapón y se salpicó la cara de cerveza tratando de disipar los efectos de sus sueños—, y piense en ella a todas horas, no puedo obligarla a acostarse conmigo. Me ha visto encadenado y humillado. Me desprecia. Me ha visto perder el juicio en el fragor de la lucha no una, sino dos veces. Me teme.

Desde el umbral de la puerta se oyó la voz de indignación de Juliana.

—¡Qué estúpido eres! —Entró en la habitación—. Eres memo. ¿Cómo puedes pensar que te desprecio porque te encadenaron?

Raymond no se sorprendió. Un repentino calor, un hormigueo... algo en el aire lo había advertido de su presencia. Se apoyó en la fría piedra, echó la cabeza hacia atrás y visualizó de nuevo la escena de la pradera bajo la luz de la luna.

—Vi tu cara mientras Keir me liberaba. Creí que ibas a vomitar.

—Yo también vomitaría, si te viera en ese estado —intervino lord Peter.

—No me produjo rechazo verte encadenado —explicó ella—. Lo que me daba miedo era que Keir te matase con aquella hacha. Tosti había muerto torturado y Denys en mis brazos; había mercenarios muertos junto al fuego, estaba rodeada de muerte. Pero en cuanto comprendí quién era el que estaba encadenado al árbol, ya no temí. Encontrarte fue lo único positivo de aquel día.

—Tenías miedo.

—Pero no por *mí*. Yo sabía que jamás me harías daño. Temía no poder ayudarte. —Juliana resolló y se le anudó la voz—. No sabía cómo ayudarte, así que me acerqué a ti, te acaricié y te hablé... —Los sollozos empezaron a interrumpir sus palabras y se estremeció al decir cada una de ellas—. Y lo único que me repugnaba... era el hombre que te había maltratado. Me daba... tanto miedo perderte... Yo sólo quería ayudarte... y tú me has odiado desde entonces.

Juliana se giró y salió corriendo, dejando un incómodo silencio que finalmente rompió Raymond.

—¿Cree que la odio porque me ayudó? —dijo con incredulidad. Carraspeó—. Lo que yo decía, las mujeres son unas tontas. —Pero su voz carecía de convicción.

—¿Por qué no le dices que no la odias? —sugirió lord Peter, que estaba apoyado en un barril levantado.

Juliana subió cada peldaño de las escaleras arrastrando los pies. No quería ir a bautizar el muro. No quería fingir alegría, dar conversación ni mostrarse amable con aquella mujer que quería llevarse a Raymond a la cama. Lo único que quería era acurrucarse en un rincón y echarse a llorar.

Valeska y Dagna creían que el tiempo jugaba a su favor, pero no era verdad. Raymond estaba cada día más distante. Y ella, en su trajín entre la despensa, la cocina y la bodega, no había podido pensar en nada más que en él. En su sonrisa, en el tono jocoso que empleaba con la reina, en su mano izquierda para tratar a las niñas. Sentía adoración por él... ¿de verdad creía que ella lo despreciaba? ¿Que le tenía miedo?

—¡Juliana!

Al oír la voz de la reina dio un respingo y se sintió culpable.

—Sal del hueco de la escalera y prepárate.

—Sí, señora. —Juliana se frotó la cara con la esperanza de borrar el rastro de las lágrimas. Cuando entró en el gran salón vio que estaba prácticamente desierto. La reina se hallaba junto al fuego y Valeska y Dagna distribuían el pan y el queso en diversos cestos grandes... pero todos los criados, las damas y los caballeros de la casa real habían desaparecido.

El tono imperioso de la reina arrancó a Juliana de sus cavilaciones.

—¿Estás lista para salir? Pues ¡venga! No se debe hacer esperar a la realeza.

Juliana nunca sabía si Leonor hablaba en broma o en serio, y se apresuró a hacer lo que le mandaban.

—¿Le has hecho ver a Raymond que se está comportando como un idiota? —le preguntó la reina cuando se sentó a ponerse los chanclos.

—¿Vos también creéis que se comporta como un idiota? —repuso Juliana con alivio al ver que alguien compartía sus sentimientos.

—Yo sí —intervino Valeska—. Me recuerda a... un caballero que conocí en cierta ocasión. Siempre hacía lo que consideraba mejor para mí sin pedirme jamás opinión. Los hombres son unos zopencos, del primero al último.

—¿Qué fue de tu caballero? —inquirió Juliana.

—Lo dejé. No soporto que ningún hombre me diga lo que tengo que hacer. —Valeska tapó el cesto con un trapo y sonrió—. Perdí esa mala costumbre después de estar con los sarracenos.

—Lady Juliana no puede dejar a Raymond —dijo Leonor con su voz más regia—. Debe permanecer casada con él.

Juliana asintió.

—Exacto. Es por el bien del reino. Él ahora es rico, podría vivir en palacio entre la realeza, con sus familiares, y la razón por la que quería mis tierras ha dejado de existir...

—¿Y eso cambia las cosas? —preguntó Leonor—. Una vez que la Iglesia bendijo vuestra unión, Raymond podría haber dispuesto de tus posesiones a su antojo sin que tú pudieras evitarlo.

Juliana se calzó los chanclos de madera. Lo sabía. Era sólo que... había acabado aferrándose a su propia fortuna para retener a Raymond. Y descubrir que estaba casada con uno de los señores más importantes y acaudalados del reino... en fin, aumentaba su inseguridad.

—Entonces, ¿por qué se quedó? ¿Por qué se ha granjeado el cariño de mis hijas? ¿Por qué me ha hecho amarlo?

Mientras Juliana extraía con torpeza un pañuelo para enjugarse la nariz, Dagna dijo:

—No digo que entienda la superioridad de la mente masculina...

Leonor resopló.

—... pero tal vez se quedara para disfrutar de vuestra compañía.

—Entonces, ¿por qué no puede soportar que estemos los dos en la misma habitación? —Juliana desplazó el mentón hacia delante, orgullosa—. ¿Ehhh?

—Porque es un imbécil —declaró la reina.

Los ojos de Juliana volvieron a llenarse de lágrimas.

—No es un imbécil. Es maravilloso y sin él me marchitaré y me moriré.

—Pues díselo. —Leonor meneó la cabeza mientras observaba atentamente a Juliana, deshecha en lágrimas, e insistió—: Díselo. Te lo ordena tu reina.

Juliana se abrió paso entre el gentío hasta la puerta y salió de la torre del homenaje. Un mar de barro centelleaba bajo el radiante sol de aquel día despejado.

—No lo sé, señora, parece peligroso —advirtió Juliana.

—¡Estupendo! —repuso Leonor enérgicamente—. Necesito un poco de emoción. Bajaré yo primero.

Descendió por la escalera, puso el pie en el suelo y se le hundió más y más.

—Te sugiero que te quites los chanclos y también los zapatos. —Con una expresión de asco delicioso bajó el otro pie. Vio a Papiol tratando de volver a hurtadillas a la torre y ordenó con su voz más autoritaria—: Va por todos.

Con suspiros de resignación y unos cuantos chillidos de Papiol, los miembros de la corte se sentaron y se quitaron los zapatos. Juliana vio cómo la reina, descalza y vestida con las más elegantes lanas, se arremangaba el brial y empezaba a cruzar el resbaladizo patio de armas.

—¡Mamá! ¡Mamá! —Margery y Ella estaban en el puente levadizo, sus faldas recogidas, saludando con la mano como locas—. ¡Ven a ver el muro! ¡Ven a ver los asientos que te hemos preparado!

Juliana devolvió el saludo con bastante menos entusiasmo y se concentró en el barro. Frío como el pudín de lamprea de la noche anterior, se deslizaba entre los dedos de sus pies. Juliana se hundió hasta media pantorrilla y al levantar un pie para dar un paso el barro se desprendió de ella a regañadientes. El chof-chof que hacía le daba vergüenza y la dama de honor que la seguía a poca distancia exclamó:

—Conozco a caballeros que emiten sonidos más delicados después de cenar gachas de guisantes.

Juliana se echó a reír. No pudo evitarlo. Había salido al exterior por primera vez en varios días, el sol le calentaba los hombros y cada vez que levantaba un pie emergía del barro ese sonido terrible, humillante y divertido. Delante de ella avanzaba la reina a grandes pasos. Tras ella, en una larga fila, iban los cortesanos de Leonor, ataviados con finas prendas y hablando en un francés fino, y cada vez que uno de ellos levantaba un pie se oía un ordinario ruido parecido al de los intestinos. La reacción era siempre la misma: se reían.

Se reían y tropezaban, se agarraban los unos a los otros y se reían. Se rieron de Papiol, que intentaba andar de puntillas sin dejar de murmurar para sus adentros. Se rieron hasta que desde la torre del homenaje Raymond bramó:

—¿Qué estáis haciendo?

Juliana se volvió y saludó a su marido con la mano, que miraba atónito con un barril debajo de cada brazo.

—Obedecer las órdenes de la reina. ¡Ven, es divertido!

Juliana no esperó a Raymond, sino que siguió a la reina por el puente levadizo y colina abajo hasta el muro bajo de piedras que Keir había dispuesto a modo de banco. De forma elegantemente curva como un anfiteatro romano, daba a la contramuralla y ofrecía un asiento a la corte. La reina ocupó la piedra más alta, naturalmente, y a medida que los cortesanos llegaron fueron ocupando los demás sitios a empellones. Cuando apareció lord Peter aplaudieron, y aplaudieron con más fuerza cuando apareció Raymond con los dos barriles. Ya estaban listos para el espectáculo.

—Keir, coge el barril de cerveza y abre la espita —ordenó la reina—. Raymond, coloca el vino cerca de aquella sección más baja de la contramuralla y, ya que has construido tú el muro, serás tú quien lo bautice.

Raymond asintió, sabía perfectamente qué venía a continuación y le daba pavor.

—Juliana te ayudará. —Leonor lo ahuyentó hacia la construcción gesticulando mientras le susurraba en un aparte—: El regalo de bodas está ahí.

Juliana miró hacia el semicírculo de sonrisas y luego hacia Raymond. Con evidente indecisión, cogió la copa y empezó a remontar la pronunciada colina. Raymond fue tras ella y refunfuñó cuando oyó el cuchicheo y las risitas que estallaron a sus espaldas. Aprovechando que los pasos de Juliana eran más pequeños, la adelantó en la cuesta y colocó el barril sobre el muro.

Había encargado el regalo de bodas cuando tomó la firme decisión de que su matrimonio fuese auténtico; cuando albergaba la esperanza de conseguir el amor de Juliana. Había soñado con dárselo en la intimidad, de forma que ella pudiese expresar su agradecimiento debidamente. Pero todo se había torcido y ahora tendría que dárselo delante de la corte. ¡Maldita fuera! ¡Cómo temía su desdén!

Su capa impedía ver el montón de bloques sueltos de arenisca en el que se apoyaba su gigantesco regalo cuadrado.

Cuando ella acercó la copa al barril, él se apartó y gesticuló; pero no con solemnidad, como había sido su intención, sino con un rápido movimiento del brazo.

—Es tu regalo de bodas —le dijo en voz baja—. Todos creen que regalarle una cosa así a una dama es una estupidez.

Ella miró fijamente el regalo, con notoria suspicacia.

—Es el oso del emblema de mi familia —explicó él. Como ella seguía sin decir nada, Raymond se aclaró la garganta—. Tallado en un bloque de piedra... para que lo pongamos sobre el muro cuando esté terminado. Como una gárgola.

Juliana apartó la vista de la horrible criatura de colmillos curvos y garras.

—Un oso —susurró con los ojos llenos de lágrimas—. Me has regalado un oso.

Él no supo si lloraba de alegría o de tristeza hasta que le echó los brazos al cuello.

—Eres el hombre más generoso...

Sentir el cuerpo de Juliana contra el suyo lo tranquilizó y lo excitó. La abrazó con fuerza, pero ella se asustó, soltó las manos y trató de apartarse de él.

—Lo siento —se disculpó jadeando—. El cuello...

—No me ha dolido.

—Pero no te gusta sentirte oprimido —insistió ella.

—No, no me gusta. —Raymond se encogió de hombros sorprendido—. Lo había olvidado.

Entonces él la soltó y ella dio una vuelta alrededor del oso tallado.

—Mira sus enormes brazos extendidos, el gesto feroz, el pelo erizado. —Juliana acarició la piedra.

—Soy yo en piedra y destinado a protegerte. —Raymond no sabía qué le había impulsado a decir eso.

Ella reculó como empujada por sus palabras y a continuación ladeó la cabeza vacilante y examinó una vez más al oso.

—Sí que tenéis un parecido, ¿verdad? —Se rió entre dientes, con risa temblorosa, pero su sonrisa se desdibujó y retorció los dedos hasta que se le pusieron blancos—. Algún día yo también estaré en esta piedra, fría como la tierra, mirando al frente hacia el camino, esperando que vuelvas a mí.

Su agonía parecía real, pero Raymond se había propuesto hacer lo más conveniente para ella, por mucho que pudiera resistirse.

—Lo mejor será que me vaya.

Juliana se giró de golpe, le puso las manos en el pecho y lo empujó.

—¿Lo mejor para quién? —Él se tambaleó y cayó en el barro dejando oír un chof. Los cortesanos aplaudieron, pero Raymond a duras penas los oyó—. Quizá sea lo mejor para ti. Así estarás lejos de este castillo de provincias, lejos de las niñas, lejos de toda responsabilidad. Te instalarás en la corte y asesorarás a Enrique mientras yo salgo sola adelante. Siempre sola. Te dedicarás a conquistar a otras mujeres; mujeres más guapas, más cariñosas, más ricas, más valientes... —A Juliana se le anudaron las palabras en la garganta.

Raymond sintió una punzada en el pecho, un dolor más intenso que todos los que había padecido a lo largo de su vida marcada por la falta de amor.

—Asesorar a Enrique no me resulta nada atractivo. En cuanto a lo de las mujeres... —se rió sin ganas—. Jamás podré fijarme en otra mujer sin ver tu rostro, ni podré oír otra voz sin recordar la melodía de tu voz ni...

—Entonces, ¿por qué me esquivas con tanta frialdad? —gritó ella y señaló hacia el oso—. Aquí está la respuesta ¿no? Me culpas de cuanto ocurrió en el castillo de Moncestus. Todo sucedió porque fui incapaz de enfrentarme con sir Joseph y pararle los pies.

Él procuró levantarse del barro.

—Sí te enfrentaste con él. Yo lo vi.

—Debería haberlo hecho nada más morir mi padre.

Incapaz de salir del pegajoso abrazo del barro y asustado por la desesperación de Juliana, Raymond apoyó una mano en el suelo para ponerse de pie.

—¡Te habría matado!

—Lo dudo. —Juliana lo agarró por el mugriento brazo y se lo limpió con su falda—. Más bien creo que habría perdido toda su fuerza para hacer daño. No habría influido en Denys, jamás habrían secuestrado a Margery, el dinero de Bartonhale no habría desaparecido, los hombres de Felix no habrían sido asesinados, a ti no te habrían encadenado...

—¿Te crees que eres Dios y puedes prever lo que va a ocurrir? —inquirió Raymond indignado.

—No soy Dios, sino una cobarde. —Él sacudió la cabeza, pero ella insistió—: Es verdad. Evito el conflicto siempre que puedo y de no ser porque Margery y tú estabais en sus garras, habría dado media vuelta para salir corriendo. Me he ganado tu desprecio. —Juliana agachó la cabeza—. No soy como tú, un guerrero que jamás teme a nada; sólo soy una miedica.

Raymond rodeó con la mano, aún cubierta de barro, el mentón de Juliana. Le levantó la cabeza y la miró a los ojos.

—Te equivocas. Cuando un caballero se prepara para la batalla, está muerto de miedo. Suda tanto que se le escapa la empuñadura de la mano. Le fallan las rodillas y los dientes le castañetean.

—No.

—¡Sí! Me pasa cada vez. Igual que a lord Peter, y a William y a Keir. —Se dio cuenta de que no le creía y le dijo—: Lord Peter me dijo hace mucho tiempo, antes de mi primera batalla, que el coraje no es hacer frente al enemigo sin miedo, sino hacer frente a un enemigo que te da terror y cumplir igualmente con tu deber. Eres la persona más valiente que he conocido en mi vida. Sir Joseph y tu padre, los hombres en quienes confiabas, destrozaron tu vida y la hicieron añicos. Te levantaste de las cenizas del miedo y el desdén para rehacer tu vida. Te admiro, Juliana. —Descendió la mano, pero la cabeza de Juliana permaneció recta y Raymond cayó en la cuenta de que le había manchado la barbilla. Buscó un trocito limpio del borde de su capa y le limpió la piel—. Tu coraje es encomiable.

Con la inocencia de una criatura, Juliana dejó que él le limpiase mientras buscaba desesperada su mirada.

—Si eso crees... quédate conmigo.

Raymond se dio cuenta de que le estaba acariciando la nuca, y retiró la mano. Alargó la vista hacia los cortesanos y los sorprendió mirando como si Juliana y él fuesen mimos ofreciendo un espectáculo.

—Seguiré siendo tu marido —le dijo él en voz más baja.

—¿Y te quedarás conmigo?

—No estaré lejos.

—No. Quédate conmigo.

—Me estás tentando, igual que le sucedió a Adán.

—Si Adán se hubiese resistido, no estaríamos aquí y yo no tendría que suplicarte que te quedes conmigo. —Raymond resopló, pero Juliana se puso a reflexionar; su marido era un enigma. Si no se iba por ella, entonces se iba... ¿por él?.

Entonces haciendo acopio del coraje que él había elogiado, dijo—: ¿Me crees si te digo que no te temo a ti ni a la bestia que llevas dentro?

Él asintió a regañadientes.

—No te desprecio porque un tirano mezquino y despiadado te encadenara. ¿Me crees? —Raymond no dio muestra alguna de haberla oído, así que le zarandeó el brazo—. ¿Me crees?

Juliana tuvo que ponerse de puntillas para oír su débil respuesta.

—Sí.

—Creo que eres la encarnación de la nobleza y la caballerosidad. ¿Me crees?

—Sí.

—Si me crees cuando te digo que creo en ti, ¿por qué quieres entonces arrancarme el corazón?

—Porque es lo mejor. —Ella se puso a negar con la cabeza—. Sí, es lo mejor para ti y para las niñas. Será beneficioso para las tierras y... —Se le apagó la voz. Raymond la miró fijamente como si verla lo amilanara. Echó a andar hacia el muro con Juliana pisándole los talones. Se puso de cara al barril y con el rostro bien oculto confesó—: Soy *yo* el que no creo en mí mismo. Ya no puedo seguir viviendo esta mentira, fingiendo que soy un caballero cuando sé que no merezco ese título.

Habían llegado al meollo de la cuestión y Juliana estaba decidida a no titubear en ese momento.

—Peleaste contra ocho hombres en una sola lucha y los venciste a todos.

—Naturalmente. —Raymond se encogió de hombros.

—Y cuando encontraste a Denys y a Margery te pusiste tan furioso que ahuyentaste a toda una hueste de mercenarios.

—Sir Joseph estaba con el caballo encima del pobre chico, lo pisoteó hasta matarlo. —Raymond se presionó los lagrimales con los dedos.

Para evitar tocarlo, Juliana se rodeó la cintura con sus manos temblorosas.

—Esa compasión por Denys te honra.

—Secuestró a Margery.

—Pero pagó el precio de su estupidez —repuso Juliana recordando la penitencia impuesta por el cura y el tiempo que se había pasado de rodillas cada mañana por los pecados cometidos por Denys.

—Es imposible compensar la deshonra que uno mismo echa sobre sus hombros. —Extrajo torpemente un tapón de su monedero y lo metió a presión en la parte frontal del barril. Respiró hondo varias veces y afirmó—: El alma queda mancillada para siempre.

Raymond tenía una fe ciega en el código caballeresco, pero era demasiado humano. Difícil dilema.

—¿Es lord Peter un hombre muy sabio? —preguntó Juliana con una astucia que no sabía que poseía.

Raymond sonrió con pesar.

—Eso dice él.

—Pero tú lo respetas.

—Es el hombre que más respeto me merece.

—¿Qué dice lord Peter cuando un guerrero no puede ganar una batalla? —inquirió Juliana deseando que Raymond no adivinase en la expresión de su rostro el objetivo de sus preguntas.

—Que tras intentarlo todo para ganar, un guerrero debe hacer lo que sea necesario para proteger su vida y volver a pelear al día siguiente.

—Conozco a un hombre, un honorable caballero, que perdió una pelea e hizo lo que tuvo que hacer para proteger su vida. —Raymond emitió un sonido de fastidio, pero ella lo ignoró—. Y cuando pudo volver a luchar, este caballero escapó, robó un barco de los infieles, les salvó la vida a quienes lo siguieron y se ganó el respeto de todo el mundo. Incluso he oído a un trovador cantando la canción que habla de este hombre.

Raymond abrió el tapón y el vino se derramó sobre los pies de Juliana, pero él se quedó mirándolo atónito como si no supiese qué era ni de dónde había salido.

—Los sarracenos me doblegaron.

—Me parece que eso ya lo he oído antes. —Juliana llenó la copa y cerró la canilla—. No creo que te doblegasen por completo, sino sólo algunas partes de ti. Careces de la crueldad y la indiferencia que suelo ver en otros caballeros, Raymond de Locheais y Avraché. Pero hay algo que los sarracenos no te arrebataron.

—¿Qué? —inquirió él a regañadientes.

—Tu orgullo. —Raymond dio un respingo y ella aprovechó para rematarlo—. Ese orgullo desmesurado que tienes y sin el que Keir podría ser sometido por los sarracenos, Valeska y Dagna podrían ser sometidas por los sarracenos, todos aquellos caballeros a los que salvaste podrían haber sido sometidos por ellos, pero Raymond, el todopoderoso Raymond, no.

—Eso no es verdad. —Pero fue como si la gran espada de la verdad lo hubiese herido y tuviese que pasar el mal trago de hacer frente a su propia vanidad.

Ella fue astuta, lo agarró de la oreja donde llevaba el pendiente y tiró del lóbulo hasta que tuvo a Raymond a su altura.

—Es más, me duele que te reproches a ti mismo las cosas que precisamente yo admiro en ti.

Asimilando todavía su primera acusación, Raymond la miró indignado.

—No me considero mejor que Keir, Valeska o Dagna ni ningún otro caballero.

—Tu compasión, lo mucho que disfrutas de las niñas y de las cosas cotidianas de la vida, de mí... todo eso es debido a lo que viviste en Túnez. Lamento lo de tu espalda y tu cuello, y las torturas que padeciste, pero sobreviviste y no pienso dejar que tu orgullo arruine nuestras vidas. —Ahora Raymond la estaba escuchando y ella le susurró—: Le ordenaré a Layamon que te prohíba abandonar el castillo de Lofts.

Él rugió como un alce herido.

—¡Mataré a ese miserable enclenque!

—No, no lo harás —repuso ella con aires de suficiencia—. Tu compasión no te permitiría matar a un hombre por cumplir con su deber. —Juliana le soltó la oreja, pero él siguió agachado con la boca entreabierta. Entonces la cerró y miró a su alrededor en busca de algo contra lo que descargar su disgusto.

Una criatura enana, cubierta de barro de pies a cabeza, cruzaba en ese momento el puente levadizo mientras murmuraba imprecaciones en galo. Al fin llegaba Papiol. El maestro de obras se quedó helado al ver el muro y una mueca de disgusto ocupó su rostro rechoncho.

—¿Este es el muro que tenemos que bautizar? —preguntó en voz alta y sorprendida—. No, no, no. —Retrocedió.

Empezó a dirigirse de nuevo hacia la torre del homenaje, pero Raymond lo asió del brazo.

—¿Qué significa ese «no»?

Alzando la vista hacia el guerrero que se cernía sobre él, Papiol se debatió entre la determinación y el miedo. Pero ganó su determinación. Con la diplomacia de un hábil cortesano se postró ante él y contestó:

—Sois un gran señor. Jamás alcanzaré yo tal excelsitud como maestro de obras. No es eso lo que pongo en duda. Nadie lo hace. Pero vos no sois maestro de obras y no pienso formar parte de esta farsa.

—¿Qué le pasa a mi muro? —preguntó Raymond en tono de advertencia.

Papiol ignoró la amenaza y le dijo la verdad.

—Las piedras no se han puesto correctamente. Los obreros carecen de experiencia. —Rascó el muro y de la piedra saltó polvo—. La argamasa se está desprendiendo. Es por el frío. Ni siquiera habéis empleado un pilote.

Raymond arrugó la frente.

—¿Un qué?

—¡Un pilote! —Papiol agitó los brazos—. Es una base inclinada que consolida los cimientos y sobre la que se ponen las piedras. No, no me quedaré a ver cómo bautizáis este... —frunció los labios—. Este muro.

—¿Cómo que no? —Raymond cogió la copa ceremonial—. Eso ya lo veremos. —Echó el contenido de la copa sobre las piedras y el vino color rubí rebotó por la fuerza de su brazo.

Todas aquellas zonas del cuerpo de Papiol que no estaban ya cubiertas de barro quedaron cubiertas de vino, y el hombre exclamó entre dientes con patente exasperación:

—¡Bárbaro! —acusó a Raymond—. Bárbaro inglés. —Le propinó una patada a las piedras—. ¡Por vuestro muro!

—Id con cuidado —advirtió Raymond.

Como un vulgar bailarín francés, Papiol dio patadas y más patadas.

—¡Y otra! ¡Y otra más por vuestro muro! —Y se alejó danzando—. Yo no me quedaría ahí, mi señor, porque seguro que se derrumbará tras el impacto de mi piececillo.

—¡Pues mirad esto! —Raymond levantó el regalo de boda con un gruñido.

A Papiol se le cambió la cara.

—No, mi señor, ¡os lo suplico!

Con la misma expresión feroz que el oso de su escudo, Raymond plantó la piedra tallada sobre la parte más baja del muro, encajándola hasta que quedó asegurada y su oso miró amenazante al mundo.

—Dejemos al menos que la reina Leonor se vaya —suplicó Papiol.

Tan genuina parecía la angustia del hombre que Juliana levantó la vista hacia la roca que se alzaba sobre su cabeza. Todas las cabezas siguieron la suya, y toda la corte y el castillo contuvieron el aliento y esperaron. No ocurrió nada.

Pasó el rato. Nada. Hubo un intercambio de miradas y risillas ahogadas. Raymond se quedó plantado delante del muro, con los brazos en jarras, y sonrió cada vez más satisfecho. Papiol se puso pálido.

—Mi señor, os aseguro que vuestro muro no tardará en derrumbarse. La tierra está saturada, el muro está en una colina. Sólo los mejores cimientos...

Juliana oyó que algo se movía en el interior de los bloques de piedra.

—Sólo los mejores cimientos... —repitió Papiol, ahora absorto en el muro.

Tras el desprendimiento de un fragmento de piedra vino el derrumbe. Juliana retrocedió. Por fuera no se movía nada, pero por dentro...

—Raymond, tal vez deberías apartarte —dijo Leonor.

—No pienso apartarme. Este muro es más sólido que...

—¡Mi señor! —chilló Papiol abalanzándose sobre Raymond y tirándolo al suelo al tiempo que el oso y toda la piedra que lo rodeaba se venían abajo. Seguía en pie gran parte del muro, pero ya no era seguro. Como si hubiera por debajo una serpiente gigantesca, empezó a temblar en ondas cada vez más grandes. Las piedras rechinaron y el séquito de la reina empezó a gritar.

Ya no fue necesario que Papiol empujase a Raymond; este último arrastró a Papiol y a Juliana, cuando logró alcanzarla, para protegerlos. Sin el sostén del lecho de roca y debilitada por las lluvias, la arenisca que formaba la fachada se tambaleó. La línea inferior de pedruscos se desprendió del muro en una cacofonía auditiva. Luego la línea de encima y la de encima de esta cayeron al fango líquido y rodaron colina abajo. Se desató el caos cuando la corte, los criados y la propia reina Leonor trataron de esquivar las rocas que rodaban sin control.

Pasado el estrépito, el nuevo muro yacía tan chato como una carretera romana y un silencio sospechoso cayó como un manto sobre la muchedumbre, a excepción hecha de las plañideras palabras de Fayette: «El espíritu del manzano no nos ha dado su aprobación».

Raymond miraba atónito. Su muro. Su precioso muro. Aplastado. Los escombros del interior quedaron a la vista y siguieron desprendiéndose en pequeñas avalanchas. Todo su trabajo. Toda su construcción. Todos sus sueños para convertir el castillo de Juliana en el más seguro de las tierras fronterizas.

¡Por el amor de Dios! Juliana. Escapar de los sarracenos, pelear en batallas sangrientas, participar en asedios, ser golpeado y encadenado, nada había asustado tanto a Raymond como hacer frente a Juliana.

Con la mandíbula desencajada, esta miraba con incredulidad las ruinas de su contramuralla. Tragó saliva y Raymond creyó que iba a llorar. Tragó saliva de nuevo, parecía estar reprimiendo una intensa emoción. Y entonces, al igual que el muro, se descoyuntó... de risa. Cayó sentada en el barro, riéndose a carcajadas, y se enjugó las lágrimas de los ojos, volvió a mirar hacia el muro y se siguió riendo.

—¿Maestro de obras? —soltó—. ¿*Maestro* de obras?

Raymond pasó de la preocupación a la ofensa, y de la ofensa a... la alegría. Cayó de rodillas en el barro junto a Juliana y le tomó de las manos.

—Me quieres mucho, ¿verdad?

Ella se puso seria, aunque su mirada seguía siendo risueña.

—Muchísimo.

—¿Confías en que puedo protegerte?

—Confío en ti.

—¿Lo bastante como para que te construya una contramuralla de ocho pies de ancho?

—De diez como mucho —contestó ella tratando de aparentar seriedad.

Para ella, Raymond era tan blando como el barro que los rodeaba.

—Te quiero, lo sabes ¿verdad?

—Lo sé. —Juliana volvió a agarrarlo por el lóbulo de la oreja y en esta ocasión logró sacarle el aro de oro que lo atravesaba. Se lo puso en la palma de la mano y se lo enseñó a él—. Creo que ya no necesitamos este símbolo de tu cautiverio.

Raymond tocó el aro por última vez. Había jurado llevarlo mientras estuviera esclavizado por los recuerdos; recuerdos ahora tan descompuestos como la contramuralla.

—No, ya no lo necesitamos. —Cogió el pendiente y lo arrojó al montón de gravilla y escombros.

Ella le pellizcó con ternura el lóbulo despojado del aro y tiró de este (y de Raymond). Cuando sus labios se tocaron, él lo olvidó. Olvidó el barro y el muro, olvidó a los sarracenos y a sus padres. Juliana tenía el sabor que tiene el pan para el hambriento. Ella alargó las manos hasta sus hombros, las deslizó por su espalda y lo estrechó como si no fuera a soltarlo jamás. Él la atrajo contra sí y los dos se arrodillaron, sus cuerpos pegados, intercambiando aliento, vida y promesas sin palabras, y ella le curó el alma herida.

Los fuertes aplausos arrancaron a Raymond y Juliana de su sensual burbuja y, como los nadadores que salen a la superficie tras bucear tan hondo que la cabeza les da vueltas, miraron al público con asombro.

Juliana cayó sobre los talones y le dedicó una sonrisa a su marido, y este se dio cuenta de lo mucho que había echado de menos su sonrisa.

—¿Me dejarás? —preguntó ella.

—Si lo hiciera, ¿construirías tu muro?

—Es verdad... —dijo ella pensativa—. Estás atado a mí hasta que tenga mi contramuralla. —Echó un vistazo al muro aplastado y se empezó a reír otra vez—. Una... contramuralla que se *sostenga*.

Raymond le rodeó el cuello con el brazo.

—La próxima vez dejaré que la haga el maestro de obras del rey —prometió—. El mequetrefe ese tardará un par de años en hacerla como Dios manda. —Hizo girar a Juliana de cara a sus tierras—. Aunque la verdad es que no necesitas una contramuralla. Aquí tienes tu baluarte contra el miedo. Acres de magnífico suelo inglés y un montón de magníficos ingleses. —Le plantó un beso en la mejilla, le acarició con la nariz mientras ella soltaba una risita y añadió—: Y yo... yo soy tu espada, tu escudo y tu brazo derecho.

—Y tú... —coincidió ella—. Eres el amor de mi vida y el pilar de mi dinastía.

Raymond la estrechó con más fuerza, abrazándola como si fuese una rica especia o una joya secreta.

—¿Solamente me quieres para procrear?

—No, no sólo para eso. —Ella se dobló sobre la mano que le acariciaba la cintura y señaló la gravilla que seguía desprendiéndose de las ruinas del muro—. Quiero que limpies este desastre.

Ella se escapó rápidamente y él saltó tras ella, persiguiéndola hacia la torre del homenaje.

Leonor se arrellanó laboriosamente en un bloque de arenisca y se balanceó para comprobar que era estable.

—Apuesto a que protegerán el lecho conyugal de cualquier intrusión, de modo que traed el pan y el queso, y abrid la cerveza. Si no podemos celebrar la construcción del muro, celebraremos entonces su unión.

Los cortesanos y criados se congregaron a su alrededor; sólo Papiol se quedó apartado. Con la mano metida en el cinturón paseó tranquilamente hasta el oso que asomaba entre el barro.

—Yo ya he avisado de que no se sostendría —dijo, y le propinó una patada.

El bloque de piedra se tambaleó. Papiol clavó los ojos en él. El barro se movió. Papiol soltó un grito. Con un ruido vagamente parecido a un gruñido, el oso se desprendió del montón. Papiol quiso alejarse corriendo, pero la fuerza del barro le atrapó y le arrastró hasta el pie de la colina mientras él daba gritos como un loco.

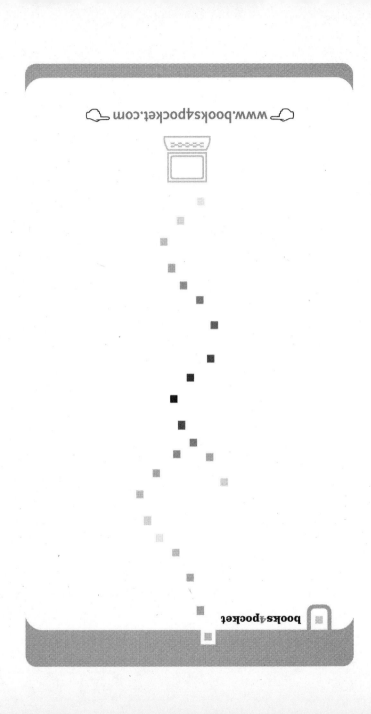